蓝英年随笔

作家出版社

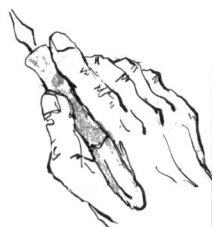

1933年生，江苏吴江市人。1955年毕业于中国人民大学俄文系，1974年调入北京师范大学苏联文学研究所，1993年离休。译著有《日瓦戈医生》《滨河街公寓》《亚玛街》《库普林中短篇小说选》《回忆果戈理》等；随笔集有《青山遮不住》《冷月葬诗魂》《寻墓者说》《被现实撞碎的生命之舟》《回眸莫斯科》等。

目 录

性格的悲剧

—— 俄国女诗人茨维塔耶娃之死

1941 年 8 月 31 日，苏联鞑靼自治共和国叶拉布加镇一位俄国妇女上吊自杀了。她的死没有惊动任何人，只有房东大婶说了一句话："她的口粮还没有吃完呢，吃完再上吊也来得及啊！"上吊的妇女便是茨维塔耶娃，今天惟一能同阿赫玛托娃媲美的俄罗斯天才女诗人。但当时她的名字几乎无人知晓。绝大多数苏联读者不知道她，少数知道她的老作家绝口不提她。他们自身有如惊弓之鸟，谁还敢提这位流亡国外十七年之久的"白军眷属"呢？茨维塔耶娃被草草埋葬在叶拉布加山丘上。

茨维塔耶娃为什么要自杀呢？要回答这个问题必须先回答她为什么要返回苏联的问题。而后一个问题又同另一个问题相关：她为什么离开苏联？

茨维塔耶娃出身于知识分子家庭，父亲是莫斯科大学教授、著名艺术家，至今参观者仍络绎不绝的莫斯科美术馆便是他一生心血的结晶。母亲是音乐家，弹得一手好琴，并精通几种欧洲语言。但父母对她很少管教。父亲把全部精力倾注在美术馆的创建上，母亲患肺病，长年在国外疗养。茨维塔耶娃十四岁时母亲病逝，她和妹妹阿霞更无人管束了，任其自由发展。这种环境养成茨维塔耶娃极端任性、为所欲为的性格。她又天生耽于幻想，惧怕孤独，渴求心灵的知己。她一生多次追求心灵的知己，但眼睛往往被幻想蒙蔽，知己很快变成异己，使自己陷入绝望，惟一解脱的办法便是将心中的痛苦倾吐于诗中。绝望的爱情的苦水一旦化为晶莹的诗篇，她便随之解脱。她的爱情诗篇多半都是这样写出来的。由于爱情的对象各不相同，爱情诗篇迥然各异，异彩纷呈。1911年出版的《黄昏集》中的爱情一节便是献给初恋对象、大学生尼伦德尔的。尼伦德尔醉心于希腊文化，对十七岁的茨维塔耶娃并未动心。茨维塔耶娃因尼伦德尔的冷漠痛不欲生，买了一把手枪到上演她心爱剧目《雏鹰》的剧院开枪自杀。子弹没打响，未酿成惨祸。这当然是女孩子的一时糊涂，但从中却能看出茨维塔耶娃烈火般的性格。

《黄昏集》展现出茨维塔耶娃的诗才，立即赢得大诗人布留索夫、古米廖夫、瓦洛申等人的青睐。瓦洛申对茨维塔耶娃尤为赏识，亲自登门造访，把她领入莫斯科诗坛，并邀请她和妹妹到他的科克杰里别墅度夏。茨维塔耶娃1911年5月来到这座位于克里木半岛的偏僻乡村，并在海滩上结识了比她小一岁的中学生埃夫伦，两人一见钟情，半年后便结为伉俪。埃夫伦感情丰富，性情温顺，意志薄弱，是个单纯幼稚、脱离实际的人。埃夫伦的家庭同茨维洛耶娃的家庭迥然不同。父母均属革命民粹派，并是该派恐怖组织最高纲领派的成员，在监禁和流亡中度过一生。母亲1911年在巴黎自缢。在"革命气氛"中长大的埃夫伦同茨维塔耶娃几乎没有相同之处：性格不同，爱好不同，生活习惯也不同，惟一相同的是他们都是早年丧母的孤儿。茨维塔耶娃在热恋中把埃夫伦想象成心灵的知己，并发誓永远不离开他。但很快便感到心灵空虚，而这种空虚是埃夫伦无力填充的。幸好不久女儿阿利娅诞生了，茨维塔耶娃的感情暂时有了寄托。母爱毕竟不同于知己心灵的交融，孤独感很快又控制了她。她那颗骚动的心又开始寻找知己的心灵，终于在女诗人帕尔诺克身上找到。帕尔诺克的诗写得不多，但写得很好，受到大诗人霍达谢维奇的称赞。帕尔诺克是同性恋者，茨维塔耶娃很快便热恋上她。茨维塔耶娃的研究者往往回避茨维塔耶娃这段同性恋，这是没有必要的，因为持续一年半之久的同性恋在茨维塔耶娃的性格上留下明显的烙印，何况茨维塔耶娃在自己的诗集《女友》《少年诗篇》和《致女骑手》中对此毫不隐讳。茨维塔耶娃在这些诗篇中倾诉了自己的欢乐、羞愧和悔恨。茨维塔耶娃同帕尔诺克1915年底关系破裂，因为这时诗人曼德尔施塔姆闯入她的生活。

茨维塔耶娃同曼德尔施塔姆的友情始于1916年1月，这从曼德尔施塔姆赠送茨维塔耶娃诗集《岩石》上的题字可以确定。此前他们在科克杰别里见过面，"我向海边走去，他从河边走来，在花园门口错过。"茨维塔耶娃后来回忆道。1月20日茨维塔耶娃从科克杰别里返回莫斯科，曼德尔施塔姆追到莫斯科，在那里住了两星期，走后茨维塔耶娃寄给他的第一首诗写道：

> 任谁也没有夺去什么东西——
> 我们身处两地，我为此感到惬意！
> 我亲吻您——超越把我们阻隔的关山千里。

可见友谊已发展成爱情。2月曼德尔施塔姆又返回莫斯科，此后不停地往返于莫斯科和彼得堡之间。茨维塔耶娃同他并肩漫游莫斯科，把象征俄罗斯精神的古迹指给他看，曼德尔施塔姆对俄罗斯精神有了更深的理解。"1916年2月6日是我生活中最美妙的日子，因为我把莫斯科赠给了曼德尔施塔姆。"茨维塔耶娃写道。但曼德尔施塔姆忍受不了茨维塔耶娃奔放的、无节制的爱情，6月初从莫斯科逃走，两人关系就此中断。对茨维塔耶娃来说这又是一次失恋。短暂的爱情对两人的创作和生活都产生了有益的影响。曼德尔施塔姆妻子回忆道："奔放而有个性的马琳娜（茨维塔耶娃名字），在他身上激发出对生活的热爱，教会他本能的、无节制的爱的本领。"阿赫玛托娃惊奇地发现，一向不善于写女人、不会向女人献诗的曼德尔施塔姆如今学会了。而茨维塔耶娃写的抒情组诗《莫斯科吟》，视野也比先前开阔。她步入创作的新阶段——创作优秀抒情诗集《里程集》的阶段。

茨维塔耶娃的两次恋爱，特别是长达一年半的同性恋，不仅在她性格上留下了烙印，而且可以说影响了她的命运。影响表现在两方面。首先，经过同性恋后，对她来说已不存在任何禁忌，任何情欲和"罪恶"都不再可怕了。其次，破坏了她同埃夫伦的关系。埃夫伦看清妻子同帕尔诺克的关系，十分懊恼，却又无力帮她解脱。为躲避她们，放弃大学，到军用救护列车当卫生员去了。而这一步便决定了埃夫伦的命运。不久便正式入伍，被派到下诺夫哥罗德初级陆军学校受训。毕业后分配到第五十六步兵后备役团服役。十月革命爆发时该团调往莫斯科守卫克里姆林宫，被红军击溃后，他同茨维塔耶娃一起逃往科克杰别里。埃夫伦一家都是坚决反对沙皇专制政体的人，而一个偶然的情况却使他成为沙皇专制政体的捍卫者。这不能说同他躲避茨维塔耶娃无关。

布尔什维克夺取政权后，一部分老作家不理解或不接受十月革命。茨维塔耶娃就属于后者。她非但不接受十月革命。还同情在顿河流域由沙皇军队科尔尼洛夫、邓尼金将军组建的白卫志愿军。1917年11月她亲自把丈夫送往白卫志愿军，从此同埃夫伦失去联系。

1917年11月茨维塔耶娃带着阿利娅和出生不久的二女儿伊琳娜，从科克杰别里返回莫斯科。财产丧失殆尽，靠卖旧物维持生计。到过她家的人目睹了她的惨状：房子空空如也，隆冬天气未生炉子，没有一点储备食物。白天茨维塔耶娃同阿利娅上街卖旧货，把年仅一岁的伊琳娜拴在桌子腿上。"卖东西并不容易，"她说，

"我卖的都是我偏爱的东西，所以卖的时候谁也不买。"茨维塔耶娃为了一家人能活下去，不得不到乡下弄粮食。她托人办了一份到唐波夫省乌斯曼镇研究民间绣花艺术的证明，便动身到乌斯曼镇去。这是她第一次真正接触革命后的现实。征粮队和护粮队肆意抢夺老百姓的行径令她毛骨悚然。她以后写的特写《自由通行》详细描述了这次出差经过和她的感触。茨维塔耶娃绝非像有人所说的由于不理解革命才不接受革命。她凭诗人的敏感一下子就理解了革命是暴力所以才不接受它。她把希望寄托在白卫志愿军上，不仅因为埃夫伦在那里作战，而且相信只有他们才能打败布尔什维克。她从1917年春至1920年12月31日所写的诗中编选出的诗集《天鹅营》便是她思想的写照。白卫军使她联想起美丽的天鹅，因而把白卫志愿军称为天鹅营。如果对比一下茨维塔耶娃1924年在巴黎完成的长诗《捕鼠人》，便可看出她的立场何等鲜明，竟把布尔什维克比作吞噬一切的老鼠。

这时期，除物质生活异常困难外，茨维塔耶娃的心灵也极其孤寂。对她来说后者比前者更难忍受。她常到瓦赫坦戈夫剧院去，同创作室的演员们接触，为他们写诗剧，但很快就被演员扎瓦斯基迷住。"只能用'入魔'两个字解释"，她自己说。茨维塔耶娃一直渴望心灵的交融，但又认为没有肉体的结合心灵无法交融。1911年4月18日茨维塔耶娃在致瓦洛申的信中坦率承认："我有一种无法医治的完全孤独的感觉。旁人的肉体是一堵墙，阻碍我窥视他的心灵。噢，我多么恨这堵墙啊！"过几个月又说："我主要的热情是同人倾心交谈，可性爱必不可少，因为只有这样才能钻进对方心灵。"这时她对扎瓦斯基潮水般的爱情，扎瓦斯基是立即拒绝还是先接受后拒绝，现已无法考证，但最终拒绝则是不容置疑的。这次失恋给茨维塔耶娃带来创作丰收。她在不长的时间内为创作室写了四部诗剧：《暴风雪》《奇遇》《不死鸟》和《命运》，还有一部小说《索涅

奇卡的故事》。《命运》最后一幕以《卡桑诺瓦的结局》为标题单独
出版。诗剧音节铿锵，朗朗上口。诗剧中男主角都是为扎瓦斯基写
的。《索涅奇卡的故事》是为纪念茨维塔耶娃的女友、独幕话剧演
员索菲娅·戈利泰而写的，其中的男主人公则影射扎瓦斯基，并对
他多有微词。1976年苏联首次发表《索涅奇卡的故事》，已是德高
望重的苏联人民演员的扎瓦斯基读了极为恼火，认为茨维塔耶娃在
小说中羞辱了他。也许茨维塔耶娃为当年失恋在小说中报复了他？

　　1921年爱伦堡离开苏联时，茨维塔耶娃请他打听埃夫伦的消
息。顿河白卫志愿军已被红军击溃，埃夫伦随同白卫志愿军官逃往
国外。爱伦堡居然找到了正在捷克查理大学读书的埃夫伦。7月1
日茨维塔耶娃收到阔别三年半的丈夫的第一封信，立刻觉得生活又
充满希望。从这天起茨维塔耶娃忙碌起来，为同丈夫团聚做出国的
准备。她费了九牛二虎之力终于替自己和阿利娅办好护照，二女儿
伊琳娜已于一年前病死。茨维塔耶娃于1922年5月15日抵达柏林，
埃夫伦兴奋得忘乎所以，这从他拍给友人的电报中便能看出："乌
拉！马琳娜和阿利娅到柏林啦！详情后述。"可奇怪的是，如此渴
望同妻子团聚的埃夫伦一个月后才抵达柏林，并又因"学业繁忙"
匆匆返回布拉格了，而茨维塔耶娃却在柏林逗留了两个半月。茨维
塔耶娃又陷入爱情旋涡，狂热地爱上缪斯山出版社发行人维什尼亚
克，以为在他身上找到心灵的知己，因为爱过扎瓦斯基之后，茨维
塔耶娃称之为"缺斤短两"的世俗爱情已无法满足她对爱情的饥渴
了。然而维什尼亚克并非茨维塔耶娃所追求的心灵知己，火热的爱
情很快冷却，化为一组抒情诗，茨维塔耶娃干脆把这组诗题名《世
俗征兆》。茨维塔耶娃刚一摆脱世俗的爱情，便纵身扑向知己的心
灵。知己的心灵便是准备返回苏联的著名诗人安德烈·别雷。他们
的恋情总共不超过一个月。别雷这时已万念俱灰，既不能融于周
围环境，也无法从中超脱，站在返回苏联还是留在西方的十字路

口。茨维塔耶娃把他当作迷惑的灵魂，竭尽全力使他振奋起来。她写道："也许一生中我还从未曾这样把自己所能有的全部爱情献给他——用纯真的友情环绕着他，陪他上街，守在他身旁。"但别雷并未深入她的心灵，尽管对她的诗集《别离集》极为赞赏，并承认茨维塔耶娃使他重返诗坛，间断多年后重新写诗。1922 年别雷把在柏林出版的诗集取名为《别离之后集》，暗示这些诗是在茨维塔耶娃激发下写成的。他们之间的爱情是半柏拉图式的。茨维塔耶娃两个半月经历了两次爱情，埃夫伦不会不知道，但他又像当年那样躲避了。

茨维塔耶娃带着阿利娅 7 月下旬抵达布拉格，领到捷克政府为俄国流亡作家所发放的每月一千克朗资助金，加上埃夫伦的助学金，全家生活有了保障。茨维塔耶娃开始跑图书馆，搜集资料，五年颠沛流离后头一次过上平静的家庭生活。然而茨维塔耶娃的心很快又被爱情点燃起来，并且越烧越旺，险些烧毁这个好不容易团聚在一起的家庭。这次恋爱从同柏林年轻评论家巴赫拉赫通信开始。茨维塔耶娃认为巴赫拉赫对她的诗集《手艺集》的评论公正而深刻，在这位未曾谋面的评论家身上找到心灵知己。生活的全部欢乐在于同巴赫拉赫通信，并渴望到柏林同他会面。1923 年 7 月至 9 月茨维塔耶娃所写的诗表露出她对巴赫拉赫的感情。这是母爱掺杂着性爱的特殊感情。以其中的《贝壳》和《刀刃》为例。贝壳显然表示女性的手臂，珍珠则是儿子的象征。母亲的双手抚爱儿子。而在《刀刃》中则听到一对恋人被利刃劈开时令人心碎的哭号。

由于邮局的故障，茨维塔耶娃有一段时间没收到巴赫拉赫的信，不知对方是病了还是变了心，痛苦万分，而痛苦有如火中添柴，把爱情之火燃成熊熊烈焰，达到非宣泄不可的顶点，于是茨维塔耶娃把一腔爱火发泄在埃夫伦查理大学的同学罗泽维奇身上。罗泽维奇不仅平庸，与诗歌绝缘，政治态度也同茨维塔耶娃截然相反。内战期间他是同白卫军作战的红军指挥员，后被白军俘虏，同他们一起流亡国外。西班牙内战期间曾在国际纵队指挥过一个营。茨维塔耶娃把爱情发泄在他身上，仅仅因为巴赫拉赫远在柏林，而罗泽维奇近在身边。从茨维塔耶娃同罗泽维奇破裂后致巴赫拉赫的信中可以看出，不到三个月的时间他们的爱情发展到何等地步："亲爱的朋友，我太不幸了。我同自己所爱并被他爱的人在爱情的顶点被拆散（不是分手），同他在一起我准会幸福……我多想跟他生个儿子啊……这个儿子我都快想疯了，一直期待到最后一刻。"

这两次不幸的爱情都结出丰硕的创作成果。与巴赫拉赫有关的除《贝壳》《刀刃》等诗外，还有组诗《病情公报》，刻画出茨维塔耶娃每天翘盼音书时的焦急心境。因罗泽维奇而产生的两首长诗《山之诗》和《终结之诗》，更是茨维塔耶娃诗歌创作的珍品。《山之诗》表达出诗人不祥的预感：爱情燃烧到最旺盛的时刻必将化为灰烬，《终结之诗》则把剧痛比作万仞高山，突然轰然倒塌，压在女主人公身上。今天的读者也许应当感激这两位平庸的情人，没有他们便没有这些锦囊佳制了。但作为茨维塔耶娃丈夫的埃夫伦却不会这样想。茨维塔耶娃在柏林和布拉格的两次恋爱闹得满城风雨，尽人皆知，对天性敏感的埃夫伦是莫大的打击，一心渴望和睦家庭的幻想彻底破灭，现在想躲避都无处躲避，只好闭上眼睛装看不见，但内心的羞辱、懊恼、怨恨已冲破隐忍的闸门，非向一位深知他和茨维塔耶娃的朋友倾诉不可。于是埃夫伦1923年12月给远在俄罗斯的老友瓦洛申写了一封信。这是一份对研究茨维塔耶娃创作生平极为重要的材料。但根据茨维塔耶娃女儿阿利娅·埃夫伦1975年逝世前立的遗嘱，父母的书信到2000年才能启封。笔者有幸读到这封信，兴奋之余真想全文译出，以飨读者，可惜信太长，这里只能摘译几段：

茨是极易动情的人。比先前我离开时，更加变本加厉。没头没脑地投入感情风暴成为她的绝对需要，她生活的空气。由谁煽起感情风暴此时并不重要。几乎永远（不管现在还是先前）建筑在自我欺骗上。情人一经虚构出，立即刮起感情风暴。如果煽起感情风暴的那人是微不足道的人，目光短浅的人，很快便会现出原形，茨便又陷入绝望的风暴。直到新的煽动者出现，绝望才有所减弱。……今天绝望，明天狂喜、爱情、献出整个身心，过一天重新绝望。而一切都是在敏锐而冷静的头脑支配下发生的。昨天的煽动者，今天则遭到机智的、恶毒的嘲笑。并通通写进书里。一切都将心平气和地、精确地化为诗句。一个硕大无朋的火炉，要点着它需要木柴、木柴、木柴。无用的灰烬抛掉，而木柴的质量并不那么重要。只要通风好，总能燃烧起来。木柴坏，烧完得快，木柴好，烧完得慢。

不用说我早已点不着火炉了。

我到柏林接茨，马上感到我再不能给她什么了。我到达前几天火炉已被别人点着。燃烧的时间不长。以后一次又一次晕头转向。最后的那次对我和她都极为难堪，竟同我在君士坦丁堡和布拉格的朋友幽会，而那人又是个同她迥然不同的人，是她过去经常嘲笑的对象。我的突然离开又一次促成新的感情风暴。

茨巴不得死，早已失去生存的土壤。这一点她没完没了地说。就是她不说我也能清楚感觉到。她回家了，可心里老想着别人。人不在跟前反而能使她感情升温。我知道她确信自己失去幸福。当然只到不久就将出现的下一个情人之前。现在一心写献给他的诗。对我视若路人。不让碰她，老发脾气，几乎到了恨我的地步。我既是她的救生圈，

又是套在脖子上的磨盘。……生活快把我折磨死了。我坠
入五里雾中，不知如何是好。一天比一天更糟。

一个月后埃夫伦在致瓦洛申的另一封信中写道："最近一个时期
我总觉得即将返回俄罗斯，也许因为'受伤的野兽'往往爬回自己
的洞穴。"

从这两封信中不难看出他同茨维塔耶娃的关系。他对茨维塔耶
娃的剖析大体上也是不错的。由于他在国外、在家庭中的尴尬处
境，使他萌生回国的念头。但埃夫伦清醒地知道自己的身份，苏维
埃政权决不宽恕白卫志愿军军官，除非他将功赎罪。如何将功赎罪
呢？如果他想过，这时还朦胧不清。像他那样性格软弱的人，没有
外来的巨大压力是不会采取行动的。而这种压力后来才出现。

正当茨维塔耶娃柔肠寸断之际，帕斯捷尔纳克向她伸出友谊之
手，她也在后者身上找到精神支柱。他们初次通信正是茨维塔耶娃
在柏林逗留期间。帕斯捷尔纳克对茨维塔耶娃的《里程集》推崇
备至，茨维塔耶娃同样赞赏帕斯捷尔纳克的诗集《生活——我的姊
妹》。他们渐渐从探讨诗歌转入倾诉衷情。但帕斯捷尔纳克在莫斯
科而茨维塔耶娃在巴黎，天各一方，无缘相见，于是两人想出许多
离奇而无法实现的相会办法。而一旦有了相会的机会，茨维塔耶娃
却又失去相会的兴趣。因为相会对茨维塔耶娃意味着生命的结合。
如无法结合相会便多余了。

1931年2月作家皮里尼亚克从莫斯科来到巴黎，并见到茨维塔
耶娃。茨维塔耶娃通过皮里尼亚克得知帕斯捷尔纳克已同妻子叶尼
娅离婚后，在致女友的信中写道："我同鲍里斯（帕斯捷尔纳克的
名字）的协定已八年（1923—1931）：等到生命结合的那一天……
我们真正的会面先前将会造成极大痛苦（我和我的家庭，他和他
的家庭，我的怜悯和他的良心）。现在不会再会面。鲍里斯不是跟

在我之前的叶尼娅在一起，而跟另一个女人在一起，那个女人不是我——鲍里斯不是我的，不过是俄罗斯优秀的诗人罢了。我马上放开手。"帕斯捷尔纳克的再婚，对茨维塔耶娃是当头一棒，因为八年来她一直把他当成真正的恋人，未来的丈夫，渴望同他生个儿子，可现在他背叛了她。

1935 年 6 月底帕斯捷尔纳克奉命前往巴黎参加国际保卫文化作家代表大会，在巴黎逗留了十天。经过十三年的通信，两位诗人终于见面了。是在大会回廊里见面的。茨维塔耶娃称这次会面是"非会面"，未等帕斯捷尔纳克离开巴黎，便带着 1925 年生的儿子穆尔到海边去了。

他们这次会面非但未加深理解，反而产生新的误解。茨维塔耶娃不理解帕斯捷尔纳克在苏联终日惶恐不安，帕斯捷尔纳克也不知道茨维塔耶娃在巴黎靠借贷度日。巴黎几乎所有俄侨出版机构都拒绝发表她的作品。帕斯捷尔纳克想告诉她苏联的真实情况，但怎能在大会回廊里说呢？只悄悄对她说："马琳娜，别回俄罗斯，那里太冷，到处都刮穿堂风。"可茨维塔耶娃没听懂这句话的含意。

这年夏天茨维塔耶娃写了三首叙事诗《从大海来》《租房尝试》和《梯子》，都同帕斯捷尔纳克有关。还写了一组献给帕斯捷尔纳克的抒情诗《电报线》。此外还写了《光雨》和《当代俄罗斯的叙事诗和抒情诗》。前者分析帕斯捷尔纳克的诗歌，后者评论帕斯捷尔纳克和马雅可夫斯基在俄国诗坛上的地位。

后一篇文章提及马雅可夫斯基，我想就此谈谈茨维塔耶娃与马雅可夫斯基的关系，以及马雅可夫斯基对茨维塔耶娃的"影响"。他们相识于二十年代初，曾一同为苏联著名导演梅耶霍德译校莎士比亚戏剧。两人对苏联埃政权的态度截然不同，但这并不妨碍互相敬佩对方的诗才。除上文外，茨维塔耶娃 1925 年 11 月移居巴黎后，还写过几篇评论马雅可夫斯基的文章，始终把马雅可夫斯基视为天才的诗人。1928年秋天茨维塔耶娃发表了纪念马雅可夫斯基的文章，在侨民中立即成为众矢之的，正在刊载长诗《天鹅营》的《最近新闻报》甚至腰斩了这首长诗。《复兴报》《日报》和刊物《俄罗斯意志》《现代纪事》紧随其后，中断了同茨维塔耶娃的合作。二十年代的侨民作家、编辑从中嗅出亲苏味道，今天茨维塔耶娃的研究者们也据此断定茨维塔耶娃转变了政治态度。文章不长，全文译出："1922年4月28日我离开俄罗斯前夕，清晨在空无一人的铁匠大街上遇见马雅可夫斯基。'喂，马雅可夫斯基，您有什么话要转告欧洲吗？'真理在这边。1928年11月3日天色已晚，我从伏尔泰咖啡馆走出时，有人问我：'听完马雅可夫斯基朗诵后您有何感想？'我不假思索回答道：'力量在那边'。"

大家都在"力量在那边"这句话上做文章。"力量"当然不是指"力气"，而是指"强权、强大、强盛"。茨维塔耶娃感到马雅可夫斯基的诗体现出苏联的强大或强盛。但这并不意味着茨维塔耶娃同样这样看。她用这句话同马雅可夫斯基那句话对比，含有不承认"真理在这边"的意思。文章发表后茨维塔耶娃感到她这句话被不少人曲解，所以1932年在《良心光芒照耀下的艺术》一文中明确指出："我们要到哪一天才不把力量当成真理啊。"1928年至1929年，即发表这篇文章的同时或稍后，茨维塔耶娃根据埃夫伦日记写成的长诗《彼列科普》，记叙了白卫志愿军在彼列科普战役中被红军击败的经过，但歌颂的却是白卫军将士忠于神圣事业的精神。把这篇文章说成茨维塔耶娃人生道路的转折点未免牵强附会，但因马雅可夫斯基而同报刊闹翻，因而失去经济来源并几乎陷入断炊的困境却是事实。这便是马雅可夫斯基对茨维塔耶娃的"影响"。

青年诗人施泰格尔是茨维塔耶娃在巴黎最后一个发泄感情的对象。但没有比施泰格尔更不合适的恋爱对象了。他天生不近女色，并是茨维塔耶娃的死对头、巴黎俄侨当中颇有影响的评论家阿达莫维奇的信徒，政治态度接近茨维塔耶娃深恶痛绝的青年俄罗斯派。施泰格尔惟一打动茨维塔耶娃的地方是他孤独一人在瑞士养病，而且患的是肺病，即茨维塔耶娃称之为"亲切的病"，母亲和丈夫都患过的病。茨维塔耶娃并不认识施泰格尔，虽在自己诗歌朗诵会上见过一面，并未留下任何印象。1932年施泰格尔赠给茨维塔耶娃一本自己的诗集《这种生活。卷二》，上面的题词是："献给伟大的诗人茨维塔耶娃。最最忠诚的施泰格尔。"就是这句题词点燃了茨维塔耶娃心中的爱情。她一天一封信，并要到瑞士去看护他。施泰格尔受不了茨维塔耶娃感情风暴的袭击，一个月后便同她断绝关系。茨维塔耶娃重新陷入绝望，愤怒地写道："我本以为有人像需要面包那样需要我，原来他并不需要面包，而需要堆满烟头的烟灰缸。他需要的不是我，而是阿达莫维奇之流。"这次短暂失恋所绽开的花朵是组诗《献给孤儿》，这也是茨维塔耶娃所写的最后一组爱情诗。

茨维塔耶娃把爱情视为知己心灵的融合，肉体的结合是心灵融合必不可少的桥梁，而肉体结合又必然产生新的生命——儿子。她不仅渴望同罗泽维奇生儿子，还渴望同帕斯捷尔纳克、巴赫拉赫生儿子。但在茨维塔耶娃的爱情观念中，知己灵魂的融合永远占据首位。她所经历的都是不幸的爱情，为了从中解脱，必须把心中的酸甜苦辣宣泄在诗中。这便是上文提到过的她写爱情诗的独特方法，也是她的爱情诗格外打动人的重要原因。

如果换个角度，从凡人而不从诗人的角度看待茨维塔耶娃的经历，我们也许会同情埃夫伦。他承受了巨大的痛苦，表现出超人的忍耐力。茨维塔耶娃虽然忠于"永不离开他"的誓言，但早已不把他视为心灵的知己了。但埃夫伦却对茨维塔耶娃始终一往情深。他在家里感到极端孤独，不得不在家庭以外寻找安慰。在他交结的朋友当中，有不少人具有亲苏倾向，埃夫伦渐渐同他们一起参加苏维埃祖国之友同盟的活动。这个同盟是苏联契卡在国外设立的公开组织，其宗旨是动员俄侨归国或在国外协助他们工作。埃夫伦在家庭穷困得难以生存的压力下，开始替契卡干事，从那儿领取足以维持生计的津贴。但像他那样的人要取得契卡的信任必须有出色的表现。三十年代契卡在巴黎相当活跃，干出两件轰动一时的大事。白卫志愿军被红军击溃后，军官们纷纷逃到巴黎。他们在巴黎成立了俄罗斯全体军人联合会，准备重返俄罗斯，同红军再决雌雄。联合会主席库捷波夫将军 1930 年 1 月被契卡绑架。1937 年 9 月 22 日库捷波夫的继任穆勒将军又被契卡绑架。这不能不引起法国政府的关注。几乎就在同时，拒绝返回苏联的契卡成员赖斯 1937 年 9 月 4 日在瑞士被暗杀，而这件事与埃夫伦有关。瑞士政府要求法国政府引渡埃夫伦。法国政府这时才发现埃夫伦不仅参加恐怖活动，还在法国俄侨中为西班牙国际纵队招募志愿人员，而这是违反法国法律的。巴黎警察局决定将埃夫伦缉拿归案，但埃夫伦早已逃之夭夭，只拿到茨维塔耶娃。在审讯过程中，茨维塔耶娃才知道丈夫都干了什么事，惊得目瞪口呆，只一再重复："他的信任可能被人欺骗，可我对他的信任始终不变。"这里需要倒插一笔。阿利娅已长成大姑娘，学的是美术，插图画得尤佳，可在巴黎找不到工作。茨维塔耶娃同各俄侨出版机构都吵翻了，他们自然不会请阿利娅画插图。另外，《复兴报》详细报导了埃夫伦参与谋杀赖斯的经过，不仅俄侨们，连一些法国熟人都躲避埃夫伦一家人。契卡这时出面了，劝阿利娅返回祖国，并向她允诺美好的前景，于是年方二十五岁的阿利娅于 1937 年 3 月 15 日返回祖国。阿利娅回国后给母亲的信中，并未把真实情况告诉她，所以茨维塔耶娃回国后曾愤愤对人说："全是我女儿这坏东西坑害了我。"从另一方面说，埃夫伦未能悄悄干掉赖斯，反而弄得沸沸扬扬，必须立即返回苏联。尽管埃夫伦忧心忡忡，满腹狐疑，但女儿已成人质，只好束手就擒。阿利娅和埃夫伦返回苏联后，茨维塔耶娃失去经济来源，同儿子无法在巴黎生活下去，只剩下回国一条路。契卡也对茨维塔耶娃施加压力，劝她回国，因为她是这桩谋杀案的"活口"，留在国外后患无穷。此时茨维塔耶娃已预感到埃夫伦回国后不会有好下场。她对女友说："我别无选择，不能在危难中抛弃他，我生来就是这样的人。"不久又说："要是没有穆尔，我决不回俄罗斯。现在只好像狗一样跟他回去了。"

1937 年 6 月 18 日茨维塔耶娃带着儿子穆尔回到苏联。情况比她预想的还糟。她找不到工作，没有一个老朋友敢同她来往。她去看爱伦堡，竟被爱伦堡拒之门外。最令她伤心的莫过于她一直视为心灵知己的帕斯捷尔纳克对她的态度了。后来帕斯捷尔纳克对文艺学家塔格尔的妻子说："马琳娜回来了，叫我到她那儿去。出门路上碰见卡维林和另一个人，他们对我说千万别去，太危险，我没去。"1937 年正是大清洗的高潮，老作家人人自危，不知哪天飞来横祸，被内务部的人带走，谁还敢接触这个在国外待了十七年的"白俄"呢？

初回国时，茨维塔耶娃一家住在内务部提供的住宅里。就在这所住宅里，当着茨维塔耶娃的面，1937 年 8 月 2 日逮捕阿利娅，以间谍罪判处劳改八年。同年 10 月 10 日逮捕了埃夫伦，1941 年 8 月被枪决。埃夫伦被捕后，茨维塔耶娃不能再在这所住宅住下去，搬到埃夫伦姐姐家。茨维塔耶娃在巴黎时曾自豪地说："我的读者在那边。"她在埃夫伦姐姐家举行过一次诗歌朗诵会，来听的都是知识分子，但没有一个人欣赏她的诗。发表诗当然更不可能了。可茨维塔耶娃需要钱，她和儿子要吃饭，儿子还要上学。帕斯捷尔纳克把她介绍给翻译界有影响的人物戈利采夫，戈利采夫给她找些书译，勉强维持生活。帕斯捷尔纳克找过法捷耶夫，请求他关注一下茨维塔耶娃，却遭到后者断然拒绝。但请求还是起了作用，作协在公共住宅里分给茨维塔耶娃一间八平方米的房子。帕斯捷尔纳克办完这几件事后，觉得已经对得起自己的良心了，从此对她不闻不问。

1941 年 8 月 8 日，茨维塔耶娃带着儿子疏散到叶拉布加镇。她为儿子的学业想迁到作协所在地——奇斯托波尔市去，并申请即将营业的文学基金会食堂录用她为洗碗工。正当作协党组织讨论她的户口问题时，她返回叶拉布加镇自杀了。在她贴身内衣口袋里发现她留给儿子的一封信："小穆尔！原谅我，然而越往后越糟。我病得很重，这已经不是我了。我爱你爱得发狂。你应当明白，我无法再活下去。转告爸爸和阿利娅——如果你能见到他们——我爱他们直到生命最后一息，并向他们解释，我已陷入绝境。"

茨维塔耶娃的女儿阿利娅曾说过："妈妈两次为爸爸毁掉自己的生活。第一次是离开俄罗斯寻找他，第二次是跟他返回俄罗斯。"阿利娅的话未免笼统，也欠公允。埃夫伦离开俄罗斯和返回俄罗斯均出于政治原因，简单而明确。茨维塔耶娃则出于贫困、敌视、感情和义务感等诸多原因，复杂而难以理清。但总不能简单说一个是悲剧的制造者，而另一个是悲剧的牺牲者。阿利娅忽略了母亲偏激、骚动、无节制的性格在这场悲剧中所起的作用。

1990 年，苏联著名记者费·梅德韦杰夫在维也纳访问茨维塔耶娃传记作者、俄国名门贵族后裔拉祖莫夫斯卡娅的时候，曾向她提出两个问题：一、茨维塔耶娃命运中最令她惊讶的是什么？二、茨维塔耶娃返回苏联对不对？

对第一个问题拉祖莫夫斯卡娅回答得简单明了："她的性格，她那种同一切都不协调的性格。"对第二个问题拉祖莫夫斯卡娅没正面回答，只提出自己的设想："她如不回俄国将会怎么样呢？我从另一个角度看这问题。她是 1939 年 6 月回国的，9 月这里爆发了战争。德国人来了她的命运将如何呢——很难说。只能设想。我们从她的组诗《致捷克的诗章》中可以看出她对法西斯的态度。至于德国人如何对待她也只能设想。但大概不会发生她返回俄国后那种可怕的悲剧。不管怎么说，这里缺乏逼她自杀的那些原因。"拉祖莫夫斯卡娅曾访问过茨维塔耶娃生前不少熟人，如也住在维也纳的俄国作家马克·斯洛宁，应当说她对茨维塔耶娃性格的看法是符合实际的，但未提及茨维塔耶娃不能不回国的原因。

　　我们也可以设想一下：如果茨维塔耶娃未发生同性恋、埃夫伦并未因此离家出走、她不一次次掀起感情波涛、不蔑视巴黎俄侨界舆论、不同报刊闹翻从而使家庭陷入窘境，而是贤淑的妻子、慈祥的母亲、稿酬丰厚的作家，她的命运又将如何呢？这当然难以回答，因为设想只是一种可能，经历才是确凿的事实。茨维塔耶娃所以这样而不那样，不能不说在很大程度上取决于她的性格。当然，除性格外，还有构成悲剧的其他因素，有些情况我们现在还不得而知。要想如实地道出茨维塔耶娃悲剧的原因，尚待时日——起码我这样想。

（《随笔》1997 年 3 月号）

冷月葬诗魂

——俄国诗人曼德尔施塔姆寻踪

深秋，黄昏时分，漫步海参崴街头，耳际不觉响起不久前在列宁格勒听到的一首悲凉的歌曲：

> 列宁格勒！列宁格勒！我不愿这样死去，几位亲友的
> 地址还铭刻在我心底……

这是根据苏联诗人奥西普·曼德尔施塔姆的诗句谱成的歌曲，是诗人被捕前痛苦的呻吟。这首歌曲七十年代曾风靡全国，到九十年代唱的人就不多了，时代变了。我是泛舟涅瓦河时偶然听到的，立刻被它那凄婉的旋律打动。从曼德尔施塔姆联想到海参崴的二道河子，诗人就埋葬在那里。我一到海参崴便想凭吊这位时乖命蹇的诗人，但总被各种琐事干扰，一直未能如愿，今天忽然下了决心。于是我改变散步路线，乘车直奔二道河子。可汽车开到头道河子便不往前开了，我便徒步向二道河子走去。二道河子已属郊区，离头道河子有很长一段距离，所以等我走到二道河子，爬上小区最高点，天色已经暗了。俯首眺望，除金角湾微微颤动的金色浪花，海湾四周数不清的高楼灯火，路灯下山楂树血红的山楂果，什么也看不见。仰望天空，只见半轮冷月。想找老住户打听一下，有没有人

知道曼德尔施塔姆埋葬的地方，但四周空无一人，无人可问。我只好截住一辆返城汽车，向司机说了一大堆好话，并付给他双倍车钱，败兴而归。

近十几年，苏联失宠而有才华的诗人、作家陆续介绍到中国来。我们也可以坦然欣赏叶赛宁和阿赫玛托娃的诗篇，布尔加科夫和帕斯捷尔纳克的小说了。但对二三十年代苏联诗坛奇才曼德尔施塔姆却介绍得不多。这并不奇怪，因为 1987 年他彻底平反前苏联一直未出版过他的诗集。

1938 年 12 月曼德尔施塔姆病死海参崴二道河子劳改营转运站后，他的名字便完全消失了，没人敢再提起。直到 1946 年 8 月，苏联第二号人物日丹诺夫在他所作的《关于〈星〉和〈列宁格勒〉两杂志的报告》中，才第一次提到他的名字。他站在讲坛上，破口大骂阿赫玛托娃，猛烈抨击阿克梅派，从而带出曼德尔施塔姆是自然而然的事。因为曼德尔施塔姆是这个以古米廖夫为首、与象征派颇为相似的文学团体的重要成员，并同阿赫玛托娃有着特殊的友谊。他们自 1911 年春天相识至 1937 年秋天诀别，友情始终不渝。

日丹诺夫报告后十四年，曼德尔施塔姆的名字重新出现，这次是出现在爱伦堡 1960 年发表的回忆录《人·岁月·生活》里。爱伦堡不仅回忆他们之间的交往，介绍他的遭遇，还高度评价他的诗歌创作。字里行间流露出作者对亡友的深情。爱伦堡写曼德尔施塔姆是冒着一定风险的，因为 1956 年 7 月 31 日苏联最高法院只确认曼德尔施塔姆 1938 年第二次被捕"罪证不足"，但对 1934 年第一次被捕却只字未提，留下一条曼德尔施塔姆仍是"人民的敌人"的尾巴。爱伦堡在回忆录中写道："曼德尔施塔姆没什么可指责的。难道可以指责一个热爱生活的人吗？而他的弱点和力量正在于他热爱生活……这个身体孱弱的人又能妨碍谁呢？"然而生前死后都有人不放过他。

1913年阿克梅出版社出版了曼德尔施塔姆诗集《岩石》，他便以此登上诗坛。《岩石》不仅受到诗坛盟主布留索夫以及其他领袖人物勃洛克、古米廖夫的赞誉，并打动彼得堡和莫斯科千百个诗歌爱好者的心。一时间曼德尔施塔姆成了与布留索夫、勃洛克和古米廖夫齐名的诗人。当年饮誉诗坛的巴尔蒙特、维·伊万诺夫、吉皮乌斯等人也只能望其项背。他经常同勃洛克、古米廖夫和阿赫玛托娃一起在诗歌晚会上朗诵自己的诗。他的诗抒发了个人在历史大动荡前夕内心的冲动、矛盾和惶恐。他的诗句铿锵，极富音乐性，钻入听众耳朵里，嵌在心坎上。有人说曼德尔施塔姆的诗不是写出来的，而是从心里流淌出来的，比他成名稍晚的叶赛宁说他是天生的诗人，"有了他的诗，我们还写什么？""天生的诗人"的比喻对曼德尔施塔姆并不恰当，因为"天生的诗人"很多，叶赛宁本人就是一个。曼德尔施塔姆无时无刻不沉浸在诗歌创作中，同诗以外的世界完全隔绝。说他是诗囚，容易使人联想到贾岛，他同贾岛毕竟不同，姑且称他为诗痴吧。这样完全不通世故的人，在布尔什维克为巩固政权而同白军拼死厮杀、国内生产濒于瘫痪、百姓难以果腹、知识分子活动受到钳制的二十年代，命运就已经注定。

近代瑞士心理学家荣格说，每个人必须戴上一副人格面具才能存在于社会之中。人格面具既能保护自己，又能同他人相安无事。不戴或不会戴人格面具的人，必将被社会吞噬。这种人不是极端幼稚，便是有心理残疾。爱伦堡说他"生活上轻率，艺术上严谨"；女诗人奥多耶夫采娃说别人向他求援时，他定倾其所有。但有时也像孩子般自私，他需要的时候就不分你的我的了。这些都是他不会戴人格面具的表现。

1920年秋天，曼德尔施塔姆在乌克兰海滨城市费奥多西亚被南方武装力量（白军）总司令弗兰格尔的部队抓获，白军认定他是布尔什维克间谍，把他关进单人牢房。曼德尔施塔姆拼命敲牢房门，大声喊道："快放我出去，我天生不是坐牢的。"诗友沃洛申闻讯赶去营救。沃洛申对白军说："你们看他哪点像间谍，他是诗人曼德尔施塔姆。"白军遂释放了曼德尔施塔姆。但不久曼德尔施塔姆再次被捕，而且仅为一只鸡蛋。曼德尔施塔姆离开费奥多西亚来到基辅。一天他忽然想吃砂糖拌蛋黄。他有一点砂糖，只缺鸡蛋，便到集上去买。他身上只有三十九个卢布。他花七卢布在女摊贩那儿买了一个鸡蛋，便转身往回走。路上他碰见一个卖巧克力的，四十卢布一块，立刻被吸引住，怎么也无法压下购买巧克力的欲望。但他只剩下三十二个卢布了，还差八个卢布。他忽然灵机一动，对小贩说："我只剩三十二个卢布，再添上这只鸡蛋行不行？"小贩同意了，但他没料到女摊贩一直盯着他，所以他们刚一成交，女摊贩便尖叫起来："快抓投机倒把分子！他七卢布买了我的鸡蛋又八卢布卖出！"曼德尔施塔姆以奸商罪名被抓起来，鸡蛋打破了，三十二个卢布被偷走。

曼德尔施塔姆再不想在乌克兰待下去，决意返回彼得堡。那时从乌克兰到彼得堡必须经过孟什维克占领的格鲁吉亚。曼德尔施塔姆一到第比利斯便被孟什维克以布尔什维克和弗兰格尔的双料间谍的罪名逮捕。孟什维克以为捕获了一个大角色，洋洋得意，竟在报纸上发表了一则消息。格鲁吉亚诗人从报纸上才看到双料间谍原来是诗人曼德尔施塔姆，立即联名把他保释出来。曼德尔施塔姆说他"天生不是坐牢的"，恰恰相反，像他那样不戴人格面具、无法适应生活环境的人，他的朋友们都懂得而惟独他不懂得"沉默是金"这条格言的人，在当权者几乎把知识分子同贵族等同起来的年代，他天生就是坐牢的。

曼德尔施塔姆深夜抵达彼得堡，半夜三更去敲格·伊万诺夫的家门。彼得堡的文人不见得都做过亏心事，但半夜敲门对他们仍无异于鬼叫门。所以等格·伊万诺夫把该处理的都处理完才去开门时，曼德尔施塔姆已僵倒在楼道上。格·伊万诺夫看见敲门人是曼德尔施塔姆，喜出望外，连忙把他扶进屋里，给他端上热茶和面包干。等曼德尔施塔姆缓过来后，格·伊万诺夫马上问他："你证件齐全吗？""证件？当然齐全。"曼德尔施塔姆不无自豪地从口袋里掏出证件。格·伊万诺夫一看暗暗叫苦，只说了一句："你又想坐牢了吗？"曼德尔施塔姆困惑不解地望着格·伊万诺夫："难道证件不齐全？我好像没丢什么呀！"格·伊万诺夫耐着性子向他解释道："你这是弗兰格尔占领下的费奥多西亚公安局发给彼得堡工厂主儿子曼德尔施塔姆的证件，可这里是苏维埃政权，持这种证件的人是要坐牢甚至枪毙的。你赶快去找卢那察尔斯基，让他给你发一份苏维埃证件。赶紧把这份证件撕掉，并且不许对任何人提起。"

卢那察尔斯基和高尔基为了给彼得堡、莫斯科以文为生的诗人、作家们找碗饭吃，设立了"世界文学出版社"和教育人民委员部戏剧处，都是形同虚设的机构。世界文学出版社什么译稿都接受，反正不准备出版，只付点稿酬以维持译者生活就行了。戏剧处是专供莫斯科苏维埃主席加米涅夫妻子加米涅娃消闲解闷的地方，什么事也不干。但在这个处供职的人也能有口饭吃。为争这个位置，高尔基第二个妻子安得烈耶娃还同卢那察尔斯基翻了脸，按理，这个位置理应给她，因为她毕竟是演员出身，而加米涅娃革命前不过是个助产士。

先前靠稿费生活的人，都同这两个机构搭上关系。曼德尔施塔姆自然也不例外，所以认识卢那察尔斯基和加米涅娃。加米涅娃虽对文学艺术一窍不通，却喜欢以作家、诗人和艺术家的保护人自居，这位克里姆林宫的贵妇也确实为自己的"下属"做过一些好事。

新经济政策出台前，十月革命前发行的报刊均被查封，作家已无处发表作品了。但文章憎命达，偏偏在这时乖命蹇之际，曼德尔施塔姆的创作出现高峰。清词丽句有如清泉，从心底潺潺流出，但只能以手抄或口传方式流传。正如阿赫玛托娃所说，曼德尔施塔姆不需要古腾贝格（德国印刷术发明者）的发明。这倒有点像七十年代苏联民间说快板的维索茨基。他那些针砭时弊、嘲讽权贵的快板风靡全国，家喻户晓，可哪个出版社也不肯出他的快板集。

创作的丰收并没给曼德尔施塔姆带来起码的生活保障。他照旧过着半饥半饱的日子。时间一长他身上那种儿童般的自私便表现出来。有吃的东西可以毫不犹豫地分给别人，没吃的东西便心安理得地吃别人的，并且不管是谁的。一天，曼德尔施塔姆同年轻女诗人奥多耶夫采娃一起在艺术之家用早餐，一人一盘大麦粥。奥多耶夫采娃刚坐下便被人叫走，过一会儿回来一看，自己的大麦粥已被曼德尔施塔姆吃光。奥多耶夫采娃火了，这可是她一天的定额啊。她质问曼德尔施塔姆为什么吃她的粥。曼德尔施塔姆眨眨眼说以为她不饿，或许能在别的地方弄到东西吃，可他太饿了，所以吃了她的粥，请她别见怪。曼德尔施塔姆是她崇拜的诗人，为一盘粥她还能说什么呢，只好无可奈何地摇头。

曼德尔施塔姆神经脆弱，经受不住生活的重压，心理失去平衡，出现精神分裂症的迹象。他身体孱弱，胆子极小，见了牙科大夫都发抖，可失去自控时，又勇猛得像头猛兽。

十月革命后出现过几个传奇女性。她们以自己的业绩、特殊的性格受到革命领袖的青睐，同那些夫贵妻荣的贵妇完全不同。赖斯纳就是其中之一。她天生喜欢猎奇、冒险。1919 年红军同邓尼金志愿军作战时，她不顾劝阻，登上海军舰艇，潜入敌方阵地侦察地形，居然安全返航。苏联剧作家维什涅夫斯基的剧本《乐观的悲剧》中的女政委便以她为原型。女政委身穿皮夹克，腰别手枪，孤身一人来到一群无政府主义水兵当中。经过种种冲突、冲锋，终于制服水兵，把他们训练成能征善战、纪律严明的红色海军战士。五十年代初期北京曾上演过这个剧本，干脆改名为《女政委》。赖斯纳后来嫁给海运副人民委员拉斯科利尼科夫，同克里姆林宫的关系神秘莫测。那时勃洛克等知名作家每天的定额只有几十克面包外加一块咸鱼，而赖斯纳却天天有黑鱼子、各种烧烤、新鲜蔬菜和水果，葡萄酒、伏特加酒更不在话下。她喜欢以作家自诩，经常宴请自己的穷"同行"。1918年春天，曼德尔施塔姆参加过一次她举行的宴会。曼德尔施塔姆对她并非一无所知，曾对妻子说："赖斯纳请客是替契卡帮忙，把契卡要抓的人统统请来，以便在酒宴上把他们一网打尽。"但饥肠辘辘的曼德尔施塔姆经不起佳肴美馔的诱惑，还是同诗友库兹明一起去了。曼德尔施塔姆无暇四顾，进门便坐下大嚼。偶一回头，看见斜对面坐着布柳姆金，正一杯杯喝伏特加。布柳姆金是左翼社会革命党人，又是契卡成员。曼德尔施塔姆认识他，因为他曾有意介绍曼德尔施塔姆加入契卡。布柳姆金酒喝多了，从上衣口袋里掏出一卷空白逮捕证放在桌上。逮捕证都是签过字的，只要填入某人姓名，那人便遭逮捕。旁边有人对布柳姆金说："伙计，你干什么呢？来，为革命干杯。"布柳姆金回答道："等一下，我先填完姓名再喝……西多罗夫……西多罗夫是谁？枪决。彼得罗夫……哪个彼得罗夫？枪决。"

在宴会上，笔尖一动，便枪杀一个人或逮捕一个人，还有比这更可怕的场面吗？这时望着布柳姆金的曼德尔施塔姆陡然变色，突然像豹子一样向他扑去，一把抓起桌上的逮捕证，把它们撕得粉碎，然后冲出大门。等布柳姆金明白过来，曼德尔施塔姆早已跑得不知去向。跑到街上后，曼德尔施塔姆才发现帽子和大衣留在赖斯纳家了。他在街心花园椅子上坐了一夜，自知闯了杀身之祸。次日天一亮便找赖斯纳求救。赖斯纳认为布柳姆金的举止有损契卡的形象，便以保护人的姿态，带曼德尔施塔姆去见捷尔任斯基。捷尔任斯基听完他们汇报后，向曼德尔施塔姆伸出手说："您做得完全对。任何一个正派人处在您的处境都会这样做。布柳姆金应该枪决。"

但曼德尔施塔姆仍担心布柳姆金报复，连夜逃往乌克兰。当然，布柳姆金未被枪决。不久他又干了一件令列宁极为恼火的事：1918年7月6日刺杀了德国驻苏大使米尔巴赫。众所周知，签订布列斯特和约遇到多大困难，列宁费了多大力气才说服自己的战友。但和约签订了四个月零两天，德国大使便被杀害了。列宁勒令捷尔任斯基缉拿凶手，但不知为何捷尔任斯基未能把老部下缉拿归案。列宁死后不久，布柳姆金便又大摇大摆地出现在列宁格勒街头。

1920年至1934年，十四年间世界文学出版社和戏剧处发生很大变化。先是高尔基1922年出国治病，世界文学出版社失去靠山。碍于高尔基的面子虽未撤销，但已改变它的赈济宗旨。接着由于加米涅夫倒台，加米涅娃也从贵妇降为贱民，戏剧处随之寿终正寝。只苦了靠这两个机构吃饭的作家。这时虽已成立国家出版社、创办《新世界》等文艺刊物，但这些出版机构是为无产阶级作家服务的，旧文人发表作品仍然困难。1925年曼德尔施塔姆出版过一本自传体散文集《时代的喧嚣》，这是他在苏维埃时代出版的惟一的一本书。1922年他出版了第二本诗集《哀歌》，但那是在德国出版的。十四年间曼德尔施塔姆没有固定工作，没有住房，除短期到过乌克兰一趟，一直在列宁格勒和莫斯科朋友间打游击，靠翻译和朋友们接济维持生计。1922年在基辅同娜杰日达·哈津结婚，从此这位身体衰弱但意志坚强的女人便同他相濡以沫，一直陪伴到他第二次被捕。娜杰日达在他被捕后不仅全力抢救诗稿，还为我们留下一部珍贵的回忆录。

弗洛伊德把"性压抑"视为作家创作的动力源。中国有人认为这种观点偏颇，改为"良知压抑"。用这两种观点解释曼德尔施塔姆早期诗歌未尝不可。据阿赫玛托娃说，曼德尔施塔姆迷恋过的女人可以开出一张长名单，其中有不少人知道的女诗人茨维塔耶娃，还有阿赫玛托娃自己。他的很多诗都是献给她们的。同许多敏感的诗人一样，在真理与强权搏斗的年代，"良知压抑"自然也会成为他们创作的动力源。然而导致他毁灭的那首讽刺诗用"性压抑"或"良知压抑"解释便显得苍白无力了。1928 年斯大林取得彻底胜利。他大权独揽，专断独行，镇压异己，社会空气极不正常。斯大林强制实行农业集体化时，曼德尔施塔姆到乌克兰去了一趟，亲眼看到富饶的乌克兰哀鸿遍野，辽阔的原野上到处可见饿死的人。这种强烈刺激使他再次失去自控能力，1933 年 11 月写下这样一首诗：

> 我们活着，感不到国家的存在，
> 我们说话，声音传不到十步外，
> 哪里只要一听到悄悄的话音，
> 就让你想起克里姆林宫的山民。
> 他那粗大手指肥壮如青虫。
> 他的话有一普特秤砣那么重，
> 一双蟑螂眼睛露出盈盈笑意，
> 两只靴筒闪耀着光彩熠熠。
>
> 细脖子头头们对他众星拱月，
> 半人半妖的怪物任他戏弄取乐，
> 有的吱吱，有的咪咪或抽泣，
> 就让他一个人厉声粗气地称呼"你"。
> 他送人的指令像连连钉马蹄铁掌——
> 朝大腿，朝脑门，朝眉心或眼眶，
> 每判定一次死刑，他感到欢欣，
> 总要挺挺奥塞梯人特有的宽胸。

> （顾蕴璞译文）

这便是诗人眼里三十年代初的苏联现实。人人自危，领袖为所欲为，掌握着千百万苏联人的生杀大权。党政领导人阿谀领袖以自保，正派人一个个被消灭。但这还只是大清洗前的苏联现实。斯大林在世时，矛头直指他的诗，除曼德尔施塔姆这首诗外，没有第二首。人们生活在现实中，都已学会保护自己，只有曼德尔施塔姆没学会。

曼德尔施塔姆曾把这首诗读给阿赫玛托娃、帕斯捷尔纳克等诗友听，他们听后吓得魂飞魄散，叫他赶快把这首诗忘掉，免招杀身之祸。曼德尔施塔姆接受朋友们的劝告，把诗忘掉。但他是个轻率的人，又极为轻信，难免向别人提起。结果有人告密，而告密者必定是作家圈子里的人。1934 年 5 月 13 日曼德尔施塔姆被逮捕，而逮捕证是内务人民委员亚戈达亲自签署的，可见案情之重大。然而消息传出后，他的作家朋友们非但没躲避他、揭发他，反而挺身而出，奔走相救。这是在苏联文学史上作家们惟——次表现出的忠肝义胆。以后作家一旦罹难，同仁们多半落井下石，连发言表态都很少。如 1946 年对左琴科和阿赫玛托娃的批判，1958 年对帕斯捷尔纳克的批判，其结果都是一致通过把他们开除出作家协会。十月革命后高尔基营救过不少作家以及其他知识分子。以他的威望、同列宁的友谊，他个人的安全系数是百分之百，营救的成功率也相当高。但 1918 年 7 月 16 日他所主持的《新生活报》被查封后，情况起了变化，营救的成功率大为降低。为勃洛克出国治疗的事在列宁那儿碰了个软钉子，又同彼得堡和莫斯科两位实权人物季诺维也夫和加米涅夫吵翻。季诺维也夫对高尔基也不客气，下令查抄了高尔基在彼得堡克龙伟尔克大街上的住宅。这时，高尔基营救谁谁必定遭殃，成功率变成失败率，但他个人的安全系数仍是百分之百。阿赫玛托娃、帕斯捷尔纳克同高尔基的处境完全不同，是冒着生命危险去营救曼德尔施塔姆的。逮捕证是亚戈达签署的，而亚戈达是克里姆林宫实权人物，所以要想营救曼德尔施塔姆只能求助于他所讽刺的对象斯大林本人了。阿赫玛托娃通过一位演员找到中央执行委员会主席团书记叶努基泽的秘书，奇迹般地钻进克里姆林宫，请求叶努基泽向斯大林为曼德尔施塔姆求情。帕斯捷尔纳克同曼德尔施塔姆的关系并不亲密。帕斯捷尔纳克崇拜曼德尔施塔姆的诗才，读过他所有的诗，但曼德尔施塔姆对帕斯捷尔纳克的诗所知甚少，尚未完全认识到他的价值，所以同他谈话时往往像教授训导学生似的。但帕斯捷尔纳克一听到曼德尔施塔姆被捕的消息，马上跑到《消息报》找布哈林，恳求他向斯大林为曼德尔施塔姆说情。布哈林立即给斯大林写信，请求减轻对曼德尔施塔姆的惩处，在信尾还提到："帕斯捷尔纳克同样不安。"这时帕斯捷尔纳克一家住在公共住宅里。所谓公共住宅，即每层楼上住几家，但共用一个厨房和厕所，全楼有一部电话。帕斯捷尔纳克找过布哈林后，一天突然接到斯大林从克里姆林宫打来的电话。斯大林告诉他将重新审理曼德尔施塔姆的案子，问他为什么不营救自己的朋友，如果是斯大林自己的朋友，斯大林就是跳墙也要去营救。帕斯捷尔纳克说如果他不营救，斯大林未必知道这桩案子，尽管他同曼德尔施塔姆之间谈不上深厚友情，他不过是爱惜他的旷世之才罢了。斯大林问他为什么不找作家组织，帕斯捷尔纳克回答道："作家组织1927年以后便不管这类事了。"接着帕斯捷尔纳克说想同斯大林见面，谈谈极为重要的问题。斯大林问什么问题，帕斯捷尔纳克回答道："关于生与死的问题。"斯大林没有回答，挂上电话。

斯大林的电话使曼德尔施塔姆的朋友们心上的石头落地了，相信对他会从轻发落，因为按刑法第五十八条宣传鼓动反苏罪，是可以判处死刑的。

斯大林的电话不仅震惊整个公共住宅，成为轰动一时的新闻，很快传遍莫斯科。不少人对帕斯捷尔纳克的态度发生一百八十度大转变。进出作协，有人替他脱穿大衣。进食堂，马上有人让座，请朋友吃饭，作协代为付款。

曼德尔施塔姆改判流放三年，只在卢比扬卡监狱里蹲了十六天，被审讯员提审了两三次，便同妻子一起流放到乌拉尔的切尔登市。这时曼德尔施塔姆已患精神分裂症，一到切尔登市疗养院便从窗口跳出，觉得后面有人追捕他。切尔登位于东乌拉尔。曼德尔施塔姆不适应那里的气候，电请莫斯科改换流放地，内务部也答应了，改为气候温和的沃罗涅日。这在当时算最轻不过的判决了。看来朋友们的营救没有白费。

但并非所有作家都爱惜曼德尔施塔姆的诗才，同情他的遭遇。五十年代中期曾风行中国的苏联小说《幸福》的作者巴甫连科便憎恨曼德尔施塔姆，并在曼德尔施塔姆的悲剧中扮演了极不光彩的角色。1934年曼德尔施塔姆第一次被捕时，他曾躲藏在卢比扬卡监狱审讯室的柜橱里，偷看曼德尔施塔姆受审。他后来津津有味地对人说，审问曼德尔施塔姆时，曼德尔施塔姆精神恍惚，答非所问，裤子老往下掉，两手不停地提裤子。

曼德尔施塔姆夫妇流放到沃罗涅日后，生活平静，可不受干扰地读书、听音乐和散步。但曼德尔施塔姆除替当地报刊、剧院临时打打杂外，仍无固定收入，依然食不果腹。1934年夏天和1936年2月爱伦堡和阿赫玛托娃分别到沃罗涅日探望他。但他们自己度日艰难，朝不保夕，无力长期接济他。1938年春天曼德尔施塔姆同爱伦堡在莫斯科最后一次见面时，爱伦堡脱下半新的皮夹克给他，这件不合身的皮夹克他一直穿到海参崴。

曼德尔施塔姆流放期满后生活仍无着落，几次到莫斯科和列宁格勒求援。从1938年曼德尔施塔姆第二次被捕的审讯记录上可以看出他到这两地去的目的。曼德尔施塔姆回答审讯员的提问时说，流放期满后他迁居加里宁市，在那里找不到工作，所以想通过作协找份工作，另外，想得到两地同行的接济，并听取他们对他新作的批评。审讯员问谁接济过他，曼德尔施塔姆说有特尼扬诺夫、楚科夫斯基、左琴科、卡达耶夫兄弟等人。一时的接济当然解决不了生计问题。于是走投无路的曼德尔施塔姆便把全部希望寄托在苏联作家协会总书记斯塔夫斯基身上。

第二次被捕前夕他给斯塔夫斯基写了一封信：

尊敬的斯塔夫斯基同志：

刚才鲁波尔（主管世界文学研究所和国家文学出版社）向我宣布。一年之内国家文学出版社不会给我任何工作。编辑先前的约稿作废，尽管鲁波尔曾肯定过："我们早就想出这本书了（指请曼德尔施塔姆译龚古尔兄弟的《日记》）。"

毁约对我是极大的打击，因为这便失去治疗的任何意义。前途将是崩溃。请您促成此事并予以答复。

奥·曼

然而曼德尔施塔姆太天真了，他哪里知道他所求助的人正精心编织捕捉他的网呢。

几乎与曼德尔施塔姆写这封信的同时，斯塔夫斯基也写了一封信，是写给内务人民委员叶若夫的，叶若夫是亚戈达的后任，而亚戈达一个多月前同布哈林等人一起被枪决了。信的内容如下：

敬爱的尼古拉·伊万诺维奇（叶若夫的名字和父称）：

一部分作家对曼德尔施塔姆极为敏感。

众所周知，由于下流的诽谤诗和反苏宣传，三四年前曼德尔施塔姆被流放到沃罗涅日。他流放期已满，现同妻子居住在莫斯科郊区（"规定区"外）。

实际上他经常去莫斯科，住在朋友家，主要是文学家家里，他们支持他，替他凑钱，把他制造成"受难者"——一个无人承认的天才诗人。卡达耶夫、普鲁特以及其他文学家为他撑腰，并发表言词尖刻的言论。

为了缓和因曼德尔施塔姆所造成的紧张气氛，我们通过文学基金会救济过他。但这并不能解决曼德尔施塔姆的全部问题。

这不仅是他用下流诗句诽谤党的领导和全体苏联人民的问题，而是某些著名作家对待他的问题。因此我向您求援。

近一个时期曼德尔施塔姆写了一系列诗。我曾请人读过，他们认为这些诗并无多大价值（作家巴甫连科的评审意见随信附上）。

再次请您协助解决曼德尔施塔姆的问题。

致以共产主义敬礼。

符·斯塔夫斯基

那位 1934 年曾偷听曼德尔施塔姆受审的巴甫连科，在评审意见中除否定曼德尔施塔姆是天才诗人外，重点放在分析曼德尔施塔姆后来所写的歌颂斯大林的诗上。他认为那些诗里语言疙疙瘩瘩，用这种语言歌颂领袖是极不严肃的，说明作者态度轻率，巴甫连科拐弯抹角地暗示曼德尔施塔姆写过讽刺斯大林的诗，竭力引导阅读评审意见的人联想起那首诗。巴甫连科当然知道，谁将看他写的评审意见。

1938 年是大清洗席卷全国的年代，不计其数的无辜者遭到清洗。清洗对象已不限于文人、社会革命党和立宪民主党成员，而已经是党政军的要人了。列宁战友李可夫和布哈林也被送上审判席。苏联五大元帅中的三位，图哈切夫斯基、布柳赫尔（即加伦将军）和叶戈罗夫被枪决，剩下的两位，布琼尼和伏罗希洛夫也岌岌可危。1939年内务部的人包围了布琼尼的住宅，这位驰骋疆场的骑兵统帅端起机枪便向内务部人员扫射，逼得他们只好向后退，布琼尼赶紧给斯大林打电话：

"斯大林同志！发生了反革命叛乱，有人来抓我。我向您保证：决不让他们活捉。"斯大林听了哈哈大笑，命令叶若夫：

"放过这个傻瓜吧，他对我们没危险。"

赫鲁晓夫把三十年代后期的大清洗比作脱缰野马，能驾驭它的只有斯大林和叶若夫。斯塔夫斯基向叶若夫求援，等于把曼德尔施塔姆送到刽子手手里。斯塔夫斯基为什么一定要除掉身心交瘁的诗人呢？大概想借此巩固自己在作协的地位。作协总书记或主席都是在文学界有威望的人，他的前任高尔基如此，他的后任法捷耶夫、费定等人也如此。惟独斯塔夫斯基，不仅在老一辈作家眼中，即便在同辈或晚辈作家眼中也毫无分量。如果不是他有过陷害曼德尔施塔姆这段不光彩的历史，今天恐怕不会有人知道他。除掉曼德尔施塔姆，能在著名作家心理上产生一种威慑作用。

但不知为何叶若夫竟把这封信压了一个多月，直到5月2日才下令逮捕曼德尔施塔姆。这大概同布哈林有关。讽刺斯大林的诗已受到过惩处。再为那首诗逮捕曼德尔施塔姆只能说明斯大林当时处理不当，现在由叶若夫重新纠正。叶若夫没有那么大胆子，所以重新逮捕曼德尔施塔姆需要新的罪证。从布哈林家里搜出曼德尔施塔姆致布哈林的信和他亲笔签名的赠书便是确凿的证据，证明他们是一伙的，这时旧账新账便可以一起算了。曼德尔施塔姆被判处劳改五年，从1938年4月30日算起。

9月7日曼德尔施塔姆从卢比扬卡监狱押上开往滨海边区的火

车，驶往一万公里以外的海参崴市。火车行驶了一个多月，10月12日抵达海参崴。犯人被押到海参崴郊区二道河子劳改营转运站。转运站隶属苏联东北劳改营管理局管辖。转运站的任务是对犯人进行"筛选"，体力强的送往科雷马开采金矿，身体弱的暂时留在转运站，以后再分别押往其他劳改营。①

路上曼德尔施塔姆已被折磨得半死不活，精神崩溃，并患了偏执狂，时刻觉得有人要谋害他。押送人员发的食物绝不入口。他有时请押送队的人到车站替他买个小面包。他先分一半给身旁的人，自己用被子蒙头偷看。看到吃完面包的人安然无恙，才从被子里钻出来吃另一半。

在正常社会里，患心理疾病者也比患生理疾病者更难于被人理解，更何况在畸形社会的劳改营里。曼德尔施塔姆的古怪举止只会招致辱骂和殴打。

到劳改营转运站后他被"筛选"下来。在"筛选"下来的人当中仍是身体最虚弱的，并照例不吃劳改营发的食物。他请看守替他买白糖，认为白糖最有营养，可以维持生命，但他仅有的四十六个卢布很快就花光了。

二道河子劳改营转运站分设三个劳改营：女营、男营（包括刑事犯和五十八条犯，即反苏宣传犯）和中国营。中国营里关押的是中长铁路职工，张鼓峰事件后押往西伯利亚的克拉斯诺亚尔斯克。

---

① 曼德尔施塔姆在二道河子劳改营转运站的情况没留下官方材料，只有同营难友的回忆录。这些人大部分是在四十年代中期至五十年代中期获释的。在劳改营里不可能记录，释放后忙于别的事未能把有关曼德尔施塔姆的见闻及时记下来。有的在十年后，有的甚至在五十年后写出来，而这时他们已是耄耋之年了。不确切之处，互相矛盾之处在所难免，但基本情况都很近似。本文所使用的材料主要取自1991年2月22日莫伊谢延科在《消息报》上发表的回忆录，部分使用了著名生理学家克列普斯基、生物学家梅尔库罗夫等十人的回忆录。

海参崴关押中国人的事我在1956年就听一位前辈朋友说过。我问他："你又不是中长铁路的，干吗关你？"他说因为黑头发，我说日本人也是黑头发，况且张鼓峰事件是日本人打苏联，关他们才对。他说斯大林不想得罪日本人，一个也没关，个别的被遣送回日本。当时我万分惊讶，无法理解。多年以后看到曾在中国引起轩然大波的《苏日中立条约》时我才明白斯大林的用意。条约是苏联外交人民委员莫洛托夫和日本外相松冈洋右1941年4月13日签订的。条约还附了一份宣言，其中有两句话特别刺眼："兹特郑重宣言，苏联誓当尊重满洲国之领土完整与神圣不可侵犯性；日本誓当尊重蒙古人民共和国之领土完整与神圣不可侵犯性。"这两句话对仗工整，用词准确，不可能产生歧义。

在囚犯当中人的价值是以体力衡量的。前列宁格勒拳击冠军玛托林，别说五十八条犯，就连刑事犯也怕他那双拳头。但他从不欺负人，他的哲学是人应当活得像人。而瘦弱矮小的曼德尔施塔姆，谁都敢欺负他。牢棚棚长、前列宁格勒演员今天让他睡顶铺，明天又让他睡下铺，任意折腾他。再加上他举止古怪，挨打挨骂更是家常便饭。这时曼德尔施塔姆已没有钱买糖吃了，只好吃看守送来的食物。按规矩，看守送来后由棚长喊编号，喊到谁谁来领取自己的那一份。可没等棚长喊编号，曼德尔施塔姆便去抢头一份，立刻被人打翻在地。玛托林正巧进来，马上制止众人，把他扶起来。玛托林问怎么回事，大家告诉他曼德尔施塔姆违反了规矩。玛托林弄清情况后，对大家说，曼德尔施塔姆不等喊编号就抢食物，违反了规矩，但他只拿了自己应有的一份，并未侵犯别人的利益，不该动手打他。他又问曼德尔施塔姆，干吗要去抢呢，你那份又跑不了。曼德尔施塔姆说，他觉得只有第一份没下毒，其余的都下毒了，他怕被毒死，所以抢头一份。至于是否毒死别人，他没有想到。曼德尔施塔姆得到玛托林保护，安全了一阵子，可惜玛托林不久便被押解到别的劳改营去了。

据同营难友、著名生物学家梅尔库罗夫回忆,曼德尔施塔姆衣衫褴褛,骨瘦如柴,老纠缠着别人听他念诗,被大家赶来赶去,都说他是疯子。有一次他来到梅尔库罗夫的牢棚,对他说:"您得帮我个忙!""帮什么忙呢?"梅尔库罗夫问道。"跟我来吧!"他们走到空无一人的中国牢棚,曼德尔施塔姆脱掉衣服,对他说:"请把我衣服上的虱子打干净!"梅尔库罗夫照办了。曼德尔施塔姆说:"将来有人会写文章,题目是《生物学副博士替别雷之后第二位诗人打虱子》。"曼德尔施塔姆对诗人安德烈·别雷最为推崇,不大喜欢勃洛克,承认帕斯捷尔纳克是位有趣的诗人,但尚未成熟,对爱伦堡感情最深。曼德尔施塔姆穿上打干净的衣服,分手时对梅尔库罗夫说:"您是坚强的人,定能活着出去。一定要找到爱伦堡!我到死都思念他。他有颗金子般的心。"曼德尔施塔姆相信,只要爱伦堡知道他的遭遇,总有一天会将其公之于世。

劳改营里的医生们都对曼德尔施塔姆很好。他们替他找到一份不需要体力的差事:看管从死人身上扒下来的衣服。他们还从中选出一件皮大衣送给他过冬,并增加了他的口粮定额。但就是这份差事他也没干好,又转回原先的牢棚。这时他的怀疑狂症加重,又不吃看守送的食物,饿得受不了时便去垃圾堆里拣东西吃。奇怪的是他并不怕刑事犯毒害他,他们也从不欺负他,还时常把他请进他们牢棚,用罐头、白面包款待他。曼德尔施塔姆在这伙杀人犯、盗窃犯当中悠然自得,津津有味地吃着白面包和鱼罐头。有时还给他们朗诵自己的诗,有人听不懂时他便用口语解释,然后再朗诵一遍。

到海参崴两个半月后,1938 年 12 月 27 日,曼德尔施塔姆死了。死亡日期是准确的。但患的是什么病,死在医院还是牢棚,又埋葬在何处,便众说纷纭了。官方说法是死于心脏病和坏血病,也有人说死于动脉硬化,还有人说是活活饿死的。但不知为什么没有人说死于斑疹伤寒和痢疾，而这两种肆虐于劳改营的传染病夺走了千百人的生命，医院单号病房里堆满了尸体。

曼德尔施塔姆同棚同铺难友莫伊谢延科这样写道：

> 12月底，过几天就到新年了。早上把我们押到澡堂进行卫生处理。但那儿根本没水，命令我们脱掉衣服，把衣服送进烘烤房烘烤，把我们赶到大棚的另一端，等待烘烤过的衣服。那边更冷，还有股硫磺味和烟味。这时两个光着身子的人倒下了，失去了知觉。看守跑过来，从衣袋里掏出两小块三合板，用细绳系在倒下人的脚趾上，一块三合板上写的是："奥·曼德尔施塔姆。反苏宣传罪。劳改10年"，接着便往尸体上倒氯化汞。所以曼德尔施塔姆死在医院的说法是不对的。

莫伊谢延科的说法较为可信。一代诗人便这样赤条条去了。但他并非无牵挂，他牵挂亲人和朋友。到二道河子后他未收到过家里寄来的包裹。那时，收到包裹证明家人暂时平安无事。如果包裹被退回来，家里人便知道他们的亲人已经不在了。犯人和家属便以这种方式互相传递凶吉。曼德尔施塔姆的弟弟收到哥哥从二道河子寄来的一封短信，但曼德尔施塔姆却未收到妻子寄出的包裹。

曼德尔施塔姆死后官方未发布消息，他妻子只通知了极少数的几个朋友。他们哀痛万分，却不敢公开悼念他。流亡国外的朋友得知他的死讯后，虽然为他举行悼念活动，写文章悼念他，但他们微弱的声音是传不进苏联的。一度蜚声诗坛的诗人便这样默默地消失了。

曼德尔施塔姆死后一个多月，即1939年1月30日，曼德尔施塔姆的妻子收到邮局退回的包裹，知道丈夫已离开人世。这个日子她记得特别清楚，因为 1 月 30 日全国各大报纸都公布了荣获勋章的作家名单。勋章分三等：列宁勋章、劳动红旗勋章和荣誉奖章，其中以列宁勋章等级最高。而荣获这项殊荣的作家名单中，巴甫连科的名字赫然在列。

时代前进，历史无情，沉冤十载几十载以至半世纪的无辜受害者终于昭雪。1956 年苏共二十大后，大批冤案得到平反，以反苏宣传罪判刑的人纷纷从劳改营返回故里。苏联最高法院以"缺乏罪证"为理由为曼德尔施塔姆第二次被捕平反，但对第一次被捕却只字未提，留下一条尾巴，因此国家文学出版社从《诗人丛书》的作者名单中删掉曼德尔施塔姆的名字。直到 1987 年 11 月 9 日曼德尔施塔姆文学遗产委员会才收到苏联副总检察长的一封信："经复查，曼德尔施塔姆 1934 年被捕同样缺乏罪证。"读者会问，为什么 1956 年不能为两次被捕一起平反呢？原因并不复杂。在克格勃的档案中存有曼德尔施塔姆审讯时亲笔录写的讽刺斯大林的短诗和巴甫连科的告密信。如彻底平反，这两份材料必将公之于众。从曼德尔施塔姆手录讽刺诗的字迹上可以看出克格勃对他施行过酷刑。他手不能握笔，一个字母要描三四次。1989 年《莫斯科新闻》在第 15 期上刊登了曼德尔施塔姆手迹的复制件，不少人看后都落泪了，尽管克格勃对犯人施行酷刑早已人所共知，但它却不敢公开承认。公布克格勃档案材料，无异于自己揭发自己，不仅克格勃反对，苏联当局也决不答应，因为 1956 年克格勃仍是苏联政权统治人民的柱石。巴甫连科的信显然不是评审意见，那份材料是斯塔夫斯基附在自己信里寄给叶若夫的。不然 1989 年老作家卡维林读过信后也不会愤怒地写道："由此可以得出结论：正是巴甫连科呈交斯大林或内务部的信（如果坦率说——是告密）害死了曼德尔施塔姆。"公布巴甫连科的信必将剥掉四枚勋章获得者的外衣，现出为人民所痛恨的告密者的原形。这不仅有损已故作家的形象，也影响作协领导人的威信。这就是拖了二十一年后曼德尔施塔姆才得以彻底平反的原因。

1991 年苏联定为曼德尔施塔姆年。各出版社都将出版他的诗集，5 月莫斯科还将组织盛大的纪念活动。我也想回国前凭吊一下他的坟墓，弄清关押过他的劳改营的位置。接受上次教训，想请一位了解当年劳改营情况的人陪我同行，便去找市文化局局长马尔科夫先生，请他推荐一位熟悉这段历史的人。没想到马尔科夫本人便是地方志学者，并搜集过曼德尔施塔姆在海参崴服刑的材料。3 月初的一天下午他开车接我。我同他一起重访二道河子。车开到小海市小区停住，我们下车步行到沃斯特列佐夫大街。他说这就是当年劳改营的营区。当年这里叫工兵丘，是个大山坡，山坡上铲出四块平地，每块平地上都设有用防雨布和圆木头搭的牢棚。从曼德尔施塔姆自海参崴寄给弟弟的信中知道他住在十一牢棚。十一牢棚位于沿山坡向下第二块平地最后的一排，他带我沿街向下走去，走到第五十一中学，沃斯特列佐夫大街 51 号，他说这就是第十一牢棚的旧址。当然，当年的痕迹一点也没有了，同其他小区街道没有区别。至于曼德尔施塔姆葬在何处，他说没有人知道，也不可能有人知道，因为 1938 年秋天劳改营里斑疹伤寒、痢疾等疾病蔓延，每天死几十甚至几百人，挖个一米多深的大坑便把死人成摞埋了。他指着街心公园里的一把椅子说，不久前从莫斯科来凭吊曼德尔施塔姆的诗人叶甫图申科便把花篮放在这把椅子上。这时夜幕降临，居民楼里的窗口亮了，仿佛千百只眼睛从四面八方望着我们，暗暗笑我们徒劳的探寻。我们走进街心公园，坐在曾放过花篮的椅子上，默默地坐了很久。我从曼德尔施塔姆联想到他们那代作家悲惨的命运。不必说茨维塔耶娃和叶赛宁了，勃洛克的命运同样悲惨，咽气前才批准他出国治疗。他们都是不谙政治、手无寸铁、潜心创作的人，就不能对他们宽容点？然而斯大林没有宽容他们。于是出现了俄罗斯文化的断裂，文化接力队中缺少了一批传递接力棒的高手，其后果至今仍未完全认识到。这时一轮冷月悬在天边，像千百万年一样，无动于衷地把清辉洒向人间，洒向山丘和大海。马尔科夫站起来，说时间不早了，该回家了，我们便驱车返回市内。

（《读书》1995 年 6 月号）

苏联作家巴别尔最后的日子

巴别尔像一颗耀眼的彗星，在苏联文坛上闪耀了一下便黯然消逝。从1936年至1957年苏联未曾出版过他的任何作品。他的书重新出版的时候，中国已度过翻译苏联文学的"蜜月"，何况他那样的"回归作家"，更无人翻译。无怪中国读者不熟悉这位堪称苏联文坛大师的作家了。

巴别尔1924年开始在《红色处女地》《列夫》等杂志上发表描写第一骑兵军的短篇小说，共写了三十四篇，1926年结集出版，定名《骑兵军》。出版后各流派的评论家交口称誉，一致认为《骑兵军》是文坛的重大收获，真实地写出骑兵军战士的神态。但《骑兵军》却惹恼了第一骑兵军的将领。原军长布琼尼1924年在《十月》杂志第三期上发表一篇猛烈抨击《骑兵军》的文章，指责巴别尔写的不是第一骑兵军，而是马赫诺匪帮。作者在向人民撒谎，仿佛革命是由一小撮土匪和篡权者搞出来的，因为他本人就是营垒那一边的人，所以没跟随库普林一伙逃往国外，就是为了留下来诽谤骑兵军。布琼尼的指责立即受到以《红色处女地》主编沃隆斯基为首的一批有声望的评论家的反驳，他们指出布琼尼的批评毫无说服力，不过仗势欺人罢了。沃隆斯基指出："仅根据作家未能创作出真正的共产党人这一点就认为他近似反革命，是忽略了他创作的基本内容。"这场争论虽然极为激烈，但未得出孰是孰非的结论。1928年高尔基从索伦托回国观光，9月30日在《真理报》和《消息报》上同时发表了《我是怎么学习写作的》一文。高尔基在文章中谈到巴别尔的《骑兵军》："布琼尼同志曾痛骂巴别尔的《骑兵军》，我觉得这是没有道理的，因为布琼尼本人不仅喜欢美化自己的战士的外表，而且还喜欢美化马匹。巴别尔美化了布琼尼的战士的内心，而且在我看来，要比果戈理对查波罗什人的美化更出色、更真实。人在很多方面还是野兽，而同时人——在文化上——还是少年，因此美化、赞美人是非常有益的……"布琼尼不服，在同年12月26日的《真理报》上发表《致马·高尔基的公开信》。这位骑兵老总承认在文学问题上无法同高尔基争论，但骂《骑兵军》却并非"没有道理"。接着又对巴别尔破口大骂。高尔基于12月27日在《真理报》上发表《答谢·布琼尼》，开门见山写道："我不同意您对巴别尔的《骑兵军》的看法，并对您对这位作家的评断表示坚决抗议。"高尔基接着反驳道："我在巴别尔书中并未发现'讽刺与诽谤的东西'，相反，他的书激起我对骑兵军战士的热爱和尊敬……在俄罗斯文学史中，我还未见到过对个别战士如此鲜明和生动的描写，这样的描写能使我清晰地想象出整个集体——骑兵军全体将士的神态……"二十年代尚未产生一言九鼎的权威人士，所以围绕《骑兵军》的第二次交锋，仍无人能下结论。只是当事人巴别尔在双方炮火交织中身心交瘁，万念俱灰，无力握笔。此后发表的作品更少。除《骑兵军》外只有1931年出版的《敖德萨故事》和短剧《晚霞》。所有作品汇集起来仅是薄薄的一个集子。但在苏联和国外，巴别尔被称为"二十世纪最有才华的俄国小说家，也是苏联第一流散文家"。1986年意大利《欧罗巴人》杂志评选一百名世界最佳小说家，巴别尔竟名列榜首。以一册薄薄的集子被公认为文学大师的作家，在苏联文学史里恐难找出第二个人。

巴别尔时乖命蹇，半生坎坷，但直到1939年祸从天降之前，并未受到政治迫害。这一年5月他突然被捕，并被控告三项吓人的罪名：托洛茨基分子、外国间谍和恐怖分子。白面书生如何一夜间成了十恶不赦的"人民敌人"了呢？只怪他性情率真，说话不遮掩，交友不慎。法国历史学家苏瓦林在《同巴别尔的最后谈话》一文中披露，巴别尔在言谈中曾两次冒犯斯大林。1927年11月布琼尼妻子突然自杀，但传说并非自杀，而是被丈夫杀死，因为她对逮捕托洛茨基极为愤慨。1932年11月9日斯大林妻子阿利卢耶娃自杀。有人把两桩自杀联系起来，怀疑出于"同一模式"。巴别尔认为这种传言并非不可信，对苏瓦林说："布琼尼杀死妻子，又娶了位资产阶级小姐……斯大林知道他历史肮脏才用他。斯大林不喜欢历史上没有污点的人。"至于布琼尼的"污点"同斯大林历史上的"污点"有无相似之处，巴别尔说："我们这里什么事都可能发生。"这些话很可能传入克里姆林宫。另外，巴别尔在作协第一次代表大会上的发言中曾说："杜撰出来的庸俗官话只会对我们的敌人有利……我们倾诉爱情到了令人作呕的地步，如果长此以往，我们将像足球裁判那样对着话筒表白爱情了。"谁都明白巴别尔所说的"表白爱情"是指对斯大林表达热爱，斯大林当然也明白。

此后巴别尔便受到监视，他的一言一行都被密探记录下来，存放在克格勃的档案室里。如今这些告密材料变成研究巴别尔的重要资料了。1934年11月的告密材料："巴别尔说：'人人适应逮捕，如同适应气候一样。党内人士和知识分子顺从地坐牢，顺从得令人发指。这是国家制度的特征。需要有几个顶天立地的人领导国家。可这种人又到哪儿去找呢，已经一个不剩了。'对托洛茨基反党联盟的审判，巴别尔说：'荒谬绝伦的审判。故意挑选下流罪犯、保镖、奸细充当布哈林、李可夫等人的证人。……布哈林等人坚信他们所代表的思潮的灭亡促使他们死亡。托洛茨基告诫过我们：斯大林的胜利意味着革命的灭亡……苏维埃政权仅靠意识形态支撑。如果没有意识形态，十年前一切就都完蛋了。意识形态判决了加米涅夫和季诺维也夫'。"这些洞若观火的言论足以把巴别尔送进卢比扬卡监狱，但他却还无恙。1936年8月审讯季诺维也夫和加米涅夫时，一批红军将领随之消失。其中的亚基尔、奥霍特尼科夫和施密特，都是巴别尔的好友。1935年巴别尔还同妻子参观过他们举行的秋季军事演习。巴别尔受株连已无可避免，但他再次化险为夷。说起来似乎不可思议，原来全国头号刽子手、内务人民委员叶若夫救了他。叶若夫的妻子很早就认识巴别尔，她主持《苏联建设》时曾约请巴别尔撰稿，巴别尔在《骑兵军》受攻击后正愁无处发表作品，便同她恢复联系，经常到被人称为"虎穴"的叶若夫家中去，自然也认识了叶若夫。叶若夫对巴别尔并无好感，但碍于妻子情面两次救了他。斯大林为转移人民因大清洗而产生的对最高政权的痛恨，把叶若夫当成他的替罪羊。1939年4月10日下令逮捕叶若夫。巴别尔受叶若夫牵连随之被捕。

斯大林并未忘记巴别尔，亲自审阅他的案件，并吩咐手下人从他嘴里逼出治罪他人的口供。第一次审讯持续了三天三夜。巴别尔先不承认自己是间谍、托洛茨基分子和恐怖分子。但在严刑拷打之下后来都承认了，并作了如下招供：托洛茨基分子沃隆斯基在文化界组织了一个托派集团，参加这个集团的有爱伦堡、卡达耶夫、伊万诺夫、谢芙琳娜、利金、列昂诺夫、费定、阿·托尔斯泰等作家，还有爱森斯坦、亚历山德罗夫、米霍艾尔斯、乌乔索夫等导演和演员。沃隆斯基被流放到利佩茨克后，他同女作家谢芙琳娜还到他那里领取过指示。他是法国和奥地利的双料间谍。1933年在法国通过爱伦堡结识了法国作家马尔罗，后者招募了他。他向马尔罗提供有关苏联民航、俄国工农红军的装备和结构、国家经济和知识分子情绪等等情报。爱伦堡嗅出他们是一丘之貉，便同他进行反苏交谈，两人一致认为必须组织起来才能采用恐怖手段反对现行制度。

如此荒谬不堪的招供，任何人都看得出来，但克格勃的审讯员要的就是这样的口供。

巴别尔所招供出的参加托派集团的作家和演员都是文化界的名流，他们之间不少人非但互不往来，而且并不认识，但有一点是共同的：都曾得罪过斯大林。斯大林便为每位文化名人准备好一份"罪证"，采用的手段是逼迫受审讯的人招供他人的罪行。如从巴别尔嘴里逼供出作家皮里尼亚克的"罪证"，再逼皮里尼亚克招供巴别尔的"罪证"，这样连环逼供，每个人便有几个人甚至十几个人招供的"罪证"。不仅文化名人，连斯大林的亲密战友、政治局委员们，如莫洛托夫、日丹诺夫、卡冈诺维奇、安德烈耶夫等人背后也都有别人招供的"罪证"。这些"罪证"储存在斯大林的保险柜里。一旦想除掉谁，便抛出他的"罪证"。但斯大林并不轻易抛出"罪证"，有的几年之后才抛出，有的一直未抛出。巴别尔所招供的文化界同伙，除米霍艾尔斯外，一个也没被触动。而米霍艾尔斯是战后陷入所谓"犹太复国主义事件"才被除掉的。"无产阶级伯爵"阿·托尔斯泰不但未触动，后来还受到斯大林的宠幸。最让人不可理解的是斯大林一直没动爱伦堡，而几乎在所有被审讯过的文化人士的供词里都有他的名字，不少人还把他说成是他们的首领。五十年代末期在莫斯科工业学院举办的一次文学晚会上爱伦堡受到围攻："斯大林为什么放过你？"爱伦堡回答道："不知道！"他确实不知道。按照通常逻辑他早该人头落地了，可斯大林一直没逮捕他。斯大林的逻辑是凡人无法理解的。

巴别尔自知生还无望，垂死挣扎，想了却两桩心事：抢救自己手稿；否认对同行的诬告。他请求贝利亚准许他把抄走的文稿整理出来："有描写乌克兰农业集体化和集体农庄的手稿、记述高尔基谈话和活动的材料、几十篇短篇小说的初稿、完成一半的剧本。这些手稿都是我八年劳动的成果，其中一部分准备今年发表。"他的请求贝利亚未予理睬，因为克格勃早已把他的手稿烧毁。卢比扬卡监狱不知把多少手稿——其中不乏传世佳作——化为青烟。哲学家弗洛连斯基得知手稿被没收后哀叹道："我一生的劳动全完了，这比肉体上的死亡更可怕。"

1939年11月5日巴别尔上书总检察长："前作协会员、在押犯巴别尔致函苏联总检察长。从审讯员话中获悉我的案子已转交苏联检察院审核。我将发表涉及案件实质的声明，我的声明极为重要——请让我审辩。"但检察院未传讯他。

11月21日他在一张纸片上再次上书检察院："11月5日我曾请求检察院传讯我。我的供词中多有不实之词，诬告了许多为苏联利益诚实工作的好人。一想到我的供词不仅无助公正的审讯，反而给祖国带来直接的危害便痛不欲生。我现在首先要做的是清除良心上的污点。"第二封信仍无回音。

1940年1月2日巴别尔第三次致函检察院，字迹潦草，显然握笔已经困难了："我曾两次请求检察院传讯我，因为我在供词中诬告了无辜的人……我被逼迫诬告爱伦堡等人有反苏意图……这些都是不折不扣的谎言。我知道他们都是诚实的、忠诚的苏联公民。这些诬告都是我在审讯中由于自己怯懦而招供的。"巴别尔不敢提审讯员对他严刑拷打，因为信只能通过他们转交上去。

巴别尔两桩心事均未能了却，二十天后被枪决。克格勃档案记载："巴别尔1940年1月27日在莫斯科被枪决。埋葬地点不详。"

苏联解冻以后，1954年1月巴别尔的遗孀佩罗什科娃上书苏联总检察长鲁坚科，要求为丈夫平反。6月负责甄别巴别尔案子的检察官多尔仁科传唤佩罗什科娃，对她说巴别尔的案子破绽百出，但平反尚需三位知情人的证词。

高尔基第一个妻子彼什科娃和爱伦堡6月16日分别写了证词。彼什科娃写道，她同巴别尔1928至1931年在意大利相识。1934至1935年，高尔基在哥尔克村疗养，几乎天天同他见面。高尔基对他评价极高，认为他天才非凡，是写微型小说的高手，总是饶有兴趣地听他朗读小说。巴别尔是忠诚的爱国主义者。巴别尔的被捕令她震惊。

爱伦堡写道，自 1926 年他同巴别尔相识后一直是要好的朋友。巴别尔是非党的共产党员，一贯谴责托洛茨基分子。高尔基曾对他说巴别尔是最完美的、最诚实的作家和人。至于法国作家马尔罗，确实是他介绍给巴别尔的，但马尔罗同法国情报机关毫无关系，当时很靠近法国共产党，后来才成为戴高乐的追随者。

6 月 24 日卡达耶夫也写了证词：他同巴别尔是 1919 年至 1920 年在敖德萨省委宣传鼓动部一起工作时认识的。那时巴别尔刚从骑兵军回来，正在写《骑兵军》里的故事。1922 年他们一起到了莫斯科，仍经常见面。巴别尔在马雅可夫斯基主编的杂志《列夫》上发表过小说《盐》，深受马雅可夫斯基的赏识，称他为当代最出色的散文家之一。巴别尔无疑是苏维埃政权的拥护者，对列宁的天才极为钦佩，认为十月革命掀开了世界历史的新篇章。

苏联最高法院军事庭于 1954 年 12 月 18 日作出为巴别尔平反的决定：撤销原苏联最高法院军事庭 1940 年 1 月 26 日对巴别尔的判决。然而佩罗什科娃收到的平反书上写的却是："巴别尔于 1941 年 3 月 17 日死于服刑期间。"巴别尔分明是 1940 年 1 月 26 日被枪决的，为什么把死亡日期改为 1941 年 3 月 17 日呢？原来平反证书上未填死亡日期，留下空白，等交给佩罗什科娃之前再对照判决书填上，但不知哪位检察官一时偷懒，未查阅判决书便信手填上一个日期，于是在今天的各种工具书和课本里巴别尔的死亡日期便成为 1941 年 3 月 17 日了。哀哉，遗属点燃蜡烛悼念亡灵的那一天，并非亲人真正死亡的日子。

巴别尔自然不会有坟墓，所以我从未向人打听过。

（《读书》1995 年 10 月号）

小说《月亮》和《红木》引起的风波

不知从何时起，"高尔基是苏联文学的奠基人"便深印在我脑子里。现在想想，觉得这种看法未免牵强。高尔基在十月革命前已成为世界知名的作家，他的成名作和代表作都是在苏联成立之前发表的。二十年代除政论和回忆录外，在国内未曾发表过其他体裁的作品（《我的大学》《阿尔塔莫诺夫家的事业》均在柏林出版，《红色处女地》杂志转载过片断）。他1921年出国疗养，1933年回国定居。这期间同布尔什维克领袖们不断发生龃龉。在这种处境下他对刚刚诞生的以反映苏联现实为宗旨的苏联文学能产生多大影响？列宁也只称他为"无产阶级艺术的最杰出的代表"。我上面的看法是从哪儿来的自己也说不清。

二十年代出现过一批影响较大的小说，如法捷耶夫的《毁灭》（1926年）、费定的《城与年》（1924年）、富尔曼诺夫的《恰巴耶夫》（1923年）、绥拉菲莫维奇的《铁流》（1924年）和革拉特科夫的《水泥》（1925年）等。但都不及皮里尼亚克1921年出版的《裸年》影响大。《裸年》的出版打破了诗歌垄断文坛的局面，树立了小说在文学中的主导地位。《裸年》是苏联成立后第一部引起轰动的小说。一时间人人谈论它。有人称赞，有人指责，有人拍手叫好，有人咬牙切齿，但没有一个人无动于衷。《裸年》大胆地描绘出十月革命后赤裸裸的现实。作者是接受十月革命的人，并第一个塑造出"穿皮夹克的人"（布尔什维克）的形象。但小说中没有贯穿始终的情节和人物，而是由许多片断组合而成。鲁迅先生在《一天的工作》后记中对《裸年》及其作者做了如下的分析："这是他将内战时代所身历的酸辛，残酷，丑恶，无聊的事件和场面，用了随笔或杂感的形式，描写出来的。其中并无主角，倘要寻求主角，那就是'革命'。而毕力涅克（即皮里尼亚克）所写的革命，其实不过是暴力，是叛乱，是原始的自然力的跳梁，革命后的农村，也只有嫌恶和绝望。他于是渐渐成为反动作家的渠魁，为苏联批评界所攻击了，最甚的时候是1925年，几乎从文坛上没落。但至1930年，以五年计划为题材，描写反革命的阴谋及其失败的长篇小说《伏尔加流到里海》发表后，才又稍稍恢复了一些声望，仍旧算是一个'同路人'。"

除拉普作家猛烈抨击《裸年》和资深评论家沃隆斯基坚决捍卫《裸年》外，小说还引起两位大人物的注意。1922年10月托洛茨基在一篇评论皮里尼亚克的文章中写道："皮里尼亚克对我们生活的片断独具只眼，这正是他的力量所在之处；他是现实主义者。此外他知道，并表明他知道，俄罗斯正在进行消毒处理，俄罗斯经历着分娩时的欣喜的痛苦，并在混乱中，在贩夫走卒的叫骂声中，伟大的历史转折正在完成。"1924年4月斯大林在斯维尔德洛夫大学的演讲中指出："勃·皮里尼亚克的《荒凉的年份》（即《裸年》，引文用《斯大林全集》译文）这篇小说反映过这种特殊的病症，描写过某些俄国'布尔什维克'的典型，说他们充满了意志和实践的决心，'干得'很'起劲'，可是看不见前途，不知道'干工作是为了什么'，因此离开了革命工作的道路。"斯大林所指的"特殊的病症"是狭隘的实际主义和无原则的事务主义，肯定了皮里尼亚克善于发现并反映现实中存在的问题的本领。托洛茨基则全面肯定了皮里尼亚克及其《裸年》。那时斯大林同托洛茨基尚未最后摊牌，托洛茨基仍是革命领袖之一。有两位大人物的一致肯定和沃隆斯基等人的有力支持，拉普作家再怎么攻击皮里尼亚克也无损于他一根毫毛。他继续担任全俄作家协会主席，照旧以苏联文化使者的身份到世界各地旅行。《裸年》在两三年内一版再版，一再被译成英、德、法、日、挪威、西班牙等多种语言，皮里尼亚克成为苏联二十年代独领风骚的作家。模仿者一时蜂起，写小说故意不要情节，塑造正面人物一定穿皮夹克。但他们并不理解皮里尼亚克创作的真髓，只学到些皮毛而已。皮里尼亚克在中篇小说《第三个首都》中借人物之口说道："不论拿起报纸还是书，首先让你惊愕的便是里面的谎言。在劳动中、社会生活中和家庭关系上到处都是谎言。所有的人，共产党员、资产者、工人，甚至革命的敌人，整个的俄罗斯民族，都在说谎。这到底是怎么回事儿？都得了精神病还是都瞎了眼？"作为作家的他该怎么办呢？他在短篇小说《飞溅的时代》中做了回答："我有个可悲的名声——一个铤而走险的人。还有个更可悲的名声——我的天职是做一个对自己和对俄罗斯都诚实的俄国作家。"做一个永不说谎的作家不仅困难，而且危险。皮里尼亚克抱着这种创作态度不久便以一篇《永远明亮的月亮的故事》（简称《月亮》）闯了大祸。《月亮》发表在《新世界》杂志 1926 年第五期上。小说情节很简单：红军集团军司令加夫里洛夫奉命从南方到一座小城做手术。他认为自己身体很好，用不着做手术。可一个"腰板挺直的人"非要他做不可。他们之间有段对话：

　　第二个人（即集团军司令）严肃而迅速地说：用不着开场白，你干吗把我召来？不用耍外交手腕。照直说吧！

　　第一个人（即腰板挺直的人）：我召你来是因为你需要做手术。你是革命区不可少的人。我把教授们都叫来了，他们说手术后一个月便能行走。这是革命的需要。教授们等着替你做检查，他们会弄清楚的。我已下了命令。

第二个人：我的医生告诉我用不着做手术，自己能长好。我觉得自己完全健康，根本用不着做手术，也不想做。

第一个人：司令员同志，你记得不记得我们讨论过，派不派四千人去执行必死无疑的任务。你下令派他们去。你做得对。过三星期你就能行走了。请原谅我，我已下了命令。

加夫里洛夫只好服从命令，躺在手术台上。上麻醉药时因心脏麻痹，死在手术台上。

加夫里洛夫死亡的情节，同伏龙芝死亡的情节极为相似。伏龙芝接替托洛茨基担任苏联军事革命委员会主席和陆海军人民委员，是天才的军事统帅，并有很高的文化修养。他为人正直，不会做危害革命事业的事。伏龙芝曾患胃溃疡，采用保守疗法，溃疡渐渐收缩。但斯大林命令他做手术。上麻醉药时心脏麻痹，死在手术台上。1965年伏龙芝的好友加姆堡在回忆录中写道："他不愿意上手术台……我劝伏龙芝，既然不愿意做手术就拒绝做吧。但他只是摇头，说斯大林坚持进行手术……"

伏龙芝死后不到三个月，皮里尼亚克便发表了《月亮》，还加上了一段此地无银三百两的前言："这篇小说的情节容易使人联想到，伏龙芝的死因成为小说的材料和写它的缘由。我几乎不认识他，一共见过两面。他死的详情我不清楚，对我也并不怎么重要，因为我的目的是写小说，而绝不是写军事人民委员之死的报道。因此我认为有必要告诉读者，不要在小说中同真人真事对号。"伏龙芝被斯大林害死的传言早已不胫而走，而《月亮》使对此事半信半疑的人确信无疑，对此事不甚了了的人产生疑窦。

《月亮》之所以震撼人心，因为皮里尼亚克不仅写出斯大林如何害死伏龙芝，而且写出斯大林消灭老布尔什维克的机制。他们很多人，同加夫里洛夫一样，明知自己无罪，但出于"遵守党的纪律"或"维护党的团结"自觉地走上断头台。他们宁肯冤枉自己而不愿破坏党的坚如磐石的团结。在文学作品还是第一次写出这种消灭机制。

拉普作家一直敌视皮里尼亚克。上次批判《裸年》时未把他批倒，心里憋了一股气。现在对他进行大规模围攻的机会来了。但批判的小说仍是《裸年》，而不是《月亮》，因为斯大林认为《月亮》不批判为宜。正当苏联围剿皮里尼亚克的时候，他恰恰在中国旅行。鲁迅先生在《苦蓬》译后记中写道："作者 Boris Piliniak 曾经到过中国，上海的文学家们还曾开筵招待过他。"文学家们很可能是太阳社的成员，因为蒋光慈曾担任过皮里尼亚克的翻译。皮里尼亚克在《忏悔书》中也提到他的中国之行："我在中国组织过中俄文化交流协会，上海《南国》杂志还为这个协会向我拨出篇幅。"接着他说一回国便陷入赫列斯塔科夫的处境：以苏联文化使者的身份到中国和日本旅行，向两国人民介绍苏联文学，可自己却是苏联文学界批判的对象。他对此很不服气，只承认写《月亮》时不够慎重。他此时虽未受到政治迫害，但在文学界的地位已摇摇欲坠，很难发表作品了。

1929 年是苏联转折的一年，也是皮里尼亚克的命运转折的一年。这一年斯大林加速农业集体化，向富农发动全面进攻。集体化后的农村疮痍满目，生灵涂炭。这一年皮里尼亚克完成了中篇小说《红木》，反映的正是这一时期农村小镇的生活。小说未能在国内发表，却由柏林佩特尼乌斯出版社出版了单行本。文学界再次掀起对皮里尼亚克的批判，由于这次批判是在斯大林授意下进行的，所以火力特别猛烈。拉普作家早已摩拳擦掌，跃跃欲试，只等斯大林一声令下，便向皮里尼亚克猛打猛冲过去，把同时在国外发表小说《我们》的札米亚金也捎带上。批判的火力虽猛，但没有新的目标。《红木》没人读过，想批而无法批。只好第三次批判已经批得烂熟的《裸年》，自然批不出什么新花样来。但皮里尼亚克从此一蹶不振，精神濒于崩溃。他明白自己铸成大错，在国外发表反对苏联政策的作品无异于叛国，被捕是迟早的事。除最忠诚的朋友帕斯捷尔纳克和阿赫玛托娃外，同行都躲避他。他成为文学界的异己。

《红木》1989年首次在《各民族友谊》杂志上发表。农村写得阴森可怕，"只有嫌恶和绝望"。人物个个精神受到摧残，心灵被现实扭曲。别兹杰托夫兄弟到农村收购红木家具，修复后高价出售。红木家具是俄国特产，只有俄国人会这门手艺。别兹杰托夫兄弟通过中间人——八十五岁的老汉斯库德林——向当地住户收购。斯库德林有儿女阿基姆和卡佳等三人，还有两个妹妹和一个弟弟。弟弟叫二流子伊万。别兹杰托夫收购家具接触各类人。他们向一家破落贵族收购红木家具时，问主人道："是不是命令你们在二十四小时之内离开？"主人回答："不，我们没等命令下来便连夜走了。我们有预见性。"两句平淡的对话写出多少苦难。斯库德林老汉知书识字，经常读报，在村里算个有学问的人，农民遇到想不通的事便找他解说。可他常常解说不了。有的农民日出而作，日落而息，勤俭持家，按时纳税。房子能遮风避雨，衣服能防暑御寒，吃自己种的粮食和蔬菜，可他们被划为革命的敌人。另一些农民游手好闲，不干农活，整天喝酒睡觉。房子漏雨透风，衣服破烂露体，从不纳税，花国家发的种子款，没钱买种子种田，但他们都被称为革命的朋友。一天一个年近五十岁的人找老汉解说，他是发了疯的祖国敌人。他原是机关办事员，1920年到农村种地。给了他十俄亩地，他便赤手空拳地干起来。他不分白天黑夜地干，干出优异成绩。1923年在全俄农业展览会上荣获奖章和奖状，表扬他养乳牛和供应乳制品的贡献。1924年拨给他四十俄亩土地，建议他办示范农场，但他只要了二十俄亩。1927年他养的乳牛已达十七头，一人饲养不了，雇了一个工人，马上便成了富农，一切都被充公。第二年他又回城里当办事员，但仍无法从富农心态中挣脱出来，疯了。这些问题斯库德林老汉都无法解说。

二流子伊万是军事共产主义时期的共产党员，第一任村执委会主席，后来被革命遗弃。现在他同一群蓬头垢面、衣不蔽体的共产党员住在废砖窑里。他们白天替人装卸货船挣几个钱，晚上便挤在废砖窑里喝酒。二流子伊万虽被革命遗弃，但仍然忠于共产主义的理想，经常回忆叱咤风云的年代。他一有机会便向人宣传革命的伟大，直到听的人落泪为止。这便是皮里尼亚克眼里的1928年以后的共产党员，他在伊万前面冠以"二流子"足以说明他对他们的态度。斯库德林两个妹妹的命运完全不同。一个是村里道德典范，从未逾闲荡检，以老处女终其身。另一个是村里有名的荡妇，被一个有家室的司库员诱惑，生了两个女儿，都是在树林里、街道和废墟上野合的产物。她受尽欺凌和屈辱，可晚年生活却很充实。她的小女儿卡佳也怀孕了，却不知孩子的父亲是谁。这便是皮里尼亚克勾绘出的二十年代末的农村图画。

1930年皮里尼亚克出版了长篇小说《伏尔加流入里海》。这是他向当局表示忏悔的作品，希望取得谅解，恢复原有的地位。小说以修建科洛姆纳水坝为题材，讴歌第一个五年计划。《红木》中的别兹杰托夫兄弟、斯库德林老汉和二流子伊万都被作为反面人物写入小说。皮里尼亚克还塑造了两个正面人物，设计师和工程师。但正面人物写得苍白无力，反面人物反而写得有血有肉。当局很不欣赏这部小说，对他非但未加谅解反而更加敌视。皮里尼亚克知道自己的命运已经注定。

1937年12月28日，他儿子过三岁生日的那天，晚上十点钟来了位客人。客人对皮里尼亚克说："尼古拉·伊万诺维奇请您到他那儿去一趟，想问您一个问题。一小时后便能回到家。"皮里尼亚克妻子一听到尼古拉·伊万诺维奇——叶若夫的名字，立刻吓得面无人色。她知道到头号刽子手那里去的人都是有去无还。皮里尼亚克只镇定地说了一句："走吧！"便跟那人去了，去了再没回来。苏联文学奠基者之一、开小说先河的世界知名作家从此消失，没有他的任何消息，连他是死是活也没人知道。

二十大后皮里尼亚克正式平反，但他的死仍是个谜。因此各工具书对他的死亡日期写得各不相同。如《苏联百科词典》写的是1941年，《不列颠百科》写的是1937年，《中国大百科》同此说。直到1988年5月，皮里尼亚克的儿子才收到苏联最高法院军事法庭的答复："皮里尼亚克，1894年出生，1938年4月20日被苏联最高法院军事法庭根据伪造的叛国罪判处死刑，于21日处决。"

皮里尼亚克失踪后，他的好友、女诗人阿赫玛托娃便感觉到他已不在人世，写了一首诀别诗：

> 我踏着小径朝你走去。
> 你发出无忧无虑的笑声，／针叶林和池塘中的苇丛，
> 缭绕着奇异的回声……
> 啊，但愿这声音能唤醒死者，／请原谅，我不能不如
> 此谈论：
> 我把你当亲人怀念，／我羡慕每个悲泣的人，
> 每一个在这可怕的时刻／能哭泣躺在谷底者的人……

皮里尼亚克真的安葬在谷底吗？又是哪个谷底呢？

（《读书》1997年6月号）

访法捷耶夫故居

法捷耶夫故居位于滨海边区丘古耶夫卡镇。从边区首府海参崴出发，乘越野吉普行驶了三个半小时。汽车在斑斓的枫树和墨绿的红松中穿行，开到丘古耶夫卡已是中午，令滨海边区人民骄傲的名胜原来不过是俄罗斯普通的小镇。汽车一直开到法捷耶夫故居前。法捷耶夫一家1912年从乌法迁到丘古耶夫卡后便住在这里。故居馆长热情接待我，大概我是到这里来的第一位中国客人。午饭后他便同我谈起法捷耶夫，话里充满对法捷耶夫的崇敬，把他说成完美无缺的人物。他越讲越来劲，可我越听越不耐烦。他所讲的都出自《法捷耶夫青年时代》一书，而那本书又是根据《青春》杂志1958年第12期所发表的《法捷耶夫致科列斯尼科娃书简》写成的，据说科列斯尼科娃是法捷耶夫的第一位恋人。可1925年同法捷耶夫结婚并共同生活七年之久的前妻格拉西莫娃却从未听说过他有过这位恋人。其实法捷耶夫晚年不过借书信抒发当年的豪情，而透过未能实现的理想发泄心头的悲伤，怎能把《书简》当成史料？馆长只字不提法捷耶夫在拉普时期的表现以及为何自杀了此一生。他一直谈到天黑，陪我同来的画家也无意返回海参崴，我只好在这山间小镇过夜了。夜里我想到参观俄罗斯其他名人故居时也遇到过类似的情况，故居的工作人员对本乡本土的名人过分赞扬，甚至奉为偶像。

于是我得出结论：对名人故居讲解员或馆长的话不可轻信。对法捷耶夫故居馆长的话同样如此，因为我来之前已读过不少重新评价法捷耶夫的文章，对他已有所了解。

法捷耶夫十七岁参加布尔什维克，用他自己的话说，"从那天起便热恋上了党"。同年参加游击队同日本干涉军作战。1921年被远东人民革命军选为参加联共（布）党的第十次代表大会的代表。曾同十大代表一起镇压喀琅施塔得暴乱，因腿受伤留莫斯科治疗。后入矿业学院学习。1925年参加文学团体拉普。1927年出版小说《毁灭》，一举成名，从普通会员一跃而成为拉普领导人之一，惟我独革的倾向逐渐显露。1929年接替绥拉菲莫维奇任《十月》杂志主编。绥拉菲莫维奇任职期间独具慧眼，对肖洛霍夫的《静静的顿河》极为赏识，并力排众议，在1928年1至4期刊登小说的第一部，5至10期又发表第二部。肖洛霍夫送交第三部稿子时，主编易人，新主编对《静静的顿河》的态度同旧主编截然不同，指责肖洛霍夫的立场不对头，竟在书中歌颂白军、污蔑如今位居要津的领导人，要求作者删掉第三十章，并一定让主人公葛利高里·麦列霍夫加入红军。肖洛霍夫断然拒绝法捷耶夫的指责，认为那样删改违背真实，破坏小说的结构，第三部宁可不发表也决不删改。法捷耶夫同拉普其他领导成员一样，以党在文学中的代表自居，对同他们观点不同的文学流派动辄打棍子。不用说以沃隆斯基为代表的山隘派和同路人作家，就连高尔基、马雅可夫斯基和革拉特科夫都挨过他们的棍子。皮里尼亚克因《明亮的月亮的故事》闯了大祸，在他危在旦夕之际，法捷耶夫仍气势汹汹地质问道："为什么直到现在还把皮里尼亚克视为严肃作家？这真令人不可思议。有的人像长舌妇那样说：'要了解作家的情绪就得了解作家村里皮里尼亚克的情绪。'皮里尼亚克的情绪就那么重要？他从一开始写作便歪曲苏联现实……后来越写越坏，政治上坏，艺术上也坏。"但肖洛霍夫是拉普成员，自己的人，经高尔基和绥拉菲莫维奇斡旋，除一章外，1932年《十月》还是发表了《静静的顿河》的第三部。但法捷耶夫对肖洛霍夫的敌意并未消除。1938年10月肖洛霍夫为躲避杀身之祸从故乡维约申斯卡亚逃到莫斯科，向作协领导人法捷耶夫求援，法捷耶夫非但没采取任何解救措施，反而把肖洛霍夫教训了一顿，叫他以后少管闲事。还是斯大林救了肖洛霍夫一命。1941年《静静的顿河》获斯大林奖金，法捷耶夫冷笑道："就我一人没投他的票。"法捷耶夫如此对待肖洛霍夫，难保不含嫉妒成分，因为他懂得《静静的顿河》的分量。

1932年拉普解散前（1932年4月23日联共中央公布了《关于改组文学艺术团体》的决议，但通常把这项决议称为解散或消灭拉普的决议。）法捷耶夫同拉普主要领导人阿维尔巴赫、基尔雄和叶尔米洛夫等人过从甚密，同总书记阿维尔巴赫的关系尤为密切。阿维尔巴赫的姐夫是内务人民委员亚戈达，所以同后者的关系也非一般。拉普解散后他们的关系发生变化。原拉普领导上书中央，要求在统一的作家协会中设立无产阶级作家分部和以辩证唯物主义作为创作方法。斯大林认为前者可以考虑，如果拉普作家内部不发生分裂的话。最初拉普领导人惊魂未定，对决议一致抵触。几个月后法捷耶夫在《文学报》上接连发表四篇题名为《旧与新》的文章，反省拉普过失，支持中央决定，从中分化出来。阿维尔巴赫等人把法捷耶夫的行为视为背叛，遂与他绝交。由于拉普内部发生分裂，所以在作协中设立无产阶级作家分部的前提不复存在。阿维尔巴赫同法捷耶夫结下不解之怨。苏联著名作家田德里亚科夫1988年在《各民族友谊》杂志上发表的小说《狩猎》中写道：

高尔基举行例行午宴。斯大林及其忠诚战友光临。

……大家喝得有些飘飘然了，大概此刻心情最好的莫如宴会主人吧，他动情地说："作家兄弟吵嘴闹意气真不好，不再吵闹该多好啊。"这发自内心的和解呼吁令所有与会者肃然起敬，大家赞许地沉默片刻，都把悲愤的目光投向阿维尔巴赫和法捷耶夫。斯大林手持酒杯或未持酒杯站起来，把他们两人呼唤到自己跟前。

"不好啊，"他慈父般地说，"太不好啦！讲和总比吵架强。我请你们都伸出手来，和好吧！"

斯大林的请求可非同小可。

法捷耶夫是心怀坦荡不记仇的人，向阿维尔巴赫迈了一步，伸出手来。可阿维尔巴赫瞪了他一眼，慢慢把手背到身后。法捷耶夫的手悬在空中，在场的人都惊呆了，伟大领袖和导师同法捷耶夫一起陷入尴尬处境。

但如果斯大林不及时出卖失败者那便不是斯大林了。他眯起黄眼睛说："法捷耶夫同志，你太没性格，是个意志薄弱的人。阿维尔巴赫有性格，他能保持自己的尊严，可你不能！"

……仿佛从此刻起法捷耶夫便青云直上，地位在其他作家之上，他的对头们立即黯然失色。法捷耶夫没有性格，而阿维尔巴赫有，可阿维尔巴赫很快便被逮捕，消失得无影无踪。

田德里亚科夫是四十年代末步入文坛的，三十年代初的事不可能亲身经历，他写的是从旁人那里听来的。现已年迈的拉普评论家列文在1991年出版的《有过那样的时代》一书中重复过这个情节。列文不仅认识阿维尔巴赫并因与其过从甚密而被开除出苏联作家协会。他的话则增加了可信程度，尽管他也未参加高尔基的午宴。

法捷耶夫自杀前最后几天常到邻居、曾以《铁甲列车》驰名文坛的作家弗·伊万诺夫家做客，向他倾诉衷肠。弗·伊万诺夫的儿子、作家维·伊万诺夫在 1993 年《星》杂志第一期发表的《高尔基临终之谜》一文中转述了法捷耶夫当年所说的话。法捷耶夫说最折磨他良心的是他出卖了亚戈达。他发表的《旧与新》不仅惹恼了阿维尔巴赫，也得罪了内务人民委员亚戈达。亚戈达和高尔基都曾支持过拉普。他到亚戈达家去解释写文章的动机，没想到亚戈达把他痛骂一顿，骂他出卖同志。法捷耶夫反驳道，他支持中央决定有什么不对？ 1932 年亚戈达还是炙手可热的大人物，可随时把他投入监狱。法捷耶夫回去越想越害怕，便把亚戈达骂他的话写成一封信交给中央。1938 年亚戈达垮台，成为莫斯科第三次公开审判的被告，法捷耶夫的信便成了亚戈达的一条罪状。1939 年庆祝斯大林六十大寿那天法捷耶夫被安排在主席团里，坐在他旁边的伏罗希洛夫和莫洛托夫对他说，他不知道斯大林多么感激他当年对中央决议的支持。1939 年法捷耶夫被选为联共中央委员，并担任作协领导人，1945 年至 1954 年担任作协总书记。斯大林在高尔基午宴上看中法捷耶夫，但直到 1939 年才委以总管文学重任。然而法捷耶夫的所作所为并非出于功利主义的动机，而是出于纯洁的党性。打棍子是为建立无产阶级文学，支持中央即斯大林，是因为他把斯大林视为党的化身。

法捷耶夫同斯大林的关系，用爱伦堡的话来说，是士兵与元帅的关系。元帅的每句话对士兵都是命令。法捷耶夫说他最怕母亲和斯大林，但也最爱他们两人。法捷耶夫不同于斯大林周围的党棍，是有头脑、有抱负的人，再加上文学口味与斯大林往往不同，执行斯大林意志时内心不可能不矛盾，而这些矛盾渐渐使他陷入痛苦的深渊又无法自拔。

1932 年 10 月，作协成立之前，斯大林等领导人在高尔基私邸会见党员作家。大家请斯大林讲讲列宁。斯大林讲了列宁重病期间向他要毒药的事："伊里奇明白他要死了，让我给他弄点毒药，因为弄这种药既不能请求妻子，也不能请求姐姐。'您是最残忍的党员。'他对我说。"公开说自己是最残忍的党员令在场的作家不寒而栗，但法捷耶夫却解释为斯大林意志刚强。

1940年春天法捷耶夫到基辅参加谢甫琴科诗歌讨论会，在会上为因形式主义而受批评的导演梅耶霍德辩解了几句。一回莫斯科便被带到斯大林那里。斯大林先让他看一份材料。法捷耶夫打开一看原来是揭发外国间谍头子梅耶霍德的材料，惊呆了。这时斯大林走过来问道："怎么样，看完了吧？""还不如不让我看呢，斯大林同志！""你以为我们愿意看这种东西，可又有什么办法呢？现在你该明白你在基辅替谁说话了吧！如果你允许的话，我们准备逮捕他。"但梅耶霍德半年后才被捕。法捷耶夫知道他危在旦夕，既不能告诉他，又无力帮助他，见面时不敢正眼看他。

斯大林不允许自己周围的人有自尊心，认为那是神气的表现。为了打掉法捷耶夫的"神气"，故意让他下不了台。1948年讨论斯大林奖金授奖名单时，斯大林问法捷耶夫名单上怎么没有潘菲洛夫的小说《为和平而斗争》，法捷耶夫回答道，斯大林奖金委员会没讨论这部小说，因为未达到起码的艺术水准。这时马林科夫刚好进来，斯大林向他问道："马林科夫同志，你对这问题怎么看？"接着说道："可我们的看法不同，法捷耶夫同志，是否给马林科夫同志一点面子，给潘菲洛夫奖金？我看应当给。"大家当然都支持斯大林，弄得法捷耶夫狼狈不堪。斯大林嘲笑法捷耶夫写的句子太长："法捷耶夫同志，你的句子太长，老百姓看不懂。你应当学习我们如何写命令。我们写一个短句子要斟酌十遍，可你一个句子中倒有十个副句。"法捷耶夫援引托尔斯泰，说托尔斯泰的句子里也有不少副句。斯大林挖苦道："法捷耶夫同志，我们还未为你修建先贤祠，等人民为你修建好先贤祠，你再把你的副句聚集到那里去吧！"

斯大林的某些做法法捷耶夫无论如何无法理解。1937 年 5 月斯大林派法捷耶夫到第比利斯参加格鲁吉亚党代会，并让他写出对大会的感想。法捷耶夫看到中央书记贝利亚进出会场全体代表起立，会场前矗立着他的半身塑像。法捷耶夫认为这不符合党的传统，便写出自己的看法交给斯大林。没想到 1938 年贝利亚调任副内务人民委员会，斯大林把法捷耶夫的材料交给了贝利亚，并批评贝利亚搞个人迷信。贝利亚从此恨上法捷耶夫，差点用汽车把他撞死。

战后有一次斯大林身着元帅服召见法捷耶夫，法捷耶夫两手紧贴裤线站在他面前。斯大林责备法捷耶夫不协助中央清除作家当中的间谍。法捷耶夫吓得一愣，不知斯大林指的是谁，请他指出。斯大林面带怒容说："如果你这么没用我只好提醒你，首先，你最亲近的朋友巴甫连科是大间谍；其次，你心里清楚，爱伦堡是国际间谍；第三，难道你不知道阿·托尔斯泰是英国间谍？我问你，为什么不向我们报告？现在你可以走了，我没工夫再同你谈这个问题，你自己看着办吧！"党中央总书记的话法捷耶夫不能不相信，可他却无法相信。但斯大林吩咐下来的事不能不办，法捷耶夫陷入绝境。摆脱的惟一办法是逃入醉乡。法捷耶夫酒喝得越来越多，成为名副其实的酒鬼。法捷耶夫前妻格拉西莫娃在《游思散记》中写道："哪儿发现他，那儿便会出现救护车和两名身强力壮的护理员，以防他'不听话'……此后他便消失在克里姆林宫的医院中，三个月，四个月，五个月。"出院后再酗酒，再被关进医院戒酒，循环反复。1954 年 6 月他又一次离家出走，在树林里过了两夜，后来他说："我在树林里过了一夜，徜徉其中，有时卧在树下草地上，温暖而寂静。落下不大的露珠。我倾听树林里神秘的天籁，沉醉在树林的喘息中，仿佛回到远东打游击的少年时代。"然而像他那样的大人物怎能出走，不是乖乖地返回作协，便是被救护车送往医院。

然而法捷耶夫还有另一副面孔，即作家通常见到的官方面孔。1945年夏天法捷耶夫老熟人泽林斯基突然被传讯到内务部。一位上校质问他为什么有人当他的面散布反政府言论他不报告。他一时想不起谁说过这样的话。上校提醒他，他自己也曾贬低过马雅可夫斯基、吹捧过帕斯捷尔纳克。他一下明白是谁告的密，但不想再牵连人，没说出别人无意间说过的话。这时一只飞蛾从他眼前飞过，他下意识地一把抓住捻死。上校说如他不供出别人的话也会像飞蛾一样被抓住捻死。接着恫吓、训斥他到半夜才放他回家，并说这次放他回去，下次便不同了。泽林斯基担惊受怕到天明，便找法捷耶夫救援。他到法捷耶夫别墅时法捷耶夫正从屋里出来，光着上身只穿一条短裤，提着小铲子准备清除养鱼池里的淤泥。见到他便叫他赶快脱掉外衣一起干活。但他说遇到麻烦想同法捷耶夫商量，并把昨天发生的事简单说了一遍。法捷耶夫皱起眉头把他领进楼下凉台，叫他在这儿等他换衣服。泽林斯基等了四十五分钟，法捷耶夫才从楼上下来，已换上部长级西服，俨然是作协总书记了。泽林斯基知道他已同内务部门通过电话了。法捷耶夫用他通常作报告的口吻说："当然啰，他们对你喊叫是不对的。可你也得替他们想想，他们肩上的担子多重。如果叫你整天抓人民敌人你办得到吗？为这么一点鸡毛蒜皮的小事找我，简直胡闹……"接着便从党、国家和人民的利益教育起泽林斯基来……法捷耶夫这副官方面孔令许多作家望而生畏，特别是青年作家都对他不满，法捷耶夫对他们也从不关心、培养、提拔，他的副手都是斯大林指派的，青年作家布宾诺夫曾对他说青年作家对他不满。法捷耶夫回答道，在斯大林奖金委员会上他曾为小说《白桦》说过好话，这难道不算对他关心？

法捷耶夫在作家当中没有知心朋友，同所有作家都保持一定距离，特别是党员作家，从不谈心。诗人特瓦尔多夫斯基在1956年5月的一则《工作札记》中写道："最后几年我们只客客气气，因为是老交情了，可它早不存在，其实是否真正存在过也很难说。我没什么可自责的，难道收到'我同你断绝一切关系'的信后还打电话让他解释原因吗？"特瓦尔多夫斯基说法捷耶夫官做大了，只顾钓鱼打猎，把文学事业置之脑后，同他没法谈工作中的问题，一谈他就打官腔。西蒙诺夫在《我这一代人眼里的斯大林》一书中写到他和法捷耶夫之间如何发生裂痕，口气相当不逊。1946年西蒙诺夫接任《新世界》杂志主编，在同年10、11月合期上发表了普拉东诺夫的短篇小说《伊万诺夫一家》，叶尔米洛夫立即在《文学报》上发表一篇讨伐性的评论。西蒙诺夫断定评论是法捷耶夫授意写的，因为法捷耶夫知道斯大林不喜欢普拉东诺夫，以此表明自己政治立场坚定。至于评论会对其他人产生什么影响就同他无关了。到1953年，西蒙诺夫在作协的地位步步高升，几乎同法捷耶夫平起平坐了。一次法捷耶夫因酗酒离家出走，过小河时弄湿了衣服，想到西蒙诺夫家烘干再回家，没想到西蒙诺夫竟对他说："你干吗来了，我又没请你。"没让他进门，只吩咐门房把他带到下房洗换。临死前几天法捷耶夫对弗·伊万诺夫讲起此事仍气得要命："西蒙诺夫全无心肝，竟把我拒之门外，可我是法捷耶夫呀！"法捷耶夫临死前没说过其他人坏话，包括抛弃他的女人，只骂西蒙诺夫一人。

自1934年苏联作协成立至1954年召开作协第二次代表大会二十年间，两千多名作家遭到迫害。根据内务部（这机构在不同时期有不同名称）不成文的规章，逮捕令需有所在部门主管签字。法捷耶夫1945年至1954年任作协总书记，签署过逮捕令。有些是违心签署的，但也有主动签署的。维·伊万诺夫在克格勃档案中查到一封法捷耶夫要求逮捕列宁格勒诗人斯帕斯基的电报："逮捕斯帕斯基。法捷耶夫。"大清洗时期作协总书记是斯塔夫斯基，大部分逮捕令是他签署的。二十大后开始大规模平反的时候，斯塔夫斯基早已去世，于是很多人把责任都加在当时只是领导人之一的法捷耶夫头上。法捷耶夫同演员妻子斯杰潘诺娃感情早已破裂，重建家庭的心愿纯属一厢情愿。法捷耶夫处于内忧外患之中。他回首往事，清楚地看到所走过的路并非年轻时渴望走的路。他是有才华的作家，但只完成《毁灭》和《青年近卫军》两部小说，心爱的《最后一个乌兑格人》终未完成，可他本应写出多少好作品啊。最好的年华都耗费在对文化事业有害无益的行政事务上。想到这些他又怎能不悔痛呢？《法捷耶夫致科列斯尼科娃书简》便是在这种心情下写成的。

斯大林死后法捷耶夫重新振作起来，对妹妹说现在可以自由呼吸了。他想彻底改变文学艺术的体制，改善党对文学艺术的领导。他在作协莫斯科分会上提议撤销苏联作协，建立创作俱乐部，但遭作协其他领导成员一致反对。他向赫鲁晓夫等人提出《关于苏联文学艺术领导事务中陈旧的官僚主义危害以及纠正其缺点的办法》《改善党、国家和社会对文学艺术的领导方法》等一系列建议，但均无回音。他三次求见老熟人赫鲁晓夫，但赫鲁晓夫忙于权力之争，无暇旁顾，一直未接见他。此时法捷耶夫万念俱灰，孤身只影，已无生趣，于1956年5月13日开枪自杀。法捷耶夫留下一封猛烈抨击新领导人的信，赫鲁晓夫看过十分恼火，便矢口否认有这封信。《苏共中央通报》1990年第10期公布了原信手迹，从中可以看出法捷耶夫的绝望心情：

法捷耶夫遗书

我看不出再活下去的可能，我为之奉献终生的艺术已被党的自负而无知的领导所扼杀，现已无法挽救。优秀的文学干部在当权者罪恶的纵容下，或被从肉体上消灭，或被折磨至死，其人数之多，甚至历代沙皇暴君做梦也难想到。优秀文学人才过早夭亡，余下的多少能创作具有真正价值作品的人，活不到四五十岁。

文学——这最神圣的事业——遭到官僚主义分子和人民当中最落后分子的蹂躏，并从"最高"讲坛上，如从莫斯科党代表大会或二十大的讲坛上，响起"抓住它"的新口号。那条准备"改正"文学现状的路线令人愤慨：拼凑一帮无知的人，除为数不多的几个因遭受迫害而无法讲真话的人外，做出完全违背列宁主义的结论，因为这些结论来自伴随同样"棍子"威胁下的官僚主义的积习。

我们这代人在列宁在世时怀着何等自由和开拓世界的感觉步入文学，心里充满多少用之不竭的力量，我们创作出并仍能创作出多少完美的作品啊！

列宁死后我们被贬低到孩童地位，被消灭，被意识形态恫吓，却把这一切称之为"党性"。而现在，到了一切都能改正的时候，肩负改正的人所表现出的却是粗浅、无知和无以复加的自负。文学落入平庸、卑劣和爱记仇的人的手中。少数心存妒火的人陷入贱民的处境——况且他们年事已高，不久于人世，心中已无任何创作欲望……

我为共产主义伟大创作而生，十六岁便同党、工人和农民结合在一起，况上天赋我以非凡才华，并充满只有人民生活才能产生的崇高情怀，而人民生活又同共产主义美好的理想结合在一起。

但把我变成一匹拉车的马，一生吃力地拉着不计其数的平庸的、不合理的、任何人都能胜任的官僚主义事务。甚至现在当我总结自己一生的时候，多少呵斥、训斥、训诲以及不过是思想意识的毛病向我袭来，而我本应是我国优秀人民引以为荣的人，因为我具有真正的、质朴的、渗透着共产主义的天才。文学——这新制度的最高产物——

已被玷污、戕害、扼杀。暴发户们在以列宁学说宣誓时他们的自负就已背离伟大的列宁学说，令我对他们完全不信任，因为他们将比暴君斯大林更恶劣。后者还算有知识，而这些人不学无术。

作为作家我的生活失去任何意义，我极其愉快地摆脱这种生活，有如离开向我泼卑鄙、谎言和诽谤脏水的世间。

最后希望告诉掌管国家权力的人，已经过了三年，尽管我多次求见，仍不接见我。

请把我安葬在母亲墓旁。

1956 年 5 月 13 日　亚·法捷耶夫

法捷耶夫不是斯大林的殉葬品，也不能说是他的牺牲品，而只能说他是斯大林时代所产生的作家，不过色彩比其他人更鲜明罢了。

翌日黎明我们返回海参崴，馆长依依不舍地同我握手，他看到我仿佛若有所思，以为我被他昨天所讲的法捷耶夫的事迹所打动，更加用力地握我的手，可他怎么会知道我的心思呢！

"拉普"总书记阿维尔巴赫

　　说来惭愧，听过苏联文学史的课却没听说过"拉普"。"拉普"两字，还是在胡风先生的《我的自我批判》中第一次见到。他说拉普代表庸俗机械论，并痛切地感到它的危害。当时万炮齐轰"胡风反革命集团"，他的话我当然不能相信。拉普到底是什么团体，进步的还是反动的，我弄不清。以后也没弄清，运动接连不断，自身难保，哪儿还有心思研究拉普。再说想研究也没材料。1980年后，陆续看到有关拉普的材料和评论文章。对拉普的纲领、组织、活动有所了解，但仍有雾里观花的感觉，因为拉普是由活生生的人组成的，他们也有喜怒哀乐、成功失败，并非政治符号，而对他们的大多数人我则一无所知。后来读了舍舒科夫的《发狂的捍卫者》和别拉娅的《二十世纪的堂吉诃德们》，政治符号才化为有血有肉的人。

　　二十年代初苏联文学团体林立，有的拥护布尔什维克，有的反对，有的既不拥护也不反对，但皆以俄罗斯人民的代表自居。经过强迫解散、自行消亡和改组合并，只剩下最具生命力的几个。而其中最具实力的，当数以沃隆斯基为首的山隘派和以阿维尔巴赫为总书记的拉普。拉普存在近十年，组织遍及全俄，受到联共（布）的暗中支持，他们也以"党在文学的核心"自居。他们是一群涉世不深的青年，遵从党的教导，满怀革命豪情，为建立无产阶级文学而奋不顾身。凡有碍于他们事业的便坚决予以打击。但他们毕竟都太年轻，血气方刚，不耐烦冷静分析对方观点，却急于大打出手。这便是至今有人说拉普动辄打棍子的根源。动机与效果相反，有点像我们二十多年前所说的小将犯错误。1926年拉普进入鼎盛时期，成立了以阿维尔巴赫、法捷耶夫、李别进斯基和叶尔米洛夫为核心的新理事会，仍由阿维尔巴赫任总书记。几年后，正当拉普领导人逐渐冷静，反思过去，沿着新路线阔步前进的时候，1932年4月23日联共（布）中央突然作出《关于改组文学艺术团体》的决议，解散所有文艺团体，成立便于统一领导的各协会。决议的中心是解散（俗称消灭）拉普。这绝非拉普不听斯大林的话，恰恰相反，拉普听话到把斯大林的政治报告硬往文学里套的程度。如斯大林1931年6月所作的《新的环境和新的经济建设任务》的报告，拉普立即作出决议，其第一条便是：斯大林讲话中提出的全部问题也是关于无产阶级文学中为列宁主义创作方法而斗争的问题。这时山隘派由于沃隆斯基垮台而奄奄一息，其他流派早已不成气候，只有拉普一枝独秀，并迅猛发展，遍及全苏。斯大林高瞻远瞩，担心它变成一股政治力量，当机立断，把假想之敌消灭在萌芽之中。除斯大林和政治局几个委员外，没人知道决议是怎么形成的，连高尔基事先也未通消息。决议对拉普领导人有如当头一棒，打得他们先是晕头转向，后是胆战心惊，不知下一步该怎么办。他们对筹划成立的作家协会提出两点要求：一、设立无产阶级作家部；二、以辩证唯物主义作为创作方法。斯大林认为第一点可以考虑，条件是如果拉普内部不发生分裂的话。斯大林断定拉普必定内讧。果不出斯大林所料，法捷耶夫同年十月在《文学报》上发表系列文章《旧与新》，支持中央决议，批判拉普存在的宗派主义等错误。法捷耶夫的文章不仅惹恼了阿维尔巴赫，还开罪了拉普后台、炙手可热的内务人民委员亚戈达。法捷耶夫到亚戈达家去解释，却遭到亚戈达痛斥。亚戈达骂他出卖朋友，法捷耶夫辩解道："您是老党员，我支持中央有什么错？"但回家后越想越害怕，他知道亚戈达权倾天下，可轻而易举地置他于死地，连夜把他同亚戈达的谈话写成信呈交中央。这封信对他后来青云直上起了关键作用。

苏联著名作家田德里亚科夫1988年在《各民族友谊》杂志第9期的小说《狩猎》中写道：

高尔基举行例行午宴。斯大林及其忠诚战友光临。

……大家喝得有些飘飘然了，大概此刻心情最好的莫如宴会主人吧，他动情地说："作家兄弟吵嘴闹意气真不好，不再吵闹该多好啊。"这发自内心的和解呼吁令所有与会者肃然起敬，大家赞许地沉默片刻，都把悲愤的目光投向阿维尔巴赫和法捷耶夫。斯大林手持酒杯或未持酒杯站起来，把他们两人呼唤到自己跟前。

"不好啊，"他慈父般地说，"太不好啦！讲和总比吵架强。我请你们都伸出手来，和好吧！"

斯大林的请求可非同小可。

法捷耶夫是心怀坦荡不记仇的人，向阿维尔巴赫迈了一步，伸出手来。可阿维尔巴赫瞪了他一眼，慢慢把手背到身后。法捷耶夫的手悬在空中，在场的人都惊呆了，伟大领袖和导师同法捷耶夫一起陷入尴尬处境。

但如果斯大林不及时出卖失败者那便不是斯大林了。他眯起黄眼睛说："法捷耶夫同志，你太没性格，是个意志薄弱的人。阿维尔巴赫有性格，他能保持自己的尊严，可你不能！"

……仿佛从此刻起法捷耶夫便青云直上，地位在其他作家之上，他的对头们立即黯然失色。法捷耶夫没有性格，而阿维尔巴赫有，可阿维尔巴赫很快便被逮捕，消失得无踪无影。

田德里亚科夫是四十年代末步入文坛的，这件事不可能亲身经历，是从别人那儿听来的。现已年迈的拉普评论家列文在1990年《文学问题》第10期《有过那样的时代》一文中也重复过上述说法。但他同田德里亚科夫不同，不仅认识阿维尔巴赫，而且还因同他关系密切而被开除出苏联作家协会。他的话加深了这种说法的可信程度，可能从阿维尔巴赫本人或参加那次午宴的人那里听来的。即便传说不可靠，但此后拉普领导人的命运迥然不同却是无法否认的事实。1934年苏联作协成立后法捷耶夫是领导人之一，后来又当了九年的总书记。被西蒙诺夫在《我这一代人眼里的斯大林》一书中称为法捷耶夫狗腿子的叶尔米洛夫担任《文学报》主编，号称苏联首席评论家，惟法捷耶夫马首是瞻。李别进斯基虽未升迁，但在一次次腥风血雨中，均能安然度过，化险为夷。惟独"有性格"的阿维尔巴赫在劫难逃，一步步走向死亡，并死得惨烈，死后仍背着千载骂名。

1934年阿维尔巴赫参加苏联作协组委会，工作出色，受到高尔基好评。但很快便被调往斯维尔德洛夫斯克，任乌拉尔重型机器厂党委书记，在这岗位上他表现得同样出色，深受青年团员们爱戴。1937年2月调回莫斯科等待重新分配工作。这时他已感到凶多吉少，主动给斯大林写了一封效忠信。但斯大林最不喜欢有性格的人。同年4月23日《列宁格勒真理报》刊登一则消息："人民敌人阿维尔巴赫已被揭露。"阿维尔巴赫被捕的消息令他的对头们欣喜若狂。以《乐观的悲剧》成名的剧作家维什涅夫斯基把阿维尔巴赫1931年写的小册子《纪念马雅可夫斯基》赠送给列夫派作家阿谢耶夫，扉页上恶狠狠地写道："写于布尔什维克作家同托洛茨基匪帮了结旧账的日子。他们害死了我们的马雅可夫斯基。此书便是罪证。让我们用它投向敌人。""他们害死马雅可夫斯基"是从后者遗书中那句"应当同叶尔米洛夫对骂到底"引申出来的，实属牵强。至于认定阿维尔巴赫是托洛茨基分子，众口铄金，谁也不知听谁说的。大概因为托洛茨基曾为阿维尔巴赫1922年所写的《列宁与少年运动》一书作过序。但阿维尔巴赫写的是列宁，而1922年托洛茨基是列宁的亲密战友，座次排在斯大林前面。以此断定他是托洛茨基分子未免荒唐。亚戈达是他姐夫，便把他说成亚戈达的亲信，是把亲属关系当成政治勾结了。1961年6月最高苏维埃军事法庭为阿维尔巴赫平反，但并未为亚戈达平反，足以证明他们纯属亲属关系。阿维尔巴赫到底为什么被捕呢？1973年西蒙诺夫才向列文道出真情。列文在前面引用过的文章中写道："阿维尔巴赫因卡巴科夫'案件'被捕。卡巴科夫是1914年党员，斯维尔德洛夫州州委书记。乌拉尔重型机器厂出了事故。在当时那种气氛中定为破坏活动，于是便制造出卡巴科夫案件。阿维尔巴赫担任过该工厂党委书记，此时虽已返回莫斯科但仍被牵连进去。他是1937年4月4日在莫斯科被逮捕的，被押解回斯维尔德洛夫斯克。他已被折磨到痛苦的极限，押他上楼的时候，他从楼梯口跳下摔死。"阿维尔巴赫的确有性格，自知已无生望，不让别人枪毙他，自己杀死自己。

阿维尔巴赫虽已平反，但在不少人眼里仍是凶神恶煞般的人物，这是有人把拉普的劣迹通通推到他的身上。为了把他同在作协担任要职的前拉普领导人区别开，甚至说法捷耶夫等人在二十年代已看清这位克里姆林宫小少爷的真面目。1961年出版的法捷耶夫文集中有他致高尔基的信，1932年3月14日的信中写道："……卢戈夫斯科伊和我过得非常友好，我们大家拼命干活。"删节号所删去的正是阿维尔巴赫。在其他信中还多次向高尔基夸奖阿维尔巴赫：

"您对他的评价完全正确。他是难得的好同志，在文学界工作并非偶然，把自己完全奉献给文学事业。他的工作极为有益。"这些话从文集中通通删去。仿佛拉普的错误都是他一个人犯的，法捷耶夫等人皆白玉无瑕，因为同他素来不和。这个神话一直流传到八十年代。

阿维尔巴赫 1903 年生于萨拉托夫一个资产阶级家庭。十五岁辍学参加共青团工作，被选为第一届莫斯科团中央委员，尔后又被选为俄罗斯共产主义青年团书记。1920 年主编《少年真理报》，尚不满十六岁。又被选为青年共产国际领导成员，派往国外参加共产国际运动。曾到意大利索伦托看望高尔基。回国后，十七岁担任列宁共产主义青年团中央刊物《青年近卫军》主编，1922 年同其他文学小组成立十月文学社。十月文学社即拉普前身，自此阿维尔巴赫便算加入拉普。1926 年二十四岁时被选为拉普总书记。有的文章称他为克里姆林宫小少爷，大概因为他舅舅斯维尔德洛夫是全俄中央执行委员会主席，他又娶了人民委员部办公厅主任邦奇·布鲁耶维奇的女儿，算是高干子弟吧。但他从未得到这两位大人物的庇荫。斯维尔德洛夫 1919 年去世，列宁死后邦奇便失去权势，阿维尔巴赫单枪匹马打天下。他死后妻子被关进劳改营，邦奇收养了他的遗孤，并把他培养成物理数学博士，这便是邦奇对阿维尔巴赫的惟一恩德。

阿维尔巴赫资质聪颖，过目成诵，善于辞令，能滔滔不绝讲四个小时听众无倦容，又极为机智，如他讲话时有人恶意提问，他能以诙谐口吻令提问者当众出丑。文思泉涌，在短短五年内写出《为无产阶级文学而奋斗》《我们的文学分歧》《论无产阶级文学的任务》等七部书，加上报刊上发表的文章超过二百万字。他对党的事业忠心耿耿，为建立无产阶级文学不遗余力，并善于团结志同道合的人一起为共同的事业奋斗。他是拉普公认的领袖。法捷耶夫说

"有事只同阿维尔巴赫商量"。但他也有令人生畏、反感以至讨厌的一面。他少年谢顶，于是剃成光头。鼻子上架着一副金丝眼镜，乍一见面给人一种奸滑的印象。他恃才傲物，过分相信自己，时常出言不逊。对论敌不分青红皂白打棍子，对战友则千方百计庇护。他的缺点是非常严重的，大概同他少年得志有关。随着年龄的增长，阿维尔巴赫变得稳重、随和多了。1933年夏天初出茅庐的作家阿夫杰延科见到他时印象就不同了，觉得他像位和蔼的兄长。高尔基先是不喜欢他，后被他对革命事业的忠贞和工作的狂热所感动，称他为天才的小伙子，并邀他一起编辑文选《十六年》。斯大林也曾看中他，让他把各派割据的文坛逐步统一，以便建立全国统一的各文艺协会。但斯大林发现他个性太强，恐难驾驭，不可长久使用，便伺机将他除掉。西蒙诺夫在回忆录中写道，1950年斯大林谈到拉夫列尼约夫的剧本《美国之音》时说，布尔什维克执政前和执政后对非党作家的态度应有所不同，"这儿有个人，叫什么名字来着？对啦，阿维尔巴赫。起先他还有点用处，后来成了诅咒文学的同义词了。"

拉普树敌过多，积怨太深，而把这一切全部推到阿维尔巴赫一人身上，把他当成拉普一切错误的化身，有欠公道。阿维尔巴赫平反已三十年，至今提起他来仍为人所不齿。六十年代苏联理论界已实事求是地开始评价拉普的功与过，难道九十年代就不能实事求是地评价阿维尔巴赫的功与过吗？功大也好过大也好总应给予公正的定评，不能让他永远背着"诅咒文学的同义词"的黑锅。可喜的是已经有人开始做这项工作了。

阿维尔巴赫怎会有墓呢。

（《读书》1996年7月号）

倒霉的谢拉皮翁兄弟

1946 年 8 月 14 日联共（布）中央通过《关于〈星〉和〈列宁格勒〉两杂志的决议》，接着日丹诺夫作了同名报告。日丹诺夫在报告中对列宁格勒幽默作家左琴科和革命前驰骋俄国诗坛的女诗人阿赫玛托娃破口大骂。骂左琴科是市侩、败类、骗子，说阿赫玛托娃不知是僧尼还是荡妇，或许淫荡和祈祷在她身上融为一体。此后日丹诺夫便成为粗暴批评的化身。日丹诺夫是斯大林时代的人，具有那个时代领导人的全部特征，其中包括粗暴。但他毕竟是有文化修养的人，这次为什么表现得格外粗暴呢？为整肃战后受西方影响的文化界，拿列宁格勒两杂志开刀，杀一儆百？但莫斯科是苏联文化政治中心，文化界受到的影响并不比列宁格勒少。选择左琴科和阿赫玛托娃作靶子并非因为他们的影响比莫斯科的作家和诗人大，而是因为他们是列宁格勒作家。

左琴科可算家喻户晓的作家，他的讽刺小说拥有广大读者。阿赫玛托娃呢？革命后很少发表诗作，闭门谢客，如果不是受到日丹诺夫批评，很多年轻人恐怕连她的名字都没听说过。在莫斯科找出类似作家、诗人充当批评对象并非难事。然而这不是单纯的文艺批评，而是莫斯科与列宁格勒的权力之争。所以批评列宁格勒杂志是必然的，而以他们两位作靶子则是偶然的。他们两位又都发表过什么惹得日丹诺夫动肝火的作品呢？阿赫玛托娃不过发表了几首革命前后写的短诗，左琴科只在《星》5、6月合期上登了一篇儿童故事《猴子奇遇记》。这篇儿童故事突然出现在大型文学刊物上已让人感到蹊跷，况且事先并未征得作者同意。《猴子奇遇记》是左琴科1945年为学龄前儿童读物《脏孩子》（音译为《穆尔齐尔卡》）写的，发表后又收入《儿童故事选》一书，《星》已是第三次发表了。发表后左琴科才看到，便问主编萨扬诺夫是怎么回事。萨扬诺夫说让他多领一次稿费，天真的左琴科相信主编的好意。但他并未想过一篇三千字的故事能有多少稿费？故事内容是德国飞机轰炸南方一座城市，一颗炸弹落在动物园里，炸开关猴子的铁笼，一只猴子跑出来。它跑到公路上被过路的军用汽车司机捉住。司机把猴子抱上汽车，载到鲍里索夫城。他离开汽车执行任务时，猴子从车窗逃出，在市里乱跑，跑进商店跳上柜台，从售货员手里抢了根胡萝卜又逃出商店。人们看见城里突然来了只猴子便一齐追捕，一条狗也夹在里面。猴子一边跑一边想："唉，真不该离开动物园，待在笼子里安全得多。一有机会我一定回动物园。"它跳进一家院里，被男孩阿廖沙收留。阿廖沙待它很好，喂饱了它，还给它茶喝，猴子非常惬意。可阿廖沙奶奶不喜欢它。第二天阿廖沙上学的时候，猴子从通风窗跑到街上。残疾人加弗里勒奇上澡堂从这儿经过，看见猴子，心里想道："我得抓住它，明天到市场上卖一百卢布，足够喝十杯啤酒。"他用糖块骗猴子把它捉住，想带它洗澡，洗干净卖的价更高。但往猴子身上一抹肥皂，肥皂沫溅进眼里，疼得它咬了加弗里勒奇手指一口，从他手里挣脱，毛上带着肥皂沫逃出澡堂。加弗里勒奇追了出来。碰巧阿廖沙从这里路过，看见自己的猴子便把它紧紧抱在怀里。加弗里勒奇说猴子是他的，让阿廖沙交出来。他们已被一群人围住。这时司机从人群中走出来，说猴子不是加弗里勒奇的，也不是阿廖沙的，而是他的，是他把猴子运进城里来的，但他要回部队了，他要把自己的猴子送给真正爱它的阿廖沙，而决不能让加弗里勒奇换啤酒喝。从此猴子便在阿廖沙家安了家，还学会了人的很多规矩，奶奶也喜欢它了。小说的主题是教育孩子爱动物，同它们交朋友，并谴责买卖动物的人。日丹诺夫在报告中猛烈抨击这篇小说，说左琴科嘲讽苏联社会，人关在笼子里比在苏联人民之间更惬意。我过去只读过日丹诺夫报告而没读过小说，所以相信了日丹诺夫的话。1985年读到原著，无论怎么分析也得不出日丹诺夫所作的结论。但用儿童语气写的故事放在严肃刊物中必定扎眼，引人注意。主管报刊的人都知道所有大型文学刊物斯大林都要浏览，特别是列宁格勒的刊物，浏览时自然会注意左琴科这篇小说。

从近年来俄罗斯披露的档案材料上看，选择左琴科和阿赫玛托娃作为批评对象并不是日丹诺夫的主意。日丹诺夫对这两位作家一直是不错的，甚至是爱护的。列宁格勒围困时期，他下令疏散年纪大的作家，其中包括左琴科和阿赫玛托娃。左琴科当时还想不通，要求留下与革命摇篮共存亡。直到作协分会告诉他这是上面的命令，他才同其他作家一起疏散到阿拉木图。日丹诺夫对阿赫玛托娃同样关心，没有他，1940年阿赫玛托娃不可能出版诗集《六书选》。据诗人曼德尔施塔姆遗孀回忆："日丹诺夫通过政府专线打电话到塔什干，指示关照阿赫玛托娃。"列宁格勒党组把左琴科视为列宁格勒的王牌作家；1939年授予他劳动红旗勋章，1944年任命他为《星》杂志编委，这些事都不可能不征得日丹诺夫的同意。《星》上突然冒出《猴子奇遇记》，惹得斯大林大为恼火，日丹诺夫才不得不改变对他们的态度。他在8月14日作报告时，不像往常那样自信、镇静，不时停顿，仿佛喘不过气来，台下一片死寂。"会场麻木、呆滞。报告人越讲越发僵，三小时后简直变成一块大石头。"日丹诺夫心里明白，批判左琴科必然牵扯到《星》和《列宁格勒》

两杂志，一定牵连到列宁格勒市委以至州委，而这些机构的最高领导人正是他自己。但斯大林的意志他是不敢违抗的。

斯大林为什么不喜欢左琴科呢？二三十年代左琴科的幽默小说风行全国，斯大林对他似乎并无恶感。左琴科也一直信赖斯大林。1943年左琴科的中篇小说《日出之前》开始在《星》上连载，受到广泛好评，不仅吉洪诺夫等作家们，连科学院院士、病理学家斯佩兰斯基也从生理学角度给予很高评价。然而《星》发表几章后，突然停止发表。这对左琴科无疑是沉重打击。他认为自己的小说是反法西斯的，是当前急需的书，为何停止发表？他上书斯大林，请斯大林决断。信是1943年11月25日写的，1944年2月4日有了"回音"，但不是斯大林的回信，而是《文学与艺术报》发表的一篇文章《评左琴科的新小说》，严厉谴责他脱离重大的社会题材，一心挖掘个人生活中猥亵的琐事。接着《布尔什维克》杂志发表了《论一篇有害的小说》，纲上得更高了："左琴科的一派胡言是为了迎合敌人的需要。"

左琴科直到晚年才醒悟过来，原来他1940年写的《列宁故事》得罪了斯大林。苏联著名作家纳吉宾在回忆录中转述了左琴科的一段话："斯大林恨我，找机会跟我算旧账。《猴子》先前发表过，可没人注意。清算旧账的时刻终于到了。不是《猴子》，即便是《树林里长了棵小枞树》，我也在劫难逃。战前我发表《列宁与哨兵》后，斧子便悬在我头上。战争使斯大林无法分心，他一得空便收拾我了。

"我犯了一个专业作家不可饶恕的错误。我在这篇故事里先写了一个'留山羊胡子的人'。但从他的举止上一眼便能看出捷尔任斯基来。但我并不想写具体人，便把山羊胡子改成小胡子。可那时谁留小胡子？小胡子已成为斯大林的特征……您回想一下，我写的留小胡子的人如何不知分寸、蛮横粗暴，列宁像训斥小孩那样训斥他。斯大林认为我写的是他，或别人提醒了他，因此恨上我。"

我在《左琴科三卷集》中找到《列宁与哨兵》。列宁进入斯莫尔尼宫时忘记出示通行证，被哨兵洛班诺夫拦阻在门外，"这时又来了个人，大概是斯莫尔尼宫的工作人员吧。他看见哨兵不放列宁进去，便急了，大声说：'这是列宁，你放他进去！'洛班诺夫不慌不忙回答道：'没有通行证谁也不放行。很遗憾，我没见过列宁。再说我也不认识您，您的通行证我还没检查呢！'那位工作人员发火了，大声喊道：'你马上放列宁进去！'"可这位工作人员并没留小胡子，斯大林怎么会认为是影射他呢？我忽然想到我翻阅的集子是1969年出版的，左琴科或者编辑可能删掉小胡子。幸好我存有一本新华书店晋察冀分店1946年1月出版的《列宁故事》，是曹靖华先生1942年2月翻译的，翻开一看，里面确实有留小胡子的人，并未说明他是位普通工作人员："可是，这时候有一位长着小胡子的人，走到斯莫奈门口里，看见卫兵不放列宁进去，愤慨起来。就嚷道：'这是列宁啊！放行吧！'……那位长小胡子的人更愤慨起来，嚷道：'请赶快放列宁进去吧！'"

斯大林晚年对自己作过的某些指示，如别人不再提起，自己往往会忘记。左琴科先在《星》上发表《日出之前》，后又上书斯大林，让斯大林又想起他。两年后《星》重新发表《猴子奇遇记》，是别有用心的人诱使斯大林注意他，勾起斯大林对他的怨恨。主编萨扬诺夫不可能擅自决定刊登这篇小说，因为他知道《星》不刊登发表过的作品。很可能是日丹诺夫的政敌插了手。胜利后苏联领导层内权力之争极为激烈。日丹诺夫把他的老部下库兹涅佐夫推荐到中央领导公检法，并把马林科夫赶出书记处，自己成了第二号人物。马林科夫不甘心自己的失败，联合贝利亚一起对付日丹诺夫。但要扳倒日丹诺夫谈何容易，因为斯大林对他相当信任，必须拿出他错误的确凿事实。在直接领导的地区的刊物上发表讽刺苏联社会的作品在斯大林眼里便是确凿的事实。

8月14日通过决议之前，还有一次鲜为人知的活动：8月9日上午8点斯大林在大理石厅会见文艺工作者。斯大林一开口便提到《猴子奇遇记》："小说丝毫不能令人信服。《星》是好杂志，现在怎么给拙劣作品提供园地？"接着提到左琴科："他没见过战争，没见到战争的残酷。这个题材他没写过一个字。左琴科所写的鲍里索夫市的故事，猴子的奇遇，能提高杂志的威望？不能！……我为什么不喜欢左琴科？左琴科是无思想性的传教士，不应把他放在领导岗位上，苏联人民不允许他毒害青年。社会不能适应左琴科，而他应适应社会，如不肯适应，就让他滚蛋！"

陪同斯大林接见的日丹诺夫听到这些话，冒了一身冷汗。他立即采取攻势，批判左琴科的调门比斯大林还高几度，因此便显得格外粗暴了。日丹诺夫这一招果然奏效，赢得斯大林欢心，斯大林对他宠爱如初。日丹诺夫击退马林科夫等人的进攻，保持住自己的地位。然而政治斗争变幻莫测，1947年马林科夫在贝利亚支持下重返莫斯科，并担任书记处第二书记、日丹诺夫的第一副手。日丹诺夫如何咽得下这口气，如果不是1948年他突然逝世，斗争也许还将继续下去。但他死后列宁格勒党政领导人已非马林科夫、贝利亚一伙对手，听凭他们宰割。马林科夫在列宁格勒掀起一场大清洗，其规模不亚于基洛夫逝世后的清洗。清洗的结果是列宁格勒市和州的党政领导人通通被枪决，两千多名负责干部被赶出列宁格勒。这便是著名的列宁格勒事件。对两杂志的批判只是序幕，而左琴科等人不过是政治斗争的牺牲品罢了。

左琴科和阿赫玛托娃受到批判后，作协很快作出组织处理，1946年9月4日将他们开除出作家协会。这算对他们从轻发落。如果发生在三十年代后期，他们不是被枪决便是被关入劳改营。开除出作协也是严厉的惩罚，领不到每天八百克的面包证了。1946年实行票证供应制，无票证无法买面包。但他们又从市苏维埃领到票证，这仍不能不说是日丹诺夫对他们的照顾。但左琴科在经济上陷入困境。所有出版机构都废除同他签订的合同，并追回预支的稿费。左琴科交完预支稿费已一文不名了。首先无畏地向他伸出援助之手的是日丹诺夫在报告中所批评过的"谢拉皮翁兄弟"。"谢拉皮翁兄弟"是1921年成立的文学团体，人数不多，存在时间不长，但对苏联文学的贡献最大。成员吉洪诺夫和费定先后担任过苏联作协主席。卡维林、伊万诺夫、尼基京和虽不是成员但同他们关系密切的楚科夫斯基都是苏联第一流作家。他们多次借钱给左琴科，帮他渡过一次次难关。特别是《船长与大尉》的作者卡维林，干脆从版税中直接拨给他一部分。老作家沙吉娘、《旅伴》作者潘诺娃和《勇敢》作者凯特琳斯卡娅也都用不同方式支持过左琴科。左琴科自尊心很强，坚决自食其力，克服困难，并顽强地继续写作，决心重返文坛。他曾当过鞋匠，现在重操旧业，跪在地板上为残疾人合作组剪毡鞋后掌。但钱挣得微乎其微，剪一百双还不够一顿饭钱。法捷耶夫推荐他为出版社译书，帮他解决了生计问题。左琴科翻译了芬兰作家季莫年的《从卡累利河到喀尔巴阡山》和拉西拉的《复活》《借火柴的人》等小说。但他并未放弃创作，写了一个剧本《您在这儿准快活》和三十篇描写游击队的短篇小说，其中的十篇1947年被西蒙诺夫刊登在《新世界》上。左琴科为获得重新握笔的权利，不惜违背艺术规律，为《鳄鱼画报》创作"歌颂的讽刺"作品。他为此消耗了大量精力。1953年斯大林逝世后，左琴科重新被作家协会吸收，在此之前阿赫玛托娃已恢复作家协会会籍。

左琴科的苦难似乎已熬到头，又可以为人民写作了，然而一件意想不到的事使他再次遭殃。1954年5月英国大学生代表团访问列宁格勒。学生们参观过名胜古迹后想会见左琴科和阿赫玛托娃。他们两人都拒绝会见。但当局为表现对犯错误的作家如何宽宏大量，一定要把两个"活古迹"展示给外国人看。于是六十六岁的阿赫玛托娃和五十九岁的左琴科被送上汽车，带到会见大厅。英国学生问他们两人对决议的看法。左琴科回答不完全同意日丹诺夫对他的批评，阿赫玛托娃则认为决议和报告完全正确。楚科夫斯基的女儿楚科夫斯卡娃记录了会见后阿赫玛托娃私下的谈话："左琴科比我想象的还天真。他想在这种场合解释清某些问题，所以说：'最初我没理解决议，后来对决议中的某些提法仍不同意！'在这种场合只能像我那样回答。……我们不走运：如果我先回答，他会从我的回答中猜到应如何回答，并且丝毫不能走样，那便能避免灾难。可学生们偏偏先问他。"其实先问阿赫玛托娃，左琴科也未必像她那样回答，因为他们受到的批评不同。另外阿赫玛托娃的儿子列夫·古米廖夫尚关在劳改营中，她的回答将影响儿子的命运，左琴科则没有这种顾虑。苏联报刊从5月下旬又开始抨击左琴科。5月28日的《列宁格勒真理报》写道："至今左琴科并未从决议中吸取任何教训。最近事实表明，左琴科隐瞒了对决议的真实态度，继续坚持自己的腐朽立场。"6月中旬列宁格勒作协分会在作家之家召开批判左琴科大会，左琴科在会上发了言，他的发言速记稿现已发表。

左琴科在大会上说："我不同意报告，并把自己的看法写给斯大林。我不同意报告对我二三十年代所有作品的批判。我写的不是刚刚诞生的苏联社会，而是过去生活的产物——小市民。可以说我的文学生涯和个人命运在这种环境中已经结束。我已无路可走。讽刺作家在人格上应白玉无瑕，可我已被玷污，成了人人唾弃的狗杂种。我不需要你们的宽宏大量，也不需要你们的德鲁金（《星》新主编），更不需要你们的辱骂和喊叫。我太累了。我宁可接受任何命运，只要不是现在的命运。"说完左琴科走下讲台，跑出会场。全场里响起一片掌声，几个人追了出去，怕他心肌梗死，死在作家之家。

9月7日《消息报》刊登驻伦敦特派记者的一则报道：从苏联

回国的英国大学生亲眼见到在苏联可以自由辩论，同人交谈不受限制，以自身经历戳穿美帝国主义所宣传的苏联没有言论自由的谎言。报道没提左琴科的名字，但显然发出停止批判左琴科的信号。此后报刊再没有批判左琴科的文章了。

此时左琴科已年逾花甲，经过两轮批判身心交瘁，万念俱灰，惟一的一块心病是能否领取退休金。他不是恢复作协会籍，而是重新加入，因此他的会龄只有三年。他全部的心思都用在如何领取退休金上。他四处奔波，给各有关方面写信。他的有影响的朋友楚科夫斯基、吉洪诺夫、卡维林等人联名向党中央写信，请求发给左琴科退休金，但仍无结果。1955 年 8 月他再次向列宁格勒作协分会申请退休金："中央决议后被开除作家协会，1953 年重被吸收。这七年我从未中断写作，我的小说发表在《新世界》《鳄鱼漫画》和《星火画报》等刊物上，还出版了五本翻译作品……我从事文学创作三十五年，并获得下列奖章：一、劳动红旗勋章；二、伟大卫国战争忘我劳动纪念章。请分会为我申请退休金。"左琴科的退休金问题一直解决不了，同 1946 年的决议继续生效有关。二十大后赫鲁晓夫曾为许多错案平反昭雪，但却未能废除 1946 年的决议，因此左琴科和阿赫玛托娃未能平反。决议直到 1988 年在大多数作家压力下才被废除。

1958 年 6 月左琴科终于领到退休金，遗憾的是只领了一次，因为两周后他便去世了。

左琴科被安葬在列宁格勒郊区谢斯特罗列茨克镇。没有墓碑，没有坟丘，连一块写着他姓名的木牌也没有，只有人们不时敬献的花圈。纳吉宾第二年扫墓时向各界呼吁，如再不修墓，过两三年恐怕已无法辨认左琴科的墓地了。但我拜谒时已有一座白色大理石的墓碑。墓是哪年修的，我就不知道了。

（《读书》1996 年 8 月号）

被现实撞碎的生命之舟

　　近年来，俄罗斯报刊上时常出现马雅可夫斯基被谋害的文章，令我诧异，像五十年代初次听说马雅可夫斯基自杀一样。那时我难以理解革命诗人为什么会自杀，想象不出自杀的理由。他同受迫害的作家不同，苏维埃政权给予他莫大的荣誉，甚至某些特权，其余作家只能望其项背。现在说他被谋杀，同样不可思议。他同苏维埃政权从未发生过冲突，一直高声歌唱："我赞美／祖国的现在／但三倍地赞美／祖国的将来。""我／把自己的全部／诗人的响亮的力量／都献给你／进攻的阶级。"为什么谋害坚决拥护现行政权的诗人呢？于是我想弄清马雅可夫斯基到底是怎么死的。

　　持谋杀论的人的根据是列夫（左翼艺术战线）女画家拉文斯卡娅回忆录中的一段话："这一年（1930 年）伟大诗人被敌人包围，他们压迫他，从心理上钳制他（很多事我们尚不知道），因此 4 月 14 日的自杀是谋杀……我正是这样感受马雅可夫斯基之死的。"列举的事实是马雅可夫斯基同国家安全局的重要成员阿格拉诺夫交往密切，后者赠送马雅可夫斯基一支手枪，暗示他应自杀，但他并未自杀，"1930 年马雅可夫斯基非除掉不可，阿格拉诺夫便把他除掉"。阿格拉诺夫同马雅可夫斯基很熟，时常到根德里科夫巷寓所拜访他。但根德里科夫巷寓所还住着布里克夫妇，两人都参加过契卡，阿格拉诺夫何尝不是拜访他们？另外，安全部门负责人同著名作家交往并非新鲜事。内务人民委员亚戈达便是高尔基家的常客。他们同作家交往并非为了监视他们，不过或借作家名声抬高自己，或附庸风雅显示自己高雅。监视人不是他们这种身份的人干的事。阿格拉诺夫可以签署命令枪杀上百人，但不会亲手杀人。赠送手枪便暗示自杀更无必然联系。为什么1930年一定要除掉马雅可夫斯基，他又未冒犯斯大林。如果他活到1938年，那倒有被除掉的可能，1930年则不可能。谋杀论不能令我信服。

我觉得帕斯捷尔纳克的一段话最接近事实："我觉得马雅可夫斯基自杀是出于骄傲，因为他谴责了自己身上和周围的某些东西，可他的自尊心却无法容忍。"但还应补充一句：婚姻的失败。

1930年对马雅可夫斯基是不祥的一年。新年伊始他便遭受到一连串打击。先是讽刺剧《澡堂》上演失败。在列宁格勒"人民之家"演出时观众喝了倒彩，马雅可夫斯基认为导演未能揭示出剧本的含义，改请著名导演梅耶霍德在莫斯科自己剧院重排，但结果仍然一样，观众仍不买账。《工人日报》《共青团真理报》发表了猛烈的抨击文章。《莫斯科晚报》记者姆烈岑记录了3月27日夜晚马雅可夫斯基同他的一次长谈。马雅可夫斯基说，对《澡堂》的抨击火力之猛烈，态度之粗暴，都超过对布尔加科夫的剧本《图尔宾宁一家的日子》和《卓娅住宅》的批评，这样批评他一定有上面的指示。姆烈岑向马雅可夫斯基解释说，没有任何指示，不过梅耶霍德导演得不成功罢了。马雅可夫斯基打断他的话："同梅耶霍德有什么关系？这是集中火力的、凶狠的、有组织的对我的攻击。那些下流的评论，是一场有组织的运动的产物。""有组织的？"姆烈岑感到惊讶，"谁组织的，谁会掀起一场反对您的运动？"马雅可夫斯基说不仅反对他，而且迫害他，他甚至断言这种迫害从他举办二十年文学活动展览便开始了。那次展览让他寒透了心。展览在莫斯科和列宁格勒两地举办。在莫斯科除法捷耶夫等人代表拉普到场转了一下，文化名人一个也没去，前列夫成员除布里克和舍克洛夫斯基外没一个人去。在列宁格勒海报上展出的时间写错，去的人更少了。各报都对展览保持沉默，只有拉普机关报《在文学岗位上》发表了一篇斥责文章。"为什么这篇骂我的文章《真理报》转载呢？这意味着什么？小事一桩？不，这是运动，这是指令！只不知道是谁的指令。"姆烈岑安慰马雅可夫斯基，《真理报》转载这篇文章也许说明文学界的一种过左的倾向，起不了多大作用。"《真理报》上一篇文章本身起不了多大作用，这一点您说对了。但您无论如何也无法向我解释，为什么把展览变成圣地。为什么在我周围形成真空，把我与周围隔绝？"姆烈岑不明白为什么马雅可夫斯基把文学活动展览比作钉死耶稣的地方，他知道不少工人、职员、军人参观过展览，便怯生生地问道："您还期待什么？难道您指望斯大林、伏罗希洛夫也来参观？""他们为什么不应来呢？"马雅可夫斯基毫不迟疑回答道："表彰革命诗人的工作是苏维埃国家领导人的责任。莫非诗歌、文学是次等事业？斯大林可接见过拉普成员，没有他们什么重要的事也办不成……"这时姆烈岑向马雅可夫斯基提出一个一直说不出口的问题："您这样不喜欢拉普成员，同他们斗争，为什么还要加入拉普呢？"马雅可夫斯基平静地回答道："请不要把拉普成员和拉普，人和原则混为一谈。什么也不能把我同党分开，同革命分开。如果党认为拉普最能表达它的观点并带来益处，我就同拉普站在一起。"

姆烈岑这篇回忆录写于六十年代中期，他生前不同意发表，直到 1993 年才由他的孙子发表在《书评》第 29 期上。这篇回忆录可贵之处是作者记录了马雅可夫斯基自杀前的真实思想。

1929 年 9 月马雅可夫斯基申请出国未获批准，他感到党和政府对他的态度发生变化或不像先前那样重视他了。这时由于莉莉娅·布里克的关系，他已同列夫团体吵翻。列夫的某些口号已被事实证明违背艺术规律，团体开始自行解散。文学评论家舍克洛夫斯基同莉莉娅·布里克的冲突加速了它的解体。一天帕斯捷尔纳克来到根德里科夫巷马雅可夫斯基和布里克夫妇寓所。他的一首诗本应由《列夫》杂志发表，但他却给了别的刊物。奥西普·布里克数落起他来。帕斯捷尔纳克样子显得很可怜，他拼命辩解，快要哭了。马雅可夫斯基表现得宽宏大量，劝帕斯捷尔纳克别着急，诗给了别人当然不好，可谁没错误呢。这时莉莉娅·布里克打断马雅可夫斯基，对帕斯捷尔纳克尖叫起来。在场的人愕然，但谁也没出声，只有舍克洛夫斯基忍不住了，对莉莉娅喊出大家想说而没说的话：

"住嘴，你算什么东西！记住，你在这儿只是家庭主妇！"

莉莉娅叫嚣起来："瓦洛佳（马雅可夫斯基名字昵称），把舍克洛夫斯基轰出去！"马雅可夫斯基低着头站在那儿，垂着双手，表现出无可奈何的样子。舍克洛夫斯基站起来，轻轻说："瓦洛佳，用不着你动手，我自己走，以后永远不会再来。"列夫变成莉莉娅的沙龙，实际上已解散。

不久马雅可夫斯基加入拉普。不少拉普成员曾是他的冤家对头，从未停止过对他的攻击。"马雅可夫斯基江郎才尽了！"便出自他们之口。马雅可夫斯基说他把拉普成员同拉普原则区别开，但如何能区别开呢？其实他看出斯大林偏向拉普，党支持拉普，他想重新得到党的支持，恢复往昔的荣耀，才违心加入拉普。但拉普领导人并不看重他，仍把他视为"同路人"作家。列夫时期的朋友却把他的行为视为叛变，同他一刀两断。同他关系密切的基尔萨诺夫说："要用汽油洗净同他握手时留下的手印。"他最亲密的朋友布里克夫妇2月初撇下他到英国旅行，他周围已无亲近的人。马雅可夫斯基为确定自己存在的价值，决定举办创作二十年展览，并对展览寄予过高的期望。他向过去的朋友解释举办展览的必要性，希望他们都来帮助筹备这件"国家"大事，可他们只对他报以冷笑。等到艺术事业局和苏维埃作家联盟公开表示冷漠甚至不支持后，更无人帮他筹备了。他费了九牛二虎之力才找到一间不大的房间和比需要少得多的钱。他不得不添上自己的钱，自己钉标语牌，贴宣传品，给展台刷漆。各报编辑部不给他寄供展览用的剪报，报刊均不报道展览开幕。他所邀请的人一个也没来，来的都是他不曾邀请的平头百姓。马雅可夫斯基当然不会忘记仅在十天前纪念列宁逝世六周年之际他被邀请到莫斯科大剧院朗诵长诗《弗拉基米尔·伊里奇·列宁》时的情景。那天斯大林、奥尔忠尼启则、加里宁、伏罗希洛夫都出席了，他朗诵得极为出色，党政领导人长时间为他鼓掌。所以他所拟的邀请名单中第一批人便是斯大林和政治委员。像他自己所说的"表彰革命诗人的工作是苏维埃国家领导人的责任"。他们没来，说明他们不想表彰他，也许已不把他当成革命诗人。展览非但未肯定他存在的价值，反而证明他已丧失了价值。马雅可夫斯基的自尊心受到极大的伤害，他完全绝望了。

马雅可夫斯基在婚姻上同样陷入绝望，一直想建立家庭而终未能建立。他先是爱上有夫之妇莉莉娅·布里克，但莉莉娅只肯和他同居却不肯嫁给他。列夫女画家西尼亚科娃回忆道："他们（马雅可夫斯基和莉莉娅·布里克）已经同居，马雅可夫斯基说'莉莉是我妻子'，她不许他这样说，对他说：'我丈夫是奥西普，而你不过是情人。'他想同她结为夫妻，但遭莉莉娅拒绝。这是她亲口对我说的。而她一生都认为她惟一的丈夫是奥西普·布里克。"马雅可夫斯基不甘于情人地位，1925 年终于同她断绝同居关系，但同他们夫妻仍非常亲密。1927 年马雅可夫斯基有意同在出版社工作的布留哈年科结婚，但遭莉莉娅干扰，未能如愿。上面提到过的列夫女画家拉文斯卡娅回忆道："1927 年夏天……列夫的'夫人们'纷纷说：'瓦洛佳想娶娜塔莎·布留哈年科，这可把莉莉娅吓坏了。'莉莉娅简直像掉了魂似的，恶狠狠的。这时期她常到我这儿来，话题只有一个：马雅可夫斯基与布留哈年科……莉莉娅说，其实她并不需要他，除朗诵诗的时候外他极其乏味。'我不让瓦洛佳到别人家去，他自己也没这种需要。'"八月马雅可夫斯基和布留哈年科一起在雅尔塔，莉莉娅给马雅可夫斯基写信："请千万别结婚，大家都对我说你堕入情网，决意结婚！"布留哈年科在回忆录中写道："莉莉娅·布里克1927年往雅尔塔给马雅可夫斯基写信：'我听说你打算结婚，可你要记住咱们三人"已经结婚了"（大意如此）。'这指的是要同我结婚。"

　　1928年秋天马雅可夫斯基访问巴黎时结识了俄罗斯少女塔季扬娜·雅科夫列娃。雅科夫列娃从奔萨市到巴黎找叔叔治疗肺病，痊愈后便留在巴黎。马雅可夫斯基对身材丰满、举止大方的雅科夫列娃一见钟情，雅科夫列娃对相貌堂堂、才华横溢的诗人也动了心。两人经常相会，感情与日俱增。但这次马雅可夫斯基在巴黎停留时间不长，便赶回莫斯科同梅耶霍德讨论、修改他所写的讽刺剧《臭虫》去了，梅耶霍德准备把它搬上舞台。1929年春天马雅可夫斯基又来到巴黎，三个月的离别使他们的心更贴近了。5月马雅可夫斯基又返回苏联，他们约定他10月再到巴黎来，那时他们便永远结合在一起。马雅可夫斯基九次出国从未受到任何阻碍，但第十次申请出国却遭到当局拒绝。不少马雅可夫斯基研究者认为是莉莉娅捣的鬼。这种看法不无道理，但缺乏确凿的证明。起码在克格勃档案中未发现有关材料。莉莉娅不愿意马雅可夫斯基同任何女人结婚倒有据可查。马雅可夫斯基同雅科夫列娃恋爱的经过都由莉莉娅住在巴黎的妹妹埃尔扎写信告诉她了。莉莉娅感到这次马雅可夫斯基并非逢场作戏，而是动了真情，便设法转移他的感情。马雅可夫斯基5月2日回到莫斯科，5月13日莉莉娅便把莫斯科高尔基艺术剧院年轻女演员、有夫之妇波隆斯卡娅介绍给他，指望波隆斯卡娅拢住他的心。天真的波隆斯卡娅一下子就爱上马雅可夫斯基，两人打得火热，但马雅可夫斯基并未打消到巴黎同雅科夫列娃结婚的念头。莉莉娅看到马雅可夫斯基决心已下，凭个人力量已无力阻挠，便搬出权倾天下的国家安全保卫局的头子阿格拉诺夫，让他不批准马雅可夫斯基出国。莉莉娅的心思连单纯的波隆斯卡娅都感觉到了，她在《回忆马雅可夫斯基》一文中写道："我有种印象，最初莉莉娅对我们的关系非常高兴，因为她认为这可以使马雅可夫斯基不再想念雅科夫列娃。"不管是不是莉莉娅捣的鬼，不批准马雅可夫斯基出国对他打击极大。

还有两件事在马雅可夫斯基走向自杀的道路上狠推了他一把。

4月9日，马雅可夫斯基自杀前五天曾在普列汉诺夫学院举行诗歌朗诵会。往常他朗诵都非常成功，对不友好的提问都能机智地驳倒，使捣乱者满面羞愧。这次却大不相同。马雅可夫斯基仿佛失掉灵气。到场的都是学习马列主义基础和政治经济学的学员。他们大部分是各地派来进修的基层党政干部，文化水平不高。马雅可夫斯基站在台上高声朗诵，朗诵得声带发疼，可台下毫无反应。"同志们，听懂了吗？"马雅可夫斯基绝望地问道，使自己陷入更难堪的窘境。"我们听不懂！""这不可能！"他又朗诵另一首诗的片断。"现在听懂了吧？""我们听不懂！""怎么会听不懂呢，同志们，这不可能。听懂我的诗的人请把手举起来！"大厅里只有几个人举起手。一向受到听众欢呼的诗人心里一下子凉了半截，他觉得作为诗人已没人需要他了。这同社会对二十年文学活动展览的冷漠一样刺痛他的心。

另一件事是他同波隆斯卡娅的关系。申请出国遭到拒绝后，他便把波隆斯卡娅当成救命稻草，紧紧抓住不放。他不管波隆斯卡娅是否排练、演出，只要想见她就一定要见，经常让波隆斯卡娅十分尴尬。她爱马雅可夫斯基，同意嫁给他，但要同丈夫亚申讲清，友好分手，不能伤害他。为此两人经常吵架。4月12日他们认真地谈到结婚的事，波隆斯卡娅让马雅可夫斯基给她两天时间，考虑如何妥善处理同亚申的关系，这两天他们不见面。13日晚上马雅可夫斯基给波隆斯卡娅打电话问她有没有空，波隆斯卡娅回答他说好两天不见面，所以不到他那里去，晚上可能拜访作家卡达耶夫。1928年卡达耶夫写了一出喜剧《无法解决的问题》，在高尔基艺术剧院上演，轰动整个莫斯科。亚申在剧中担任男主角，所以同卡达耶夫很熟。13日晚上亚申和波隆斯卡娅来到卡达耶夫家，发现马雅可夫斯基也在这里，并且喝得有点醉了。马雅可夫斯基一见波隆斯卡娅便说："我知道您准上这儿来！"波隆斯卡娅心里冒火，觉得马雅可夫斯基在监视她的行动，但不好当众发作。他们便在记事本上笔谈，双方都写了许多侮辱对方的话。他们的举止不能不引起周围人的注意。马雅可夫斯基到另一间房间里去，波隆斯卡娅也跟了进去。马雅可夫斯基掏出手枪，先说要自杀，后又把枪口对着波隆斯卡娅威胁要杀死她。波隆斯卡娅看到马雅可夫斯基已处于歇斯底里状态，再待下去不知会出什么事，便约好明晨八点见面，向主人告辞，同亚申一起回家了。

4月14日上午八点马雅可夫斯基把波隆斯卡娅接到寓所，十点半涅米罗维奇·丹钦柯来看她排演，所以只能在马雅可夫斯基那儿待两小时。波隆斯卡娅回忆道："他要求我从这一刻起，不同亚申做任何解释，同他留在这间房间里……要我立刻离开剧院。今天不去排演，他自己到剧院去说我以后不再去了。没有我剧院不会垮台。至于亚申那儿他自己去解释，再不放我到他那儿去。"波隆斯卡娅不听马雅可夫斯基的话，坚决要回剧院参加排演。这时马雅可夫斯基变得异常平静，放她回剧院，微笑着对她说："我给你打电话。你有坐出租车的钱吗？"波隆斯卡娅说没有，马雅可夫斯基给了她二十卢布。波隆斯卡娅刚走出房门，屋里响起枪声，马雅可夫斯基自杀了。

1929 年秋天至 1930 年前四个月，马雅可夫斯基经受了一连串打击，单独的任何一次打击都不足以导致他自杀，但所有打击合在一起他便经受不住了。现实杀害了骄傲、敏感、自尊心强的诗人。

马雅可夫斯基埋葬在莫斯科新处女地陵园。

（《读书》1996 年 10 月号）

马雅可夫斯基是如何被偶像化的？

我知道马雅可夫斯基的同时便知道斯大林对他的评语："马雅可夫斯基过去是现在仍然是我们苏维埃时代最优秀的、最有才华的诗人。"他的诗我也读过一些，有的喜欢，如《开会迷》《好》《苏联护照》等，有的长诗，像《穿裤子的云》《一亿五千万》《关于这个》等，便觉得晦涩难懂。当时觉得既然斯大林说他是最优秀的、最有才华的诗人，有的诗读不懂而不喜欢，只说明自己欣赏水平低，提高水平后一定会喜欢的。从未想过斯大林的评语是否正确，是怎么来的。苏联实行"公开性"后，封存在纪念馆、克格勃以至党中央政治局保险柜里的档案材料陆续公之于世，这时我才明白斯大林写这段话的来龙去脉。

马雅可夫斯基的情妇不止一个，但同他时间最长的要数莉莉娅·布里克了。他们从1915年相识到1930年马雅可夫斯基自杀关系一直极为密切。先是马雅可夫斯基爱上有夫之妇的莉莉娅·布里克，莉莉娅被他苦苦追求所打动，心里也燃起了爱情火焰。莉莉娅不想对丈夫奥西普·布里克隐瞒，便告诉了他。"我告诉他马雅可夫斯基和我相爱后，"莉莉娅在回忆录中写道，"我们三人便决定永不分开。那时马雅可夫斯基和奥西普是亲密的朋友，被相投的思想爱好和共同的工作结合在一起。正因为如此所以我们在精神上和大部分时间在领域上度过我们的一生。"最后这句话说得有些隐晦，不如马雅可夫斯基的研究者科洛斯科夫来得直截了当：三人同居。他们的理论根据便是车尔尼雪夫斯基的《怎么办？》。二十年代末未来派诗人、艺术家时兴这种生活方式。后来同未来派决裂的女画家拉文斯卡娅在《同马雅可夫斯基会面》中写道："妒嫉——'资产阶级偏见'。'妻子同丈夫的相好友好。''好妻子为丈夫物色适合的心上人，而丈夫则向妻子推荐自己的伙伴。'正常的家庭被视为小市民的狭隘性。这一切由莉莉娅身体力行，奥西普从思想意识上支持。"另一位著名的未来派女画家西尼亚科娃写道："他们（马雅可夫斯基和莉莉娅·布里克）已经同居，马雅可夫斯基说'莉莉娅是我妻子'，她不许他这样说，说道：'我的丈夫只是奥西普，而你只不过是情人。'他想同她结为夫妻，但遭莉莉娅断然拒绝。这是她亲口对我说的。而她一生都认为，她惟一的丈夫只是奥西普·布里克。就是现在她谈起奥西普时仍说这是她的丈夫。"这里要插上一句，莉莉娅活了八十七岁，正式嫁过布里克、普里马科夫和卡塔尼扬三个丈夫。

马雅可夫斯基无法摆脱"资产阶级偏见"，不甘于情人地位，渴望建立家庭，为此同莉莉娅几次吵翻，赌气搬往别处。马雅可夫斯基知道无法同莉莉娅结为夫妻，便想同别的女人结婚，但莉莉娅不允许。这更多是基于物质考虑，因为她和奥西普靠马雅可夫斯基的稿费生活。马雅可夫斯基有意同娜塔莎·布留哈年科结婚，把莉莉娅吓坏了，整天焦躁不安，对别人说："我决不允许他离开我到别人家去，而他自己也不需要。"1928年10月马雅可夫斯基在巴黎结识了俄国少女塔季扬娜·雅科夫列娃，立即被她的美貌和风度迷住，塔季扬娜对这位身材魁伟、才华出众的诗人也动了心，但他们接触时间不长，马雅可夫斯基很快便回国了。临行前他给花店留下一笔钱，请花店每天给塔季扬娜送一束鲜花。1929年春天，马雅可夫斯基再度来到巴黎，短暂的别离促使感情成熟，重逢之后便难分难舍。他们商定秋天在巴黎结婚，马雅可夫斯基先回国料理出版事宜，10月再来。马雅可夫斯基一回国莉莉娅便把莫斯科高尔基模范剧院的女演员波隆斯卡娅介绍给他，暗中希望这位有夫之妇的女演员能拢住他的心，成为他的情妇。但马雅可夫斯基执意秋天到巴黎同塔季扬娜结婚。自1922年至1929年九次出国访问的马雅可夫斯基万万没料到第十次出国申请竟遭拒绝。而阻碍他出国结婚的正是莉莉娅。莉莉娅·布里克为何如此神通广大？因为她有位炙手可热的"朋友"阿格拉诺夫。阿格拉诺夫是何许人呢？内务人民委员亚戈达手下的一名干将，镇压"反革命分子"功勋卓著的刽子手。1921年令诗人古米廖夫丧命的塔甘采夫案就是他经办的。阿格拉诺夫常同文化人交往。同未来派的关系尤为密切，时常拜访布里克夫妇，仿佛附庸风雅，实则探察知识分子情绪。1923年至1929年任国家政治保密总局机密处主任，曾是奥西普·布里克的顶头上司。奥西普1920年加入肃反委员会，后虽退出，但同以后不断更名的国家安全部关系密切。阿格拉诺夫同莉莉娅的关系不止亲密，还是她的情人之一，在他垮台前一直是莉莉娅的靠山。他常到布里克家去，自然认识马雅可夫斯基，并自诩为他的知音，至于马雅可夫斯基同阿格拉诺夫关系如何，说不清楚，尚未见到有关材料。

马雅可夫斯基1930年4月12日开枪自杀，原因很多，不能出国结婚只是其中之一。他自杀前留下遗书，内容如下：他的死不要责怪任何人，不要造谣，死者对此最为反感。他的家属包括母亲、姐妹、莉莉娅·布里克和女演员波隆斯卡娅，希望政府关照他们。让莉莉娅爱他吧，请拉普的同志们不要以为他胆怯。

根据这份遗嘱，莉莉娅同马雅可夫斯基的母亲和姐妹平分了他的全部遗产和以后所有的版税。莉莉娅·布里克处于马雅可夫斯基遗孀的地位。不用说，阿格拉诺夫帮了莉莉娅大忙，因为同样被马雅可夫斯基列为家属的波隆斯卡娅却什么也未分到。不久，莉莉娅同奥西普离婚而不分手，所以她嫁给列宁格勒军区副司令普里马科夫，从莫斯科迁往列宁格勒，奥西普也跟了去。1934 年 12 月 1 日基洛夫遇刺，列宁格勒开始了大规模的清洗，不仅清洗季诺维也夫分子、托洛茨基分子以及各种名义的反革命分子，还清洗所有贵族和资产阶级。普里马科夫是托洛茨基旧部，曾跟随他在乌克兰作战，难免不在清洗之列，很难保护莉莉娅和奥西普，而他们俩在清洗之列不过是迟早的事。先清洗政治上的各种分子，因为他们对斯大林威胁大。后清洗贵族和资产阶级，因为他们有如瓮中之鳖，手到擒来。革命前出版的《彼得格勒名人录》上印着莉莉娅·布里克和奥西普·布里克的姓名和身份，只要保安局人员翻一下《名人录》，他们就性命难保。莉莉娅知道，阿格拉诺夫可以保护他们，况且他步步高升，越来越得到斯大林的宠信。但莉莉娅精明过人，知道仅靠个人保护并不牢靠。政治风云变幻莫测，除斯大林外谁都可能垮台，所以要想永远平安无事，非得有一道来自于斯大林本人的护身符不可。但她却不知道怎样才能得到这道护身符。一次她见到阿格拉诺夫的时候向他倾诉了心中的惊恐。深知斯大林心思的阿格拉诺夫立即给她出了个主意：借口马雅可夫斯基在社会上受到冷落，给斯大林写信。莉莉娅担心如果斯大林不理睬或反感无异于自取灭亡。阿格拉诺夫向她担保结果将是理想的，并告诉她要写得精炼，不超过两页。莉莉娅在同知己朋友商议后，于 1935 年 11 月 24日给斯大林写了一封信，却是长信，摘译如下：

> 诗人马雅可夫斯基逝世后，有关他诗集的出版和纪念活动等事宜都压在我一人身上。
>
> 他的全部档案、草稿、札记和手稿以及他所有的遗物都保存在我这里。我在编辑他的著作……

他的诗不仅没过时，而且在今天仍极有现实意义，是最强有力的革命武器。

马雅可夫斯基逝世已近六年，仍无人可代替他。他过去是、现在仍然是我们革命最伟大的诗人。

但远非所有人都明白这一点。

不久便是他逝世六周年，但《全集》只出了一半，而印数只一万册。

书店里没有马雅可夫斯基的书，哪儿也无法买到。

马雅可夫斯基逝世后政府作出决议，责成有关部门在共产主义科学院筹建马雅可夫斯基研究室，集中他所有的材料和手稿。但至今仍未筹建。

三年前无产阶级区苏维埃曾建议我修复马雅可夫斯基最后一个故居并附设一个以他命名的图书馆。可不久他们又通知我，莫斯科市苏维埃拒绝拨款，其实款额极有限。

曾不止一次提起过把莫斯科的凯旋广场和列宁格勒的纳杰日金街改为以马雅可夫斯基命名的广场和街道，但均未实现。

我谈的是几件大事，琐细小事便不说了。譬如遵照教育人民委员部的指示从1935年的苏联文学课本中删除长诗《列宁》和《好》。对这两首长诗不再提起。

所有这一切都说明我们的机关不理解马雅可夫斯基的巨大意义——他的鼓动作用，他的革命的迫切性，并对共青团员和苏联青年对他的特殊兴趣估计不足。

我独自无法克服这种官僚主义的淡漠和抵制——经过六年的操劳我向您求助，因为看不出继承马雅可夫斯基巨大的革命遗产还有别的办法。

这里引用的虽只是信的摘译，但仍能看出信写得十分高明。莉莉娅通过大大小小的具体事例表明她对马雅可夫斯基的关心，但又让人感到她是马雅可夫斯基惟一的亲人——未亡人。信交给阿格拉诺夫后莉莉娅惴惴不安，万一估计错误便会招来杀身之祸。可莉莉娅哪里知道斯大林正等待这封信作为亲自出面干预文学的借口呢。所以阿格拉诺夫把信呈交给斯大林的当日，斯大林便作了如下批示：

"叶若夫同志，我恳请您重视布里克的信。马雅可夫斯基过去是现在仍然是我们苏维埃时代最优秀的、最有才华的诗人。对他的纪念和他的作品漠不关心是犯罪。我看布里克的申诉是有道理的。请同她（布里克）联系并把她召到莫斯科来。让塔尔和梅赫利斯也参与此事，你们通力弥补我们的损失。如果需要我的帮助我愿尽力。此致！约·斯大林。"叶若夫是联共中央主管安全保卫的书记，塔尔是中央出版局局长，专门负责替斯大林搜集国内外政治书刊，特别是托洛茨基在国外发表的文章，梅赫利斯则是《真理报》的总编辑。这本是纯属文化范围之内的事，按理应批给已成立一年多的作家协会或它的主管部门教育人民委员部，可斯大林却批给同文化教育完全无关的叶若夫。从中可以看出他的用心。他对便于控制的全国作协仍感不满，因为作协由前拉普成员把持，而他们对斯大林突然解散拉普至今耿耿于怀，不绝对听命于他。布哈林在第一次作家代表大会上代表党中央（当然征得他同意）树立帕斯捷尔纳克为诗人榜样，现在看来并不合适。斯大林当时之所以同意布哈林的做法，是因为帕斯捷尔纳克是位远离现实的诗人，同各文学团体和政治派别均无关系，没有任何号召力，不可能聚集同伙形成反对派。但帕斯捷尔纳克对斯大林的恩赐领情不够。尽管卖力地把歌颂斯大林的格鲁吉亚诗歌译成俄文，但却把诗集《第二次诞生》中最长的一首诗献给布哈林。不仅如此，他还为阿赫玛托娃被捕的丈夫普宁和儿子列夫·古米廖夫向斯大林求情。斯大林嫌他多管闲事，并且不知道他将会写出什么诗来。斯大林知道最好的诗人榜样是以死去的诗人为榜样，因为他既不会惹是生非，给斯大林增添麻烦，也不会再写出不合他心意的诗，于是决定用马雅可夫斯基代替帕斯捷尔纳克。此外还有另一层意思，到了1935年斯大林已决心消灭列宁的全部老战友，包括布哈林。当年不树马雅可夫斯基为诗人榜样同列宁厌恶以马雅可夫斯基为代表的未来派诗人有关，1921年5月6日列宁在给卢那察尔斯基的便笺中写道："同意出版马雅可夫斯基的《一亿五千万》发行五千册，难道就不觉得可耻吗？胡说八道，写得愚蠢，装腔作势。我认为，这类东西十篇里只能出版一篇，而且不能超过一千五百册，供给图书馆和一些怪人。"就是对马雅可夫斯基1922年所写的《开会迷》列宁的称赞也是有保留的："……诗写得怎么样，我不知道，然而在政治方面，我敢担保这是完全正确的。"布哈林和斯大林当然都知道列宁对马雅可夫斯基的态度，所以布哈林提出树立帕斯捷尔纳克而不树立马雅可夫斯基时，斯大林没提出异议。现在准备消灭布哈林必须在全党面前败坏他的名誉，证明他没有政治眼光，选错了对象。1930年马雅可夫斯基自杀不久，托洛茨基在柏林《文学世界》杂志上发表的一篇文章中写道："马雅可夫斯基不是无产阶级文学奠基人，也不可能成为奠基人，其根据同一国不能建成社会主义一样。"斯大林的指示也是对他死敌的还击。斯大林可谓一箭数雕，这一招相当厉害。

叶若夫、梅赫利斯等人开始落实斯大林的指示，掀起宣传马雅可夫斯基的热潮。《真理报》《文学报》都刊登出我们所熟悉的斯大林对马雅可夫斯基的评价，但当然不会刊登批示全文，因此在苏联实行"公开性"之前很少人知道那段话是怎么来的。事先不知道批示的莫斯科市苏维埃主席布尔加宁大卖力气，立即宣布马雅可夫斯基故居为纪念馆，拨款修建，并把凯旋广场改为马雅可夫斯基广场。后来又在广场上矗立起一座马雅可夫斯基全身铜像。批示对于把持作协的前拉普领导人不亚于当头一棒。他们不仅在马雅可夫斯基生前攻击他，他参加拉普后仍然把他视为"同路人"，而且在他死后继续攻击他。1988 年《真理报》重新发表了 1930 年 4 月 26 日拉普领导人阿维尔巴赫、法捷耶夫和叶尔米洛夫等人致斯大林和莫洛托夫的信。信中指出马雅可夫斯基自杀在作家当中造成有害影响，他的朋友们利用他的死大肆颂扬他甚至把他神化更加有害。信中有段画龙点睛之笔："马雅可夫斯基一生和全部创作过去是并永远是应当如何改造而改造又如何困难的例子。"现在全都泄了气。马雅可夫斯基的名字从此响遍苏联，后来也响遍中国，连少年时代的我都知道他的名字了。

得到最大实惠的自然是莉莉娅·布里克，她真的获得护身符，谁也不敢碰她。1938 年叶若夫接任亚戈达的职务，清洗达到高潮，被清洗的党政要员、军队将帅、知识分子和普通小民何止百万，但莉莉娅安然无恙。历史学家梅德韦杰夫在《斯大林和斯大林主义》一文中写道："斯大林在审查清洗名单时，有时会圈去某个人，不管他的'罪行'如何。这样……斯大林圈掉莉莉娅·布里克，对叶若夫说：'不要动马雅可夫斯基的遗孀。'"但护身符只对莉莉娅和奥西普两位布里克有效，却保护不了她的丈夫普里马科夫。普里马科夫作为托洛茨基分子被枪决。她的恩人阿格拉诺夫 1938 年 8 月"因从事反革命活动"被判处死刑。

莉莉娅 1956 年六十五岁时开始写回忆录，但并不完全纪实，还有不少"创作"，将对她不利的人和事隐去，突出对她有利的，马雅可夫斯基研究者对她的回忆录都持谨慎态度。以她给斯大林写信的事为例。她对阿格拉诺夫只字不提，却把功劳给了与她素不相识的克里姆林宫前卫队长马利科夫，一口咬定是他把信转交给斯大林的。但她毕竟上了年纪，有些事情记不清了。马利科夫曾担任过卫队长，并受命枪决向列宁行刺的卡普兰。但他1920年便调离克里姆林宫，担任共产国际莫斯科—彼得格勒专列卫队长，以后再没返回克里姆林宫。至于莉莉娅·布里克不提阿格拉诺夫则可以理解，因为最高军事检察院1955年复审阿格拉诺夫案子时，认为他罪行确凿，不予平反。

也许读者想知道莉莉娅对马雅可夫斯基的真实态度，我想引用拉文斯卡娅的另一段话，这是1945年奥西普·布里克死后莉莉娅对人说的："这对我是第一次真正的痛苦：马雅可夫斯基死了，普里马科夫死了，这只是他们死了，可奥西普死了，我同他一起死了。"

但莉莉娅·布里克却未善终，八十七岁时肋骨折断，疼痛难忍，服安眠药自杀。

老刺儿头别克

今年 3 月母校五十周年校庆，见到阔别四十余年的老同学。我一见到班里当时的生活委员，便向他提出一个近几十年不时想到却一直没机会问的问题："有天晚集合时，你是不是叫大家把手里端着的喝水缸子放在地上？还记得吗？"他听了哈哈大笑，连声说："记得，记得！"旁边一位女同学插嘴道："那夜间行动呢？"他说："当然也记得。"这便是苏联作家别克的小说《恐惧与无畏》对我们少年时代的影响。生活委员让我们放下缸子，是学习红军营长乌雷的果敢作风，领导我们夜间行动，是培养我们的勇敢精神。他把红军营长训练新兵的方法搬到我们班里来了。我问老同学是想印证自己少年时期的印象，因为不知怎的，在中国曾同西蒙诺夫小说《日日夜夜》同样流行的《恐惧与无畏》，如今知道的人已不多了，连几位研究俄苏文学的博士都没听说过。

这大概同作家在作协所担任的职务和作协领导对他的好恶有关。西蒙诺夫步步高升，直升到作协副书记，同法捷耶夫平起平坐。而别克却经常同作协领导闹别扭，关系越来越坏，连所担任的不起眼的职务都通通被撤销，六十年代初还写出不合上面脾胃的小说《新任命》。苏联文学史一向看重作家的职务，副总书记在文学史中所占的篇幅必定比一般作家多，而对作协不待见的作家在不得不提的地方也一笔带过。新中国成立初期中国翻译苏联小说，主要依据季莫费耶夫编写的苏联十年级课本《俄罗斯苏维埃文学》（中译本更名为《苏联文学史》）所提到的作品。这本课文在《伟大卫国战争中的文学》一章中只在括号中提到"别克中篇小说《恐惧与无畏》"，而用一页篇幅分析《日日夜夜》，因此前者未必引起中国出版界的注意。我所读的是莫斯科外国文书籍出版局出版的中译本，1943年出版第一部，1945年出版第二部，译者是愚卿，1948年东北书店把两部合印出版。那时季莫费耶夫的课本尚未编写出来，所以译者愚卿没受到它的影响。

《恐惧与无畏》是书名的意译，直译应是《沃洛科拉姆斯克公路》，是一本纪实性的小说。1941年10月德军摩托化部队突破维亚基马防线直奔莫斯科。在这千钧一发之际大本营把潘菲洛夫指挥的三一六步兵师从哈萨克斯坦调到距莫斯科一百二十公里的沃洛科拉姆斯克公路阻挡德军。这是一个由哈萨克人、乌兹别克人和吉尔吉斯人临时组建的师团，没经过严格的军事训练。潘菲洛夫将军在战争中把他们训练成一支军官智勇双全、战士英勇善战的部队，挡住德军两次进攻。二十八名哈萨克族战士击毁德军十八辆坦克，守住阵地，最后全部英勇牺牲。

别克从恐惧写起。营长巴武尔章·莫梅什·乌雷举行一次军事演习。枪声一响，不少未听过枪声的战士撒腿便往树林里跑。有的跑了几步停住，返回阵地，只有巴兰巴耶夫中士未返回。乌雷下令枪毙中士。他用这种残酷手段帮助战士战胜恐惧。别克记录了乌雷对他说的一段话："您和您的作家朋友们为什么凭空想象军人都是超自然的人，同你们不一样的人？为什么您觉得他们失去你们所固有的人的情感呢？也许在您看来勇敢精神是天生的？或军需官发军大衣时把无畏精神一并发给士兵，士兵只要在清单上签上'收到'就行了？我在战争中所获得的经验等于上了几所军事院校，现在当了团长，我想我有充分根据证明：并非如此。"别克引用乌雷的话除想说明士兵的无畏精神不是天生的，而是指挥员在战火中培养出来的，还要表露他不赞许一味颂扬士兵勇敢的作品，那类作品并不真实。但那样写的作家很多，在他们笔下仿佛士兵一到前线便换了个人，勇气陡增，冲锋陷阵。他本人决不那样写。

别克处处表现得与众不同。有时是出于坚持自己的看法，不肯随波逐流，有时纯粹是恶作剧。

别克是丹麦人的后裔，祖先是彼得大帝从丹麦请来的邮政局长。十三岁不堪忍受父亲和继母的虐待离家出走，四处流浪。十六岁参加红军，在乌克兰、顿河一带同邓尼金部队作战。作战英勇无比，很快入党，内战结束后被送入以斯维尔德洛夫命名的共产主义大学——苏联惟一的一所高级党校。这是为社会主义建设培养领导干部的学校，绝大部分毕业生都当了部长、加盟共和国书记或州委书记，但到三十年代末期绝大部分人又都被镇压。

二十年代初共产主义大学的年轻学员心里充满美好的憧憬，过着半饥半饱的生活。别克身材高大，消化力极强，特别容易饿。于是想方设法弄东西吃，终于想出一个不大光彩的办法。别克找同学科利亚和阿加斯商议，都是二十岁左右的年轻人，能弄到吃的东西哪儿有不愿意的，三人一拍即合。原来学员中有个发明狂，多次向政府呈递自己的发明。政府无力向发明家提供施展才华的条件，又恐一旦天才凋谢对未来科学发展是个损失，便把他的面粉和食油定额增加了几倍，以保证发明家获得充足营养。但发明家一心扑在发明上，竟没注意自己床下面粉和食油积存得越来越多。一天别克对他说，发明不被采纳是因为图表不是锌版，别克认识个老工人可以替他制锌版，但要面粉和食油作报酬。发明家从床下取出面粉和食油，千恩万谢地请别克转交老工人。东西一到手，别克便同科利亚和阿加斯把它们通通炸成油饼，三人大嚼起来，当然还请其他同学同他们一起分享。不知哪位吃了油饼的人向校领导汇报了。领导认为这种事太丢脸，并含有诈骗成分，便把他们三人通通开除出党，赶出党校。我知道别克二十年代被开除出党，原以为他不是支持过以布哈林和拉狄克为首的"左派共产主义者"，便是同施略普尼柯夫等"工人反对派"过从密切，总之是由于政治原因。直到读了索科洛娃的回忆录，才知道原来是为了炸油饼。

犯了这种生活错误，只要真诚忏悔，恢复党籍、学籍并不困难。科利亚和阿加斯便这样做了，两人都恢复了党籍和学籍。毕业后两人都成了大人物，但结局都很悲惨。阿加斯当了亚美尼亚书记，1936年被逮捕，再没回来。科利亚——现在应当称呼他尼古拉·沃兹涅先斯基了，1938年任国家计划委员会主席，1939年尚不满三十岁便担任人民委员会副主席——斯大林的副手，1947年成为最年轻的政治局委员，1949年因所谓"列宁格勒事件"被处决。

别克没去忏悔。他先在各地流浪，后返回莫斯科在一家皮革厂当装卸工，同时作为《真理报》工农通讯员为该报撰稿。《真理报》为工人组织了文学戏剧评论小组，别克是小组常客，并俨然以批评家身份对各流派作家和作品评头论足。他偏激得要命，对各流派毫不留情，连拉普也不放过，批评拉普对无产阶级艺术原则不够忠实，用他自己的话来说，"比拉普更拉普"。没有哪个文学团体喜欢他。直到1932年高尔基吸收他参加编写《工厂史》，他才算步入文坛。

卫国战争爆发后，别克以军事记者身份上了前线。他的军人证上注明被开除出党的原因："不道德性质的生活过失。"军官们看过问他："喝酒闹事还是在娘儿们的事儿上受到处分？"别克往往笑而不答，军官们以为自己说中了，反而对他产生好感。那时哪个男人没犯过这类过失？这正说明别克是自己人。再说别克的勇气是众所周知的，永远要求到最危险的地方去。他所在的部队如接到撤退的命令，他便要求转到进攻的部队去。《恐惧与无畏》便是1941年年底到沃洛科拉姆斯克公路阵地采访指挥员后写成的。

五十年代中期，别克一度担任《文学莫斯科》丛刊编委。这套丛刊在解冻时期对解放思想、消除个人迷信等方面起过很大作用，深受知识分子喜爱。后来赫鲁晓夫渐渐对丛刊失去兴趣，终于勒令停刊整顿。莫斯科作协立即召开党员大会，党员作家纷纷起来指责编委会，并点了卡扎凯维奇、阿利格尔、鲁德内等人的名。别克闻讯赶来，涨红脸对主持会议的人说："也请点我的名。我虽不是党员，但同他们一起承担责任。"后来鲁德内感慨地说："我认为在批判会上表现出的勇敢比在前线表现出的更可贵。许多成绩卓著的战地记者都未通过公民勇气的考试。"

1957年12月莫斯科作协选举理事。应选出七十八名理事，党组提出的候选人名单恰恰七十八人，一个不多也不少。被赫鲁晓夫称为冲锋枪手的格里巴乔夫、柯切托夫和索夫罗诺夫——整人的作家也列入候选名单。不少作家要求差额选举，又提出十二名候选人，其中包括别克。别克说："我不加入这个奸党，不愿意。"有人建议他以健康原因请求撤销候选人资格，而别克提出的理由却是："既然我不是党组织提出的，就是说不信任我，我干吗非往里钻不可。"主持会议的苏联作协第一书记苏尔科夫对别克的态度极为不满，做总结时说："我建议大会尊重别克的完全无法容忍的、理由不充分的请求。"别克同苏联作协另一领导人马尔科夫的关系也不好，他在一次讨论创作会议上的发言气得马尔科夫喊道："无法容忍的别克！"据说一旁的卡扎凯维奇把这句话改成："独一无二的别克！驯服不了的别克！"

别克喜欢讲笑话，但他的笑话让某些人听起来往往不是滋味。比如他讲过这样一个笑话："苏联作家，看齐！哎呀，怎么都没脑袋，只有一个人长着脑袋。矗着一个脑袋，把整个队形都破坏了。

怎么办？""砍掉那个脑袋不就行了。""试试让别人长出脑袋怎么样……""砍掉更省事。"也许这个笑话是他自己编的。别克还喜欢捉弄人。他住在地铁飞机场站附近，周围住着很多作家，傍晚散步时经常能碰到。他碰见散步的一位作家便压低声音说："您听说了吗？党和政府在下个五年计划内在体面的新处女地陵园给作家拨出不少地方。您猜怎么着？作协理事们把这些地方私分了，抢先登记上自己的名字。您说其他作家怎么办？都打发到瓦干诺夫墓地去，同老百姓埋葬在一起？"作家开始冒火了："那怎么行！我不久前刚获得勋章。要在勋章获得者当中分配墓地还差不多。可他们私下分了，谁都不知道，不考虑社会舆论……"别克火上浇油："听说作协和文学基金会的机关人员也在新处女地排上队了。您清楚，这是走后门呀！""真气死人了，不像话！"别克遇到第二位作家又把刚才的话说了一遍。这位气得喊起来："我是奖金获得者，应当只让奖金获得者登记……太不像话了！"

　　别克看到这些轻信的傻瓜生气，心里快活极了，却未想到恶作剧将会产生什么后果。他在作协分会所担任的职务被撤销。1971年国外出版了小说《新任命》的德译本，作协要求他声明小说出版违背他的意愿，他立即按作协要求写好，但署名时却出现了问题。负责处理此事的俄罗斯联邦作协理事会主席米哈尔科夫对他说："我们给你安个什么头衔，你是谁？莫斯科作协理事？开除了。算散文部委员吧？改选时落选了。要不写个某刊物编委？也不行，人家不干。这样吧，干脆你就写最后一次作家代表大会代表吧。"别克曾向别人表示惊讶，怎么作协头头见到他仿佛见到麻风病人似的掉头就走。难道他真不知道自己为什么招他们讨厌吗？

　　苏共二十大后不少作家，包括曾为斯大林唱赞歌的作家，争写批判个人迷信和所谓劳改营题材的作品。别克不肯随波逐流，独辟蹊径，写出《新任命》。但《新任命》命蹇时乖，历经坎坷，一直无法发表。他在 1964 年 10 月 8 日，赫鲁晓夫下台那天，把稿子交给《新世界》杂志。《新世界》非常欣赏，准备 1965 年 1 月发表。稿子发排后接到上级指示，抽出《新任命》，小说不准发表。原来前任部长会议副主席捷沃相的遗孀上书现任部长会议主席柯西金，反对发表《新任命》，认为书中充满对她亡夫捷沃相的诬蔑。她一口咬定小说主人公奥尼西莫夫就是捷沃相。尽管别克矢口否认，但捷沃相未亡人的看法并非没有道理。像别克的其他小说一样，《新任命》也是纪实小说。同奥尼西莫夫一起登场的奥尔忠尼启则便不是虚构的，他是三十年代苏联工业领导人，更不用说斯大林和贝利亚了。直到 1987 年小说才在大型杂志《旗》上发表，这时别克已去世十四年了。

小说故事很简单：1956 年苏联部长会议下属国家冶金、燃料委员会（虚构）主席奥尼西莫夫调任北方吉什兰国（虚构）大使。领导冶金工业几十年的奥尼西莫夫冷不丁被调到外事部门一时很不适应。别克并未多写他在国外的工作情况，主要写他接受新任命时如何不知所措以及由此而引起的对一生工作的反顾。

奥尼西莫夫并非反面人物，而是冶金工业部门的卓越领导人。他把全部心血都献给冶金工业，并做出巨大成绩。他是难得的精通业务的专家，可以不带任何材料向斯大林当面汇报，随口说出具体数字。他办事一丝不苟，要求下属同样一丝不苟。他把执行上级指示当成人生最大的乐趣，此外没有别的乐趣。婚姻是政治的结合，家庭是存在的形式。除吸烟外别无嗜好，而这种嗜好也是 1937 年奥尔忠尼启则突然逝世、自己生死难保时染上的。他随时等待被捕，却意外地收到斯大林的一张便条："奥尼西莫夫同志，我把您列入自己朋友之列。过去和现在都相信您。别再想念纳扎罗夫了。去他的吧。约·斯大林。"这张便条对他不亚于护身符，使他躲过大清洗。纳扎罗夫是他弟弟，1937 年突然被捕，他写信向斯大林求情，便条便是回答。斯大林不清洗他因为相信他对自己绝对忠诚。奥尔忠尼启则死前三四天，他正在奥尔忠尼启则家汇报工作。门外有人说话，奥尔忠尼启则便走出去。奥尔忠尼启则同那人谈着谈着吵起来。两个人说的是格鲁吉亚话，奥尼西莫夫听不懂，但听出说话的另一个人是斯大林。"奥尼西莫夫想从他们身边溜过去，但斯大林叫住他。'您好，奥尼西莫夫同志，您好像听见我们在这儿谈话了。''对不起，我听不懂。''那没关系，您总赞同我们之间的一位吧。奥尔忠尼启则同志还是我？'斯大林同志，可我一句也听不懂。'斯大林放过这句话，仿佛奥尼西莫夫没说似的，两只眼睛从狭窄的额头下面狠狠盯住他，并未提高嗓音，又慢慢重复了一遍：'您到底赞同谁？他还是我？'……奥尼西莫夫毫不犹豫地回答道：'赞同您。斯大林同志！'"斯大林要的就是这种愚忠，而奥尼西莫夫此后表现出来的也正是这种愚忠。西伯利亚某高校教师列斯内赫自称有项不用高炉炼钢的发明，奥尼西莫夫得知后派专家鉴定，鉴定确认这项发明是不可行的。但列斯内赫通过贝利亚把发明捅到斯大林那里，斯大林打电话质问奥尼西莫夫为什么不支持列斯内赫。奥尼西莫夫陈述理由后斯大林仍叫他支持，他便无条件服从了。法捷耶夫奉马林科夫之命把这项发明经过写成小说，但斯大林死后真相大白，发明原是假的，国家浪费了几亿卢布。小说自然写不下去了，这便是法捷耶夫未完成的小说《黑色冶金》。

奥尼西莫夫是个出色的执行者，上级任何指示，特别是斯大林的指示，他都毫不走样地执行。同时也要求下属执行他的指示不走样。"不许议论！"是他心爱的口号。他常对下属说："我的错的也得干，你的对的也不准干。"别克通过奥尼西莫夫这个形象揭示出苏联工业部门存在着一个人人都能感觉到但尚无人概括出的"行政命令体制"。上级只要求下级坚决、准确执行自己的指示，却不允许下级根据实情提出不同的看法。这个体制在一定时期也可以促进生产发展，但它扼杀人的首创精神，使人丧失独立思考能力，终将导致生产停滞。这个体制已形成多年，根深蒂固，不会因人事变迁而改变以至消亡。这个体制至今仍是改革最大的障碍。要想改革首先必须彻底废除这个体制。也许这便是这部小说 1987 年发表后引起强烈反响的原因，也是它一直无法发表的原因。

像别克这样没有任何头衔的作家理应埋葬在瓦干诺夫墓地，但我仿佛在新处女地陵园见过他的墓碑。莫非我看错了？

（《读书》1996 年 11 月号）

诗人特瓦尔多夫斯基的沉浮

　　俄国是出诗人的地方，苏联也出过不少诗人。但苏联诗人中独领风骚的恐怕只有两位：前有马雅可夫斯基，后有特瓦尔多夫斯基。1936 年，已去世六年的马雅可夫斯基忽然被钦定为"我们苏维埃时代最优秀的、最有才华的诗人"，报刊开始对他大张旗鼓地宣传；这一年特瓦尔多夫斯基出版了歌颂农业集体化的长诗《春草国》，引起一片喝彩声，从而登上文坛。两人诗风迥然不同。马雅可夫斯基出自未来派，突破俄国诗歌传统形式；特瓦尔多夫斯基则来自乡村，诗风接近民歌。但两人也有共同点，都是讴歌联共（布）路线的诗人，完成"社会定货"的能手。然而 1936 年，农业集体化的后果已显露无遗。

　　特瓦尔多夫斯基是斯摩棱斯克州人，从十四岁起便担任斯摩棱斯克市《工人之路》报农村通讯员，不可能不了解农业集体化是如何进行的以及所产生的后果。他的家庭就被划为富农。不久前，他弟弟伊万在《青春》杂志上发表了《我经历中的片断》，讲述了他们一家的遭遇。父亲是村里的铁匠，除种地外还钉马掌，干活勤快，为人耿直，不屑于同懒汉为伍，不肯加入农庄，逃到顿巴斯找活干。大哥康斯坦丁便成了一家之主，带领全家在农庄干了一夏天，但仍因无法完成"硬任务"被送往劳改营。伊万和母亲妹妹被遣送到西伯利亚鄂毕河流域，只有同家庭划清界限的二哥亚历山大（即特瓦尔多夫斯基）未受到影响。他们到达流放地后收到亚历山大从莫斯科寄来的一封信："我不是野蛮人，也不是野兽。请你们坚持、忍耐、干活。消灭富农并非消灭人，特别是孩子。"1957年年底特瓦尔多夫斯基打算写剧本《特瓦尔多夫斯基老爹》，在《工作笔记》中所拟的提纲几乎同伊万所叙述的情节完全一样。还写了一个父亲赶往车站送行时一家人已被押上军用列车的场面。从这两份材料中可以看出特瓦尔多夫斯基了解集体化。但为什么还要唱赞歌呢？这同他对斯大林的迷信分不开。他已迷信到不相信自己眼睛只相信斯大林领导的程度。自己见到的只是个别地区的过火行为，而不是全国的形势。全国形势已经好转，斯大林不是发表了《胜利冲昏头脑》吗？伊万在文章中有责备哥哥的意思，但我们不能苛求特瓦尔多夫斯基。首先，他这样做出于信仰；其次，如果他站在家庭一边，命运必将同大哥康斯坦丁一样，苏联将少了一位大诗人，社会将缺了一位为铲除痼疾而拼搏的斗士。作家阿布拉莫夫在札记中写道："斯大林逝世。1956。睁开了眼睛。挤出身上的奴隶。"对很多人如此，对特瓦尔多夫斯基也如此。

《春草国》的题材，是以歌颂集体化成名的潘菲洛夫提供的。长诗主人公尼基塔·莫尔古诺夫是小说《磨刀石农庄》里的一个人物。长诗采用《谁在俄罗斯能过好日子》的形式。组建农庄时农民尼基塔·莫尔古诺夫不肯加入，套上马车去寻找"自由乐土"。一路见到的都是富裕的农庄，热火朝天的生产场面。走遍半个苏联也未找到农庄以外的人间乐园。大概受到现实的教育吧，一天脑子豁然开窍，原来他心目中的乐园就是集体农庄。长诗是三十年代后期编织得最好的一支赞歌。韵律工整，通俗易懂，朗朗上口，立即受到各界好评；荣获1938年党和政府首次向作家颁发的列宁勋章。此前是不授予作家的。1939年1月31日各大报都公布了授勋作家名单，这个日子诗人曼德尔施塔姆遗孀记得特别清楚，因为这一天她收到曼德尔施塔姆瘐死海参崴二道河子劳改营的消息。这时特瓦尔多夫斯基正在莫斯科文史哲学院读最后一学期，学生得勋章是前所未有的事，他自然很得意。只是毕业考试让他有些尴尬，因为《春草国》也列入考题。他怕自己抽到，便请人代抽，结果没抽到。但他晚年却羞于提起这首使他在作协站住脚的长诗。1931年至1932年间他还写过同是歌颂集体化的《序曲》和《通向社会主义之路》两首长诗，六十年代均未收入文集。《春草国》大概收入了，不管他晚年满意不满意，毕竟是决定他命运的作品啊！1990年我读过《特瓦尔多夫斯基长诗集》，里面没有《春草国》，只有《瓦西里·焦尔金》《焦尔金游地府》和《有记忆的权力》。

卫国战争期间，特瓦尔多夫斯基以《红军真理报》特派记者身份奔赴前线，并在该报陆续发表《瓦西里·焦尔金》，塑造了一个"俄罗斯奇迹般的勇士"的形象。他勇敢、乐观，为俄罗斯祖国捐躯，"就连无声的死者／也有一种欢乐／我们为祖国倒下／但换来她的生存／要虔诚地保护她／兄弟们，自己的幸福就是／记住战士兄弟／他为保卫祖国而死"。诗人高扬爱国主义，鼓舞士气，保卫祖国，消灭来犯之敌。但时代特征并不明显，放在一百二十五年前（俄国抗击拿破仑入侵）未尝不可。这组诗在卫国战争中起了巨大作用。诗仍采用民歌形式，极易上口，红军战士背诵诗句冲锋陷阵。很快传遍全国，许多章节不少人能背诵，如《渡河》《谁打下来的？》《进攻》等。后结集出版，特瓦尔多夫斯基成为全国名气最大的诗人。

1950年的一天，法捷耶夫和西蒙诺夫突然来到特瓦尔多夫斯基家，不容分说把他拉上汽车，也不告诉他把他拉到哪儿去。西蒙诺夫开玩笑说："去接受新任命。任命我为区委书记，你为执委会主席。"汽车一直开到联共（布）中央，他们直奔马林科夫办公室。

原来西蒙诺夫调离《新世界》杂志，主持《文学报》，决定特瓦尔多夫斯基接替西蒙诺夫任大型月刊《新世界》主编。办公桌上摆着最新一期《新世界》，翻开的那页正是多布罗沃利斯基风行一时的小说《三个穿灰大衣的人》。马林科夫莫测高深地问特瓦尔多夫斯基：“您知道大型刊物同普通刊物有什么区别吗？”特瓦尔多夫斯基想了想不知区别何在。马林科夫带着领导人教导的口吻说：“大型刊物可以连载，普通刊物则不能。”

这是特瓦尔多夫斯基初次主持刊物，主持四年后被解职。他第一次主持《新世界》时已不能容忍粉饰生活的作品，要求作家真实地反映现实，只有把现实中的矛盾暴露出来才可能解决。斯大林在世时他便发表了奥维奇金的《区里的日常生活》和特罗耶波利斯基的《农艺师札记》。这是两部大胆揭露苏联现实阴暗面的作品，立即引起听惯赞歌人的反对。他还发表了一系列抨击“农庄文学”虚假、呼吁文学必须真诚的评论。他自己写了长诗《焦尔金游地府》，讽刺苏联机构官僚化。《焦尔金游地府》已发排，但被报刊检查机构抽出。有人密告赫鲁晓夫长诗是反苏的。苏尔科夫和柯切托夫在《真理报》上猛烈批评《新世界》的导向。赫鲁晓夫原来对特瓦尔多夫斯基印象不错，但听信中央书记波斯佩洛夫的汇报，撤了他的职，《新世界》又回到西蒙诺夫手里。特瓦尔多夫斯基继续创作中断了的长诗《山外青山天外天》，这是他西伯利亚之行所引起的思考。这次旅行唤起他旧时的回忆，使他反思了许多问题，或者说敢于正视曾感觉到却不敢正视的许多问题，如集体化的灾难、斯大林的错误等。《童年的朋友》一章写的是老友月台邂逅。他乘的列车是莫斯科—海参崴，他朋友乘的是海参崴—莫斯科，两列火车同时在泰合特站停五分钟。诗人写道：“他是我心中不可分割的部分／他是我心中隐秘的悲哀／飞走的那些年头，怎能用一堵高墙把我们隔开。”从海参崴返回莫斯科不是刑满释放便是平反回家。如果当年特瓦尔多夫斯基不狠心同家庭划清界限，他的命运将同童年伙伴一样。他如今是全国闻名的诗人，但良心仍折磨他，这便是他心中"隐秘的悲哀"。二十大后他对斯大林已有全新的认识，反映在《有过这样的事》一章里："就是如此：这个人的名字四分之一世纪是战斗和劳动的号召／完全代替了祖国。""他就是这样生活着，统治着／严酷的手牢牢握着权柄／有谁在他统治下不把他歌颂／不把他歌颂——哪有这样的人！"特瓦尔多夫斯基认为必须认清灾难的过去，才能创造希望的未来，办法是讲出"全部真理"。"事物的真理守着自己的岗位／你休想从它旁边绕过"。

1958年夏天赫鲁晓夫接见了特瓦尔多夫斯基，两人谈得很投机，赫鲁晓夫恢复了他《新世界》主编的职务。特瓦尔多夫斯基再度主持《新世界》直至1970年被逼下台。这时期《新世界》发表的大多是"讲出真理"的作品，再现人为灾难，揭示历史伤痕，令人惊骇，令人叹息，当然也令不少人恼怒。1962年第11期发表索尔仁尼琴的《伊凡·杰尼索维奇的一天》后，《新世界》便成为众矢之的。除《一天》外，潘诺娃、田德里亚科夫的小说和爱伦堡的回忆录都受到严厉批评。1963年3月，作家索科洛夫在作协第四次理事会上指名道姓批评特瓦尔多夫斯基："特瓦尔多夫斯基是大诗人，但作为主编的特瓦尔多夫斯基有错误。我们向他指出这一点并希望他今后不再犯。可大家都看到，批评他的时候他却一言不发，为什么不答复批评呢？"坐在主席团里的特瓦尔多夫斯基听到这里忽然哈哈大笑，台下很多人也跟着笑起来，紧张气氛顿时消除。然而特瓦尔多夫斯基仅凭借自己在文学界的威望和人格魅力是抵挡不住火力越来越猛的批评的，他必须求助最高领导人。

1963年夏天在列宁格勒召开欧洲作家联盟例会，特瓦尔多夫斯基被选为联盟副主席。例会结束后赫鲁晓夫决定接见与会代表，其中有意大利诗人翁加雷蒂、法国作家萨特和苏联作协头面人物费定、肖洛霍夫、苏尔科夫等，派专机把他们接到海滨城市皮聪大。一向关照特瓦尔多夫斯基的赫鲁晓夫的秘书列别杰夫让他带上《焦尔金游地府》，宴会时朗读给赫鲁晓夫听。如这首一直未能发表的长诗得到赫鲁晓夫首肯并发表的话，定能长特瓦尔多夫斯基这派人的志气，灭他对手的威风。赫鲁晓夫举杯向大家敬酒后，马上说："特瓦尔多夫斯基同志好像要给我们朗诵点什么？"特瓦尔多夫斯基立即朗诵起《焦尔金游地府》来。赫鲁晓夫反应强烈，不时哈哈大笑。朗诵完毕赫鲁晓夫举杯祝特瓦尔多夫斯基成功。参加宴会的赫鲁晓夫的女婿、《消息报》总编辑阿朱别依当即决定在《消息报》上发表，《新世界》也跟着发表。《焦尔金游地府》的发表给特瓦尔多夫斯基打了一针强心剂，增强了他同论敌斗争的筹码。可惜好景不长，一年后赫鲁晓夫倒台，他失去靠山。以后他虽竭力寻找新后台，三次上书勃列日涅夫请求接见，但勃列日涅夫只给他回过一个电话，推说国事繁忙，无暇接见他，敷衍了一下便算完了。《新世界》腹背受敌，寡不敌众，节节失利，但特瓦尔多夫斯基始终未放弃自己的立场。

　　除各报刊攻击《新世界》外，报刊检查总局也对《新世界》百般刁难。不仅对准许刊登的作品砍得七零八落，还采取拖延战术。《新世界》专职检查员埃米利娅对某部作品不敢做主，转给上司谢苗诺娃，谢苗诺娃又转给中央文艺处处长沙乌罗，后者转呈中央书记波斯佩洛夫。一级转一级，拖得刊物无法按期出。编辑部询问、恳求、争吵，只有一个回答"上级正在审查"。如果把 1968、1969 两年《新世界》竖排在一起，可看到"肥""瘦"相间、出版日期相隔三四个月的奇观。索尔仁尼琴、别克的作品不能发表尚在情理之中，但西蒙诺夫自注的日记《战争中的一百个昼夜》未获准发表却在情理之外。1969 年 5 月作协书记沃龙科夫建议特瓦尔多夫斯基辞职，遭他拒绝，但 1970 年 2 月苏斯洛夫下令解除特瓦尔多夫斯基

《新世界》主编职务，他已无力反抗了。此时特瓦尔多夫斯基身心交瘁，蜡炬成灰，次年郁愤而死。

文章走笔至此便应打住，但我还想写一写凡人特瓦尔多夫斯基，希望读者对他有个较为全面的了解。或许画蛇添足，但决无冒犯大诗人亡灵之意。

苏联大作家当中不少人过分看重声誉，拉帮结伙，对晚辈同行粗暴，酗酒等。这些弱点特瓦尔多夫斯基应有尽有。他有以《新世界》编辑部为中心的小圈子，对圈内和圈外人态度两样。莫斯科作协一次例会上，格里巴乔夫声明同柯切托夫绝交："你们别老把我同柯切托夫扯在一起，我同他一年多不讲话了。"特瓦尔多夫斯基马上对他说："我家大门从此对你敞开。"他遇到几个青年作家在一起时，往往对某几位热情招呼，对另外几位大声呵斥，在他们中间"打入楔子"。他常说："不对人粗暴就得不到他的尊敬。"这类例子很多。仅举他同诗人阿列克谢·马尔科夫交往为例。马尔科夫是他发现的诗人，可称为他的"教子"。马尔科夫对他的栽培铭刻在心，但又受不了他的态度。马尔科夫出道时常去他家听他批改诗稿，每次去特瓦尔多夫斯基必留他吃饭，对妻子玛莎说："你瞧多棒的小伙子，怎少得了前线规定的一百克伏特加呢。"玛莎阴沉着脸打开酒柜上的锁，拿出酒给马尔科夫斟满一大杯。特瓦尔多夫斯基因饮酒过度，妻子禁止他喝酒。玛莎一转身，他便端起酒杯一饮而尽，对马尔科夫眨眨眼："祝您健康，您什么时候都能喝。"又喊玛莎给小伙子斟酒："你瞧这小伙子多棒，一杯酒下肚一点醉意没有。再给他倒一杯，别走，陪我们坐一会儿。"玛莎又倒了一杯，觉得丈夫话多起来，莫非酒是他喝的？但厨房里烤着东西，只得回厨房。她一出屋，特瓦尔多夫斯基又把酒喝光。这种事经常发生，玛莎对马尔科夫态度渐渐变了。有次她对一位作家妻子说："马尔科夫诗写得怎么样我不知道，但我知道他是酒鬼。"这话传到马尔科夫耳朵里，他委屈地说："我一滴酒没沾却成了酒鬼。"此后马尔科夫便改到编辑部找特瓦尔多夫斯基。一天特瓦尔多夫斯基责备马尔科夫不该给索夫罗诺夫主编的《星火画报》投稿，答应《新世界》登他的诗。马尔科夫看到自己诗稿上特瓦尔多夫斯基签署的"发排"两字，非常高兴。可诗一直没登出来。他问特瓦尔多夫斯基签署了怎么不发表。没想到特瓦尔多夫斯基说他从未在他诗稿上签过字，"发排"两字是他自己写上去的。马尔科夫听了很恼火，便不再找他。可两人却常在都喜欢去的烤羊肉馆相遇。一天又相遇了。特瓦尔多夫斯基对他说："玛莎每次给我十卢布洗澡，我把头发浸湿回家；她对我说：'洗得痛快。'钱用到该用的地方去了。可昨天我忘了把头发浸湿，被她当场戳穿，不再给我洗澡钱，您有买酒的钱吗？"马尔科夫买了一瓶，两人很快喝光。离开的时候特瓦尔多夫斯基已步履蹒跚，马尔科夫叫出租车送他回家。特瓦尔多夫斯基让马尔科夫坐前面，通常是坐在前面的人付车钱。车一开，特瓦尔多夫斯基就向司机问道："老弟，你知道特瓦尔多夫斯基吗？"司机是个古板的人，回答道："完成生产计划还来不及呢，哪有工夫管什么特瓦尔多夫斯基！"特瓦尔多夫斯基马上喊："停车！"他们换了一辆出租车。上车不久特瓦尔多夫斯基怯生生地问道："老弟，你知道特瓦尔多夫斯基吗？""怎么不知道，我还会唱他的歌呢。"特瓦尔多夫斯基警觉起来："什么歌？""亲爱的朋友们，我爱列宁山，两人一起迎接黎明多快活！""停车！"特瓦尔多夫斯基吼道。"那是多尔马托夫斯基的诗，写得暧昧。两人怎么一起迎接黎明，夜里都干了什么事？"他们又叫了第三辆车。马尔科夫把司机叫到一旁，悄悄地对他说："如果车上的人问你知道不知道特瓦尔多夫斯基，你就说知道，给他背两句《瓦西里·焦尔金》里的《渡河》，我给你加钱。"没想到小伙子经常参加业余演出，不仅会背《渡河》，还会背他其他的诗。这次马尔科夫放心了。上车后特瓦尔多夫斯基半天不说话，司机反而等得焦躁不安。过了好一会儿特瓦尔多夫斯基才开口，底气已经不足："老弟，你听说过特瓦尔多夫斯基吗？"小伙子马上高声朗诵起《渡河》来，特瓦尔多夫斯基乐坏了，伸出两只手拥抱司机，蒙住他的眼睛，喃喃地说："你真是能干的小伙子，让我吻吻这甜蜜的社会主义的后脑勺。"司机确实是能干的小伙子，马上刹住车，车已开到人行道上，一路上特瓦尔多夫斯基不停地亲司机的后脑勺。汽车开到家门前，坐在前面的马尔科夫正要付钱，被特瓦尔多夫斯基一把拦住，他撩开上衣，咬破下角的线，掏出一张十卢布递给司机："这是贴肉的十卢布，不用找钱，全归你啦。"

几天后马尔科夫同特瓦尔多夫斯基又在烤羊肉馆相遇，两人一起喝酒。特瓦尔多夫斯基突然问道："你有任何时候都欢迎你来的女人吗？"马尔科夫说："那要看分开多久了。""无论多久。""我没有，也不会有这样的女人。"两人打起赌来。特瓦尔多夫斯基把马尔科夫拉出饭馆，叫一辆出租车，按他说的方向驶去。特瓦尔多夫斯基一路下车打听地址，看来他确实很久没来了。最后他们来到一个小区，特瓦尔多夫斯基又一户户张望，终于找到一间窗户开在地面上的地下室，他向里面张望，屋里的女人认出了他，惊叫了一声。他们进屋后，女人把特瓦尔多夫斯基端详了好久："萨沙，头发怎么变灰了，眼睛也不如以前蓝了。这么多年没见面，你过得怎么样？"说完便去厨房准备酒菜。特瓦尔多夫斯基对马尔科夫眨眨眼睛，意思是：这样的女人有吧，你输了。马尔科夫心里感到一阵悲凉。身为最高苏维埃代表的特瓦尔多夫斯基难道就不能为"任何时候都欢迎他来的女人"改善一点居住条件吗？他们又一起喝了一瓶酒，马尔科夫把特瓦尔多夫斯基送到家门口已是凌晨，按了一下门铃便跑下楼，免得玛莎又要冤枉他勾引丈夫酗酒。

特瓦尔多夫斯基安葬在新处女地陵园，他的墓离赫鲁晓夫的墓不远，因为他们死于同一年。

（《读书》1997 年 7 月号）

费佳大叔

　　这是苏联大型文学刊物《十月》编辑部的人对主编费奥多尔·伊万诺维奇·潘菲洛夫的称呼。这样称呼在苏联文坛称霸三十多年的老作家潘菲洛夫，与其说亲昵，不如说敬畏。除作家协会中地位比他高的人，如法捷耶夫、费定等，和联共（后苏共）中央主宰宣传大权的书记们，如日丹诺夫、苏斯洛夫等外，又有哪个中青年作家不慑服他的淫威？何况《十月》编辑部内的人呢。

　　潘菲洛夫是拉普时期的老作家，一度风靡全国的长篇小说《磨刀石农庄》的作者，苏联作协书记和最高苏维埃代表，《十月》杂志三十年不变的主编。还是自1948年春天至斯大林逝世，同法捷耶夫、西蒙诺夫等人到克里姆林宫同斯大林一起讨论斯大林文学奖授予事宜的极少数作家之一。有了这些头衔和业绩，自然是响当当的大作家。然而时光无情地抹掉脸上的光彩后，显露出的是一个蹩脚作家的本相。他生前所写的几百万字作品没有一部流传下来，便是最好的佐证。他的作品虽完全被人遗忘，但他在苏联文坛群雄角逐的年代曾扮演过重要角色。提起这段历史，就难免会提到他的名字。

　　作家以作品成名，为自己争得荣誉，是再简单不过的道理。但潘菲洛夫是苏联产生的例外，他的荣誉和地位是靠其他手段攫取的，并牢固地保持到死。

使潘菲洛夫一举成名的是长篇小说《磨刀石农庄》。这是一部图解斯大林农业集体化的作品。结构极为松散，人物虽有本能冲动，但都是按领袖"语录"塑造出来的，语言诘屈聱牙，并滥用伏尔加流域方言。然而小说却被斯大林看中。斯大林看中它大概有两个原因：首先，它是苏联第一部写农业集体化的长篇小说，比肖洛霍夫的《被开垦的处女地》早四五年；其次，小说告诉读者农业集体化是一场流血的斗争，是"谁消灭谁的问题"，决不存在布哈林所提出的"富农和平长入社会主义"的幻想。书中具体写出布哈林分子的破坏。作者不仅把他的主人公们写得个个对斯大林无限崇拜，还让斯大林本人登场。第四部结尾处写了农庄劳模到莫斯科参加全苏先进工作者代表大会的情景。由中农转变成先进分子的尼基塔·古里扬诺夫在大会上发言，挥动着手臂大声说："我们把人类理想变成现实。"斯大林在一旁赞同道："说得对！"这时大厅里朝着斯大林暴风雨般地鼓掌。斯大林站起来使劲鼓掌。七千人理解斯大林的意思，向尼基塔鼓掌欢呼。女劳模斯杰莎接着发言："我们苏维埃国家妇女获得的权利，其他国家的妇女连想都不敢想。"斯大林又赞同道："说得对！"斯杰莎逢人便说她同斯大林谈过话，她的心上人基里尔·日达尔金嫉妒起她来：她跟斯大林谈过话……飞行员帕维尔出色完成飞行任务，降落后看见机场上有个"穿灰大衣的人"，惊呆了，连忙从驾驶舱中跳出，跑到他跟前："斯大林同志，您交给的任务……"但斯大林没让他说下去，伸开双臂拥抱亲吻帕维尔，接着亲吻帕维尔的伙伴。帕维尔想向斯大林汇报飞行情况，斯大林打断他说："不用报告了。您累了，现在休息去吧，咱们还要见面。"然后让他上了汽车，一阵风似的把他从机场接走。

把斯大林写得多么伟大平凡，多么关心人体贴人！斯大林看了怎能不舒服，潘菲洛夫自然成了斯大林宠爱的作家。1929年2月斯大林接见乌克兰作家代表团时，向大家特别推荐《磨刀石农庄》，并建议没读过的人好好读读。自此潘菲洛夫有了强大靠山。

潘菲洛夫是拉普成员，后期进入领导核心。1930 年潘菲洛夫从法捷耶夫手里接过拉普办的杂志《十月》，逐渐在自己周围聚集了一批为《十月》撰稿的人，羽翼渐丰，又得到斯大林青睐，便自立门户，觊觎拉普领导权。他曾说："拉普是个冷僻的小村，多年来在那里掌权的是一个狡猾的乡长或村长，逼得庄稼汉们慌慌张张逃离他而去。"他要取而代之。1931 年年初拉普核心内部爆发的争夺领导权的论战便是潘菲洛夫挑起的。支持他的人提出《磨刀石农庄》是拉普最重要的作品，必须以赞扬这部小说作为拉普创作指导纲领。这种想法，拉普主要领导人阿维尔巴赫、基尔雄和法捷耶夫等人当然无法接受。他们指出《磨刀石农庄》绝不代表无产阶级文学的"康庄大道"，它有自然主义、经验主义的缺点，而且结构松散。阿维尔巴赫等人的看法是正确的，《磨刀石农庄》的缺点十分明显。他们提出应以法捷耶夫的《毁灭》作为用辩证法写作的无产阶级文学的典范。潘菲洛夫派也不接受，又提出"两股潮流"，即"消极旁观潮流"（以法捷耶夫为代表）和"积极革命潮流"（以潘菲洛夫为代表）。两派展开激烈辩论。潘菲洛夫派同《共青团真理报》关系不坏，不时有人在这张报上发表文章。而《共青团真理报》曾批评过拉普领导人骄傲自大，以自己的路线代替党的路线，忽视广大青年的利益和要求。阿维尔巴赫等人不接受批评，反而认为该报支持潘菲洛夫派，便逐渐把矛头转向《共青团真理报》以至共青团。这样就把拉普内部的斗争扩大成同共青团的斗争。这里除表现出阿维尔巴赫等人的狂妄外，也暴露出这伙血气方刚的青年人的幼稚，同时显出潘菲洛夫的老谋深算。潘菲洛夫巴不得拉普领导人同共青团厮杀，自己这派坐收渔利。这场斗争终于引起党中央注意，11 月 24 日《真理报》总编辑梅赫利斯发表了《改组"拉普"

工作》的文章，可以看作是 1932 年 4 月 23 日联共（布）中央《关于改组文学艺术团体》的决议（俗称解散或消灭拉普）的先兆。解散拉普有其更重要的原因，但潘菲洛夫挑起的论战则是导火线。拉普解散后，领导人个个垂头丧气，有的做了检查后重被重用，有的坚持己见最终导致身亡，惟潘菲洛夫稳坐钓鱼船，照样当他的《十月》主编。

潘菲洛夫曾说，尽管他同法捷耶夫在文学观点上存在严重分歧，但是"你们怎么也挑拨不了我同法捷耶夫的关系。《毁灭》仍是我们学习的主要作品"。这是因为法捷耶夫后来居于文学"总管"的地位，是他上级，他岂敢得罪。法捷耶夫对他的看法却完全不同。法捷耶夫是有才华的作家，自然看得出《磨刀石农庄》是什么货色，潘菲洛夫是什么样的作家。法捷耶夫不敢批评斯大林称赞过的《磨刀石农庄》，但对潘菲洛夫的其他作品便不一样了。因为潘菲洛夫的小说《为和平而斗争》，他被斯大林嘲弄了一番。作家泽林斯基在回忆录中记下了法捷耶夫亲口对他说的话："在政府大厦讨论颁发斯大林奖的事。斯大林以挖苦的口气问法捷耶夫：'名单上为什么没有潘菲洛夫的《为和平而斗争》？'这时马林科夫正好走进来，斯大林向他问道：'马林科夫同志，您对这问题怎么看？'马林科夫没作声，法捷耶夫回答道：'斯大林奖金委员会没讨论这部小说，认为它不符合起码的艺术标准。''我们不这样看，法捷耶夫同志，'斯大林说，回头看看在场的卡冈诺维奇、马林科夫和伏罗希洛夫，'这样行不行，能否给马林科夫点面子？给不给潘菲洛夫奖？我看应当给。'"

西蒙诺夫在《我这一代人眼里的斯大林》中谈到法捷耶夫为潘菲洛夫当面同斯大林顶嘴。在讨论要不要授予潘菲洛夫妻子、女作家科普佳耶娃的长篇小说《伊万·伊万诺维奇》斯大林奖时，法捷耶夫坚决反对。斯大林列举小说种种优点，法捷耶夫一一反驳。

"'我还是认为应当给小说发奖,'斯大林作出结论,并带着几分好奇容忍法捷耶夫的反驳。法捷耶夫听到斯大林已下结论,两手离开讲坛,无可奈何地一摊,表明决不同意给她发奖。说道:'那您瞧着办好了。'"这种犯上的话会产生什么后果法捷耶夫不会不知道,但还是说了。斯大林一定要给科普佳耶娃发奖,显然是爱屋及乌。法捷耶夫反对,除因小说本身艺术低劣外,也出于对潘菲洛夫的轻蔑,因为潘菲洛夫当时在场。

斯大林对潘菲洛夫始终恩宠不衰。奥滕贝格将军回忆起潘菲洛夫在卫国战争期间的一件事。潘菲洛夫应征上前线办《战地报》,未能如期报到,应受到开除党籍处分。他给最高统帅写了检查。奥滕贝格写道:"1941 年 10 月 4 日他来见我,我答应收留他,但必须立即到作战部队去……《红星报》发表了他从作战部队发出的通讯后,斯大林给我打电话,什么也没问,既没批评也没夸奖我'擅自'派潘菲洛夫上前线,只简单说了一句'发表潘菲洛夫的文章',这说明斯大林宽恕了他。"战争最紧张时刻,斯大林仍没忘关照他。

潘菲洛夫《十月》的副手弗罗洛夫讲述了潘菲洛夫的一段经历。1937 年潘菲洛夫的"克里姆林宫"朋友告诉他有了麻烦。他立即给斯大林的秘书波斯克利贝舍夫打电话,请求斯大林接见他。斯大林接见了,已知他的来意。什么也没说,只给他讲了一则格鲁吉亚寓言:请人吃饭时要了解每位客人,相信他们是朋友,而不是坏蛋。总之,千万别请告密者。斯大林不仅保护了他,还提醒他提防告密者。

拉普解散后领导人纷纷落马,没有失掉《十月》主编职务的潘菲洛夫便充当起青年作家导师的角色。他编了一本《青年作家作品选》,在序言里俨然以文学大师口吻教导青年如何写作。他踌躇满志,洋洋自得,独领风骚的时刻终于到来。他万想不到高尔基会出来批评他。高尔基在作协筹备会上指名道姓批评他文理不通,知识浅薄，是苏联文学水平低下的表现。绥拉菲莫维奇不同意高尔基的批评，1934年2月6日在《文学报》上发表《论精雕细刻的作家和不事修饰的作家》："一棵被暴风连根拔出的大松树。它的根向四面撅起……但是这种力量就包含在权权桠桠当中，这就是潘菲洛夫。"2月14日高尔基在《文学报》上发表了《致绥拉菲莫维奇的一封公开信》，反驳了他的观点，并更加严厉地批评了潘菲洛夫。高尔基指出，绥拉菲莫维奇这样评论潘菲洛夫是把他"封为圣者"，对他本人也无益处，其实"他是一个过分急于从文学里得到大祭司的荣誉和头衔的人"。高尔基接着写道："我坚决反对这样一种说法，说青年可以向潘菲洛夫这个不大懂得文学语言，而且总是不加深思就草率写作的文学家学到点什么。请您明白，这里所讲的不是一个潘菲洛夫，而是一种明显的降低文学质量的企图，因为替玩弄文字游戏的手法辩解，就是替废品辩解。人们常常指责工人制造废品，可是却替文学家辩解。这会引起什么后果？"3月18日高尔基又在《真理报》上发表《论语言》，列举潘菲洛夫在《青年作家作品选》序言中各种不通的句子。《真理报》加了编者按："《真理报》编辑部完全支持为提高文学语言的质量、为苏联文学进一步提高所进行的斗争。"不可一世的潘菲洛夫不得不低下高傲的头颅，带着一封检讨信，到高尔基家感谢前辈的教诲。信中写道："这些日子我反复思考，想同您推心置腹地谈一谈，永远消除我们之间的误会……"高尔基看出潘菲洛夫对他批评的意义毫不理解，不过迫于压力不得不低头，在作协筹备会期间给斯大林的信中写道："我不相信共产党员潘菲洛夫的诚意。他文化不高，狡猾，极端虚荣，但是个意志坚强的家伙。他千方百计反对对《磨刀石农庄》持批评态度的人……有位评论家出版了一本吹捧他的书，书中竟说，可以毫不夸张地说《磨刀石农庄》的认识意义是巨大的：任何专门研究集体化的著作代替不了也不可能代替《磨刀石农庄》。"高尔基也许不清楚表面上吹捧潘菲洛夫实际上是阿谀斯大林，因为斯大林肯定过这本书。他的信没有改变斯大林对潘菲洛夫的态度。潘菲洛夫把高尔基的批评视为对自己的打击，当然不会接受。他是个睚眦必报的人，但不敢向高尔基发作，把怒火压在心头，伺机报复。机会终于到来。1934 年年底，斯大林同高尔基的关系彻底破裂，而替斯大林传递信息的正是潘菲洛夫。1935 年 1 月 28 日，第七届全苏苏维埃代表大会开幕的那天，《真理报》发表了潘菲洛夫的《致高尔基的公开信》，放肆地指责高尔基亵渎了最神圣的事物："您在最近的一篇文章中写道：'我们这里文学高手比比皆是。他们名为共产党员，可完全陷入了小市民个人主义泥潭。'这是对共产党员严重的非难。"高尔基立即反击，写了《关于"公开信"及其他的信》，但《真理报》不予发表。斯大林只借潘菲洛夫传递信息，又何必发表高尔基的答复呢？

潘菲洛夫知道，像他那样蹩脚的作家，要想称霸文坛，除须大后台外，还须有个完全听命于自己的小圈子，实行家长统治。他在《十月》编辑部说一不二，发表或退还某篇稿子全由他一个人说了算。编辑部全体人员以他的好恶为好恶，对他的所有作品不许有一句微词。他对下属恩威并施。听话的，他便替他们弄房子，介绍加入作协，向斯大林奖金委员会（后改为列宁奖金委员会）推荐他们的作品。不听话的，轻则申斥，重则赶出《十月》。这类事件发生过不少，如"马尔采夫事件"。马尔采夫是《十月》副主编，出版过《全心全意》等长篇小说，并非无名小辈。他在《莫斯科》杂志上发表了小说《走进千家万户》，惹得潘菲洛夫大发雷霆。他组织了批判马尔采夫委员会，让巴巴耶夫斯基等人把马尔采夫骂得狗血淋头，骂他是叛徒，不在自家杂志发表作品。然而谁都清楚潘菲洛夫决不会发表他的小说，因为他比潘菲洛夫写得好。但没人敢公开同情马尔采夫，大家长期处于潘菲洛夫的淫威下逐渐丧失了自己的意志。马尔采夫一再认错才算了结。

潘菲洛夫心里清楚，光靠巴巴耶夫斯基等平庸之辈摇旗呐喊巩固不了自己的权威，必须把有才华的作家吸引过来，让他们称赞自己。他看中了后来以《阿尔巴特街的儿女们》名噪一时的雷巴科夫。《十月》发表过雷巴科夫的小说《司机们》，反响颇大。潘菲洛夫知道雷巴科夫正在写《孤独女人》，便约他到编辑部。雷巴科夫在1997年出版的《小说—回忆录》中描绘了这次"会面"。潘菲洛夫答应发表他这部小说，当面拍板，付最高稿酬。吩咐女秘书马上打份合同。这时潘菲洛夫忽然问雷巴科夫对他新作《伏尔加母亲河》的看法，雷巴科夫支吾其词。潘菲洛夫非要他回答不可，雷巴科夫只好说："小说里有个情节：里海州的羊都快死了，情况万分紧急。立即向那里派去新州委书记，但他在西姆基港乘柴油船沿伏尔加河悠闲地走了两周。可这时羊会死光的。读者不信任这样的书记。我要是你就让他乘飞机赶去。"潘菲洛夫听了皱起眉头，懊丧地说："这你们就无法理解了。我通过这次航行描绘伏尔加母亲河。"雷巴科夫听出话里的弦外之音，问道："你说的'你们'指谁?"潘菲洛夫回答道："你们指非俄罗斯族。"他知道雷巴科夫是犹太人。"原来如此，"雷巴科夫火了，"大家都说你是一钱不值的写作狂，还是排犹分子，大家说对了。"这时女秘书把合同送来，潘菲洛夫一把撕得粉碎："我决不同间谍签合同。""你说什么?"雷巴科夫喊起来。"你同女间谍安娜·路易斯·斯特朗睡过觉!"雷巴科夫从未见过美国女记者斯特朗，但在报上看到她被宣布为间谍。他站起来指着潘菲洛夫的鼻子说："你是混蛋!"说完掉头走出办公室。这次"会面"使潘菲洛夫懂得，像对待巴巴耶夫斯基那样对待有才华的作家不行。要把他们吸引到《十月》来必须采取另外的方式。到五十年代末期为使《十月》增色，他一心想把大作家帕乌斯托夫斯基拉过来。他颇下了番功夫。打听出帕乌斯托夫斯基酷爱老式望远镜和晴雨计，便通过海军上将戈洛夫科从旧军舰上拆下来送给他。帕乌斯托夫斯基得到后欣喜若狂，感激涕零。潘菲洛夫附了封信："请您注意，望远镜复制品存放在编辑部，因此我们有可能悄悄地注视着某位帕乌斯托夫斯基，看看他是否以为同我们相隔一百公里便同别的刊物调情。"潘菲洛夫可谓用心良苦。

斯大林去世后，潘菲洛夫失去后台，大大动摇了他在文坛上的地位。歌颂斯大林的《磨刀石农庄》是为斯大林而写的呀。否定斯大林等于否定《磨刀石农庄》，等于否定自己。但他又不敢反对党中央，只好把痛苦深埋在心里。斯大林在《十月》一直是忌讳的话题，直至1960年他去世没发表过一篇揭发斯大林错误的作品。他需要寻找新的靠山，这比建立小圈子更重要。但主管意识形态的中央书记苏斯洛夫和波斯佩洛夫对他并不特别垂青，只把他当作一般老作家对待。于是潘菲洛夫采用"迂回战术"，高攀不上书记便拉拢他们的秘书。苏斯洛夫的秘书沃龙佐夫便是他的座上宾，每到别墅潘菲洛夫必好酒好菜款待。他需要沃龙佐夫向苏斯洛夫讲他好话，同时通过他摸清"上面"的精神。秘书们不断向首长耳朵里灌他的好话，书记们同他关系亲近了，偶尔同他通一次电话，成了他夸耀的资本："征得苏斯洛夫同志的同意或根据波斯佩洛夫同志的指示。"他向人们显示找到新的靠山。1960年潘菲洛夫去世，追悼会的规格很高，苏斯洛夫和波斯佩洛夫都参加了。

潘菲洛夫要收买人心，替他们谋福利，必须找个人替他办事。他让谢宁当自己的第一副主编。谢宁是臭名昭著的维辛斯基的助手，苏联检察院要案侦查员，因办事"失误"蹲了两年多监狱。出狱后没人理睬，潘菲洛夫要他，因为他关系多，能弄到别人弄不到的东西。潘菲洛夫乘坐的绿色吉姆车便是他到汽车厂替"作家潘菲洛夫"挑选的。他在编辑部从不看稿，专跑外勤。潘菲洛夫去世后，谢宁曾想问鼎《十月》主编，因名声太坏未被任命。

潘菲洛夫这类作家，通常被称为御用文人，但"御用"和"文人"，他似乎都不够格。斯大林并没怎么"用"他，而是"用"真正有才华的法捷耶夫，原因是他"不顶用"。他又达不到"文人"的文化水平，所以只能称他为"亚御用文人"。如拿他和他同时代的作家布尔加科夫相比，反差太强烈了：前者生前风光，死后泯灭，连姓名都快被人忘却；后者生前困顿，死后哀荣，如今名满天下。当人民可以按照自己的意愿选择作品时，潘菲洛夫的作品便自然消亡。只有人民受一个人的意志左右时，他的作品才能"全苏联都在读"，他那类作家才得以存在。

潘菲洛夫同几件不光彩的事有关，人们提起这些事不免会带出他的姓名，总比像巴巴耶夫斯基之流完全会被人遗忘强，也许他在地下也可聊以自慰吧。

潘菲洛夫理所当然埋葬在莫斯科新处女地陵园。

（《读书》1998年6月号）

也谈索尔仁尼琴

去年仲秋，从俄罗斯倦游归来，友人询问俄国近况，并提及作家索尔仁尼琴。我就所见所闻回答了他。几天后收到他寄来的一份报纸①，上面刊载着何满子先生的《索尔仁尼琴的跌落》一文。拜读之后，觉得何先生断言索尔仁尼琴跌落的惟一论据是新闻报导中的一段话："……谈的是莫斯科的图书市场，除了可以想见的书籍的文化档次的跌落，无聊庸俗的书刊充斥，古典文学作品被冷落之外，特别提到前些年人们钻头觅缝苦苦寻求的索尔仁尼琴的作品也无人过问，书架上摆着的几本都已封面灰暗陈旧，一派惨相了。"何先生据此做出论断，并引发出其他可谓上纲上线的论点。

何先生不想评论"索尔仁尼琴的政治倾向和艺术倾向，他的小说的美学评价等"，只想举出索尔仁尼琴的作品已"被封面是裸体女郎和蒙面大盗的劣等书刊打得大败亏输，向隅而泣"。何先生认为索尔仁尼琴今天在俄国人民心目中已失去往昔的地位，人们不再喜爱他、崇敬他、关心他、谈论他了，"俄罗斯人对这位美国荣誉公民的意识形态武器冷漠之至，无人过问"。然而事实并非如此。

1989 年 9 月至 1993 年 9 月，我大部分时间是在苏联、现俄罗

---

① 1993 年 9 月 17 日《南方周末》。

斯度过的。尽管工作地点在远东，但每年都到莫斯科去两三次。每次到莫斯科必定逛书店。这并非完全出于国内养成的逛书店的癖好，还由于莫斯科的书比远东便宜得多。我不敢妄言逛遍莫斯科所有书店，就连本市老书迷也未必敢说这样的话。但主要大街上的书店、莫斯科大学等高校的书店以及地铁站附近的书店，我每次都要浏览一番。莫斯科书店以历史、哲学、经济、科技、俄国和外国古典、当代小说为主，"无聊庸俗的书"当然也有，但与前者相比仍占少数。1993 年 8 月我曾买到 1991 年至 1993 年出版的契诃夫、果戈理、库普林和左琴科等人的作品。至于庸俗无聊的书刊，特别是淫秽书刊，主要充斥在地铁出入口附近和地铁站内通道的书摊上。那些书摊可以称为文化垃圾箱。至于远东大城市海参崴和伯力的书店，我都逛遍了。但不论在莫斯科还是在远东，我从未见过封面灰暗陈旧、卖不出去的索尔仁尼琴的书。就是在苏联定为"索尔仁尼琴年"的 1991 年，各地出版社大量出版索尔仁尼琴作品的那一年，我也没在书架上见到过滞销的索尔仁尼琴的书。这里我想补充一句，苏联文学刊物 1988 年便开始刊登索尔仁尼琴的作品。1989年 4 月《新世界》开始连载《古拉格群岛》，1990 年又刊登了《第一圈》和《癌病房》，同年《星》《涅瓦》和《现代人》分别刊登了《红轮》的片断。1991 年为了纪念"索尔仁尼琴年"，莫斯科出版了索尔仁尼琴十卷集。

五年来我接触过各行各业的俄国人，从莫斯科大学教授到边境小城副市长。闲谈时往往提到索尔仁尼琴，尽管他已蛰居美国佛蒙特州多年，并极少公开露面。但他每次露面都在社会上引起反响，成为人们的话题。"8·19"事件以后，海参崴一位医生告诉我，俄国新任驻美大使卢金在华盛顿会见了索尔仁尼琴，后者对叶利钦评价甚高，但猛然抨击盖达尔的"休克疗法"，对国际货币基金组织深表怀疑。又有人对我说《论据与事实报》报导叶利钦访美时曾同索尔仁尼琴通过电话，两人谈得不投机，最后叶利钦对索尔仁尼琴说了三句话：回归祖国的障碍已经消除，国门向他敞开，国人盼望他归来。"索尔仁尼琴不久就回国定居了"的话我听过很多次，最后一次听到这句话已经在北京了。1993年12月19日中央电视台播放了基辅音乐学院教授、著名俄国大提琴家契尔沃夫的演奏会。演奏会后我陪他游览故宫，他突然对我说："您知道吗？索尔仁尼琴明年五月回国定居。"

我的见闻同何先生引用的报导很不相同，但都是个人见闻，而个人见闻往往带有片面性。我的见闻不足以形成索尔仁尼琴并未跌落的论据，但何先生惟一的论据也只是一则见闻，因此同样不能由此而得出索尔仁尼琴跌落的结论。

我当时就产生过疑问，为什么被驱逐出境近二十年的索尔仁尼琴至今仍对各阶层俄国人产生很大的影响？为了解开心中的疑团，我翻阅过他部分作品以及有关他创作生平的资料。我认为要解释清这种现象，是不可能对"索尔仁尼琴的政治倾向和艺术倾向，他的小说的美学评价等都可以不论"的。因为他是荣获诺贝尔文学奖的俄国作家，不是意识形态的工具。

索尔仁尼琴的命运确实非常特殊。他是几度从死亡边缘挣扎过来的人。卫国战争期间他是红军指挥员，荣获过红星勋章和红旗勋章。红军攻入东普鲁士的时候，他所率领的炮兵监听连陷入重围，他凭借勇气和机智，率部冲出重围，并带出全部技术设备，立下战功。当他理应获得第三枚勋章时，却突然被捕了。内务部军官在旅部撕下他大尉肩章的时候，旅长特拉夫金只对他说了一句话："你兄弟是不是在乌克兰第一战线作战？"索尔仁尼琴一下子全明白了。在乌克兰第一战线作战的是他中学同学柯克，战争期间他们一直通信，并在信中比较列宁和斯大林的著作，提出一个致命的问题：斯大林是否执行列宁的政策？柯克的信被内务部查获，殃及到他。索尔仁尼琴在胜利前夕被捕，1945年6月7日判处八年强制劳改。八年当中他蹲过各类劳改营，接触过形形色色的劳改犯和看守。他对劳改营的生活、劳改犯的独特心理和看守的特殊举止都很了解。1953年6月刑满。但又被永远流放到哈萨克斯坦。1955年生了恶性肿瘤，再次面对死亡，被当地难友送入塔什干肿瘤防治所。生还希望极为渺茫，因为肿瘤已发展到后期阶段，但他还是治愈了。几次面对死亡的经历使他对死亡不再恐惧。他立志把所见所闻真实记录下来，替千百万蒙冤受难者矗立一座纪念碑。1956年2月他正式平反，来到妻子居住的梁赞市，在中学担任数学、天文课教师，同时偷偷写作。1959年完成《第一圈》和《伊凡·杰尼索维奇的一天》(简称《一天》)。接着利用假期到各地搜集劳改营材料，着手写《古拉格群岛》，九年后完成。他又根据塔什干肿瘤防治所的经历写了《癌病房》，还写了《马特廖娜小院》《科切托夫卡车站风波》等短篇小说。索尔仁尼琴虽不停写作，但在1962年以前并无出版念头。他曾对妻子说，他的作品有些生前可能出版，有些则死后才能出版。

1956年赫鲁晓夫所作的秘密报告很快传遍全国，人们开始公开议论斯大林的个人迷信给国家和人民造成的灾难。一向谨慎的前劳改犯索尔仁尼琴也敢同可靠的朋友谈论自己以劳改营为题材的作品了。1962年苏共二十二大后，他把《一天》手稿拿给难友科佩列夫看，问他写得是否真实。科佩列夫同《新世界》杂志主编、著名诗人特瓦尔多夫斯基很熟，便把《一天》手稿拿给特瓦尔多夫斯基看。特瓦尔多夫斯基看过大为赞赏，兴奋得一夜未眠。但苏联还从未发表过以劳改营为题材的作品，他自己拍不了板，还需更高一层的领导人首肯。特瓦尔多夫斯基请示中央宣传部，但宣传部不置可否。于是特瓦尔多夫斯基设法把《一天》捅到最高层——政治局和赫鲁晓夫本人。赫鲁晓夫看得很欣赏，便在政治局会议上讨论《一天》能否出版的问题。会议上没人提出异议，赫鲁晓夫便亲自批准发表。《一天》在《新世界》1962年第11期发表后，震撼了整个苏联。索尔仁尼琴一夜间成为全国最知名的人物。英国、法国、西德、意大利和日本纷纷同苏联国际书店签订合同，把《一天》译成本国文字。因此索尔仁尼琴很快也成为国际知名作家。1962年11月18日《消息报》发表了著名作家西蒙诺夫题名为《为了未来而谈论过去》的评论文章，对《一天》给予极高评价。接着《真理报》等全国大报一致肯定《一天》的思想性和艺术性。1963年《新世界》又发表了索尔仁尼琴的短篇小说《马特廖娜小院》和《科切托夫卡车站风波》，从而确立了索尔仁尼琴在文坛上的地位。西蒙诺夫、特瓦尔多夫斯基等老一辈作家认为，索尔仁尼琴虽初次发表作品，但已经是成熟的作家了。索尔仁尼琴并没陶醉在荣誉中，他要了却自己多年的心愿，便离开沸腾的莫斯科，躲进冷清的乡间别墅，全身心投入创作中。

1964年10月赫鲁晓夫被赶下台，这对索尔仁尼琴是一次打击。政治风向的转变使负责监督文艺界的克格勃重新活跃起来。1965年9月克格勃查抄了索尔仁尼琴朋友杰乌什的家，没收了索尔仁尼琴存放在那里的《第一圈》和《胜利者的酒宴》的手稿。后者是索尔仁尼琴在劳改营时在脑子里编成的诗剧，反映了生还无望的囚犯的绝望心理。释放后他就否定了这部作品，决定永不发表。但克格勃偏把这篇东西印刷出来，并发给作协领导。《胜利者的酒宴》便成了套在索尔仁尼琴头上的紧箍咒。

这时作家们对他的态度发生严重分歧。《十月》杂志主编柯切托夫周围的作家开始批评索尔仁尼琴的作品，像以《金星英雄》和《阳光普照大地》两部小说荣获斯大林文学奖的巴巴耶夫斯基，就指出索尔仁尼琴写的《马特廖娜小院》只是个别农庄，作者为什么不去描写邻近的布尔什维克农庄呢？那里阳光普照。这说明作者只对生活阴暗面感兴趣，是一种危险的倾向。特瓦尔多夫斯基周围的作家支持索尔仁尼琴，并推荐《一天》为 1965 年列宁文学奖参赛作品。《一天》参赛后，便传出索尔仁尼琴是逃兵、伪警察的流言，并在评审委员会上被正式提出。苏联最高法院出示判决书后，流言才被终止。判决书证明索尔仁尼琴确实是由于在信中怀疑斯大林而被判刑的。但索尔仁尼琴还是以写过反苏诗剧《胜利者的酒宴》而被淘汰。

报刊上不公正的批评，侮辱人格的流言蜚语，再加上《癌病房》未被《新世界》接受，使索尔仁尼琴非常恼火。1966 年 7 月 25 日，他给勃列日涅夫写了一封火气十足的信，陈诉自己所受到的种种不公正的待遇，恳请最高领导人批准出版《癌病房》。但勃列日涅夫并未理睬。

《新世界》未接受《癌病房》，并非主编特瓦尔多夫斯基对索尔仁尼琴改变了态度，而是不喜欢这部作品。况且《癌病房》里并没有犯忌讳的地方，不过描写癌病房里不同职业、不同身份、不同地位的几个人在死亡面前的不同表现而已。发表这样的作品并不担风险。不久，鉴于《癌病房》打字稿在莫斯科流传，莫斯科作协分会散文组专门讨论了这本书，出席会议的三十名作家一致肯定了《癌病房》，并要求尽快出版，以免打字稿流到国外，先在国外出版。特瓦尔多夫斯基采纳了莫斯科作协分会的建议，决定在《新世界》上发表《癌病房》。但这时正值苏联第四次作家代表大会开幕前夕，特瓦尔多夫斯基忙于大会筹备工作，索尔仁尼琴又不在莫斯科，没同他通上气。索尔仁尼琴听说莫斯科作协分会肯定了这本书，并要求尽快出版，但并未听说哪一家刊物肯发表。他认为苏联作协故意同他作对，一怒之下写了一封致作家代表大会的公开信，打印了二百五十份，分别寄给他认为能引起共鸣的代表，因为他本人不是代表，无权出席代表大会。公开信指责作协领导非但不捍卫作家的权益，反而充当克格勃的帮凶。他列举从二十年代到六十年代作家受迫害的事例。这笔旧账都算在作协领导头上是不公平的。二十至三十年代克格勃要迫害哪个作家，作协是无力违抗的。这也许正是1956年原作协领导人法捷耶夫自杀的原因之一。公开信引起很多作家的共鸣，但也激怒了作协主席费定及其他领导成员。公开信既没宣读也没发表，只在作协书记处会议上讨论过。尽管书记处谴责公开信，但仍然作出有利于索尔仁尼琴的决定：《文学报》发表《癌病房》片断，《新世界》刊登全文，同时刊登索尔仁尼琴自传。作协虽然公开谴责了索尔仁尼琴，而实际上却又满足了他的要求。如果索尔仁尼琴不刚愎自用、疑神疑鬼的话，发表《癌病房》是水到渠成的事。但索尔仁尼琴却认为，书记处决定发表《癌病房》而不先发表公开信是作协迫害他的前奏，他必须做好保护自己的准备。他把三位绝对信任的女士请到别墅，让她们日夜不停地替他打印《古拉格群岛》手稿。打印稿除分别藏在几个地方外，还拍成底片，准备带出国境。一旦作协对他进一步迫害，他便在国外出版《古拉格群岛》。

　　作家代表大会刚一结束，西方电台便播发了他的公开信，掀起一股反苏浪潮。作协书记处立即作出反应：把索尔仁尼琴召到莫斯科。向他表明公开信已触犯国家利益，他必须公开表态。索尔仁尼琴表示愿意发表声明，予以澄清。但在他发表声明前，苏联报刊必须先发表他的公开信，不然他对未曾发表的东西发表声明便成为无的放矢了。先发表声明后发表公开信还是先发表公开信后发表声明成为索尔仁尼琴同作协书记处争论的焦点。索尔仁尼琴不肯让步，书记处只好改变对他的态度。已经排好版的《癌病房》拆版了。作协决定，如果索尔仁尼琴不改变态度，以后不再发表他的作品。1968年5月苏黎世出版了俄文版的《癌病房》，本来能在本国出版的书却在国外出版了。不久，苏黎世又出版了《第一圈》，索尔仁尼琴同作协和解的最后一线希望破灭了。令人惊奇的是苏联当局对索尔仁尼琴的态度始终是宽容的，并未对他采取任何行动。他不仅行动自由，还可以到敢于邀请他的单位演讲。1969年秋天他被开除出作家协会，昔日的朋友们并未疏远他，反而更亲近了。同他关系破裂的只有二十五年与他风雨同舟的妻子列舍托夫斯卡娅，而责任并不在列舍托夫斯卡娅，而是索尔仁尼琴同后来的妻子斯维特洛娃同居，因而提出离婚的。从七十年代起他同斯维特洛娃一直住在著名大提琴家罗斯特波维奇别墅里。1970年9月索尔仁尼琴得知荣获本年度诺贝尔文学奖的消息。索尔仁尼琴获诺贝尔文学奖所引起的反应同十二年前帕斯捷尔纳克大不相同。报刊的调门不高，当局也没对他组织围攻或把他驱逐出境，甚至准许他出国受奖。毕竟是七十年代了。

从1970年至1974年被驱逐出境前的三年多时间，索尔仁尼琴很多精力都花在同列舍托夫斯卡娅办理离婚手续上了。1973年8月克格勃在列宁格勒查获了索尔仁尼琴称之为"他的头"的《古拉格群岛》打字稿，但打字稿底片连同索尔仁尼琴遗嘱已送至国外。索尔仁尼琴得知这一消息后，马上对外国记者发表声明：如果他被害或失去自由，出版《古拉格群岛》的遗嘱便自动生效。索尔仁尼琴在苏联并未被害也没失去自由，1973年12月28日《古拉格群岛》俄文版却在巴黎出版了。《古拉格群岛》出版后，苏联当局改变了先前的宽容态度。报刊猛烈抨击索尔仁尼琴，把他称为叛徒、变节分子。1974年2月13日最高苏维埃褫夺了索尔仁尼琴苏联公民权，并把他一家驱逐出境。索尔仁尼琴先住在苏黎世，1976年移居美国，住在佛蒙特州一座小城里。在国外曾出版《红轮》《小牛顶橡树》等书。

索尔仁尼琴因《一天》而一举成名，但《一天》是苏共政治局通过、第一书记批准发表的。

索尔仁尼琴同作协吵翻、同当局对立，自己的责任更大。1956年苏联文艺界开始分化，形成不同流派。《新世界》和《十月》属于不同流派。《新世界》多发表离经叛道作品，《十月》则更坚持社会主义现实主义创作原则。索尔仁尼琴是《新世界》推崇的作家，自然得不到《十月》派作家的欢心。一有机会是不会放过索尔仁尼琴的。这有什么值得大惊小怪的。贝利亚虽被枪决，但克格勃的职能并未丝毫减弱。它没收了索尔仁尼琴的手稿也不是什么了不起的事。但索尔仁尼琴却觉得自己受到极大的迫害。《癌病房》不能发表是因为他的公开信被西方传播媒介所利用，作协要求他发表的声明特瓦尔多夫斯基已替他拟好："我对信中的每个字都不否认，也不后悔。但我感到遗憾的是在不该收到信的人当中所引起的反应。"就连这种双方都能下台阶的声明索尔仁尼琴也不肯发表。他宁愿对抗，不肯调和。索尔仁尼琴自己越过了宽容的限度。

如果用"贵难而轻易"的逆反心理来解释索尔仁尼琴作品在俄国引起广泛兴趣的话，那就未免简单可笑了。读者喜爱他的作品首先是因为他触及五十年来尽人皆知却又无人敢谈的禁区。苏联有过多少监狱和劳改营，关押和流放过多少人，恐怕谁也说不清。但没人不知道苏联有大量劳改营和大批劳改犯这一事实。索尔仁尼琴所写的恰恰是人们多年所关心的事，自然能引起他们的兴趣。索尔仁尼琴对所描绘的现象经常从历史和哲学的角度进行剖析，更增加了作品耐人寻味的哲理性，他在突出人物、人物语言性格化等方面都有不少突破。他不大规范的语言却能酝酿出浓郁的气氛，感染并包围读者。他的《一天》和《癌病房》曾受到西蒙诺夫、爱伦堡、特瓦尔多夫斯基、波列伏依、卡维林、马尔夏克和丘科夫斯基等人的激赏，这些文学大师决不会分不清"意识形态武器"和真正艺术品的。千万名俄国作家当中荣获诺贝尔文学奖的不过寥寥五位，索尔仁尼琴是第四位，他前面的第三位是肖洛霍夫。诺贝尔文学奖的评审标准，用评审委员、瑞典汉学家马悦然的话说，在题材上并没有什么要求，主要看作品的文学价值。

索尔仁尼琴被驱逐出境后沉默了很长时间，九十年代初才会见过几个苏联官方人士。1991年末他在美国佛蒙特州接见过俄罗斯导演戈沃鲁欣，同他谈了两天。戈沃鲁欣根据这次谈话和其他资料制作了一部大型纪录片《索尔仁尼琴》，该片1992年9月初在俄罗斯国家电视台播放。一星期后，9月9日《消息报》发表了以《俄罗斯与索尔仁尼琴》为标题的整版文章。从纪录片和《消息报》的文章中，可以大致了解索尔仁尼琴的政治观点以及俄国人想从他那里得到什么。

苏联解体前，俄罗斯已没有众望所归的引路人了。叶利钦虽是民选的第一位总统，但仍充当不了精神上引路人的角色。《消息报》坦率地说俄国人成了迷茫的孤儿。于是他们拼命寻求精神支柱，一种把他们团结起来、创建富裕生活的思想。不少人把眼光转向索尔仁尼琴，希望他能为他们引路。索尔仁尼琴的思想形成不了体系，但他的一些观点却能引起不少人的共鸣。

索尔仁尼琴认为泛斯拉夫主义毁灭了俄罗斯。俄罗斯帝国一直以斯拉夫人天然盟主自居，为此多次发动战争。自十八世纪的七年战争以来，帝俄虽然多次取得胜利，但都是皮洛士的胜利，即伤亡惨重而又一无所获的胜利。原因是统治者把帝国利益置于人民利益之上。索尔仁尼琴多次提到赫尔岑举过的一个例子。赫尔岑在赴欧途中看到一个不带烟筒的俄国农舍，多少次战争从农舍旁边经过，但农舍依然如故，仍然没有烟筒，住在农舍里的人的生活没有丝毫改善。赫尔岑认为这就是俄国同西欧的根本区别。在西欧，战争的胜利、改革和革命一定会给人民带来某种好处，而在俄国呢，人民的生活同那个不带烟筒的农舍一样，不会因战争胜利、改革和革命而发生任何变化。索尔仁尼琴呼吁今天坐在克里姆林宫里的人看清俄国现实，不可重蹈覆辙。俄国人不需要大型军工企业以及其他重型工业企业。它们已经够多的了。俄国人需要黄油和面包，带院子的住宅、菜园和公园。他认为优先发展重工业的政策带给人民的是灾难，领导人应把人民的切身利益置于国家利益之上。

索尔仁尼琴看不上俄罗斯今天的民主派，认为他们不代表人民的利益，只代表自己集团的利益，因此他不加入任何反对派，尽管他对盖达尔政府推行的"休克疗法"持反对态度。他认为俄罗斯民主派之间的明争暗斗是危险的游戏。俄罗斯已经经受不了第二次十月革命了。俄罗斯现在需要权威主义，这是过渡到民主制度的必由之路。他强调如果不提高全民族的道德水准，不对过去进行深刻反思，人民就不会有富裕的生活，经济就不能健康地发展，用他的原话说："如果人的良知不觉醒，任何经济也拯救不了我们。"

索尔仁尼琴把首都看成沸腾的政客锅炉，省市则是残存的中央任命的官员、地下财政的鲨鱼和黑心的企业家的"肮脏杂种"。而市场经济又发展了人性中贪婪的一面，因此必须对良心大声疾呼。

接触过俄罗斯现实的人不难理解索尔仁尼琴的这些看法必然会在俄国人当中引起反响。我1989年秋季初次到苏联时，商品虽已显得匮乏，但基本供应仍有保障。如吃食堂的话，每月一百卢布绰绰有余。1993年秋季我最后一次离开俄罗斯时，吃食堂每月五万卢布都不够，乳制品已很难见到了，物价像脱缰的野马，谁也控制不住。改革给人民带来的是望不见尽头的困苦。人民对一切都失去信心，只关心自家温饱。日里诺夫斯基在杜马中的胜利是选民们恶作剧的结果。人民在这种心态下焦急地盼望索尔仁尼琴回国，希望他能运用自己的声望影响政局，把国家引出困境便不足为奇了。至于他能否不负众望，那当然是另外一回事儿了。

何先生所说的索尔仁尼琴的跌落指的是在苏联、现俄罗斯，我所说的人们思念他、盼望他早日回国指的也是在苏联、现俄罗斯，并不是指在西方或中国。在西方不存在跌落不跌落的问题。在中国同样不存在索尔仁尼琴跌落的问题，因为他从未升起过。

（《北京文学》2007年第2期）

索尔仁尼琴重返俄罗斯

1974年2月索尔仁尼琴灰溜溜地离开苏联，1994年5月又轰轰烈烈返回俄罗斯。感今怀昔，人世变幻，白云苍狗。二十年前的阶下囚变成二十年后的座上宾。

去年5月27日索尔仁尼琴自美国佛蒙特州途经阿拉斯加、马加丹飞抵海参崴市。他的到来使这座海滨城市顿时沸腾起来。欢迎的规模、欢迎群众的热情、各地赶来报道他行踪的记者人数，远远超过1986年海参崴市对苏共总书记戈尔巴乔夫的欢迎。自发的人群把机场围得水泄不通。多亏当地政府想得周到，未雨绸缪，在舷梯旁"埋伏"下二十条壮汉，把走下飞机的索尔仁尼琴夫妇和两个儿子围在核心，才免去索尔仁尼琴同几千名群众握手拥抱的重负。只有滨海边区副行政长官列别季涅茨获得同作家亲吻三次的殊荣。这时索尔仁尼琴表现出在国外学到的外交手腕，亲切地向欢迎群众致意，客气地对记者先生女士们说："请照相吧，正面？侧面？要不要转过身去？"接着又同挤近他的人握手，于是人群自动让出一条路，索尔仁尼琴一家在二十条壮汉的簇拥下从容走出机场，驶向海参崴宾馆。索尔仁尼琴大概是这家够不上星级的宾馆所接待过的最尊贵的客人，因为1986年戈尔巴乔夫视察海参崴时住在警备森严的政府别墅里。次日，索尔仁尼琴同汇聚在斯维特兰娜街中心广场上的市民会面。没有任何限制，谁都可以参加。远东大学教师索罗金夫妇带着小女儿奥莉娅也来到中心广场，丈夫对记者说："这样的人物都回来了，说明俄罗斯还没完蛋。"当然，来的人并非都是拥护索尔仁尼琴的，也有反对他的。索尔仁尼琴发表了简短演说："我流亡期间一直关注祖国人民的生活。我从未怀疑专制主义必将垮台，只痛心人民从这一制度中摆脱出来所付出的惨重代价。一想起人民近两年所过的日子就痛不欲生。我知道国内还存在许多反常现象，人民对未来感到迷茫，但我坚信命运掌握在每个人手中。"他的演说引起截然不同的反响。打着红旗的共产党人严厉斥责他，而另一些人却向他喊"乌拉"。索尔仁尼琴不反驳，不争辩，心平气和地听周围人说话。他明白，要想重新认识俄罗斯，先得接近群众，直接听他们谈话。当然，光听还不够，很多事还需要亲眼看。

为此，索尔仁尼琴不直飞莫斯科，而选定从海参崴乘火车赴莫斯科的路线。横穿俄罗斯，沿途了解民情，以检验他在佛蒙特对俄罗斯的观察是否符合实情。车厢是英国广播公司替他租的，英国广播公司也想借此机会拍摄一部《索尔仁尼琴·回归》的纪录片。索尔仁尼琴沿途停留，在这个城市待两三天，在那个城市待四五天，每天都同当地群众见面，同各行各业人交谈，替他们签名留念。很少出席地方当局为他准备的宴会。他路上走了七周，7月21日傍晚抵达莫斯科雅罗斯拉夫尔车站。莫斯科市当局并未组织盛大欢迎仪式，车站也没特别布置，只不过比平时打扫得干净一些。阔别祖国二十年的佛蒙特隐士终于回来了。

有人把1994年索尔仁尼琴5月归国比作1933年高尔基5月归国。这种比较并不恰当。高尔基归国的场面隆重得多，不仅三军仪仗队列队欢迎，还有伏罗希洛夫、奥尔忠尼启则和卢那察尔斯基三位人民委员代表斯大林前往车站欢迎。欢迎的群众也是经过严格挑选的。除工厂和剧院的代表外，还有以高尔基名字命名的劳动教养院的代表。对此高尔基大为感动，老泪纵横，竟化了装同欢迎群众一起在大街上行走……难怪这种比喻令索尔仁尼琴大为光火，他吼叫道："你们休想把我当成高尔基。他是来为斯大林制度效犬马之劳的，手握权杖，谁不听话就给谁一权杖，而我是回来寻找使俄罗斯爬出泥潭的道路的。"

索尔仁尼琴明确表示，他回国不是为了进行创作，而是为了参加政治活动。而他的政治活动可以说从国外就开始了。未见其人，先闻其声，4月5日《消息报》刊登了他对美国《福布斯报》提问的回答。他先批评政治家，但做得聪明。对西方政治家只用"事实"反驳其观点，语气平和，态度得体，而对独联体的政治家便蛮横无理，出言不逊。对俄罗斯的政治家只抨击失去政权的或觊觎政权的，却放过掌握政权的。他猛烈抨击盖达尔的改革计划，称之为共产主义之后的又一次悲惨试验，从而导致俄罗斯今天的灾难，却放过盖达尔计划的主帅叶利钦，并为其前年10月攻打"白宫"辩解；俄罗斯不能存在双重政权，为了消除双重政权，采用任何手段都应允许。

基辛格和布热津斯基认为俄罗斯对独立的乌克兰是一种威胁，因此西方必须援助、保护乌克兰，使之强大，成为制约俄罗斯的力量。索尔仁尼琴反驳道，今日乌克兰一部分领土是俄罗斯的，如东部和南部是1919年列宁从俄罗斯领土划出的，克里米亚自古便是俄罗斯领土，1954年赫鲁晓夫一时冲动，把它划给乌克兰。乌克兰排斥俄罗斯人，对他们实行各种限制，强迫63%的讲俄语居民改说乌语，而俄罗斯对乌克兰始终采取容忍态度，从未提出领土要求，也未采取任何行动，连抗议都未提出过，怎能说俄罗斯威胁独立后的乌克兰呢？他本人是半个乌克兰人，对乌克兰所取得的成就由衷欣慰，但它不应排斥其他民族，不能强迫所有居民只讲乌语，更不应把乌语抬高到国际语言的地位。对独联体各国以至西方一致认为思想开明的哈萨克斯坦总统纳扎尔巴耶夫，索尔仁尼琴的口吻就不同了。他认为把纳扎尔巴耶夫看成民主派是大错特错，因为纳扎尔巴耶夫是不折不扣的独裁者。在哈萨克斯坦非哈萨克民族占 60%，少数统治多数谈何民主？哈萨克斯坦的北部和东北部即俄罗斯的南西伯利亚，是俄国人世代居住的地方，可在这片土地上居住的俄罗斯族及其他非哈萨克族受到哈萨克斯坦政府的压制，压制多数民族的少数民族政府的领导人不是独裁者又是什么？索尔仁尼琴抨击最猛烈的是俄罗斯自民党主席日里诺夫斯基，把他称为俄罗斯爱国主义的漫画像。如说他代表俄罗斯爱国主义，那是对俄罗斯爱国主义的莫大讽刺。日里诺夫斯基所以在杜马选举中获胜，是因为其他民主党派只顾互相厮杀，忽略民族利益，忘记人民疾苦，让他钻了空子。其次因为日里诺夫斯基财运亨通，钞票从西方滚滚而来，有钱竞选，但他决得不到人民支持。

接着，索尔仁尼琴阐述自己的政见。他认为沙皇占领以穆斯林民族为主的中亚五国是严重错误，因为信仰不同，精神上无相通之处。俄罗斯应放弃哈萨克斯坦除外的中亚四国，哈萨克斯坦同其他四国不同，大多数居民不是穆斯林。沙皇俄国充当格鲁吉亚和亚美尼亚两国保护者同样是严重错误，不应再干涉两国事务，不然必将重蹈覆辙，陷入长期流血战争。索尔仁尼琴反对恢复苏联，主张俄罗斯、乌克兰、白俄罗斯和哈萨克斯坦合并成统一国家，共同发展经济，并非纳扎尔巴耶夫所倡议的四国建立松散联邦。对国内改革索尔仁尼琴仍坚持一贯主张：自下而上而不是自上而下。先建立以沙皇时代自治会为模式的强有力的地方政权，再建立强有力的中央政权，两相结合，便会产生全新的国家机构。为此先要建成包括海参崴在内的四十个在经济和文化方面不逊于莫斯科和彼得堡的中等城市。土地不能私有化，现在真正渴望土地的农民买不起土地，如果拍卖，必将落入形形色色的骗子手里，俄罗斯就真正完蛋了。索尔仁尼琴反对泛斯拉夫主义，认为俄国不应干预巴尔干，更不应卷入波黑战争。他说波黑穆斯林、克族、塞族都是无辜的，真正战争祸首是铁托，因为他划分国界时蔑视各民族历史状况。帮凶是西方，因为他们匆忙承认各国独立并偏袒波黑穆斯林。索尔仁尼琴指出美苏长期对立，但从历史上看美俄关系一直良好。美国南北战争期间俄国支持林肯，第一次世界大战时美国站在俄国一边。两国固有的良好关系将会继续发展。

索尔仁尼琴是在国内外都很有声望的人，对俄国各政派都有极大的诱惑力，都希望同他结盟，以壮声势。但看了他答记者问后，不少人心里凉了半截，盼望变成失望。从 1994 年第 25 期《论据与事实报》所发表的作家谈话中便能看出各党派的情绪，因为作家们都是代表各党派说话的。

不久前去世的著名作家纳吉宾说，索尔仁尼琴还不如不回呢。他敬佩索尔仁尼琴，是作为著作等身的作家，而不是作为政治家。索尔仁尼琴不了解俄罗斯现实就像他至今仍不理解西方民主一样。这样一个人跑来告诉大家如何建国岂不可笑？又从何着手呢？从辱骂盖达尔着手。索尔仁尼琴知道吗，如果没有盖达尔我们早都饿死了。今天商店不再空空如也，也有盖达尔一份功劳啊！

索洛乌欣是索尔仁尼琴的老友，同属《新世界》派作家。索洛乌欣对共产主义的态度同索尔仁尼琴如出一辙，可谓志同道合。但索洛乌欣认为索尔仁尼琴回国对他本人大有益处，对俄罗斯却没多大用处。他想象不出索尔仁尼琴将如何从政，这比想象流亡政治犯返国甚至斯大林复活将如何行动更难。作家还应写作，在国外也一样，果戈理和屠格涅夫不都是在国外写作吗？

《明天报》主编普罗汉诺夫最感兴趣的是索尔仁尼琴同谁结盟。索尔仁尼琴是超党派人士，既反对共产主义，又反对帝国主义，但不论哪种论调在现今俄罗斯都无市场，老百姓只关心衣食住行等实际问题。他一上来就攻击盖达尔，民主派不会同他合作，俄共更不用说了，只剩下同民族主义分子结盟一条路。但鉴于他对前年10月流血事件的态度，民族主义分子未必会接受他。

对索尔仁尼琴最反感的莫过作家利莫诺夫了。利莫诺夫想方设法诋毁索尔仁尼琴，说他回国摘桃子。索尔仁尼琴选择对自己最有利的时机回国。为什么不在总统和议会冲突时回国呢，如那时回国也许还能以自己的威望调和冲突呢。索尔仁尼琴的观点和口号都是从别人那里借来的。不直飞莫斯科而从海参崴乘火车赴莫斯科不过为了多受几次欢迎罢了。了解俄国民情却坐英国人租的车厢，让人啼笑皆非。最后利莫诺夫连索尔仁尼琴的文学成就也一笔抹煞，说索尔仁尼琴充其量不过是三四流的农村题材作家。利莫诺夫嘲讽索尔仁尼琴并不奇怪，他是接近自民党的作家，谁让索尔仁尼琴辱骂自民党党魁日里诺夫斯基呢。

"战壕真实派作家"巴克拉诺夫也对索尔仁尼琴抱敌视态度。这并不奇怪，历史上巴克拉诺夫属于同《新世界》派对立的《十月》派，两人原来就是对头。他说，索尔仁尼琴说俄罗斯已经毁灭，毁灭不会一下子发生，而是一个过程，索尔仁尼琴为什么不回来阻止毁灭过程呢。离开俄罗斯二十年，回来见什么骂什么。骂当然容易，可出力就难了。

西伯利亚作家拉斯普京算得上当代俄罗斯文学大师了。他在伊尔库斯克差点同索尔仁尼琴不期而遇，可惜失之交臂。拉斯普京说他不相信索尔仁尼琴完全弃文从政。作家怎能离开书桌呢？至于作家参政，那是合乎情理的，也是应该的。大家对他态度不同是担心他倒向谁，同谁结盟。我看他回国不是来寻找右派或左派的，而是用他巨大的国际威望来帮助俄罗斯复兴的。

蛰居美国佛蒙特州二十年的隐士回到俄罗斯。急于参政却提不出切合国内实情的政纲，会有人追随吗？对盖达尔偏激的抨击得罪了民主派，民主派难以同他合作。俄共更不可能同反对共产主义的人合作。同他观点较为接近的是民族主义分子，但在他痛斥日里诺夫斯基之后还肯同他结盟吗？索尔仁尼琴如何寻找使俄罗斯爬出泥潭的途径，我们只好拭目以待。

（《随笔》1995 年 2 月号）

索尔仁尼琴诽谤肖洛霍夫

肖洛霍夫的长篇小说《静静的顿河》是部伟大的作品、苏联文学的里程碑。这一点至今无人否定。肖洛霍夫的对头们都在小说的著作权上做文章。从 1928 年小说在《十月》杂志发表以来，不知有多少人、用多少种方法证明《静静的顿河》的作者不是肖洛霍夫，而是另外的人。其中造成的影响最大，态度也最蛮横无理的是索尔仁尼琴。1995 年我在俄罗斯读到马卡罗夫夫妇揭露肖洛霍夫剽窃行为的文章，发现仍是索尔仁尼琴 1974 年 12 月在斯德哥尔摩所定的调子，可见其影响之深远。

索尔仁尼琴对肖洛霍夫先是无限崇敬，后来极端仇恨，态度为什么会发生一百八十度的转变呢？究其原因只不过是妒忌和报复。

1962 年 12 月 17 日赫鲁晓夫等党政要人在列宁山会见文艺工作者。初出茅庐的索尔仁尼琴也参加了这次会见。他走到肖洛霍夫跟前却被特瓦尔多夫斯基引见给同他站在一起的赫鲁晓夫，没来得及向肖洛霍夫致意。所以三天后他给肖洛霍夫寄了张明信片："敬爱的米哈伊尔·亚历山德罗维奇：我非常遗憾，12 月 17 日的会见对我太不寻常了，我走到您面前时被引见给赫鲁晓夫同志，因此无法向您表达始终不渝的衷情：我对不朽的《静静的顿河》的作者的评价是多么高了。"索尔仁尼琴的态度应当说是真诚的，哪个初学写作者不崇敬文学大师呢？但以后情况发生了变化。首先，各大报刊对索尔仁尼琴的《伊凡·杰尼索维奇的一天》吹捧得过分，其中含有阿谀赫鲁晓夫的成分，因为小说是他亲自批准发表的，使索尔仁尼琴有些飘飘然，认为自己已成为大作家，不把许多老作家放在眼里。其次，赫鲁晓夫倒台后苏联政治发生变化，政治方向渐渐向回转，逐渐停止对斯大林个人迷信后果的揭发和批判，"劳改营题材"的作品自然难再发表。他所写的《癌病房》和《第一圈》都无法出版，弄得他十分恼火。他不仅同作协关系恶化，连同发现他并为他操碎心的特瓦尔多夫斯基的关系也弄僵了。这期间索尔仁尼琴为发表上述作品四处活动，还给勃列日涅夫写信请求批准发表他的作品，但均无结果。1967 年 5 月苏联作协召开第四次全苏作家代表大会，索尔仁尼琴给作家代表大会写了一封公开信，并打印了二百五十份分寄给各作家。信中要求废除书刊检查制度，并猛烈抨击作协领导人，称他们为无用的废物。这时克格勃查抄了索尔仁尼琴存放在友人处的手稿，把手稿转交给作协书记处。书记处把手稿印发给与会代表，供代表们讨论索尔仁尼琴问题时参考，如何答复他的公开信的问题也被列入大会议程。在查抄的手稿中还有一个他从未向人提起过的剧本《胜利者的酒宴》，是他在劳改营期间用韵文写的。代表们开始讨论他的作品是否值得发表，拒绝发表是否就是对他迫害？ 9 月 8 日肖洛霍夫给作协书记处写了一封信，写出自己对索尔仁尼琴作品的看法："有个时期我曾对索尔仁尼琴有过这样的印象（特别是今年 5 月他致作家代表大会公开信之后）：他是个精神不正常的人，患有夸大狂。他，索尔仁尼琴蹲过监狱，没经受得住严酷的考验，发疯了。我不是精神病医生，诊断他精神病的病势不是我的事。如果是这样的话，不能让这样的人写作：1937 年及随后所发生的悲惨事件让这位失去控制力的疯子发狂，他会给所有读者，特别是青年读者，带来极大的危害。如果索尔仁尼琴精神正常，那他本质上是个恶毒的公开的反苏分子。"接着肖洛霍夫严厉批评索尔仁尼琴的作品。"读了索尔仁尼琴的《胜利者的酒宴》和《第一圈》。作者病态的无耻让我感到震惊，如果可以这样说的话。他怀着刻骨的仇恨指摘党和苏维埃政权所犯的过失和错误……至于说到剧本的形式，简直糟糕透顶，怎能用战报语体写悲剧事件，而且用的又是如此蹩脚而粗陋的诗句，就连过去写诗写得走火入魔的中学生都不写那样的诗句！内容没什么可说的。所有俄罗斯和乌克兰军官要么是不可救药的坏蛋，要么是什么都不相信的动摇分子……"

　　自 1962 年年底索尔仁尼琴发表《一天》后，听到的是一片赞扬声，这是他第一次听到真正的批评，而且是如此严厉的批评，批评他的又是他最渴望靠近的人。索尔仁尼琴仿佛挨了一棍子，一时被打得晕头转向。他很快缓过来，但并未认真思考肖洛霍夫的批评，进行自我反省，而是把对肖洛霍夫的由衷敬重化为满腔仇恨，决心对肖洛霍夫报复。他当时的处境无法实行报复，双方的地位太悬殊了，只能做报复的准备。对肖洛霍夫的作品，人民已经做了公正的评价，如去攻击只会使自己成为笑柄。肖洛霍夫在三十年代的表现更无懈可击，上书斯大林抨击农业集体化坑害农民除他之外并无第二人。于是他只好故伎重演，在《静静的顿河》的著作权上做文章。他纠集梅德韦杰娃·托马舍夫斯卡娅和罗伊·梅德韦杰夫一起准备撰文以证明《静静的顿河》的作者不是肖洛霍夫而是克留科夫。文章大约准备了三四年，写好后在苏联当然无法发表。直到1974 年 2 月 13 日索尔仁尼琴被驱逐出苏联后，文章才在国外发表。他们一共写了两篇文章，一篇题名为《〈静静的顿河〉的马镫》是梅德韦杰娃·托马舍夫斯卡娅写的，另一篇《肖洛霍夫创作传记之谜》则出于罗伊·梅德韦杰夫之手。两篇文章的观点都是索尔仁尼琴的，作者们无非是挖空心思用材料证明他们的观点正确罢了，所以我不转述两位作者的"论证"，只引用索尔仁尼琴 1974 年 12 月

12日在斯德哥尔摩记者招待会上的讲话，因为讲话包含了两位作者文章的全部内容，并比他们表达得更露骨。索尔仁尼琴列举了六条论据，证明《静静的顿河》的作者是克留科夫，而不是肖洛霍夫。

"第一，《静静的顿河》写得同作者本人的思路相违背（不是俄语表达方式，但意思仍能猜到）。作者在整部书中讲的都是如何保卫顿河哥萨克反对非哥萨克以及哥萨克脱离俄罗斯的分裂主义。而肖洛霍夫则是非哥萨克，他的全部活动都在推行与本书作者的观点截然相反的路线。"

这个论据除了说明索尔仁尼琴想在外国记者中产生轰动效应外，只能说明他歪曲事实的胆子太大了。小说中根本没有一条反对非哥萨克人的路线，而肖洛霍夫则是土生土长的哥萨克。顺便说一句，从语法修辞角度看，索尔仁尼琴很多句子都不通，这也是他作品的"风格"，很多俄国人都这样看，这也许是我读他作品格外吃力的原因。

下面的两条论据同著作权无关，是对小说艺术手法的批评。第二条指责作者不通过人物表达自己的思想，因为心爱的人物刚一露头便让他死了。第三条是作者年复一年地消灭小说语言的彩色，"像拖拉机碾平田野。难道真正的作者会这样干吗？"而事实是肖洛霍夫接受高尔基等人意见，承认小说中顿河流域方言过多，把它们改成标准语言，怎么能说"像拖拉机碾平田野"呢？

"第四，在小说高超的艺术结构上嵌入粗俗的宣传词句，这些词句眼睛和耳朵都无法接受。它们同作者的风格、小说的艺术构思和结构格格不入，是从报纸上抄出硬嵌进小说中去的。肖洛霍夫不论在党代表大会上、作协代表大会上和报纸上一生都使用这种语言，这才是肖洛霍夫的语言，如此而已。"肖洛霍夫为了真实地反映这段历史，确实使用了不少历史资料，包括逃离苏联的白军将领回忆录。但这些资料都被作者巧妙地融入整个艺术结构之中，读时并无

"眼睛和耳朵都无法接受"的感觉。相反,《古拉格群岛》才是各种材料的汇集,而许多地方衔接得都不好。

"第五,肖洛霍夫不可能有如此丰富的知识,因而不是自己的亲身体验。作者把革命前的哥萨克描写得如此逼真,如此深刻,这一切非得到那里生活几十年才能观察到。可革命开始的时候肖洛霍夫仅十二岁。他描写第一次世界大战,那时不过是十岁的毛孩子。他描写国内战争,战争结束时他才十五岁。"这已经是外行话了。如果作家只能写自己亲身经历过的事,那就没有历史小说了。《战争与和平》描写1812年拿破仑进攻俄国,托尔斯泰多大年纪?还没出生呢!索尔仁尼琴竟提出如此不值一驳的论据,可见他报复的欲望何等强烈,已到强词夺理的地步。

"第六,肖洛霍夫所表现出的写作进度:他仿佛二十岁开始写这部作品,然后三年内就全部交稿,仅用了三年的时间。三年之内几乎出版了整部作品,就这么回事儿!真是不可思议的天才!什么都没研究过,仿佛一下子鬼使神差的都明白了。"三年时间对天才作家并不算短,在这段时间可以写出伟大的作品,有什么值得大惊小怪的?"什么都没研究过"是信口开河,只表明说话的人不负责任。肖洛霍夫家里有俄国十九世纪所有大家的作品,他都熟读过。他还读过所有逃亡国外的白军将领的文章和回忆录。他的忘年知己列维茨卡娅在莫斯科档案馆工作,他每到莫斯科必到她那儿读档案材料,列维茨卡娅也给他看旁人难以看到的珍贵材料。肖洛霍夫对这位老大姐一直怀有感激之情,他晚年写的《一个人的遭遇》就是献给她的。

索尔仁尼琴等人炮制出的两篇诽谤肖洛霍夫的文章在苏联国内没产生什么影响,绝大多数人都没读过,我也只是九十年代在俄罗斯报刊上重新发表时才读到的。但文章当时在欧洲却有很大影响。瑞典和丹麦学者希特索、古斯塔夫森和伯克曼等人读了这两篇文章后才决定用电子计算机分析肖洛霍夫的全部作品，看看《静静的顿河》同《顿河故事》《被开垦的处女地》在风格和写法上是否一致。他们用电子计算机分析了肖洛霍夫所有作品的每个句子，最后得出结论：《静静的顿河》同肖洛霍夫其他作品的风格和写法完全一致，因此是他写的。1977年12月20日他们兴冲冲到维约申斯克镇把研究成果告诉肖洛霍夫时，肖洛霍夫苦笑了一下，说道："难道没有电子计算机就看不出我同克留科夫的区别？"肖洛霍夫说这话时口气平静，但也含着淡淡的悲伤。

索尔仁尼琴所以这样仇恨肖洛霍夫，是因为肖洛霍夫击中了他的要害：说他是一个患有夸大狂的人。曾几何时他几乎被吹捧为俄罗斯惟一伟大作家，甚至是惟一能够拯救俄罗斯的人。但1994年5月重返俄罗斯后，除了他的《红轮》等作品重新在《新世界》等杂志上发表外，没见他有任何建树。轰动效应过去了，人们对他的期待落了空，索尔仁尼琴又渐渐变成隐士。也许生活和岁月终将能医治他的夸大狂症？

（《博览群书》1996年11月号）

高尔基出国

　　本文标题是为同另一篇文章《高尔基回国》呼应，如不加说明，读者难免产生歧义。这里是指十月革命后，1921 年 10 月，高尔基离开已经建立苏维埃政权的俄罗斯，而不是指高尔基曾多次离开过的沙皇统治下的俄罗斯。这次出国，八十年代以前出版的各种苏联文学史和汗牛充栋的高尔基传记都一笔带过，一律解释为"出国疗养"。我过去对他这次出国也未留意。后来读过几本俄国侨民作家回忆录，特别是近几年接触到高尔基部分档案（不少档案仍未公布，如他致列宁、斯大林和他前妻彼什科娃的大部分书信），便产生疑问，为什么呼唤革命的"海燕"在革命成功后却离开社会主义祖国到法西斯意大利去，并一住便六年多。我渐渐意识到官方为了制造它所需要的高尔基形象——列宁和斯大林的亲密战友，布尔什维克坚定的盟友，苏维埃政权的一切敌人最严厉的抨击者，苏联同西方进步知识分子联系的牢固纽带——而有意掩饰高尔基出国的真正原因。如果找出真正原因，几十年塑造的并深印在几代人脑子里的形象便会受到严重损害，但却能使我们接近真实的高尔基。而真实的高尔基对我们更可贵。

　　二月革命前，高尔基支持过布尔什维克，特别是在经济上。他同列宁关系良好，尽管在造神论等一系列问题上发生过争论，互相仍视为朋友。二月革命后关系发生变化。高尔基认为现今主要的任务是捍卫二月革命成果，提高国民经济，发展科学、教育和文化。列宁则坚决要求一切权力归苏维埃，向临时政府夺权，建立无产阶级专政。十月革命爆发前夕，10 月 18 日，高尔基在他主持的《新生活报》上发表《无法沉默》，公开反对暴力革命。高尔基的这种立场在十月革命后必然使他陷入布尔什维克反对派的境地。七十年后才得以同读者见面的他的政论集《不合时宜的思想》便是他同布尔什维克抗争的记录。高尔基关心的是革命后广大知识分子的命运，而布尔什维克首先考虑的是如何巩固政权。布尔什维克坚决镇压反对、反抗以至妄图推翻苏维埃政权的人，不管他是否是知识分子或在文化领域做过多少贡献。高尔基则以自己的特殊身份竭力关心、帮助、保护、拯救知识分子，并不看重他们对布尔什维克的态度。双方的冲突便不可避免了。

当今在俄罗斯走红的宗教作家罗扎诺夫 1918 年给高尔基写了一封求救的信："……屋里没生火，没有劈柴。女孩子们望着冰冷茶炉旁边最后一块糖。半瘫痪的妻子躺在床上，两只浑浊的眼睛望着我。孩子惊恐的眼睛……马克西姆什卡（高尔基名字昵称），亲爱的，我该怎么办？我已给你写过很多信，都撕了，这封马上寄出，不然我又撕了。我写了二十本书出不来，书商罢工了吧。马克西姆什卡，你能否想办法让书出版……马克西姆什卡，我抓住你的手不放……我完蛋了，完蛋了，完蛋了……"高尔基收到信后立即给罗扎诺夫女儿寄去一笔够三四个月用的钱。高尔基很早就认识罗扎诺夫，但两人并非朋友，因为高尔基从不赞成罗扎诺夫的哲学观点。不认识高尔基的人向他求救，他也有求必应。一位年轻女诗人生了孩子弄不到牛奶，找高尔基要。高尔基给供应部门写信，要求发给她牛奶。为了加强效果，在信中末尾说明孩子是他的私生子。后来许多年轻妇女找高尔基要牛奶，高尔基在信中一律说是他的私生子，以致引起供应部门人员的怀疑：高尔基哪儿来的那么多私生子？为了帮助、营救著名作家、学者，高尔基跑断了腿。诗人勃洛克病倒，必须出国治疗。高尔基同卢那察尔斯基立即行动起来。高尔基亲自给列宁写信，由卢那察尔斯基转呈。但迟迟不见下文。高尔基携带医生诊断书面见列宁，列宁让他找明仁斯基。明仁斯基在肃反委员会里负责出国事宜。明仁斯基也爱惜革命诗人勃洛克，但认为不需要出国治疗，只改善生活条件就行了。他所说的改善生活条件是增加勃洛克的口粮定额。高尔基和卢那察尔斯基不同意，又分头找布尔什维克领袖们。最后终于批准勃洛克到芬兰治疗，但批准的第二天勃洛克便死了。另一位诗人古米廖夫因所谓塔甘采夫叛国案被捕，高尔基联合各创作协会上书彼得格勒契卡主席团，保释古米廖夫，"因为他对俄国文学意义重大"。这对契卡当然不是理由，古米廖夫被枪决了。这是两个失败的例子，还有很多成功的例子，我无法一一列举。用他好友、著名男低音歌唱家夏里亚宾的话说："多少人经过他的请求从监狱中释放出来！他可真是好人。"

　　高尔基为了让知识分子有口饭吃，巧立名目，成立了许多协会和出版机构。以1919年秋天成立的世界文学出版社为例。这个出版社吸收懂各种外语的人，既不确定选题也不规定交稿日期，译什么书都行，译多少字没人管，但参加出版社便能领到一份口粮，同后来正规出书的世界文学出版社完全不同。这时高尔基开始同布尔什维克第三号人物季诺维也夫发生冲突。季诺维也夫是列宁的得力助手，十月革命后任彼得格勒苏维埃主席，列宁和政府迁到莫斯科后，他便是北方最高领导人，炙手可热，权力无边。季诺维也夫对高尔基的所作所为极为反感，认为高尔基在他的地盘上跟他作对，多次在报刊上指责高尔基。高尔基也不示弱，在1918年4月9日的《新生活报》上指名道姓抨击季诺维也夫。语气之激烈，言辞之尖刻，实属罕见。此文后来收入《不合时宜的思想》（苏联作家出版社，1990年，第192页）。季诺维也夫一怒之下竟抄了高尔基的家，高尔基到莫斯科向列宁告状。俄国诗人霍达谢维奇在回忆录《名人墓》中写道："高尔基寻求列宁的保护，经常给他打电话、写信或亲自到莫斯科见他。应当说列宁竭力帮助他，但却从未真正制止过季诺维也夫。列宁当然很看重高尔基，但只是作为作家，他同样倚重季诺维也夫，一个久经考验的布尔什维克，后者对他更重要。"季诺维也夫碍着列宁的面子，不敢对高尔基下手，但处处跟他作对，直到高尔基无法再在彼得格勒待下去。不少高尔基研究者认为高尔基同季诺维也夫的冲突是迫使他出国的原因。但高尔基在彼得格勒待不下去可以去莫斯科，有列宁在，没人敢欺负他，再说他同莫斯科苏维埃主席加米涅夫的关系还过得去，所以这种说法不能令人信服。

不久前读了著名美籍俄国学者索罗金的《漫长的道路》，作者认为列宁下令解散饥荒救济委员会是导致高尔基出国的直接原因。这种说法有一定道理。

1921年俄国发生灾荒，伏尔加流域饿殍遍野。为了救济灾民，高尔基同普罗科波维奇（立宪民主党）、库斯科娃（社会革命党）等社会名流商议，并以自己的名义建议政府成立饥荒救济委员会，向西方呼吁，请求富国赈济俄国灾区。列宁对高尔基的建议极其重视，这从列宁1921年6月28日给粮食人民委员特奥多罗维奇信中的紧迫语气中可以看出：

"高尔基提交了一份饥荒救济委员会方案。一刻钟后李可夫看完，到他那儿去取。明天政治局会议上决定。给莫洛托夫打电话，让他明天给您五分钟发言时间。我个人认为高尔基的方案可以同我们的结合起来。"6月29日政治局原则上通过高尔基的方案。7月21日全俄中央执行委员会作出成立饥荒救济委员会的决定。该委员会在全国各地拥有很大权力，并还拥有国外代表。文坛宿将柯罗连科同意挂名誉主席的名，加米涅夫担任主席。李可夫、克拉辛、卢那察尔斯基等政府要员和社会各界名流参加委员会。名流包括尚未被消灭的各政党领袖以及在西方有影响的学者、作家和演员，这些人在委员会的人数大大超过布尔什维克代表。布尔什维克希望利用他们的关系获取西方的援助。名流们为在祖国危难时刻能稍尽绵薄而洋洋得意。他们给西方政府、慈善机构和有影响人物写信，向西方报刊发表谈话，恳求西方拯救濒于死亡的俄国人民。他们的积极活动产生良好效果，大批救济物资源源不断运往俄罗斯。法国作家法朗士把1921年获得的诺贝尔文学奖金全部捐献给俄国灾区。美国也向俄国拨发了大批救济粮。不久前发表了高尔基1922年7月10日致美国亚当斯女士的信，高度评价了美国第三十一届总统、当时任救济总署署长的胡佛所起的作用："美国有权为自己的儿女骄傲，他们在辽阔的战场上，在传染病肆虐的、孤独的和人吃人的环境中，如此无畏而出色地工作。这件工作除具有拯救百万即将饿死的居民的直接任务外，照我看还具有更为重要的意义：它在俄国人心中唤起被战争扼杀的人性感觉，恢复被破灭的各国人民友爱的理想，实现各民族友好合作的愿望。"这封信列宁未看到，不然定会严厉批评高尔基。

名流们为所取得的成绩欢欣鼓舞，并以为能同布尔什维克领袖们平起平坐，共同治国，渐渐忘乎所以。饥荒救济委员会的成立便引起流言：这是未来的联合政府，暂时不便公开。委员会出版了《救济报》，版式同立宪民主党的《俄罗斯新闻》一样。不少人不仅更加相信流言，而且断定布尔什维克完蛋了。布尔什维克领袖们警觉起来：决不允许资产阶级政党头头们兴风作浪，要坚决肃清流言。然而名流们不自量力，得寸进尺，竟向政府提出最后通牒：必须派一个由他们组成的代表团到西方去，并派人监督救济物资的分配，否则集体退出委员会。国际联盟主管赈济俄国灾民的南森也向苏维埃政府建议允许西方代表监督粮食在俄国的分配。这更加深了布尔什维克对名流们的怀疑，于是政府决定解散委员会，并把他们一网打尽。列宁急于把高尔基同他们区别开，恳请他尽快出国。高尔基出国后再逮捕名流不致让他陷入尴尬处境，另外也嫌他在国内碍手碍脚。

解散饥荒救济委员会十八天前，出国还来得及，8月9日列宁给高尔基写信恳请他出国："阿列克赛·马克西莫维奇：我把您的信转给了列·波·加米涅夫。我累得精疲力尽。您在咯血，可您还不走！！这实在太过分，太不合理了。您到欧洲一个好的疗养院去，既可以疗养，又可以多做两倍的事。的确如此。在我们这儿，您既没有条件疗养，又干不了工作——只是一味奔忙，徒劳无益地奔忙。去疗养吧。我请求您别固执了。您的列宁。"从"可您还不走"，"这实在太过分，太不合理了"，"别固执了"，可以看出列宁盼望高尔基出国的急迫心情。显然列宁劝高尔基已不止一次了，但高尔基不肯走。高尔基在1921年某月29或30日（原信无月份）致列宁的信中有这样的话："出国对我也无意义"，"我看不出有出国的理由"，"您不要催我，最好多给我一点行动自由"。高尔基只字未提出国治疗，并不认为身体坏到非出国疗养不可的地步。高尔基同样没理解列宁8月9日的信，仍同名流们一起"徒劳无益地奔忙"。

南森的建议使列宁下定解散饥荒救济委员会的决心，8月26日列宁在致斯大林等政治局委员的信中坚决要求解散委员会，委员会很快被解散，大部分名流委员被逮捕。曾在上海居住过的著名俄侨作家扎伊采夫，也曾是饥荒救济委员会委员，在回忆录《莫斯科》中描写了名流们是如何被捕的："我们坚持委员会向欧洲派遣代表团，以便弄到更多的粮食和钱，然后送往灾区。这不合'他们'心意。开始讨价还价。不是我们向他们让步便是他们向我们让步……我们按规定五点钟前到达一幢住宅参加会议。今天决定下一步怎么办。委员会下了最后通牒。不放代表团到欧洲募捐我们就关门大吉，因为地方机构帮不上忙。情绪紧张而激愤……时间一点点过去，天色已晚。窗外穿皮夹克的人影闪动，加米涅夫还没到场。焦躁，困惑。大家掏出表看看。我在同大厅相连的一间屋里。我记得走廊里响起一片嘈杂声，不知是什么声音，从哪儿来的声音，但马上便明白大祸临头了。刹那间十几名穿皮夹克、长筒皮靴的人举着手枪从昏暗中冲了进来，其中的一位大喊了一声：'根据全俄非常委员会的决定，逮捕在场的全部的人！'"

逮捕名流对高尔基不啻晴天霹雳。名流响应他的号召，走出隐避角落，现在通通被投入监狱，仿佛他做了圈套诱他们往里钻。1922年被驱逐出境的社会革命党领袖库斯科娃后来回忆道，高尔基一听说要逮捕委员会中的名流，立即赶往她家，面无人色，劝她赶快逃走。但她往哪儿逃？只能束手就擒。为了营救被捕的人，高尔基找遍了布尔什维克领袖们，但毫无结果，"徒劳无益地奔忙"。高尔基怀着满腹怨气，1921年10月16日离开俄国，到国外"疗养"。

高尔基临行前同列宁达成默契：他除在国外疗养外，还尽力密切苏维埃政权同西方知识分子的关系，当前首要任务是为灾区募捐。列宁12月6日致高尔基的信便是提醒他别忘了他们之间的默契："大家要我写信给您，问您是不是能给萧伯纳写封信，让他到美国去一趟，再给威尔斯写封信，据说他目前在美国。请他们两人协助我们进行救济饥民的募捐工作。"列宁知道解散饥荒救济委员会对高尔基是沉重打击，促使他愤然出国，而他在国外对布尔什维克还相当有用，想用资助方式缓和他同苏维埃政权的关系。列宁12月12日给"维·米·莫洛托夫并转俄共（布）中央政治局委员"的信便是缓和关系的一个步骤："克列斯廷斯基写信对我说，高尔基离开里加时囊空如洗，他把希望寄托在从斯托莫尼亚科夫那里得到一笔稿费上。克列斯廷斯基认为，必须把高尔基列入由党或苏维埃负担医疗费用到国外去就医的同志里面，我提议由政治局提出建议，由克列斯廷斯基把高尔基列入这类同志之中，并检查一下，务使他得到必要的医疗费用。列宁。"没料到高尔基不想依赖布尔什维克，不想同他们关系过密从而失去自己的独立性，拒绝接受他们的资助。高尔基的妻子安德列耶娃给列宁写信，说尽管"高尔基囊空如洗"，"但他不接受资助或借贷"。看来高尔基的怨气未消，不久便做出让列宁大为恼火的事。1922年夏天高尔基在法国听到布尔什维克准备审讯左派社会革命党的消息，极为震惊，想阻止审讯。高尔基并不赞成社会革命党的纲领，这也是导致他同第一个妻子彼什科娃分手的原因之一。但他反对从肉体上消灭同布尔什维克政见不同甚至公开反对他们的知识分子——社会革命党成员。他写信给在西方知识界享有盛名的法国作家法朗士，把审判说成是准备"杀害那些曾经真诚为俄国人民解放事业服务的人"，要求他进行干预，向苏维埃政府"指出这种罪行是不能容忍的"。写这封信的两天前他还给代替列宁担任人民委员会主席的李可夫写了一封信：

阿列克谢·伊万诺维奇：

如果审讯社会革命党人将以杀人告终——这将是有预谋的杀人——最卑鄙的杀人。

我请您把我的意见转告托洛茨基以及其他人。我希望我的意见不致让您惊讶，因为您清楚在革命全过程中我上千次向苏维埃政权指出，在我们的不开化的文盲国家里消灭知识分子是丧失理智的罪行。今天我相信，如果社会革命党人被杀害——这种罪行将在社会主义欧洲引起震惊，他们将对俄国进行道德封锁……

果不其然，审讯在欧洲引起极大震动，许多著名社会学家向苏维埃政府提出抗议，第二国际和维也纳国际要求派代表列席审判会。高尔基仍不甘休，把致法朗士的信打印两份，一份寄给《社会主义通报》，于7月3日发表，另一份寄给莫斯科。正在哥尔克养病的列宁读了高尔基的信怒不可遏，9月7日给正在国外处理共产国际事务的布哈林写信："我读了（在《社会主义通报》上）高尔基那封恶劣的信。本想在报刊上骂他一顿（关于社会革命党人的事），但又考虑，这样做可能有点过火。应该商量一下。也许，您常见到他，同他交谈吧？请把您的看法写信告诉我……"列宁知道高尔基在欧洲知识界享有崇高威望，不愿意失去这样的朋友，所以没有公开骂他。但他们的分歧是显而易见的。高尔基需要出国疗养，很多布尔什维克领袖同样需要出国疗养，这不是高尔基1921年出国的主要原因。也不是因为同个别领导人关系的恶化，而是在文化和革命问题上同布尔什维克存在着重大分歧，分歧随着革命的发展越来越大，最终迫使高尔基出国。揭示出高尔基出国的真正原因必然损害已经程式化的高尔基的形象，但是否同样损害真实的高尔基的形象呢？我看未必。

（《博览群书》1996 年 11 月号）

高尔基回国

题目须做一点说明。高尔基曾多次出国回国，本文所指的是高尔基 1921 年 10 月离开已经建立苏维埃政权的俄罗斯，在国外居住六年多，于 1928 年 5 月从意大利索伦托返回苏联。很多人把高尔基回国定为 1928 年，这并不准确，因为 1928 年他只归国观光，并未定居。1928 年他在苏联住了五个多月，10 月返回索伦托。1929 年、1931 年、1932 年都是 5 月来到苏联，10 月返回索伦托。1930 年后回国。1933 年 5 月才回国定居，所以准确回国年份应是 1933 年。此后高尔基没再离开过苏联。

1921 年高尔基出国的原因以及他在国外干出让列宁恼火的事，我在拙文《高尔基出国》已写过，不须赘述。高尔基怀着悲愤心情离开祖国，心中块垒长期未消除。1924 年 1 月 15 日在致罗曼·罗兰的信中写道："……我不返回俄罗斯，我越来越觉得我是没有祖国的人。我甚至想我在俄罗斯不得不扮演一个可怕的角色——众矢之的的角色……1918 年年初我明白了，任何政权在俄罗斯都不可能再存在，而只有列宁一人能扼制疯狂的无政府状态在农民和士兵当中蔓延。然而这决不说明我赞同列宁的做法。我曾多次指出，摧毁俄国知识分子，他摧毁的正是俄国人民的核心。我尽管对这人怀有好感，从他那方面说，他也喜欢我，我相信这一点，但我们的争论引起彼此精神上的敌视。"六天后高尔基获悉列宁逝世的消息，极为震动，马上坐下来写回忆列宁的文章《弗·伊·列宁》。在悲痛中更多回忆起列宁对他的关怀和教诲，写道："我和共产党人分歧的地方，是在如何评价知识分子在俄国革命中的作用这个问题上……知识分子过去是，现在依然是，在今后长时期内也还是拖拉俄国历史这辆载重大车的惟一驮马。十三年以前我是这样想的，也就这样错了。"仅仅六天思想便发生彻底转变对高尔基那样的思想家是不可能的。前面是辩论语气，同结尾那句也不协调。布尔什维克领袖们对高尔基的回忆录很不满意。托洛茨基同年4月在《消息报》上发表文章："我对高尔基的文章很不满意。高尔基不理解伊里奇，用他近年所特有的知识分子亲昵的口吻述说列宁。"托洛茨基把高尔基的文章改了一遍才发表。上面引用那段话的最后一句难保不是他加的。所以说列宁逝世改变了高尔基对布尔什维克的态度是没有根据的。因为不久高尔基得知苏联教育人民委员部下令各图书馆不出借资产阶级哲学书籍的消息勃然大怒，在一时冲动之下想脱离苏联国籍。他对苏联态度的转变大约在1926年以后，1927年他已萌生回国看看的念头。

　　什么原因促使高尔基回国呢？索尔仁尼琴在《古拉格群岛》中写道："我一向把高尔基从意大利归来直到死前的可怜行径归因于他的谬见和糊涂，但不久前公布的他二十年代的书信促使我用比那更低下的动机——物质欲——解释这种行为。高尔基在索伦托惊讶地发现他既未获得更大的世界声誉，也未获得更多的金钱（而他还有一大帮仆役要养活）。他明白了，为了获得金钱和抬高声誉，必须回到苏联，并接受一切附带条件。"七八十年代索尔仁尼琴在苏联威望很高，很多人把他奉为反斯大林主义的英雄，所以接受了他这种看法。但索尔仁尼琴的看法过分情绪化，不符合实际。高尔基在欧洲文化界威望极高，如日中天，1928年3月29日他六十寿辰之际，罗曼·罗兰、法朗士、巴比塞、阿拉贡、萧伯纳、威尔斯和茨威格等五十位知名作家向他祝贺。他稿酬优厚，由苏联和西方支付。他本人生活极为简朴，不需要更多的钱。同他在同一间屋檐下住了近三年的俄国诗人霍达谢维奇因政见不合而同他分道扬镳后写道："俄国社会中传说高尔基生活奢侈……我郑重声明：在我同他接近的年代根本谈不上什么豪华。说高尔基有多少别墅和终日宴饮都是一派胡言。"从高尔基回国后的表现上看不出他接受任何附带条件。他同斯大林的关系可以说一度彼此让步，以达到各自的目的。九十年代以后赞成索尔仁尼琴看法的人越来越少。俄侨医生马努欣经常替高尔基看病，记录了高尔基对他说过的一段话："在国外待够了。社会主义民主应当进入布尔什维克党内，并不知不觉包围他们。必须竭力影响他们，不然不知他们还会干出多少蠢事。现在鬼知道他们都干了些什么。"高尔基看到苏维埃政权已经巩固，苏联发生不少可喜的变化。斯大林逐渐独揽大权，个人独断专行。高尔基想把民主引进苏联，"软化"斯大林的强硬政策。这同他一贯的主张一致，较为可信。但高尔基过高估计了自己的影响力，埋下后来产生悲剧的种子。

苏联也热切希望高尔基回国，斯大林向他招手。1928年斯大林几乎击败了自己所有的政敌，可以按照自己的心愿建设社会主义了。他认为改变国家应从工业化着手。但工业化资金从哪儿来？大部分只能取自农民。让个体农民交出钱来太难了，只有实行农业集体化才容易得到。但他的农业集体化政策受到布哈林等人激烈反对。斯大林读过1922年在柏林出版的高尔基写的《论俄国农民》，了解高尔基对农民的看法，相信他会支持自己的主张。斯大林此时仍需要人支持，而高尔基是最理想的人选。

斯大林开动宣传机器，《真理报》《消息报》带头发表向高尔基致敬的文章，同时发动机关、团体和学校给高尔基写信，盼望心爱作家早日回国。斯大林还需要找一个人充当他同高尔基之间的联络员，这人必须绝对执行他的意志，还能获得高尔基的欢心。这人很快找到，他是红军粮食供应部主任哈拉托夫。1921 年哈拉托夫担任过科学家生活改善委员会主席，而这个机构是高尔基向列宁建议设立的，所以高尔基认识哈拉托夫。斯大林任命哈拉托夫为国家出版联合会主席，并把动员高尔基回国的任务交给他。于是 1927 年 8 月高尔基在索伦托收到哈拉托夫从苏联寄来的《科学家生活改善委员会五年活动（1921—1926）报告》，高尔基看到他走后工作仍有人做大为感动，给他回了一封动情的信，两人关系拉近了。同年 9 月 1 日哈拉托夫给高尔基写信，邀请他 1928 年回国参加庆祝他六十大寿和创作活动三十五周年的纪念活动，并告诉他政府已成立纪念活动筹备委员会，由党政要人布哈林、托姆斯基、李可夫、卢那察尔斯基等人组成。高尔基一贯厌恶这类活动，收到信后非常反感，回信中写道："让纪念活动见鬼去吧！""这太妨碍写作了。"斯大林非常希望高尔基为他写一本传记，像《弗·伊·列宁》那样，使他永远竖立在每个苏联家庭的书架上，比报刊上千篇一律的赞美文章和各地建造的数以万计的塑像更能使他流芳千古。这是哈拉托夫最重要的任务。哈拉托夫担心直说遭高尔基拒绝，便采用暗示手法。1932 年 1 月哈拉托夫给高尔基写信，谈到已经临近的高尔基创作活动四十周年时，笔端忽然一转，写道："撰写约·维（斯大林）传记所需材料我们已经给您寄去，请告诉我您还需要什么材料以及何时需要。"仿佛谈论已经决定的事，但高尔基从未答应过替斯大林写传记，并随着两人关系的变坏至死未写。哈拉托夫应做的事都做了，但没有完成最重要的任务，对斯大林已没用了，1932 年被撤职，又因知道事情太多 1937 年被镇压。

1928 年 5 月 28 日，高尔基回到阔别六年的莫斯科。受到隆重欢迎自不必说，高尔基在保安局人员簇拥下沿着他青年时代浪迹的足迹做了一次旅行。看到的都是斯大林希望他看到的。同年 10 月 12 日返回索伦托。在不到五个月的时间内，高尔基已显露出自己坚毅的性格。先是为作家巴别尔鸣不平。巴别尔 1924 年开始在《新处女地》杂志发表描写第一骑兵军战士的短篇小说，1926 年以《骑兵军》为书名结集出版，获得好评，但却得罪了第一骑兵军军长布琼尼。这位骑兵老总 1924 年在《十月》杂志上发表文章，猛烈抨击《骑兵军》，把巴别尔骂得狗血喷头，从此抬不起头。高尔基 1928 年 9 月 30 日在《真理报》和《消息报》同时发表《我是怎么学习写作的》片断，其中有一段为巴别尔辩解的话："布琼尼同志曾痛骂巴别尔的《骑兵军》，——我觉得这是没有理由的，因为布琼尼本人不仅喜欢美化自己的战士的外表，而且还喜欢美化马匹。巴别尔美化了布琼尼的战士的内心，而且在我看来，要比果戈理对查波罗什人的美化更出色、更真实。"布琼尼不服，在《真理报》上发表致高尔基公开信，高尔基毫不示弱，也在《真理报》上公开答复布琼尼。高尔基所以旧事重提，仗义执言，除希望巴别尔重新振作起来外，还捍卫他一贯主张的创作自由的原则。接着又同拉普展开论战。拉普以无产阶级作家自诩，但高尔基对他们的创作评价不高，却赞扬他们所攻击的普里什文等作家。高尔基在 1926 年致谢尔盖耶夫·岑斯基的信中写道："……当前俄国只有三位'一流作家'：您、普里什文和恰佩金。除以上三位外还有高尔基，但他就差多了。"拉普如何咽得下这口气，反唇相讥，高尔基既然把他们引为同类，所以自己也是"巧妙伪装的敌人"。西伯利亚拉普分会走得更远，对高尔基的攻击同辱骂相差无几，以致联共（布）中央不得不于 1929 年 12 月 25 日作出决议："……这些言论与党和工人阶级对待伟大的革命作家高尔基同志的态度是根本对立的。"

1929 年被斯大林称为大转变的一年，这一年斯大林掌握了绝对权力，开始了他一人统治国家时期。这一年高尔基第二次返回苏联，做了一件令斯大林开心的事，也做了两件让他不快的事。

夏天高尔基参观了索洛维茨群岛——苏联最著名的劳改营。不久前英国出版了一本《在地狱岛上》，作者是从索洛维茨劳改营逃出的马尔扎戈夫。此书在欧洲反响很大。苏联希望消除此书所产生的恶劣影响，所以，用索尔仁尼琴的话说，"他们认为最好莫过派刚好不久前回到无产阶级祖国的伟大无产阶级作家马克西姆·高尔基走一趟。他的证言将是对那本卑鄙的国外伪造出版物的最好的驳斥！"话虽说得尖刻，但高尔基确实负有这种使命。应当说高尔基不辱使命。他把管理犯人的契卡人员大大赞美了一番。这些话发表在《消息报》上。对此很多人都无法理解。读了1992年1月利哈乔夫院士发表的文章，才明白高尔基赞美劳改营不是没有条件的。利哈乔夫写道："上面让高尔基明白，如果他能消除对劳改营的指责，将放松对劳改营的管治……高尔基遵守了诺言，可刽子手们没遵守。"利哈乔夫曾是这里的犯人，但愿他的话符合事实。

1929年9月高尔基回到莫斯科，又卷入一场争论中。这场争论是由三年前皮里尼亚克的小说《永远明亮的月亮的故事》引起的。小说情节是红军集团军司令员加夫里洛夫奉命从南方到一座小城做手术。他觉得自己身体很好，用不着做手术，可一个"腰板挺直的人"非要他做不可。加夫里洛夫只好服从命令，上了手术台。上麻药时因心脏麻痹死在手术台上。这同伏龙芝开刀致死的情形完全一样。皮里尼亚克影射伏龙芝是斯大林害死的。斯大林当时忙于权力斗争，没对皮里尼亚克下手，只没收了刊载小说的《新世界》杂志，现在到了跟皮里尼亚克算账的时候了。同时收拾在国外发表丑化苏联社会的小说《我们》的作者扎米亚京。8月26日《文学报》发表了沃林的文章《决不允许的现象》，吹响进攻的号角。所有作家同声谴责这两位遭难的作家兄弟。全俄作家协会召开紧急会议，撤销了皮里尼亚克主席职务。就在这时，高尔基突然在《消息报》

上发表了一篇标题意味深长的文章《论消费精力》："……我们是否慎重对待这些人呢？我们是否学会评价他们的工作和才能，而不是过分严厉地对待他们的错误和行为呢？我们是否学会教育助手们，并率领同路人一道前进呢？我觉得我们不会。傲慢地宣称'有没有同路人一样'是没有说服力的。我们形成一种恶劣习惯：把人抬到荣誉钟楼顶上，过些日子再从上面把他们摔入烂泥。"高尔基公开出来替皮里尼亚克辩解并非偏爱他的作品，仍然是捍卫创作自由的原则。高尔基这篇文章立即引起拉普的围攻，他们把高尔基称为调和主义者。9月17日《真理报》发表别斯帕洛夫文章，支持对皮里尼亚克的批判，发表高尔基文章的《消息报》连忙同高尔基划清界限，高尔基陷入孤军奋战的境地。《十月》杂志第9期又发表了普拉东诺夫的小说《疑心重重的马卡尔》，向这场争论火上加油。农民马卡尔反对官僚主义和滥用职权，出门寻找真理，结果在列宁著作中找到。列宁写道："我们的机关是臭狗屎。"这些机关让列宁深感头疼。普拉东诺夫因这篇小说也成为抨击对象，还加上同他合写小说《契—契—奥》的布尔加科夫。一句话，所有有才华、有独创风格的作家都受到拉普的围剿。高尔基虽寡不敌众，但并未屈服，又写了一篇《还得谈谈这个》："……我认为我们滥用'阶级敌人'和'反革命'两个概念，而滥用这两个概念的人多半都是没有才华的人、社会价值可疑的冒险家和损公肥私的人……那些'思想一致的人'公然在皮里尼亚克以及不少作家的脑袋上试试自己拳头是否有力，并竭力让领导相信只有他们才懂得如何捍卫工人阶级思想意识的纯洁性和青年们的贞洁。比如扎米亚京，这个工人阶级意志和理想所创造出来的现实的凶恶敌人……可据我所知，扎米亚京和布尔加科夫，以及所有被诅咒过和正在被诅咒的人，并不妨碍历史完成自己的事业，伟大而壮丽的事业……"然而这篇文章竟未刊登。高尔基的言论当然不合斯大林心意，但要一统文艺界仍少不了他，况且高尔基赞扬了索洛维茨劳改营，帮了斯大林的忙，所以还得让高尔基几分。不刊登他的文章不过示以颜色而已。

这次回国高尔基对苏联出现的不正常现象已有察觉，对斯大林排斥、打击列宁时期老同志尤为反感。高尔基回到意大利后，1929年11月27日给斯大林写了封信，表达自己对国家前途的担忧。这封极为重要的信六十年后才在《苏共中央通报》上发表（1989年，第3期）。高尔基写道："遗憾的是，最善于思考的青年往往患有悲观情绪并对现实持怀疑态度，而正是他们渴望学习老布尔什维克的经验、著作和言论。现在他们看到他们的导师一个个从党内消失，被宣布为异端者，这不能不让他们困惑。城乡之间矛盾的实质他们不可能感受得如此深刻，如此形象，像主张社会主义工业化的人所理解和感受的那样。迫使以自己笨拙的因而也是掠夺式的劳动把土地变得贫瘠荒芜的农民集体而有效地劳动和爱惜土地——这是历史的必然性，然而对这种必然性青年们懂得很少……

"党对青年教育的影响并非它所能做到的那么大——部分原因可以用党内磨擦来解释。过去这些磨擦可以'择优'，造就布尔什维克，可现在磨擦制造出数量可观的两脚废物，其中包括'马哈伊斯分子'①。后者卓有成效地向党内老知识分子进攻，向党内为数不少的文化力量进攻，党不得不把明显的平庸之辈安插在文化的战斗岗位上。精力旺盛、极端自私和'渴求权力'的青年看到官员昏聩无能，便竭力往上钻，占据显要地位。革命词句和狐狸般狡诈是他们惟一的武器。您自然明白，在这种条件下，布尔什维克无法造就同自己相称的接班人，具有他们所有的充沛精力和追求目标。可依我看学生应比老师更聪明、开阔和深刻，因为时代越发展，对新世界建设者要求越高。"高尔基所指的老师无疑是布哈林、加米涅夫和

---

① 波兰马哈伊斯基的追随者，鼓吹无政府主义思潮，敌视知识分子。

卢那察尔斯基等知识分子出身的老布尔什维克，对他们被"两脚废物"所代替深感痛心，并怀疑后者能否成为革命事业的接班人。惟一让斯大林欣慰的是高尔基出于对农民的严重偏见而支持他所实行的农业集体化。

斯大林 1930 年 1 月 17 日给高尔基写了回信，此信收入《斯大林全集》第十二卷中。斯大林在信中偷换概念，把清洗老布尔什维克说成批评和自我批评。但信的调子是克制的，斯大林还将有求于高尔基，还希望他为自己写传记呢。

1930 年高尔基没回国，7 月 8 日收到哈拉托夫的信："近日斯大林建议我给您寄一份材料：政治保安总局汇编的《全俄共产党（布）中央委员会总结》。因为他说您正研究这方面问题。"这便是 1928 年《沙赫特事件》和 1930 年《工业党》的审讯材料。这是斯大林对科技知识分子大规模的镇压，把工矿企业发生的事故通通推在他们头上。高尔基在这两份材料影响下写了为世人诟病的名文："如果敌人不投降，那就消灭他。"斯大林得到这篇文章如获至宝，1930 年 11 月 15 日在《真理报》和《消息报》上同时发表。此后高尔基这句名言便成为恣意迫害无辜的有力论据。1938 年 7 月西伯利亚军区检察官伊沃什向维辛斯基反映，他们那里用残酷手段逼犯人招供。维辛斯基回答道："我们不打算姑息敌人。打烂人民敌人的脸有什么不好。您不要忘记，伟大的无产阶级作家高尔基说过：'如果敌人不投降，那就消灭他。'"高尔基为什么要写这篇文章，难道他真相信那两份材料吗？还是因为给斯大林的信写得过于尖锐，想缓和一下关系，对斯大林做出让步？

高尔基回国定居后，1933 年 8 月 17 日组织一百二十名著名作家参观白海—波罗的海运河。这条运河是由劳改犯开凿的。运河管委会对作家们招待得再好不过。每日都是佳肴美酒。平时沾不到荤腥的作家们在这次旅行中大饱口福。但吃了人家的饭就得给人家写文章。于是他们对政治保安局大唱赞歌，分头写出《国家与它的敌人》《保安总局，工程师、规划》《契卡人员》和《彻底打垮敌人》等数十篇。高尔基同失宠的前拉普总书记阿维尔巴赫和运河管委会主任费林把作家们所写的文章编成一本书：《以斯大林命名的北海—波罗的海运河开凿史》。高尔基此举并未为自己增添光彩。他难道不知道运河是劳改犯（大部分是农业集体化的"富农分子"）在非人的条件下开凿的？他编这本书是再次向斯大林让步以便在其他方面影响他还是有意讨他欢心呢？不过此后高尔基同斯大林的关系更为密切，两人经常见面，高尔基可以随时给斯大林打电话。斯大林也在文学问题上向高尔基请教。苏联作协筹委会主席格龙斯基写道："斯大林经常向高尔基让步，甚至不同意的时候。"高尔基在苏联的威望达到顶点，他的话往往被当成指令。高尔基同斯大林的良好关系持续到1934年年底，以后完全变了。

　　高尔基同斯大林关系的转折点是1934年12月1日基洛夫遇刺。他听到这消息时正在克里木疗养，接着听说斯大林把基洛夫遇害的罪魁祸首定为季诺维也夫和加米涅夫，两人已于12月16日被捕。高尔基想拯救加米涅夫，匆忙赶回莫斯科，立刻给斯大林打电话，询问斯大林是否发生了误会，斯大林以从未有过的冰冷语气回答道："需要这样。阿列克赛·马克西莫维奇，我奇怪您为什么张皇失措。难道不是您教导我们大家：如果敌人不投降……而他们，加米涅夫和季诺维也夫，您还不了解这两个两面派……再说您也知道，斯大林同志一人什么也决定不了——需要调查，然后审讯，只有法庭才能裁判他们的罪行……"

　　高尔基同加米涅夫关系不错。加米涅夫担任莫斯科苏维埃主席时关心知识分子的生活，尽量帮他们解决困难，同季诺维也夫对知识分子的态度完全不同。另外，加米涅夫不仅喜欢文学，还有文学才华，写过论赫尔岑和涅克拉索夫的文章。他退出政坛后，在高尔基的请求下，斯大林让他当世界文学所所长兼科学出版社总编辑。他和高尔基一起准备出一套世界文学名著。加米涅夫准备把余生献给文学事业时却因被定为谋杀基洛夫罪而被捕。1935年1月20日《真理报》发表了扎斯拉夫斯基的评论文章《文学的腐烂物》，就科学出版社出版陀思妥耶夫斯基小说《群魔》写道："为什么科学出版社在陀思妥耶夫斯基作品中偏偏选中《群魔》呢？出版这本被奉为'19世纪最伟大的小说'想向苏联读者兜售什么？……众所周知，《群魔》是陀思妥耶夫斯基艺术性最差的一部作品，它所引起的轰动不在艺术上，而在于它是反动政治的旗帜。这部小说是对革命的恶毒诽谤……"文章针对的当然不是陀思妥耶夫斯基，而是出版这本书的科学出版社的总编辑加米涅夫和高尔基，因为世界文学名著丛书出版规划是他们共同制定的。实际上是斯大林向高尔基发出警告。高尔基本应沉默，但却挺身而出，1月24日发表了公开为加米涅夫辩护的文章《关于〈群魔〉的出版》："我坚决支持科学出版社出版《群魔》……我这样做是反对把合法文学变成非法文学，这类书在'地下'出售，以违禁诱惑青年……"第二天扎斯拉夫斯基又在《真理报》上发表了第二篇文章《就正于高尔基》，嘲笑高尔基观点前后不一致，挑出引文中记错的地方。文章来得之神速，语气之粗暴，文辞之刻薄，令所有人大吃一惊。如果不是高尔基，大家确信受批评的人一定会"进去"的。这是斯大林发出同高尔基决裂的信号。大概怕高尔基不领悟，三天后又发了一次。《真理报》1月28日发表了潘菲洛夫的《致高尔基的公开信》。这位蹩脚的小说《磨刀石农庄》作者竟敢公然向高尔基挑衅，简直不可思议。而他谈的又是去年的旧事。高尔基曾批评他滥用方言，潘菲洛夫表示接受，并还到高尔基家致谢。怎么一年后又说高尔基嘲弄他呢？当天高尔基便写了《关于"公开信"以及其他的信》，但《真理报》总编辑梅赫利斯拒绝发表。如果无人指使，潘菲洛夫不敢给高尔基写公开信，梅赫利斯也不敢不发表高尔基的文章。高尔基明白了斯大林的信号，提出出国请求，但遭到拒绝。斯大林中断了同高尔基的联系，就连商洽斯大林接见罗曼·罗兰的时间也得通过作协书记谢尔巴科夫。他的行动受到秘书克留奇科夫的监视。高尔基编《我们的成绩》杂志时的助手什卡帕在回忆录《追随高尔基七年》中记下了高尔基对他说的话："我被包围了，封锁了，只好原地不动……"罗曼·罗兰说："老熊被封住了嘴。"何止被封住了嘴，已被关进笼子里。

高尔基临终前同斯大林有过一次较量，但他失败了。这得从一个女人谈起。她姓布德别尔格，高尔基圈子里的人都管她叫姆拉，被称为"白银时代老太太"的著名俄侨女作家别尔别罗娃专门为她写了一本书，称她为铁女人。姆拉精明过人，酷好冒险，精通英、德、法数种语言。她表面上是高尔基女秘书，实际上是女主人，同高尔基共同生活了十二年。两人于1919年结合，1933年分手。她没同高尔基一起回国，迁居英国。别尔别罗娃说姆拉"是双重间谍：向安全总局报告欧洲情况，向英国情报部门报告苏联发生的事"。高尔基对姆拉非常信任，同欧洲作家交往都由她任翻译。1933年高尔基决定回国定居，不知如何处理自己的档案材料。其中包括别人写给他的信和自己的回信抄件以及同来访者的谈话记录。信又可分四类：第一类，他彻底转向苏联前同侨民文化名人的通信；第二类，苏联作家和学者到国外开会或访问期间给他写的信；第三类是流亡国外的社会革命党人同他辩论的信；第四类则是苏联党和国家领导人到国外出差、疗养时的信，有布哈林、李可夫、克拉辛和皮达可夫等人的信。信里有不少骂布尔什维克的话，也有不少骂斯大林的话。高尔基同儿子马克西姆和姆拉一起商议如何处理让他头疼不已的档案材料。马克西姆提议用它们放焰火，高尔基和姆拉都不同意。最后三人决定由姆拉带往英国保存，并达成协议：以后如有人携高尔基亲笔信索取，姆拉也决不交出。斯大林知道高尔基有批档案材料在国外，也知道档案材料的大致内容，极想得到它们，因为这时斯大林已决心从肉体上消灭自己的政敌，高尔基的材料是他们反对自己的有力证据。斯大林的情报显然来自姆拉。我过去接受了别尔别罗娃的观点："高尔基临终前想见姆拉一面，同斯大林达成交易：高尔基交出档案，斯大林把姆拉接到莫斯科，并保证她来去自由。"当时也觉得这种观点不符合高尔基的为人原则，但1991年以前没看到新材料，便接受了。现在看来这种观点是错误的，这等于说高尔基为见心爱女人一面竟出卖了大批朋友。别尔别罗娃所以得出错误结论是因为她只查到姆拉1936年6月到过苏联。高尔基6月1日从莫斯科市内搬往郊区哥尔克别墅。经过新处女地陵园时一定要下车看看儿子马克西姆的墓，那天风很大，患了感冒，18日便去世了。别尔别罗娃没弄清姆拉回国的日子，因为姆拉有关自己到苏联的事从不说实话。她向很多人矢口否认1958年以前到过苏联。其实她自1933年4月至1936年7月起码到过苏联六次。1966年1月俄国著名历史学家尼古拉耶夫斯基给美国苏联问题学者费希尔的信中写道："……1935年高尔基庇护加米涅夫，斯大林不准高尔基到巴黎参加作家大会，要求他交出档案。高尔基委派彼什科娃（高尔基前妻）到国外向布德别尔格（姆拉）要回档案，遭她拒绝……布德别尔格1936年4月乘坐在边境等待她的专列抵达莫斯科……"姆拉是4月把材料送到莫斯科的，那时高尔基并未生病，谈不上"临终前见一面"。高尔基看出斯大林要杀害老布尔什维克，档案关系他们的性命，派彼什科娃抢先要回，以免落入斯大林之手，但没成功。而斯大林则不费吹灰之力便得到这批档案，把反对派攥在自己手心里。

高尔基死得突然，因而不少人猜测是斯大林害死的。老作家维·伊万诺夫 1993 年在《文学问题》上发表文章的标题便是《斯大林为什么杀害高尔基》，但细读他们的文章，都缺乏令人信服的证据，只能算作假说。然而 1935 年斯大林同高尔基彻底破裂却是不争的事实。高尔基公然庇护斯大林决定消灭的人，是斯大林决不允许的。斯大林不再期待高尔基为他写传记，选定法国作家巴比塞写。巴比塞写的《斯大林传》充满赞美之辞，解放前由徐懋庸译成中文，书名改为《从一个人看一个新世界》。斯大林不再需要高尔基，把他打入冷宫。

高尔基回国后在多大程度上完成自己的心愿？对斯大林有多大影响？可以说微乎其微。但在斯大林 1930 年发表的《胜利冲昏头脑》《答集体农庄庄员同志们》以及任命加米涅夫为世界文学研究所所长、布哈林为《消息报》总编辑上，仍能看出高尔基的些许影响，审判季诺维也夫和加米涅夫——莫斯科第一次公开审判，是在高尔基逝世两个月后进行的，也算给高尔基一点面子。

（《随笔》1998 年 1 月号）

老年高尔基之烦恼

　　无产阶级第一作家高尔基同代表无产阶级利益的布尔什维克的关系并非一向亲密无间。革命前高尔基同情布尔什维克并在经济上多次支援过他们。十月革命前夕却在他主持的《新生活报》上发表《无法沉默》一文，反对武装起义。10 月 18 日又在《新生活报》上刊登季诺维也夫和加米涅夫不赞成武装起义的声明。十月革命后高尔基同布尔什维克的关系从不亲密变为很对立，在《新生活报》上一连发表四篇题名为《不合时宜的思想》的文章，谴责"无谓的暴力和流血"。1921 年被迫离开俄国，在国外侨居十二年，1933 年回国定居。同斯大林的关系若即若离，虽说过颂扬斯大林的话，但始终未投入他的怀抱。同列宁私交甚厚。列宁尽管不赞成他的观点并厌恶他的某些做法，但一直把他当成自己人，对他多方关注，尽量满足他的请求。

　　1905 年 11 月高尔基在彼得堡《新生活报》的编辑部同列宁相识，此后对列宁一直很敬佩。列宁所提出的无产阶级必须进行革命，创造新生活，建立人人平等的世界的观点很对高尔基的胃口。而在列宁身上表现出的坚强的意志、青年人般的热忱、超人的工作能力、用简单语言表述丰富思想的本领更令高尔基倾慕不已。此时布尔什维克经济拮据，高尔基慷慨解囊相助。他委托德国社会民主党人帕尔乌斯替他收集《在底层》在德国各地演出的上演税。收集到的钱分配如下：帕尔乌斯得总数的百分之二十，其余的四分之一归高尔基，四分之三充作布尔什维克的活动经费。据高尔基说这位委托人并未把收集到的钱交给他，而同一位迷人的小姐携款潜逃。但此前高尔基已收到可观的稿费、演讲费和上演税，这笔钱直接用于布尔什维克购买武器的开支了。帕尔乌斯后来做军火生意发了横财，欠高尔基的钱陆续偿还，这些钱便成为高尔基侨居生活费用的主要来源。1906 年年底高尔基携第二任妻子安德烈耶娃到美国替布尔什维克募捐，美国支付他巨额稿酬，其中的大部分他都通过波格丹诺夫转交给列宁，列宁收到钱后叫波格丹诺夫"再从高尔基那儿弄点钱"。

鉴于高尔基革命前的表现，十月革命后布尔什维克的领袖们对他另眼相看，同对待其他知识分子的态度迥然不同。他住在彼得格勒克龙伟尔克大街 23 号一所宽敞的寓所里，享受特殊供应，生活无忧无虑。但俄国知识分子却陷入困境以至绝境。他们不知何时横祸飞来，突然被契卡带走。即使不被带走也早已食不果腹甚至无食果腹了。布尔什维克为巩固苏维埃政权正同反对它的各派武装力量拼死厮杀，无暇他顾。更何况布尔什维克把知识分子同贵族等同起来打入另册，对他们的死活漠不关心。但知识分子的处境却令高尔基寝食不安。高尔基深知知识分子的价值。于是年已半百的高尔基为拯救他们的生命、给他们提供面包和找份工作而奔忙起来，烦恼也随之纷至沓来。

高尔基青年时代的好友、著名男低音歌唱家夏里亚宾在回忆录《面具与心灵》中写道："……临时政府被捕的部长当中两名患病的部长申加廖夫和科科什金在医院里被水兵残忍杀害，两人都是自由主义知识分子的优秀代表。我记得高尔基得知这个消息后极为震惊，叫我陪他到司法部要求释放其余在押的临时政府成员。司法部长施泰因贝格接见了我们。高尔基说如此对待人的态度令他极端厌恶。你们必须立即释放临时政府成员。不然发生在申加廖夫和科科什金身上的事也将发生在其他人身上。这对革命是一种耻辱。不久临时政府的部长们都被释放。

"高尔基在这期间经常充当无辜被捕者的保护人。我甚至说在布尔什维克掌权的最初时期这是他生活中的主要内容。我同他经常见面，发现他对受到灭亡威胁的阶级过分多情。他心肠太好，不仅保释出在押的人，还给不少人钱，帮他们逃脱猖獗的暴力或协助他们逃往国外。

"高尔基得知两位大公，其中之一是著名的历史学家，在狱中有生命危险，心急如焚，在彼得堡多方营救无效，便直奔莫斯科找列宁，说服列宁释放两位大公，这次总算达到目的。列宁亲手交给高尔基立即释放大公的书面指示。高尔基带着这份指示兴高采烈地返回彼得堡。但在车站从报纸上看到他们已被处决的消息。原来莫斯科的某位契卡把列宁赦免大公的消息用电话通知彼得堡的同事，彼得堡的契卡便连夜把清晨即将获释的两位大公处死。高尔基惊吓得大病了一场。"

1921 年的 8 月是俄国诗歌史上的灾月，俄国诗坛接连陨落两颗巨星：古米廖夫 7 日被处决，27 日勃洛克病逝家中。这两位诗人的命运都让高尔基操透了心。古米廖夫的罪名是"组织叛乱"。他招供，如果喀琅施塔得暴动波及彼得格勒，他能组织起十数人。仿佛只要古米廖夫振臂一呼，十数名衣衫褴褛的诗人作家便投奔到他的麾下。这完全是诗人的想象。除本人自供外另有一个孤证，而所证明的仅是喀琅施塔得水兵准备暴动时交给古米廖夫二十万卢布，请他写一份文辞并茂的传单。古米廖夫收下钱却未写传单。怎能根据这样的供词定死罪呢？就性格而言，古米廖夫也不可能充当群众的组织者。他孤芳自赏，落落寡合，只有崇拜者和相识，没有朋友，更谈不上知己了。他自尊心过强，把人格看得高于一切。有个例子很能说明他的性格。1920年秋天，英国科幻小说家威尔斯应高尔基的邀请访问革命后的俄国，想亲自观察"在被社会革命耕耘过并被其点燃起的国家里如何进行有趣的历史实验"。艺术之家决定宴请英国贵宾，但作出一条决定：衣冠不整者不得参加，因此不少作家被拒之门外。有幸参加的作家一进餐厅看见桌上摆着牛排、肉饼等佳肴便气不打一处来。威尔斯在高尔基陪同下手持烟斗、面带矜持步入餐厅，希望同俄国同行交流创作经验。没料到大家刚一落座，文艺学家舍克洛夫斯基便站起来对着威尔斯说："请您回国后告诉你们英国人，我们鄙视他们，憎恨他们！你们惨无人道地封锁我们，我们像受伤的野兽那样憎恨你们。为我们所经受的苦难、惊恐和饥饿而仇恨你们，可您却悠然自得地说这些都是'有趣的历史实验'！"讽刺作家阿……接着说："您是否知道这些肉饼和甜点心是专为您准备的，它们对我们的诱惑力比同您会面大得多。您大概发现不少人没解开外衣扣子，因为里面没穿衬衫，衬衫早穿烂了。您应当知道我们是怎么生活的。"作家们七嘴八舌地向威尔斯诅咒起自己的生活来。独坐一旁的古米廖夫抻了抻上衣突然站起来，大声说："请诸位保持尊严，每个人只能代表自己说话。"可他不敢把脚从桌下露出来，因为两只皮鞋上都是窟窿。他一人独居彼得格勒，比别人挨饿的时候更多，有时一天吃不上一块面包，但他认为向英国人诉苦有失俄国尊严。

古米廖夫被捕的消息传出后，高尔基立即同各创作协会负责人联名上书彼得格勒契卡主席团保释古米廖夫，"因为他对俄国文学意义重大"。以此为理由要求镇反机构释放"叛乱组织者"岂非过分天真，营救自然失败。

勃洛克长期心情抑郁，加上严重营养不良，终于病倒。医生会诊结果：必须出国治疗。但出国得经克里姆林宫批准。高尔基和卢那察尔斯基立即行动起来，想方设法替他办理出国手续。高尔基亲自给列宁写信，卢那察尔斯基负责转呈。信转呈上去后如石沉大海，不见回音。高尔基携带诊断书面见列宁。列宁说他个人无权批准，还须政治局讨论，并让高尔基把有关材料送交全俄肃反委员会。勃洛克出国治疗事就此搁浅。但在高尔基和卢那察尔斯基一再催促下终于有了可喜的结果：批准出国了，两人喜出望外，卢那察尔斯基急忙赶往政治局。可一到政治局他才知道批准的是俄国另一位大诗人索洛古布，而不是勃洛克。卢那察尔斯基在气头上对政治局大喊起来："我们请求批准的是勃洛克，可你们却批准了索洛古布，你们非得批准勃洛克不可！"高尔基同样不肯罢休，接二连三给列宁写信。勃洛克终于被批准出国治疗，可惜直到 8 月 26 日才批准，隔一天他便咽气了。这两件事对高尔基又是一次沉重的打击。

高尔基不仅拯救身陷图圄的知识分子，还扶助无以谋生的知识分子。继 1918 年秋天成立世界文学出版社后，他又巧立名目，设立各式各样的创作协会，目的不外为知识分子找个糊口的地方。高尔基的所作所为显然不合季诺维也夫的脾胃。季诺维也夫是彼得格勒苏维埃主席，雄踞北方，炙手可热，在党内地位仅次于列宁和托洛茨基。他觉得高尔基在他地盘上跟他过不去，想给高尔基点颜色看，又碍于列宁的面子难于下手。但他们的矛盾激化了，相持局面终被打破。高尔基费了九牛二虎之力为各创作协会弄到的粮食被季诺维也夫半路截走。高尔基找他当面交涉，季诺维也夫拒不交还，并声称已发给工人阶级。如高尔基反对，可同他们商量，他愿奉陪。高尔基怒不可遏，1918 年 4 月 9 日在《新生活报》上猛烈抨击道："季诺维也夫公开向我提出'语言决斗'，我无法满足季诺维也夫先生的愿望。我并非演说家，又不喜欢公开演说，怎比得上摇唇鼓舌的职业蛊惑家们呢……季诺维也夫硬说我谴责暴民们干出的残暴而粗野的事实是'搔资产阶级脚心'。季诺维也夫粗野的比喻并不俏皮，可此外从季诺维也夫之流嘴里又能说出什么来呢？他故意不对工人们说，我在谴责他们某些行为时经常所说的是：工人们是季诺维也夫之流教坏的；布尔什维克主义的肆无忌惮的蛊惑煽起群众的阴暗的本能，把以劳动为生的知识分子推入在自己人当中的异己的悲惨境地……"

　　季诺维也夫受到指名道姓的攻击后火冒三丈，向列宁报告高尔基如何站在反对派的立场上攻击布尔什维克，列宁于 1918 年 6 月 12 日下令查封《新生活报》。季诺维也夫同高尔基第一回合交锋取得胜利。季诺维也夫乘胜追击，直捣黄龙。他知道克龙伟尔克大街 23 号是反对自己的"窝巢"，什么成分的人都到那里去，决心拔除它。他查访到高尔基的女秘书是可疑分子，高尔基同她的关系又非同寻常，拿她开刀既可恫吓并刺痛高尔基，又可对列宁有个冠冕堂皇的交待。于是季诺维也夫抄了高尔基的家，但却未能使高尔基慑服。高尔基且战且退，伺机还击，机会终于到来。季诺维也夫对喀琅施塔得暴动镇压过火，不仅激起民愤，连布尔什维克领导人当中也啧有烦言。高尔基搜集到确凿的证据直奔莫斯科向列宁告状。列宁、托洛茨基和捷尔任斯基来到高尔基第一任妻子彼什科娃寓所听高尔基陈诉。高尔基历数季诺维也夫的恶迹，并提出两项要求：对季诺维也夫严加管束，使其不再胡作非为；《新生活报》复刊。中央把季诺维也夫也召到莫斯科，听听他怎么说。季诺维也夫刚一发言心脏病突然发作，会议就此结束。大家轻描淡写地说了他几句便放他回去，而对《新生活报》复刊的事则无人表态。高尔基觉得列宁并不支持自己，这一回合他又败了。

　　高尔基同加米涅夫的关系比同季诺维也夫的关系稍好，两人不在同一城市，冲突的机会少。加米涅夫是莫斯科苏维埃主席，党内第四号实权人物。但两人并非无宿怨。人民教育委员部成立戏剧处时，卢那察尔斯基未任命演员出身的安德烈耶娃，却任命加米涅夫的妻子、助产士出身的加米涅娃为处长。高尔基认为这不公正，怀疑加米涅夫做了手脚。其实是卢那察尔斯基暗报私仇。远在卡普里岛时期，卢那察尔斯基儿子病死，他想按基督教仪式埋葬，但他是布尔什维克，布尔什维克是无神论者，怎能采用基督教仪式？于是他想出折中的办法，让唱诗班在小孩尸体入土时齐声朗诵巴尔蒙特的诗，被安德烈耶娃狠狠嘲笑了一番。卢那察尔斯基对此事一直耿耿于怀，这便是他不任命安德烈耶娃的真正原因。

1921年春天，伏尔加流域、乌克兰和克里米亚等地闹灾荒，赤地千里，饿殍载道。已不是如何向西方掩盖，而是如何得到他们援助的问题了。必须发动社会舆论才能引起西方注意。高尔基受命于危难之时，向全国名流呼吁，行动起来，拯救灾民。在国外颇有影响、在国内深藏起来的名流们纷纷响应高尔基的号召，走出地下状态，参加政府成立的以加米涅夫为主席的全俄饥荒救济委员会。他们大显神通，四处演讲，向外国记者发表谈话，请求西方富国向灾区提供粮食、衣服和药品。国内报纸上也充满他们的文章。高尔基看到社会舆论调动起来，分外高兴。西方也感到俄国散发出春天的气息。救济物资开始运往俄国。就在这时，赈灾委员会主席加米涅夫召集全体委员开会，名流们个个神采飞扬，觉得自己也能为苦难的祖国稍尽绵薄。契卡突然冲进会场，逮捕了委员会的全体委员，只放过委员会的主席。到1922年这批人通通被驱逐出境。高尔基听到委员们被捕的消息羞得无地自容，对加米涅夫说："您把我变成奸细，我还从未被人这样愚弄过。"两人自此反目。

这样高尔基同布尔什维克领袖们一一吵翻，他们也同样痛恨高尔基，如果不是列宁坚持"高尔基是自己人，他和工人阶级和工人运动有紧密的联系，他出身下层，他肯定会回到我们这边来的"的话，高尔基可能早被关起来。俄国另一位大诗人霍达谢维奇在散文《白色的走廊》中记述了加米涅娃对他说的一段话："有人告诉我成立'世界文学'的目的是让一群骗子白吃国家的面包，看来他们说得不错喽？当然不错！我真不明白您怎么会在高尔基的出版社工作！这是骗子窝，因为他自己就是骗子并且是骗子们的保护伞！如果不是弗拉基米尔·伊里奇，他早蹲在监狱里了。"加米涅娃是托洛茨基的妹妹，她的看法显然也代表丈夫和哥哥。列宁不允许手下人迫害高尔基，但对他一次次替人求情也厌烦了，向他问道："您不觉得您在干一些荒唐的、毫无意义的事情吗？"列宁建议高尔基到国外疗养，高尔基接受了。1921年11月初高尔基离开俄国到德国疗养，因为在国内无法再待下去了。

高尔基在国外的活动，苏联各时期出版的文学史或只字不提，或一笔带过。论述高尔基的专著和他的传记，也都像从火车里透过霜花看窗外，茫茫一片，什么也看不清。其实他到国外后同布尔什维克的关系非但未缓和，有个时期反而加剧了。他同霍达谢维奇打算在巴黎办一份杂志，取名《闲谈》，既发表国内俄国作家的作品，也发表国外俄国作家以及其他国家作家的作品。在国外编辑、印刷，然后运回俄国发行。高尔基约请罗曼·罗兰、高尔斯华绥、茨威格和巴比塞等名家为《闲谈》撰稿，他们都慨然允诺。但《闲谈》出到第六期苏联仍不允许入境。高尔基一怒之下向苏联驻德国外交代表声明，如果苏联不允许《闲谈》入境，他将不同苏联任何出版机构合作，转而同侨民出版物合作。他认为这样的声明无异于最后通牒，没想到克里姆林宫对他的声明竟置之不理。高尔基再度陷入极大的苦闷中。

1924年1月高尔基在捷克马里安温泉镇获悉列宁逝世的消息，次日便动手写《弗·伊·列宁》。高尔基写道："我和共产党人分歧的地方，是在如何评价知识分子在俄国革命中的作用这个问题上……俄国的知识分子（科学家和工人知识分子）过去是，现在依然是，在今后长时期内也还是拖拉俄国历史这辆载重大车的惟一驮马。"接着淡淡地写了一句："十三年以前我是这样想的，也就这样错了。"结尾处提到列宁对他的批评："'您是一个莫名其妙的人，'他开玩笑地向我说，'在文学上好像是一个优秀的现实主义者，而在对人的态度上却是一个浪漫主义者。您以为所有的人都是历史的牺牲品吗？我们了解历史，我们对那些牺牲品说：推翻祭坛，拆毁庙宇，打倒神灵！可是您想说服我，说什么工人阶级的战斗的党必须首先把知识分子安置得舒舒服服的。'"接着又淡淡地写了一句："也许我错了。"高尔基在《弗·伊·列宁》一书中道出他同布尔什维克分歧的原因，但是否真正改变了自己的观点就难说了。

1933年5月高尔基从索伦托经敖德萨返回莫斯科定居，此后再没离开过苏联。斯大林对他优礼有加，除想借高尔基的声望巩固自己的权力外，还有两项具体要求：得到高尔基手中的一批书信和请他写一本《约·维·斯大林》。高尔基书信中有布哈林、李可夫、皮达可夫等老布尔什维克到国外出差或治疗时谴责斯大林暴行的信。为了清洗老布尔什维克，斯大林要的正是这批信。这批信用恫吓手段终于从高尔基女秘书那里弄到手。但斯大林却无法用强迫手段让高尔基为他立传。于是斯大林便采用拉拢手腕。1931年10月高尔基短期归国，斯大林带伏罗希洛夫去看他，并请他朗读点什么，高尔基朗读了童话诗《少女与死神》。斯大林听了不仅表示十分赞赏，还在最后一页写了一句话："这个作品比歌德的《浮士德》更强有力，爱情战胜了死亡。"斯大林如此抬举高尔基是期望得到他的回报——为他写一本传记。也许高尔基没明白斯大林的用意，一直未动笔。高尔基返回索伦托后，收到国家出版社负责人哈拉托夫寄来的一包材料，其中附有他的信："寄上写约·维传记所需材料，还需何种材料并何时需要请告之。"暗示再明白不过了，材料都已寄来，可高尔基从未答应过替斯大林写传记。高尔基仍然不写，至死未写。这或许是后来斯大林疏远高尔基的原因之一吧。

十月革命发生时高尔基四十九岁，1936年逝世时六十八岁，这十九年他始终未能摆脱烦恼。

（《随笔》1995年6月号）

日丹诺夫报告背后

日丹诺夫在中国知名主要因为他所作的《关于〈星〉和〈列宁格勒〉两杂志的报告》。这是一篇极其粗暴的批评文章,并开中国粗暴批评的先河。中国人越不喜欢粗暴的批评,便越批判日丹诺夫的粗暴批评,他的名声也越大。但在苏联却恰恰相反,《报告》所以出名是因为它是大名鼎鼎的日丹诺夫所作的。作这个报告的时间——1946 年 8 月——他已跃居为苏联第二号人物。日丹诺夫为什么要作这样一个强词夺理、歪曲事实和逻辑混乱的报告令与会的列宁格勒作家困惑不解。一位与会者回忆道:"报告人先沉默了一会儿才开始讲话。几分钟后会场出现一片死寂。他越讲越呆滞,三个小时后变成一块大石头。"

话得从日丹诺夫调到列宁格勒说起。1934 年基洛夫遇刺后,日丹诺夫便成为列宁格勒首脑。列宁格勒被德国人围困期间,日丹诺夫和州委第二书记库兹涅佐夫领导全市人民忍受了无法忍受的困难,守住苏联北方名城,靠的是什么呢? 不是布尔什维克的口号,而是俄罗斯民族精神。俄罗斯民族是宁死不屈的伟大民族,宁肯饿死也不会为一点残羹交出城池。这种精神在那时的报刊上表现得尤为明显。胜利后民族主义精神非但未消弱,反而增强了。列宁格勒人已不满足这座由彼得大帝亲手创建的城市在苏联所处的莫斯科的小兄弟的地位，渴望恢复往日的辉煌。这时市苏维埃干了一件后来招致杀身之祸的事：恢复普希金、果戈理时代的街名、广场名，把十月革命后命名的街道、广场又都改回旧名。10月25日大街改回涅瓦大街；红色指挥员大街——伊兹梅洛夫大街；革命牺牲纪念广场——马尔索沃教场；沃罗夫斯基广场——伊萨基辅广场；无产阶级胜利大街——大街；穆索尔斯基大街——中街；热列兹尼亚科夫大街——小街。二十处街道和广场恢复了原名。命令是市苏维埃主席波普科夫签署的，显然得到日丹诺夫默许，但斯大林并不知道。斯大林对列宁格勒始终不放心，一直担心苏联出现两个中心，另一个中心将代替他所代表的中心。而日丹诺夫恰恰想把列宁格勒变成另一个中心，筹备建立俄罗斯联邦共产党，并把已有的俄罗斯联邦部长会议从莫斯科移往列宁格勒。这又是个敏感问题。斯大林一直不允许俄罗斯联邦像其他加盟共和国那样建立党及其中央委员会。日丹诺夫不仅打算建立俄罗斯联邦共产党、把俄罗斯部长会议迁往列宁格勒，并已酝酿好未来中央委员会和政府的人选：沃兹涅先斯基担任部长会议主席，库兹涅佐夫被任命为俄共中央第一书记，日丹诺夫本人担任总书记。日丹诺夫跟随斯大林多年，深知斯大林凶暴多疑，在他首肯前不敢轻举妄动，所以此事虽已确定但却未实行。日丹诺夫暂时所能做的只是把自己人安插到关键岗位，把库兹涅佐夫拉进中央书记处，并让他监督国家保安机关。库兹涅佐夫监督内务部的工作，不仅要了解内务部的现状，还想阅读内务部的历史档案。这不仅严重侵犯贝利亚的利益，而且对他构成莫大威胁。一旦库兹涅佐夫站稳脚根，贝利亚就没命了。日丹诺夫又推荐沃兹涅先斯基担任部长会议第一副主席，沃兹涅先斯基是真正的经济专家，学识和能力都远远超过马林科夫，所以马林科夫不能不为自己的地位担忧。为此马林科夫同日丹诺夫结下不解之仇，联合贝利亚一起同日丹诺夫明争暗斗。日丹诺夫抓住马林科夫所主管的航空工业出现飞机质量问题，把马林科夫赶出书记处，放逐到塔什干。日丹诺夫又同库兹涅佐夫同心协力从贝利亚手中夺走安全部部长的位置。这是战后日丹诺夫最辉煌的时刻，但并非真正的胜利。不管贝利亚还是马林科夫谁也不承认自己失败。他们伺机反击，机会终于出现。

要想在斯大林面前告倒日丹诺夫并不容易，必须拿出他对斯大林怀有二心的确凿材料。他们选中左琴科和阿赫玛托娃作为攻击日丹诺夫的炮弹。左琴科是列宁格勒的王牌作家，很受列宁格勒苏维埃的重视。1939 年被授予劳动红旗勋章，此前在列宁格勒州委书记处会议上被任命为《文学现代人》杂志编委。他的小说《日出之前》在斯大林授意下遭到严厉批判后，1946 年 7 月他又被任命为《星》杂志编委。如斯大林知道会生气的。但斯大林毕竟老了，有些小事不提醒他会忘记。1946 年在《星》上发表了左琴科的《猴子奇遇记》，发表这篇小说除提醒斯大林注意左琴科外很难做别的解释。《星》是大型文学刊物，不登为儿童写的故事，也不转载发表过的作品。而《猴子奇遇记》是为学龄前儿童刊物《脏孩子》（音译《穆尔齐尔卡》）写的逗笑故事。接着又收入星火丛书，即已发表过两次。《星》发表时并未征得作者同意，所以左琴科看到后很惊讶，问主编萨扬诺夫是怎么回事，萨扬诺夫笑着回答："让你多领一次稿费有什么不好？"两千字的故事能有多少稿费？这不是理由。逗笑的儿童故事放在大型严肃刊物中便显得分外扎眼，容易引起斯大林的注意。很可能是贝利亚的人设下的陷阱。因为贝利亚知道斯大林不喜欢左琴科，并且也知道斯大林对列宁格勒的刊物格外注意。

斯大林为什么不喜欢左琴科呢？苏联著名作家纳吉宾在回忆录中转述了左琴科对他说的一段话："……斯大林恨我，找了个机会跟我算旧账。《猴子奇遇记》先前发表过，可没人注意它。不是

《猴子》，即便是《树林里长了棵小枞树》，我也在劫难逃。战前我发表《列宁与哨兵》后，斧子就悬挂在我头上。战争使斯大林无法分心，他一得空便收拾我了。

"我犯了一个职业作家不可饶恕的错误。我在《列宁与哨兵》中先写了一个'留山羊胡子的人'。但从他举止上马上能看出捷尔任斯基来。可我并不想指具体的人，便随手把山羊胡子改成小胡子。可那时谁留小胡子？小胡子已成为斯大林的特征……您回想一下，我写的留小胡子的人如何不知分寸、蛮横粗暴，列宁像训斥小孩那样训斥他。斯大林认为我写的是他，或别人提醒了他，因此不肯宽恕我。"

由此看来厌恶左琴科的是斯大林，而不是日丹诺夫。日丹诺夫一贯看斯大林眼色行事。他在批判自己认为好而斯大林认为不好的作品时往往格外粗暴、以势压人。西蒙诺夫在回忆录中提到他的小说《祖国炊烟》日丹诺夫很喜欢，让《文化与生活报》写一篇赞扬文章，但他到斯大林那儿去了一趟后一切都翻了个个儿，赞扬文章改为批判文章，文章写得强词夺理、逻辑不通。西蒙诺夫看了大惑不解，便请日丹诺夫告诉他错在哪里，没想到日丹诺夫又把批判文章的观点重复了一遍，样子显得很尴尬。

日丹诺夫对阿赫玛托娃同样怀有好感，把她视为俄罗斯文化的代表。没有日丹诺夫，阿赫玛托娃的诗集《六书选》未必能在1940年出版。1941年左琴科和阿赫玛托娃从列宁格勒疏散到塔什干是市委直接下达的指示。诗人曼德尔施塔姆的妻子回忆道："日丹诺夫本人通过政府专线给塔什干打电话，指示关照阿赫玛托娃。"但在《关于〈星〉和〈列宁格勒〉两杂志的报告》中，日丹诺夫却说阿赫玛托娃"不知是修女还是荡妇，准确点说，既是修女又是荡妇，在她身上淫荡和祈祷混合在一起"。日丹诺夫对左琴科和阿赫玛托娃的态度发生一百八十度的转变，从赏识到谩骂，可能是一种策略。他看到斯大林对列宁格勒现状明显不满，加上贝利亚和马林科夫对他左右夹攻，便舍车保帅，牺牲他们两人以保住更重要的人物。从对他们的处理中也能看出日丹诺夫的真实态度。三十年代受到过如此严厉批评的人不是枪决便是关入劳改营，但他们仅被开除出作协。开除出作协便无法领取作家面包票证，有挨饿的危险。市苏维埃代替作协发给他们票证。没有日丹诺夫的默许市苏维埃决不敢这样做。

1946 年 8 月 14 日通过关于《星》和《列宁格勒》两杂志决议前，还有一次鲜为人知的活动：8 月 9 日上午 8 时，斯大林在大理石厅会见文艺工作者。斯大林一开口便提到《猴子奇遇记》："小说丝毫不能令人信服。《星》是本好杂志，现在为何给拙劣作品提供园地？"接着谈到左琴科："他没见过战争，没看到战争的残酷。这个题材他没写过一个字。左琴科写的鲍里索夫市的故事，猴子的奇遇，能提高杂志的声誉？不能……我为什么不喜欢左琴科？左琴科专门写没有思想性的东西，不允许他位于领导岗位上……社会不能按照左琴科的意愿改变，而他应改变自己适应社会，如不肯改变就让他滚蛋。"

斯大林的话似乎仅定下批判左琴科的调子，但日丹诺夫却从中听出弦外之音。《星》是列宁格勒州委领导的刊物，竟发表左琴科的拙劣作品。任命他为《星》杂志编委是在州委书记处会议上作出的决定。州委领导人的警觉性到哪儿去了？参加会见的作家发现那天日丹诺夫神情沮丧，表现不自然。他在强大压力下，为保住自己的地位，保护列宁格勒州、市两级领导人，不得不拿两位作家开刀。他作了打棍子式的粗暴的报告，从而落得千秋骂名。但实际上只是同对手的一次交锋，不过这个回合他败了。

日丹诺夫同贝利亚和马林科夫的斗争越演越烈，到了白热化的程度。只要日丹诺夫的人沃兹涅先斯基担任部长会议第一副主席，马林科夫便永无出头之日；库兹涅佐夫担任书记处书记并监督安全保卫部门，贝利亚就有杀头的危险。于是势不两立的两个人结起伙来对付日丹诺夫。斯大林对他手下的人明争暗斗有自己的看法。他不希望某个人权力过大，当时让他担心的是马林科夫和贝利亚，而日丹诺夫恰恰起到遏制这两个人的作用，所以支持日丹诺夫把马林科夫调出中央书记处。但1948年年初贝利亚不知怎的说服斯大林把马林科夫调回莫斯科任书记处第二书记，日丹诺夫的助手。这对日丹诺夫不亚于当头一棒。如果不是日丹诺夫的儿子尤里·日丹诺夫闯了大祸，斗争结果尚难逆料。血气方刚的尤里猛烈抨击苏联列宁农业科学院院长李森科，称他为伪学者，触怒了斯大林。李森科是斯大林宠幸的学者，被他树为苏联科学家的旗帜，尤里竟敢骂他伪学者，斯大林怎能容忍。他让尤里公开承认自己诽谤李森科院士，并向李森科赔礼道歉。这对日丹诺夫又是一次打击，他精神支撑不住了，离开莫斯科到瓦尔代疗养院休养。中央宣传鼓动部副部长谢皮洛夫按照事先制订的计划给日丹诺夫打了一次电话，目的是气得他心脏病发作。谢皮洛夫达到目的，日丹诺夫被送进克里姆林宫医院。这里有不少贝利亚的人，贝利亚可以大显身手。科斯特尔勤科在《红色法老》一书中根据克格勃的档案材料得出结论："日丹诺夫的治疗甚至不能说草率，刚毕业的医生也不会这样对待病人。心电图室主任利季娅·季马舒克（后因所谓'医生事件'显赫一时）确认心肌梗死，但其他医生一定让她改写成肝硬化和高血压所引起的功能性紊乱，暗示酗酒过度而死。"1948年8月31日日丹诺夫死在克里姆林宫医院。日丹诺夫病逝同基洛夫遇刺一样是苏联历史无法解开的谜。日丹诺夫之死为贝利亚和马林科夫消灭列宁格勒各级领导人扫清道路。库兹涅佐夫立即被逮捕，沃兹涅先斯基虽未被捕但已撤销一切职务。连斯大林对这种做法都产生怀疑。赫鲁晓夫在回忆录中写道："我记得在这个时期，斯大林曾不止一次询问马林科夫和贝利亚，'在我们决定如何处置沃兹涅先斯基之前，不让他工作是不是一种浪费？'他们总是回答：'是的，让我们仔细考虑一下。'过些日子斯大林重提这个问题：'我们是否应当让沃兹涅先斯基负责领导国家银行。他是位经济学家，一位真正的金融方面的奇才。'没人反对，然而毫无下文。"马林科夫和贝利亚有自己的打算：把日丹诺夫的干部一网打尽后统统消灭。借口很快便找到。1948年年底列宁格勒举办了一次全俄商品批发交易会。交易会是根据1948年11月11日马林科夫主持下的苏联部长会议例会通过的决议举办的。但1949年2月15日的政治局会议上却把商品批发交易会定为库兹涅佐夫、罗季奥诺夫（俄罗斯联邦部长会议主席）和波普科夫（列宁格勒市苏维埃主席）的反党活动，并通过处理他们三人的"反党活动的决议"，列宁格勒州、市中层以上干部统统撤职，其中不少人被捕。马林科夫和贝利亚大获全胜。2月21日马林科夫来到列宁格勒，掩饰不住内心的喜悦，发狂似的向列宁格勒的党员们喊道："你们筑造了反党老巢！编造了列宁格勒特殊'围困'命运的神话！贬低了伟大斯大林的作用！准备伟大斯大林来的时候进行恐怖活动！"1949年8月库兹涅佐夫、沃兹涅先斯基、罗季奥诺夫、波普科夫以及州、市党政负责人统统被枪决，两千名干部被赶到西伯利亚和中亚各加盟共和国，他们的位置被马林科夫的人占据。这是苏联战后最大的一次清洗，历史上称为"列宁格勒事件"，这是斯大林暮年苏联领导集团内的一场权力之争，主要是日丹诺夫和马林科夫之争，他们两人都有接替斯大林的可能。日丹诺夫触犯了贝利亚的利益，才迫使他同马林科夫结盟。关于《星》和《列宁格勒》两杂志的决议使斗争第一次公开化。苏联领导层一向对外掩盖"列宁格勒事件"，把关于两杂志的决议同整个事件分开，有意把日丹诺夫制造成迫害知识分子的刽子手的形象。不应仅凭日丹诺夫所作的报告评价他的文艺观点和对知识分子的态度，但也不应忘记他是斯大林时代的人，那个时代人的特点他也应有尽有。在斯大林时代苏联领导人当中，日丹诺夫的文化修养还应算高的，对知识分子比起别的领导人来也还算客气。

附带提一句，1988 年 10 月 20 日苏共中央政治局决定把联共（布）中央《关于〈星〉和〈列宁格勒〉两杂志的决议》作为一项错误决议予以废除。

（《随笔》1996 年 5 月号）

肖洛霍夫死里逃生

1934 年 11 月 5 日，苏联中央执行委员会和人民委员会通过《内务部附设特别会议》的决议，赋予内务部不通过法律程序任意惩治社会危险分子的权力。这是大清洗前斯大林采取的重要步骤，给予只听命于他的内务部更大的权力。内务部的人可以不要罪证、不经审讯，逮捕、关押和枪毙他所认为对社会有危害的人，这是从组织上为大清洗做准备。一个月后基洛夫遇刺，全国规模的镇压无辜党政干部、高级将领、知识分子、普通工人和农民的大清洗开始了。作家人人自危，保护自己的有效办法是检举别人，向斯大林和布尔什维克党表忠心，自己清洗自己。1934 年 12 月莫斯科召开文学工作者大会，作家一个个上台表态，调门一个比一个高，坚决拥护党和政府清除暗藏的反革命分子，直喊得声嘶力竭。他们通过的决议写道："……我们完全赞同苏联政府 1934 年 12 月 1 日作出的惩治旨在反对苏维埃政权工作人员的恐怖组织和恐怖行动的决定。我们热烈拥护最高法院在列宁格勒、莫斯科、基辅和明斯克枪决一伙白匪反革命恐怖分子的判决。我们要求对反革命败类给予严厉的革命的惩办。"我没引用许多著名作家的发言，因为内容同决议完全一样，只不过调门高低不同而已。但发言的作家当中没有肖洛霍夫，他不参加同行的大合唱。

肖洛霍夫同各级政权关系一直不好，不仅经常同他们唱反调，还仗义执言，为民请命，揭发地方当局蹂躏正直共产党员和普通百姓的暴行。以历史材料为依据写成的《静静的顿河》便记录了1919年1至3月红军在顿河地区滥杀无辜、挑唆外来居民同当地土著哥萨克冲突以至大批消灭哥萨克的罪行。1919年2月顿河人民委员会副主席瑟尔佐夫给维约申斯克区革命委员会主席列舍特科夫下命令："为一个被杀害的红军战士和革命委员会成员枪杀一百个哥萨克。"1919年4月21日瑟尔佐夫向党中央书记处的报告中写道："我们提出的问题是：彻底、迅速、坚决消灭作为特殊经济集团的整个哥萨克阶层，摧毁他们的经济基础，从肉体上消灭哥萨克官吏和军官，总之消灭积极反对革命的上层，把下层分散开，使之对我们无害。"到二十年代末瑟尔佐夫已身居要津，任俄罗斯联邦人民委员会主席、党中央政治局候补委员，对这段不光彩历史讳莫如深，但却被肖洛霍夫记录在史诗中。读者能从施托克曼政委身上认出他来。瑟尔佐夫预感到总有一天自己会遭到报应。因此他和同伙便大肆攻击《静静的顿河》，说它毫无价值，并向斯大林反映有关他的描写是不真实的。但斯大林喜欢《静静的顿河》，对这本书的评价同瑟尔佐夫一伙完全不同。斯大林在1929年7月9日《致费里克斯·康同志》的信中写道："……当代名作家肖洛霍夫同志在他的《静静的顿河》中写了一些极为错误的东西，对瑟尔佐夫、波德焦尔柯夫、克利沃什吕柯夫等人物做了简直是不确实的介绍，但是难道由此应当得出结论说《静静的顿河》是一本毫无用处的书，应该禁止出售吗？"（引文用编译局《斯大林全集》译文）斯大林这段话有两重含意：《静静的顿河》对瑟尔佐夫等人的"介绍"是"不确实的"，他本人并不相信；肖洛霍夫是当代名作家，《静静的顿河》并非无用的书，因此应让它继续出版、流传。斯大林在玩弄权术。瑟尔佐夫等人是托洛茨基的旧部，斯大林消灭的对象，但动手前先稳住他们，以免打草惊蛇。到 1937 年他们便通通被消灭。斯大林似乎在批评肖洛霍夫，但他这几句话却成了作家的护身符。谁敢明目张胆杀害当代名作家？

如果肖洛霍夫只得罪了瑟尔佐夫等人，那倒没多大危险，因为他们大限将至，无力加害于他。可他还得罪了无法无天的地方当局，这些地头蛇是什么事都干得出来的。肖洛霍夫家乡维约申斯克属罗斯托夫州，是农业集体化的重灾区。农业集体化过后饿殍遍野，稼穑不生。作家目睹家乡惨状痛不欲生。他一连给斯大林写了三封信，控告各级地方政权。1933 年 4 月 4 日肖洛霍夫在致斯大林的信中写道："……维约申斯克区同它周围的北高加索边区的许多区一样，未完成粮食征购计划，也未储存种子。这个区同其他区一样，庄员和个体农民都快饿死，大人和孩子浮肿，吃的都是人所不能吃的东西：从动物尸体到柞树皮，以及沼泽地里的各种草根。维约申斯克区未完成粮食征购计划并非由于富农破坏……而是由于边区领导不力。"接着肖洛霍夫揭露地方当局是如何征购粮食的："……在瓦夏耶姆农庄往女庄员腿上、裙子下摆上倒煤油，用火点着然后扑灭问道：'说不说，粮食埋在哪里？'……把男庄员扒光，二三月关进谷仓或板棚……在列比亚仁农庄让庄员沿墙排成一排，然后用猎枪霰弹朝他们头顶上方射击……殴打庄员和个体农民的现象极为普遍。"肖洛霍夫还为正直干部申冤。维约申斯克区委书记卢戈沃伊等人被罗斯托夫州委书记叶夫多基莫夫和州安全局局长格列丘欣诬害，身陷缧绁，受尽折磨。肖洛霍夫请求斯大林和叶若夫释放他们。肖洛霍夫的信有了回音。斯大林决定派人调查维约申斯克区农业集体化中的过火行为，并下令释放卢戈沃伊等人。肖洛霍夫的干预惹恼了地方当局的领导人，他们恨得咬牙切齿，不除掉肖洛霍夫难解心头之恨。尽管他们权力无边，可以随意置人于死地，但要公开逮捕同斯大林书信往来的知名作家，还没那么大的胆子。于是他们决定暗中陷害或谋害肖洛霍夫。

三十年代中期肖洛霍夫在莫斯科险遭暗害。一天，他同内务部书记布拉诺夫"一同"离开会场。布拉诺夫知道肖洛霍夫住在民族旅馆，提议用自己的汽车送他。路上布拉诺夫邀请肖洛霍夫到他妻子那儿喝两杯，并说那里有不少有趣的人。他们到后，只见杯盘狼藉，客人都走了。布拉诺夫斟上酒，把剩下的一听沙丁鱼分成两份，两人喝起酒来。布拉诺夫只喝酒，未动沙丁鱼，肖洛霍夫吃了自己的那份。回到民族旅馆后腹痛难忍，立即被送往克里姆林宫医院。医生诊断为急性阑尾炎，必须马上开刀。肖洛霍夫躺在手术台上，忽然发现一位女护士两眼直直地瞪着他，似乎央求他别开刀，快走。肖洛霍夫按她的暗示做了，捡了一条命。晚年作家回忆道："我以后再没见过这个女人，连她姓名都不知道，所以也无法感谢自己的救命恩人。"

这种谋杀手段带着小家子气，显然不是出自叶若夫的手笔。很可能是罗斯托夫安全局局长格列丘欣通过自己内务部的"熟人"干的。况且叶若夫知道斯大林对肖洛霍夫的态度，而没有斯大林的许可他不敢采取任何行动。

1938 年 10 月肖洛霍夫再次遭人谋杀，险些丧命。现有的材料证明，这次谋杀是罗斯托夫州委书记叶夫多基莫夫和安全局局长格列丘欣一手策划的。苏联 1987 年发表了原维约申斯克区委书记卢戈沃伊的回忆录，1988 年年底又出版了波格列洛夫写的《契卡人员札记》，这两篇东西对肖洛霍夫 1938 年 10 月险遭杀害的经过都有翔实记载。八十年代初评论家奥西波夫访问肖洛霍夫时，他本人也谈到这次谋杀。

波格列洛夫是工程师，不久前才从新切尔卡斯克调到维约申斯克区来的，立即被格列丘欣看中，派他打入肖洛霍夫家，骗取肖洛霍夫信任，监视他的一举一动。据这位安全局局长说，肖洛霍夫准备组织哥萨克暴动。"我被撤职，并说要把我作为人民敌人开除出党、关入监狱，"波格列洛夫在《札记》中写道，"但如果我接受一项重要任务便可将功折罪。格列丘欣对我说：'如您对待肖洛霍夫的态度仍像我们谈话之前那样，那就请对我们直说。如您对我告诉您的肖洛霍夫的事有丝毫怀疑，那您将无法完成这项责任重大的任务。您应为执行这样的任务而感到骄傲，完成任务后您必将得到奖赏。'"格列丘欣布置完任务后，告诉波格列洛夫今后他的行动将由另一名契卡成员科甘指挥。波格列洛夫同科甘见了面。科甘给他写下地址，并画了一张如何找他的路线图。然而安全局局长选错了人，没料到波格列洛夫同意执行这项任务的目的是为了挽救心爱作家的性命，把自己的生死置之度外。

"有人给我报信，今晚将逮捕我，小分队已从罗斯托夫出发。"肖洛霍夫回忆道，"我们镇的契卡分子也得到通知，分守在我窗口和门前。这位勇敢的人，1926年入党的党员，告诉卢戈沃伊安全局局长召见了他，对他说：'接到逮捕肖洛霍夫的指示，并已同州委协商好。'卢戈沃伊马上赶到我家，我们一起决定该怎么办。逃跑！到莫斯科去。还能到哪儿去？只有斯大林能救我。也许那边另有打算。于是我跑了。乘坐的是一辆一吨半卡车。没走米列罗沃，而走的是邻州最近的车站。"肖洛霍夫所说的勇敢的人便是波格列洛夫，他陪同肖洛霍夫一起逃往莫斯科。不走米列罗沃而走邻州的米哈伊洛夫卡是肖洛霍夫妻子的主意，她担心米列罗沃有埋伏。果不其然，格列丘欣已派契卡分子在那里守候肖洛霍夫。

肖洛霍夫到达莫斯科后住进一家小旅馆，只通知了好友库达舍夫。肖洛霍夫先向法捷耶夫求救。法捷耶夫是作协重要领导人，又是斯大林的红人，应当而且也可以搭救肖洛霍夫，但他听完肖洛霍夫的陈诉断然拒绝帮助。两位知名作家从此恶交。肖洛霍夫立即给斯大林写了封短信："亲爱的斯大林同志：我到莫斯科有急事找您。

请接见我几分钟。万分恳求。米·肖洛霍夫。1938 年 10 月 16 日。"
波格列洛夫当即寄给斯大林的秘书波斯克列贝舍夫。信发出后三人
每天穿着整洁，随时等待斯大林召见。但一连过了几天仍无回音。
肖洛霍夫绝望了，也许斯大林授意逮捕他，怎么还会接见呢？他们
脱掉西装，喝起酒来。就在这时，波斯克列贝舍夫打来电话，叫肖
洛霍夫和波格列洛夫立即到克里姆林宫见斯大林。库达舍夫连忙用
凉水给肖洛霍夫洗头，让他带着清醒的头脑去见斯大林。

　　肖洛霍夫和波格列洛夫走进斯大林办公室，发现除斯大林、莫
洛托夫和叶若夫外，罗斯托夫州委书记叶夫多基莫夫、安全局局长
格列丘欣和契卡分子科甘也排成一排站在那里。斯大林让波格列洛
夫排在科甘后面，肖洛霍夫站在一旁。他衔着烟斗走到州委书记跟
前，问道："是您给波格列洛夫同志布置的任务？""不是我，斯大
林同志。"斯大林又挨个问其余的人，他们也都矢口否认。波格列
洛夫急得几乎要喊出来："他们撒谎，斯大林同志！"斯大林又蹑到
州委书记面前，紧紧盯着他的眼睛："您的眼睛在撒谎！"接着又依
次蹑到安全局局长和科甘跟前："您的眼睛在撒谎！"蹑到波格列洛
夫跟前说道："波格列洛夫同志的眼睛没撒谎！"波格列洛夫把科甘
给他写的地址和路线图交给斯大林，科甘只得招认。

　　"斯大林望着我说：'亲爱的肖洛霍夫同志，您不应想我们会相
信诽谤者。'"肖洛霍夫回忆道，"斯大林又瞪了安全部门的人员一
眼，他们已吓得魂不附体。我自然庆幸一场灾难过去了，忍不住说
道：'您说我应镇定自然是对的，但有这样一个笑话：兔子飞跑，
迎面碰见一只狼。狼说：兔子你跑什么？兔子回答：有人捕捉钉蹄
掌。狼说：那是给骆驼钉蹄掌，不是给你们兔子钉。兔子说：要是
捕捉到你，试试证明你不是骆驼！'我记得讲完叶若夫笑起来，但
斯大林没笑，他凝视着我说：'肖洛霍夫同志，听说您喝酒太多。'
我回答道：'斯大林同志，这种生活怎能不让人一醉方休呢！'"

斯大林为什么要救肖洛霍夫呢？不错，斯大林喜欢《静静的顿河》，尽管对书中某些人物的看法同作者不同，对肖洛霍夫的印象也不坏。但这不能成为理由，斯大林是铁腕政治家，做事不会感情用事。他永远从权力角度考虑问题。是否采取某种行动取决于对权力巩固还是削弱。他只干加强自己权力的事。肖洛霍夫是国内深受广大群众喜爱，在国外受到一致好评的作家。保护肖洛霍夫能提高自己在国内外的威望。另外，《静静的顿河》无情地揭露了托洛茨基如何用暴力推行没收哥萨克土地和剥夺哥萨克财产的政策，而托洛茨基受列宁直接领导，所以列宁身边的战友同这件事或多或少有牵连，惟独斯大林同这件事毫不相干，因为大家都知道这时期他同伏罗希洛夫在察里津作战。肖洛霍夫对红军过火行为的揭露、抨击很合斯大林的心意，对消灭托洛茨基余党有利，也许这也是这部史诗三、四卷得以出版的原因。

斯大林救肖洛霍夫为加强自己的权力，但毕竟做了件好事。

（《随笔》1996 年 6 月号）

话剧《彼得大帝》彩排记

阿·托尔斯泰是中国熟悉的苏联作家，他的长篇小说《粮食》《苦难的历程》和《彼得大帝》对五六十岁以上的中国知识分子产生过较大的影响。五十年代初期根据小说《彼得大帝》拍摄的同名影片曾在北京放映，彼得大帝由著名演员尼·西蒙诺夫扮演，演得极其出色。

小说《彼得大帝》是阿·托尔斯泰的得意之作，他醉心"彼得大帝"题材，在写小说的同时还编写了电影脚本和话剧剧本。话剧剧本《彼得大帝》1934年完成，同年由莫斯科第二艺术剧院排练，准备在该剧院上演。第二艺术剧院曾由俄国作家契诃夫的侄子米·契诃夫领导，辉煌一时，但1928年米·契诃夫离开苏联，改由优秀演员布列森涅夫担任经理后，剧院开始走下坡路，票房价值一落千丈。布列森涅夫为使第二艺术剧院再度辉煌，决定排练阿·托尔斯泰的剧本《彼得大帝》，想一炮打个翻身仗。布列森涅夫把宝押在阿·托尔斯泰身上显示出他的远见卓识。阿·托尔斯泰属于十月革命前成名的"旧作家"，并有伯爵爵位。他不接受十月革命，用他自己的话说："在红军与白军生死搏斗的年代，我站在白军一边。"1919年春天流亡巴黎。但不久觉得自己错了，需要转变，于是1921年秋天跑到柏林去编辑路标转换派的报纸《前夜报》。不久又觉得自己转变得不够，还需要转变，于是1923年夏天返回苏联，讴歌苏维埃政权及其领袖，立即得到苏维埃政权及其领袖的礼遇，日子过得舒舒服服，被同行戏称为"无产阶级伯爵"。像他那样经历的人回国后受到如此礼遇，除他之外别无他人。因此排练他的剧本不仅政治上保险，还能借用他的余荫重振剧院。

三十年代苏联书刊检查日趋严厉。书刊检查人员生怕一不留神放过毒草，贻害读者，自己也跟着完蛋。剧目审查更严。中央剧目、演出检查委员会几经周折才勉强同意话剧《彼得大帝》彩排。彩排邀请领导人和评论家观看，然后经他们讨论决定是否公演。

彩排安排在1934年秋天的一个晚上。斯大林和全体政治局委员莅场。还有红色教授学院的一批教授，此外便是国家政治保安局的人。领导人和教授们分别坐在楼上包厢和楼下池座，保安人员则挤满楼道和出入口。

大幕拉开后，观众与其说观看话剧不如说观看斯大林。台上台下的目光都对准他，捕捉他脸上的每个细微变化。扮演彼得大帝的演员上台前，布列森涅夫还再三叮嘱他："尽量少表现彼得大帝的英雄气概，不然要犯宣扬君主制的严重错误。多注意斯大林同志的表情，你从正面看得清楚。"然而斯大林坐在包厢里端然不动，脸上毫无表情，未鼓过一次掌。离剧终还有一刻钟的时候，斯大林突然站起来离开包厢，向出口处走去。布列森涅夫吓得魂飞魄散，一路小跑赶过去送斯大林。布列森涅夫感到大祸临头，不知如何是好，只好壮着胆子夹在保安人员当中送斯大林走出剧场。但斯大林兴致很好，走到休息厅停住，同他谈了一会儿，并肯定了话剧《彼得大帝》。布列森涅夫顿时心花怒放，激动得喘不过气来。斯大林走了很久之后，他仍一动不动地站在剧场门口，沉浸在幸福之中。猛地想起剧场里正在讨论彩排，他才转身返回剧场。

剧场里气氛非常紧张。舞台上的道具已经撤掉，上面摆着长桌和讲台。长桌后面坐着彩排审查委员会主席团成员，个个面带杀气。有四十人登记发言，一个个走到讲台前发表自己对彩排的看法。他们从斯大林冷漠的表情和提前退场的举动中嗅出自己应持的观点。前十位发言的人都是红色教授学院的教授，他们一致彻底否定这出话剧。情绪一个比一个激烈，措辞一个比一个尖锐。如头两个人猛烈抨击话剧，说它坏得不能再坏。中间的几个人在抨击上已无文章可做，便把攻击的目标转移到与彩排有关的人身上，要求追究导演和中央剧目、演出检查委员会人员的政治责任，最后两位为了表现自己的高度觉悟，干脆要求追究剧本作者阿·托尔斯泰的责任，查禁小说《彼得大帝》第一部，并不允许第二、第三部出版。布列森涅夫返回剧场时，第十一位发言人正提着皮公文包向讲台走去。他长得矮小，把皮公文包垫在脚下，以显魁伟。他厉声喊道："同志们，我完全赞同前面几位同志的发言，我甚至找不出语言表达心中的怒火，来抨击这出极端恶劣的反革命话剧，作者竟把彼得大帝写得如此具有英雄气概，明目张胆地宣扬君主制……"这时布列森涅夫走上舞台，请求主席允许他打断矮小同志的发言，说几句话。得到主席同意后，布列森涅夫用挖苦的口吻说道："同志们，法国有句谚语说得好，真理诞生于交锋中。今天我们就话剧《彼得大帝》彩排交换意见必将再次证明这句谚语的正确。我很高兴十位发过言的人和第十一位正在发言的人一致严厉谴责这个剧本，因为我相信下面发言的人将持完全相反的观点。起码我已经知道有一个人持这种观点。一小时前斯大林同志同我谈话时对彩排发表了如下看法：'剧本写得很好。遗憾的是彼得大帝的英雄气概表现得不够。'我完全相信后面发言的人，如果不是全体，起码也是大多数，将会赞同斯大林同志的看法，所以说交锋产生真理嘛。请原谅我打断极有教益的发言，大家继续发表高见吧。"布列森涅夫说完，大厅里一片死寂，接着响起暴风雨般的掌声和"斯大林同志万岁"的口号声。站在皮公文包上的矮小教授仿佛被一场地震震得无影无踪，只剩下皮公文包了。第十二位发言的人仍来自红色教授学院，他是这样开始的："任何语言都无法表述我对前十一位发言人的愤慨，他们竟然敢否定我们刚刚看过的演出，竟敢诋毁如此优秀的话剧。正如斯大林同志英明而正确地指出的那样：'剧本写得很好！'作者和导演的惟一错误，正如斯大林同志英明而正确地指出的那样，是彼得大帝表现得还缺乏英雄气概！"下面发言的人完全赞同第十二位发言人的观点，同时严厉谴责前十一位的言论。中央剧目、演出检查委员会立即批准话剧《彼得大帝》公演。布列森涅夫把矮小教授落下的皮公文包带回办公室，等他来领取，可他一直没来。

斯大林并未看到话剧结尾，但政治上一向敏感的阿·托尔斯泰却感到有修改的必要。话剧是这样结尾的：彼得大帝咽气的时候，窗外涅瓦河上空雷雨交加，他所心爱的英格尔曼兰号巡航战舰渐渐下沉。这似乎象征彼得大帝的事业后继无人。阿·托尔斯泰再三修改，最后改成：彼得大帝临终前召开参政院会议，对参政员发表演说："同志们（！），你们要知道，尽管不会很快，但按照自己新的方式继承我彼得事业的那个人必将出现。"

前面提到话剧《彼得大帝》是 1934 年秋天彩排的，对不熟悉苏联历史的人来说 1934 年并不说明什么，所以我想说明一下：1934 年 12 月 1 日基洛夫遇刺，全国大清洗由此开始，而 1934 年秋天则是大清洗之前夜。

（《随笔》1995 年 4 月号）

"金星英雄"话今昔

　　《金星英雄》和《光明普照大地》两本苏联小说五十年代曾风靡中国，六十岁以上的读者也许还能记得。作者巴巴耶夫斯基也曾访问过中国。我还记得在一本刊物上见过他的照片，仿佛正同中国同行交流创作经验，容光焕发，神采奕奕。1995年俄罗斯《新书评》杂志第8期发表了一篇《巴巴耶夫斯基答记者问》，附了一张他的近照，已是鬓发皤然一老翁了。巴巴耶夫斯基的谈话透露出同他年龄相仿、命运类似的一部分作家的心曲。

　　巴巴耶夫斯基是卫国战争即将结束时开始写《金星英雄》的。战争结束后他返回农村，生计窘迫，老婆孩子吃不上饭。于是他决定到莫斯科出版《金星英雄》，碰碰运气。他把稿子送给《十月》杂志，请编辑潘菲洛夫看看是否能用。巴巴耶夫斯基算找对人了，潘菲洛夫也是以美化农业集体化而出名的。他的长篇小说《磨刀石农庄》曾受到斯大林的青睐，所以《金星英雄》很对他的脾胃。潘菲洛夫看过后便把稿子转呈意识形态最高权威。可巴巴耶夫斯基哪儿等得起啊，所有的东西都卖了买面包了，最后只好返回农村。命运之神终于露出笑容，小说发表了。荣誉降临到他头上，一封电报把他召到莫斯科。一出车站便被一辆专供高级首长乘坐的吉姆牌轿车接走，一直把他接到党中央。他被带进一间宽大的办公室，抬头一看,天啊,日丹诺夫站在他面前。原来日丹诺夫看过潘菲洛夫推荐的小说后,非常赞赏,叫《十月》发表。八十六岁的老人向记者谈到这里时,眼睛里闪出泪花,至今不忘日丹诺夫知遇之恩。日丹诺夫问他有什么要求,中央均可满足。可他当时年轻,加上境遇转变得如此迅速,令他头昏眼花,一时想不起需要什么,便回答没有任何要求。离开日丹诺夫后,他觉得自己是世界上最幸福的人。但很快便后悔不及,失去一次不可复得的机遇。他应当像那些一步登天的作家那样,向日丹诺夫要汽车,在莫斯科要套住宅。现在只好骂自己是傻瓜了。

斯大林和日丹诺夫对自己有用的作家往往优礼有加。1948年《金星英雄》获斯大林文学一等奖,巴巴耶夫斯基得到一枚金星勋章,自己也成了金星英雄。1950年、1953年又两次荣获斯大林文学奖,一时成了苏联最走红的作家。苏联头号文艺评论家叶尔米洛夫把他请到《文学报》编辑部向记者发表谈话。苏联作协总书记法捷耶夫请他到家里做客,盛情款待。法捷耶夫向他披露了一件令他感激涕零的事:"全国进行最高苏维埃选举。法捷耶夫向斯大林呈交了作家名单。斯大林看完后说:'名单很好,可惜缺了个作家。'法捷耶夫一听,顿时涨红了脸,惊恐地问道:'还缺谁呢?爱伦堡、考涅楚克、西蒙诺夫、肖洛霍夫都报上了。'斯大林冷笑一声说道:'还缺巴巴耶夫斯基。'"这样巴巴耶夫斯基便当上最高苏维埃代表,成为同爱伦堡、肖洛霍夫和法捷耶夫平起平坐的大作家。他坦率地对记者说:"我告诉你们,如果斯大林没在杂志上读过《金星英雄》,这部小说不会引起任何人的注意。《真理报》准备了两篇文章:一篇肯定,一篇否定,根据斯大林的态度决定刊登哪一篇。"

接着巴巴耶夫斯基感慨万千地说,他老了,又有病,没有别墅,没有储蓄,没人照顾,不得不自己做饭。"但我并不抱怨。人老了,顺心的事自然不多。让我气愤的是周围发生的事。我常想,为什么对普通老百姓最美好的苏联政权垮台了呢？我对自己说也有我一份责任。我写的书只一味歌颂，没有批评某些不良现象。我敢这么说是因为我已没有什么可怕的了，反正活不了几天了。我本不是作家，是他们把我制造成作家的。不仅我一个人，西蒙诺夫、马尔科夫、费定等人也如此。我只可怜拉斯普京，他还年轻，可不等他死就被人活活忘掉，就像人们早已把我忘掉一样……让我气不过的是叶夫图申科们和沃兹涅先斯基们腰缠万贯，钱多得无处花，可巴巴耶夫斯基们每月只领二十万卢布的养老金……"

巴巴耶夫斯基由半文盲一跃而成为作家，并在战后出尽风头，是斯大林、日丹诺夫一手造成的，因为他符合斯大林一个时期的政治需要。但在作家当中他从未有过威信，连提携他的潘菲洛夫也看不起他。斯大林死后他是最先被人忘记的作家。六十年代则被当成粉饰现实的作家代表屡遭嘲讽，七十年代后已无人提起他。1995 年12 月我在俄罗斯海参崴市询问过二十位具有大专程度的中青年人，问他们知道不知道作家巴巴耶夫斯基，竟没有一个人知道。我到海参崴市法捷耶夫图书馆找巴巴耶夫斯基的作品，管理员认真地替我查阅书目，说道："除莫斯科列宁图书馆外，哪个图书馆也不会有他的书，都注销了。图书馆的面积有限，哪有地方摆他的书！"

历史无情，只留下有价值的精神财富，淘汰了所有冒牌货。但二十万卢布退休金毕竟太少了，替我查书目的年轻图书管理员每月实际收入还五十多万卢布呢。

写完这篇短文我又仔细看了一遍《新书评》上的巴巴耶夫斯基的近照：他睁大眼睛，侧身坐在桌前，手捧《金星英雄》，墙上挂着一幅斯大林穿元帅服的画像。至于眼睛流露出的什么神情，惆怅、沮丧抑或愤怒？我无法确实。

诠释西蒙诺夫抒情诗《等着我吧》

1941年希特勒背信弃义进攻苏联，斯大林仓促应战，接连失利，大片领土沦丧，一时人心惶惶。苏联领导人当务之急是稳定民心，鼓舞斗志。正在此时，西蒙诺夫的《等着我吧》一诗在《真理报》上发表。一经发表，其影响之大，任何形容词都显得苍白无力，只好套用词话里的一句话："凡有红军战士处皆能诵《等着我吧》"，就连歌曲《喀秋莎》和爱伦堡的政论都无法与之相比。诗的最后一段是这样写的：

> 等着我吧——我会回来的。
> 只是你要苦苦地等待，
> 等到那愁煞人的阴雨，
> 勾起你的忧伤满怀，
> 等到那酷暑难挨，
> 等到别人不再把亲人盼望，
> 往昔的一切一股脑儿抛开。
> 等到那遥远的他乡，
> 不再家书传来，
> 等到一起等待的人，

心灰意懒——都已倦怠。

……

等着我吧——我会回来的。
死神一次次被我击败！
在炮火连天的战场上，
从死神手中，
是你把我救了出来。
我是怎样死里逃生的，
只有你我两个人将会明白——
全因为同别人不一样，
你善于苦苦地等待。[①]

前线的士兵和后方的妇女都把这首诗当成护身符放在贴心的口袋里。丈夫一想到忠贞的妻子倚门守望，从前线凯旋时迎接他的是爱妻的拥抱，便斗志倍增。妻子则相信自己的等待能使丈夫避开死神，平安归来，又有什么困难不能克服呢？一首短诗能产生如此巨大的社会功能在世界文学史上也是罕见的。

西蒙诺夫为什么要写这首诗呢？他在一篇谈如何创作《等着我吧》的文章中写道："当时我在西部战场，在行军的战车中、掩蔽所里写了许多诗，其中包括这首献给远方爱人的《等着我吧》……因为它表述了千千万万战士内心深处的思想感情：亲人朋友在等待着他们，而他们又理当被等待。这种等待可以减轻战争对他们的重压，这种等待有时会挽救他们的生命……"他所说的是诗所产生的客观效果而不是触发他写这首诗的灵感。私下问他时，他回答道：

---

① 苏杭译。

"真不知道怎么会写出这首诗，是它自己冒出来的。"后来又补充一句："爱情的指使吧。"

最后这句话虽接近创作本意，但仍太笼统。西蒙诺夫不论公开还是私下都没说实话，因为实在说不出口：祈求妻子瓦利娅·谢罗娃等待着他，别把他忘掉，或者迫使自己相信妻子在家等待他，因为他已预感到她不会等待。西蒙诺夫的女儿玛莎·西蒙诺夫 1993年在《星火画报》第 6 期所发表的《我记得……》一文中谈到父母时说得再明白不过了："……他那样爱她，不能不写。而她却不会等待，尽管《等着我吧》仅为她一人而写。最后的诗句'全因为同别人不一样，你善于苦苦地等待'成为对千百万妇女不容怀疑的肯定，但对作者却是自我肯定，他想相信，并以男人特有的固执迫使自己相信。"1995 年 8 月 30 日玛莎答《青年报》记者问时又几乎一字不差地重复了上面这段话，可见她对自己的看法坚信不疑。为什么瓦利娅·谢罗娃同别人不一样，不善于苦苦等待呢？这得从她同西蒙诺夫的关系说起。要说清他们如何从相爱到破裂又得从瓦利娅·谢罗娃的身世说起。

谢罗娃出身于戏剧世家，母亲波洛维茨卡娅是著名的话剧演员。谢罗娃十七岁考入青年工人剧院附属的戏剧学校，毕业后留剧院当演员。1939 年在影片《倔强的姑娘》中饰主角，一举成名。后又在《等着我吧》《俄罗斯问题》和《格林卡》等影片中饰女主角，成为四十年代苏联红极一时的女影星。她生得标致、丰满、性感，同美国影星梦露有相似之处。1938 年同苏联歼击航空兵飞行员安纳托利·谢罗夫相遇。谢罗夫一见钟情，立即向她求婚。瓦利娅怕嫁给飞行员整天担惊受怕，犹豫不决。有一次她随剧院赴列宁格勒演出，谢罗夫到车站送行，恋恋不舍地望着瓦利娅。次日瓦利娅抵达列宁格勒，一出车厢便看见谢罗夫手捧鲜花站在车厢门口，瓦利娅惊讶万分，问他怎么会在这儿。谢罗夫告诉她送走她后直奔机场，飞行员朋友把他带到列宁格勒。这一刹那瓦利娅便决定了自己的终身。婚后谢罗夫以志愿军身份参加西班牙反法西斯战争，击落敌机六架，被授予苏联英雄称号。1939年谢罗夫在一次试飞中牺牲，瓦利娅痛不欲生，一个月后生下儿子。她自己说如果没有这孩子她决活不下去。为了纪念父亲，儿子也取名安纳托利。

西蒙诺夫1940年在青年工人剧院舞台上初次见到瓦利娅的时候，正是她在痛苦中挣扎的时期。瓦利娅的美貌令西蒙诺夫神魂颠倒。于是瓦利娅便从舞台上走入西蒙诺夫的生活中。西蒙诺夫从第一个剧本《一次爱情经历》直到五十年代中期所有作品都是献给瓦利娅·谢罗娃的。西蒙诺夫和谢罗娃的婚姻在莫斯科传为美谈。西蒙诺夫对谢罗娃爱得如醉如狂，对小安纳托利也很好，孩子也很爱科斯佳（西蒙诺夫名昵称）叔叔。但谢罗娃眼里却不时流露出淡淡的忧伤。她曾对女友乌瓦罗娃说："儿子越长越像父亲，一看见他我便想起安纳托利，回想起我们一起度过的无比美好的日子的每个细节，心便碎了。科斯佳是个好人，可我……"谢罗娃内心的波动，敏感的诗人是不会感觉不到的。

卫国战争爆发后，西蒙诺夫同许多作家一样以《红星报》记者身份奔赴前线。他预感到谢罗娃对他的感情将会冷淡，以至变心。预感并未欺骗西蒙诺夫。1943年谢罗娃随乐团赴布良斯克前线演出，同方面军司令罗科索夫斯基元帅相遇，有美男子之称的英俊统帅与绝代佳人双双坠入情网。谢罗娃心里又掀起久已平息的感情狂浪，谁料叱咤风云的元帅原是多情种子，两人爱得昏天黑地。但在残酷的战争年代像他们那样身份的人的爱情只能昙花一现。短暂而炽热的爱情不仅加深她同西蒙诺夫已有的裂痕，而且给予她本人致命的打击。她以酒麻痹内心的灼疼，逐渐成瘾，无法戒掉。罗科索夫斯基对谢罗娃也一往情深，战争结束后仍常到西蒙诺夫寓所前小立片刻，望一眼谢罗娃卧室的窗帷。多年后谢罗娃在青年工人剧院时期的老搭档帕维尔讲了一件他所目睹的事：有一次谢罗娃对他说，五点整，一秒不差，一辆政府要员的轿车准时开到她家门前，车里的人将在门前"立正"几分钟，并说他可能见过那个人。五点钟谢罗娃拉开窗帷，一辆吉姆车刚好开到。从车里走出一个人，帕维尔一眼便看到军服上的元帅肩章。1949 年罗科索夫斯基被斯大林派往波兰任国防部长，吉姆车才不再出现。此后她同西蒙诺夫的关系并未好转，反而恶化。谢罗娃已无法控制自己的感情，桃色事件时有发生。1950 年谢罗娃生了个女儿，西蒙诺夫见到后意味深长地说："头发是黑的，这么说是我的啰！"西蒙诺夫终于无法再忍受，由爱转恨，同她决裂。他们是 1957 年离婚的。除《等着我吧》一诗上留有瓦·谢两个字外，西蒙诺夫删掉所有作品中她的名字。这时西蒙诺夫跻身高位，担任作协副总书记，并多次荣获斯大林奖金，已是有影响的人物。他不希望谢罗娃的名字再出现在海报和银幕上，这些机构的领导对此心领神会。

离婚后谢罗娃的日子很艰难。她离开列宁共青剧院，在小剧院也没待住，又转到莫斯科苏维埃剧院，仍没待住。影片当然没再拍。为同母亲争女儿玛莎的赡养权打了一年官司。母亲认为她是酒鬼无权抚养女儿，应由她抚养。谢罗娃虽最终胜诉，但精神已崩溃。她同儿子安纳托利一起酗酒，家里能变卖的东西都变卖了，惟一保存下来的是西蒙诺夫给她写的信。七十年代西蒙诺夫生病住院，玛莎来看他，西蒙诺夫叫她把他写给她母亲的信全部带来，他看过便还给她。玛莎送去后西蒙诺夫让她三天后来取。玛莎取信时发现父亲一下子仿佛老了十岁。西蒙诺夫说："这些信仿佛昨天写的。凡是提到你的地方我都剪下来还你，其余的都要通通烧掉，不能落入他人手里。"

现在，不少人还记得三十年代苏联著名女影星，如玛卡罗娃、拉德尼娜、奥尔洛娃，可有谁还记得四十年代令观众着迷的谢罗娃呢？她完全被人遗忘了。

西蒙诺夫写这首诗的动机和它所产生的社会效果之间的差异如此之大，也是世界文学史上所罕见的。

（《博览群书》1996 年 4 月号）

伊萨科夫斯基的桑榆暮景

　　伊萨科夫斯基是中国读者最熟悉、最喜爱的苏联诗人。以他的诗谱成的歌曲《喀秋莎》从苏联唱到中国，从三十年代唱到今天，有谁没听过呢？他的自传和诗歌选集早已译成中文，不论翻译过来的还是我们自己编写的苏联文学史都用整章或整节的篇幅介绍他的创作生平，稍涉猎苏联文学的人对他都略知一二。他是斯摩棱斯克州人，1900年生于农民家庭，少年开始写诗，后名气越来越大，1931年调莫斯科任《集体庄员》杂志编辑。1943年以《谁知道他》《喀秋莎》《在井旁》等诗获第一届斯大林奖，1947年以《诗与歌》再度获斯大林奖。自1947年起任俄罗斯联邦最高苏维埃代表，1970年获苏联社会主义劳动英雄称号。他是农民诗人或来自农村的诗人，绝大部分诗歌均以农村生活为题材。然而自传（只写到1949年）和各种文学史给人的印象是：伊萨科夫斯基是集体农庄的新生活歌手，创作道路一帆风顺，深受人民的喜爱和当局的恩宠，在国内接连不断的清洗、镇压、迫害的惊涛骇浪中未损一根毫毛，是苏联作家当中少有的幸运儿。但在当权者的政策和人民的权益发生尖锐冲突的时候又怎能做到让两头满意呢？如果歌颂斯大林的农业集体化政策，势必歪曲现实，今天不会再有读者；如果真实地反映从根子上摧毁俄国农村经济的农业集体化政策，恐怕诗人的脑袋早就搬了家。伊萨科夫斯基有何奥秘呢？

去年秋天我在俄罗斯教汉语，同俄国朋友一起把当天聚会时仍唱的伊萨科夫斯基的诗歌集中一起，共得十六首。统观这十六首诗歌时，我惊讶地发现其中竟没有一首歌颂农村"新面貌"的。诗人讴歌的是俄罗斯苍茫而绮丽的大自然、淳厚的民风和男女炽热的爱情，并往往带着淡淡的忧伤。卫国战争的诗歌则呼唤人民把敌人赶出自己的家园，誓死保卫母亲——俄罗斯。连集体农庄的影子也没有。我又翻阅1988年出版的《伊萨科夫斯基诗文集》（相当于全集），发现其中有"集体农庄""共青团员"等字眼，有对农村新变化的描绘，如农村有了电灯，但都不是直接歌颂集体农庄的。也找到几首描绘农庄庄员的，如《生活的地理学》，除该诗文集外，他生前所编的选集均未收入，想来诗人对这几首诗不满意，我读了也觉得矫情。我这种看法是否站得住脚，尚需有力的论据。很快便在孔德拉托维奇的《〈新世界〉日志》（1991年出版）一书中找到。孔德拉托维奇是《新世界》杂志主编特瓦尔多夫斯基的助手，《日志》记录了同该杂志有关的大事。1966年特瓦尔多夫斯基有意发表伊萨科夫斯基1946年写成的长诗《真理的童话》，想尽一切办法，使出全部招数，仍无法打通书报检查机构这一关。《日志》记录了特瓦尔多夫斯基谈论伊萨科夫斯基创作的一段话。两位诗人是多年好友，彼此了解，所以特瓦尔多夫斯基对伊萨科夫斯基创作的看法尽管同苏联文学史的定评大相径庭，但仍不失为真知灼见。

1967年6月15日特瓦尔多夫斯基对《新世界》的同事们说："不管人们怎样谈论伊萨科夫斯基，他都是一位才华横溢、与众不同的诗人。可我重读他的诗时明白了一件可怕的事：他哪首诗也未歌颂集体农庄的新农村。那时他心里的什么东西被扯断了。以农村为题材的作家索科洛夫·米季科夫干脆不再写斯摩棱斯克地区，并且是有意这样做的。可伊萨科夫斯基还写。但每当他要找到富有诗意的色彩时便转向旧农村。那时他便写得妙极了。他沉浸在往事中，描绘往昔的生活。如果硬塞给他一个题材让他写，他写得糟透了。以他那首《生活的地理学》为例，写的是看守集体农庄麦田的庄员。夜里他看见自家农舍着火了，怎么办？去救火，抢救财产？不行，他是哨兵，得坚守岗位。结果家舍化为灰烬。想想太可怕、太荒唐了。他看守麦田是怕女人和孩子们掐麦穗煮麦粥喝。如果不是饿得要命谁会干这种事！而这一切多么不人道啊。涅克拉索夫写过一首描写流浪汉的诗。流浪汉因偷面包被人当贼打。我们读的时候却站在流浪汉一边。不能不如此。列斯科夫写过一个在冬宫站岗的哨兵，他听见有人掉进涅瓦河，擅自离岗要受到严厉的惩罚，可又不能不离开。哨兵跑去搭救落水者，后来长官因他擅自离岗惩罚他，但惩罚得不重，也不可能重。俄国古典文学便是这样处理这类题材的。可伊萨科夫斯基又是怎么处理的呢？他诚心实意地描写集体农庄的新生活，可每次都不由自主地写成《生活的地理学》那样。他写得多，因为报社老催他。催他写他就写，写了很多坏诗，专供报刊用的诗。后来他病了才摆脱他们的纠缠。然而一回到过去他就写得好极了。后来他创作的高潮是歌词，但请你们大家注意，所有歌词写的都不是集体农庄的农村。'喀秋莎走在峻峭的河岸上'，她是从哪儿走出来的，农场宿舍还是自家农舍？这你们不知道。还有更好的歌词，战争期间他的诗歌响彻祖国大地。这是他第二个创作高潮，因为已无须歌颂集体农庄了。难道战争期间提出过'捍卫亲爱的集体农庄'的口号？提出过捍卫祖国，捍卫'一切神圣的东西'，甚至有过'为被凌辱的神圣的东西而复仇'的口号。可没人捍卫集体农庄，也没人号召大家去捍卫。那时伊萨科夫斯基的歌词写得格外好。这是他第二个也是最后一个创作高潮……"

我引用特瓦尔多夫斯基的话绝非挟大诗人的威望以壮自己的声势，也无以"英雄所见略同"来抬高自己之意，而只想说伊萨科夫斯基的创作特点非常显眼，不抱成见的读者都能感觉到。苏联文学史不提另有原因，因为它们连伊萨科夫斯基屡遭打击也只字不提。这就使我们无从了解为什么1949年以后，诗人尚不满半百的时候便沉默了，或再没写出流传后世的好诗了。而实际上，在作家惨遭迫害的年代，伊萨科夫斯基不可能成为例外，他同他们一样同样遭受过打击和不公正的对待。战后他对自己一生经历、不正常的社会生活进行过深刻的反思。长诗《真理的童话》便是反思的结果，但完成后无处发表，所以我们一直不知道他沉默的原因。

1945年伊萨科夫斯基发表了《敌人烧毁了他家园的村屋……》

> 敌人烧毁了他家园的村屋，
> 把他全家的人杀个精光。
> 士兵他如今该投奔何处，
> 向谁去诉说心中的悲伤？
>
> 士兵他怀着深深的悲痛，
> 在两条路的交叉口停留。
> 士兵在那宽阔的田野中，
> 找到长满青草的坟丘。
>
> 士兵伫立着——像有个硬块
> 把他喉咙紧紧掐住。
> 士兵说："普拉斯科维娅，赶快
> 迎接英雄——自己的丈夫。
>
> 快为客人准备好美食，
> 摆出宴席把他款待，

我回到你身边来庆祝节日，
和你同庆我的归来……”

没有任何人对士兵搭理，
没有任何人把士兵欢迎，
只有温煦的夏风缕缕
把她坟头上的小草拂动。

士兵叹口气，紧了紧皮带，
打开自己的行军背包，
把一瓶苦酒掏了出来，
在墓前的灰石板上摆好。

普拉斯科维娅，别把我怪罪，
我回到你身边是这种心意：
我本想为你的健康干杯，
如今该举杯祝你灵魂安息。[①]

这首诗发表后立即受到报刊的严厉批评，打头阵的是《共青团真理报》评论家谢苗·特列古布。他质问伊萨科夫斯基，在凯旋之日，万民同庆之时，为什么不同全国人民一起欢庆胜利，却唱起悲伤的歌？"伊萨科夫斯基竟然写道：'士兵他如今该投奔何处，向谁去诉说心中的悲伤？'难道在我们苏维埃国家里无处可去？我们有可去的地方，我们这里总能找到出路。比如他可以上村苏维埃嘛，他们会听他倾诉，给他帮助……"用这首诗谱成的歌曲也禁止

---

① 顾蕴璞译。

演唱。然而伊萨科夫斯基对这种愚蠢的批评却不能公开反驳，只能在信里向朋友们发泄自己的愤慨。早在1942年他在致自己的老搭档、著名作曲家扎哈罗夫的信中就说过这样的话："……我坚信战争将以希特勒彻底崩溃而告终，我国不仅应唱胜利的歌曲，还应在歌曲中为为祖国捐躯的人哭泣。"（《伊萨科夫斯基文学书简》，1990年，以下引文均出自该书。）但他刚一为他们哭泣，棍子便向他当头打来。他在致特瓦尔多夫斯基的信中写道："老实说，只有伪君子和白痴才会这样批评这首诗呢。这当然是极端的例子，简直像笑话。但它却表明我们的评论界愚蠢到何等地步。我认为这是我最优秀的诗歌之一。"

这次批评促使伊萨科夫斯基更深刻地反省自己走过的荆棘塞途的一生。一幕幕惨剧重又浮现在他眼前。他来自农村，根子在农村，对集体化的恶果有切肤之痛。他曾为之奋斗的美好理想现已变成镜花水月。1945年他开始写长诗《真理的童话》。长诗采用涅克拉索夫《谁在俄罗斯能过好日子》的体裁，老汉萨韦利·库兹米奇受众乡亲之托出外寻求真理。老汉翻山越岭，涉水过河，穿过密林和沙漠，从乡村到城市再从城市到乡村，最后在破旧不堪、杂草丛生的农舍里找到真理，真理同他想象的完全不同，不是貌似天仙的少女，而是弓腰驼背的老妪。1966年他在致特瓦尔多夫斯基的长信中写道："我在《真理报》编辑部朗读了长诗，三个人就长诗发言……我记得他们的态度是否定的。他们没太骂我，也没夸我。后来我把《真理的童话》交给波利卡尔波夫（他当时任作协书记）。他读过后只对我说了几句话！他说我国人民已找到真理，因此未必需要对此再发议论。简单说，他话里的意思是不需要这首长诗。他的话令我万分惊讶，但我毫未反驳。反驳是徒劳的。可我并未投降。为了挽救长诗，我又写了第二部。我想向你解释为什么要写第二部。《童话》以萨韦利同真理对话结束。老汉对真理说：现在叫他怎么办？人们认为真理是美丽的、强健的、无所不能的，可以征服一切。可真理原来是这般模样，他怎么对推举他出来的乡亲们说呢？他们也不会相信他，会把他打死……这时真理给萨韦利出了个主意：'你啊——鼓起勇气……就对他们撒个谎吧。'我的《童话》就此结束。我动手写第二部的时候首先要解释真理为什么教萨韦利撒谎。

"第二部里我采用了著名的母亲撒谎的传说。她向被押上断头台的儿子挥动白手绢。白手绢表示母亲已经向沙皇为他求得赦免。但实际上并未求得。她欺骗儿子为的是儿子在断头台上不泄气，英勇就义，不玷污他为之献身的理想。但我在第二部里所说的还不止这些。我写儿子知道母亲欺骗他，但却装出相信的样子，免得母亲伤心，因为她望着他就义表现得沉稳而无畏。换句话，我想说明在某些情况下谎言也可以是神圣的。"

伊萨科夫斯基想对诗友特瓦尔多夫斯基说明什么呢？世上没有真理，所以人们不得不说谎。谎言不是可以抚慰以至鼓舞人们吗？他一生中也说过谎，但那绝不是想欺骗人民，而是给他们打气。如在《致俄罗斯妇女》那首诗中，他写后方妇女过得极为艰苦，但给前方战士们的信中却说她们过得很好，然而"前沿上的战士们，读着你们的信，他们心里非常明白你们那神圣的谎言"。谎言当然不都是神圣的，所以诗人为自己所说过的非神圣的谎言深感内疚。

伊萨科夫斯基在信中继续写道，他把《童话》交给意识形态负责人列休切夫斯基，后者答应把《童话》转交给广播电台。但伊萨科夫斯基必须用诗的形式写个如下内容的后记：多少年过去了，萨韦利早已去世，坟头已成平地，新的时代开始了。人民过上新生活，他们不必再寻求真理，因为真理到处同人民在一起，并已在世界上处于主导地位。但他没写后记，也没把《童话》交给广播电台，原封不动放在书柜里。他最后决定，如果《童话》有朝一日能发表，那只发表第一部，删除第二部，因为感到"神圣的谎言"的提法不真诚，太做作。长诗结尾处他还谈到一种艰难的真理，并非所有人都心甘情愿地追求这种艰难的真理，因为它很危险。所以长诗不得不这样结尾："你啊，就对乡亲们撒个谎吧。"这样真理便成为粉饰现实和欺骗人民的手段了。

伊萨科夫斯基不愿再写"神圣的谎言"，又无力追求艰难的真理。这不仅由于他胆量不够，生理上也难做到。他先天高度近视，晚年完全失明，妻子去世后生活不能自理。他的诗名虽如日中天，但当局对他已失去兴趣，除他七十寿辰时给他戴顶高帽子——授予社会主义劳动英雄称号外，平时对他毫不关心。他不再写诗，以翻译乌克兰诗人谢甫琴科、白俄罗斯诗人库帕拉的作品度日。诗友特瓦尔多夫斯基虽对他十分关心，想帮他一把，但力不从心，竟无法在自己主编的《新世界》上发表《真理的童话》。这首长诗四十一年后——1987年才在《旗》杂志上发表，这时伊萨科夫斯基已去世十四年了。如解冻时期长诗得以发表，其影响定会大大超过爱伦堡的《解冻》，也许伊萨科夫斯基还会写出流芳后世的诗篇，不一定在创作最成熟的阶段缄默了吧。

（《博览群书》1996年5月号）

帕斯捷尔纳克和他的红颜知己

去年秋天我应邀到俄罗斯远东大学任教。五年前我曾在这所大学任教过两年。那时苏联开始解体，政治风云变幻莫测，我被各加盟共和国层出不穷的政治事件弄得眼花缭乱，整天看报看电视，两年内竟未读过一部文学作品，回想起来觉得白白浪费了许多时光。这次决意不看报，不看电视，教学之余只读文学作品。一天下课回宿舍，路上碰见五年前结识的一位俄国朋友。他大概觉得我对俄罗斯形势的兴趣不减当年，一见面便把手里的《消息报》塞给我，让我快回宿舍看。午休时我随便翻了一下，是9月15日的报纸，刚到的，都是竞选国家杜马的消息，刚想放下，一条消息映入眼帘：奥莉加·伊文斯卡娅9月8日在莫斯科逝世，享年八十四岁。我一下子兴奋起来，一口气读完这篇报道。伊文斯卡娅是帕斯捷尔纳克晚年的知音，创作的缪斯。十几年前在北京翻译《日瓦戈医生》的情景立即浮现在眼前。记得译第十四章《重返瓦雷金诺》时曾激动得几次搁笔，无法译下去。暴风雪袭击旷野中久无人住的住宅，四周渺无人迹，只有四只狼对着窗内的灯光嚎叫。栖身在屋内的日瓦戈医生和拉拉陷入绝境，等待着他们的不是逃脱便是死亡。在这性命攸关的时刻，两颗相爱的心互相温暖、支撑。拉拉的原型便是伊文斯卡娅，日瓦戈同拉拉的爱情便是诗意化的帕斯捷尔纳克同伊文斯卡娅的爱情。

帕斯捷尔纳克是苏联著名的诗人、小说家，出身于艺术气氛浓厚的家庭，从小受到家庭的熏染，对欧洲文学艺术造诣很深，精通英、德、法三国语言。他性格孤僻，落落寡合，同十月革命后从工农兵当中涌现出来的作家格格不入。由后者组成的文学团体拉普也把他视为异己，即所谓的"同路人"。但不知为何他受到布尔什维克领袖布哈林的青睐，在苏联作家第一次代表大会上被树为诗人的榜样。但这并未改变作协领导人对他的态度，因为他们不是前拉普成员便是他们的支持者。自1935年起，斯大林用死了五年的马雅可夫斯基代替帕斯捷尔纳克。1938年布哈林被处决后，帕斯捷尔纳克在作家圈子里便被完全孤立。无产阶级作家不屑同他交往，他对他们也敬而远之。与他同属异己的作家也不敢同他交往。例如，同他教养相似的阿赫玛托娃因丈夫和儿子被捕自身难保，怎敢再连累他。在家庭中，帕斯捷尔纳克同样孤独。第二个妻子奈豪斯虽决然离开前夫义无反顾地把身心献给他，但文化修养的差异不能同他在精神上产生共鸣。帕斯捷尔纳克的心灵渐渐干涸，亟待友人理解的甘露。不久"二战"爆发，他同全体苏联人民一样投身反法西斯战争，同绥拉菲莫维奇一起上前线，并获得一枚奖章，暂时忘却了内心的孤寂。战争胜利后他渴望新鲜空气吹进苏联，曾令人民胆战心惊的清洗、镇压不再重演。1946年，他乘着这股清新的风开始写《日瓦戈医生》。就在这一年，他在西蒙诺夫主编的文学杂志《新世界》编辑部里结识了伊文斯卡娅。伊文斯卡娅是编辑还是西蒙诺夫的秘书，说法不一。帕斯捷尔纳克一直是伊文斯卡娅热爱的诗人、崇拜的偶像。她亲眼见到他时激动不已。帕斯捷尔纳克也被伊文斯卡娅超尘拔俗的美貌所震撼。两人目光一接触便激起心灵的火花。帕斯捷尔纳克几天后便把自己所有的诗集签名赠给伊文斯卡娅，并请她到世界著名钢琴家尤金娜家听他朗读《日瓦戈医生》的前三章。伊文斯卡娅觉得，第二章《来自另一个圈子的姑娘》中的拉拉的气质同自己非常相似。后来，帕斯捷尔纳克便以她为原型塑造拉拉，把伊文斯卡娅的经历也写入这个形象。伊文斯卡娅第一个丈夫是在大清洗中被迫自杀的，第二个丈夫病故，她同女儿伊琳娜相依为命。拉拉的丈夫也是被迫自杀的，她也同女儿卡佳厮守在一起。帕斯捷尔纳克同伊文斯卡娅在《新世界》编辑部的邂逅，改变了他们两人的命运，使伊文斯卡娅历尽磨难，把帕斯捷尔纳克过早地送入坟墓。1946 年伊文斯卡娅三十四岁，帕斯捷尔纳克五十六岁，但年龄的差异并未阻碍他们相爱。一年后，帕斯捷尔纳克对伊文斯卡娅说："我对您提出个简单的请求，我要同您以'你'相称，因为再以'您'相称已经虚伪了。普希金没有凯恩心灵不充实，叶赛宁没有邓肯写不出天才诗句，帕斯捷尔纳克没有伊文斯卡娅便不是帕斯捷尔纳克。"他们相爱了。

帕斯捷尔纳克在西方的影响超过苏联国内许多走红的作家。这些社会主义现实主义大师多次荣获斯大林奖金，他们的作品选入中学文学课本，他们的名字几乎家喻户晓，可国外却没人听说过他们。但欧洲文化界都知道苏联有个帕斯捷尔纳克。自 1945 年至 1957 年，他十次被提名为诺贝尔文学奖候选人。这必然招致作协领导人的嫉妒。他们想出种种压制帕斯捷尔纳克的办法，不发表他的作品，迫使他向他们靠拢、低头。帕斯捷尔纳克并未屈服，见诗作无处发表，便译书维持生计。他所翻译的《哈姆雷特》和《浮士德》受到国内外一致好评，威望反而增高。为制服帕斯捷尔纳克，1947 年，苏联莎士比亚研究者斯米尔诺夫对他的译文横加挑剔，致使已经排版的两卷译文无法出版。同年 3 月，作协书记苏尔科夫在《文化与生活》杂志上发表《论帕斯捷尔纳克的诗》一文，指责帕斯捷尔纳克视野狭窄，内心空虚，孤芳自赏，未能反映国民经济恢复时期的主旋律。然而，帕斯捷尔纳克依然我行我素，不买作协的账，除继续译书外，潜心写小说《日瓦戈医生》，并把写好的章节读给邻居楚科夫斯基、伊万诺夫和伊文斯卡娅听。有时，他还在伊文斯卡娅家给她的朋友们朗读。作协为了教训帕斯捷尔纳克，阻止他写《日瓦戈医生》，想出一个狠毒的办法，1949 年 10 月 9 日逮捕了伊文斯卡娅，罪名是她伙同《星火画报》副主编奥西波夫伪造委托书。帕斯捷尔纳克明白伊文斯卡娅与此事无关，逮捕她的目的是为了恫吓自己，迫使他放弃《日瓦戈医生》的创作。他无力拯救自己心爱的人，除悲愤和思念外，把所有精力都投入小说写作中。他被传唤到警察局，民警把从伊文斯卡娅家中抄出的他的诗集退还给他。帕斯捷尔纳克拒绝领取，声明诗集是赠给伊文斯卡娅的，已不属于他，应归还原主。帕斯捷尔纳克的倔强态度使监狱里的伊文斯卡娅受罪更大。审讯员对她连轴审讯，让耀眼的灯通宵对着她的眼睛，不让她睡觉，一直折磨她三天三夜，逼她交代"犹太佬"的反苏言行。帕斯捷尔纳克是犹太人，审讯员都管他叫"犹太佬"。为了压下她的"气焰"，审讯员把她关进太平间，暗示帕斯捷尔纳克已死，她还顶什么？伊文斯卡娅一人在几十具蒙白布的尸体之间并不害怕，一一揭开白布，发现没有自己的爱人，反而增加了对抗的勇气。这时，审讯员发现她怀有身孕，不再审讯她，把她送入波季马劳改营。她同其他女劳改犯用铁镐刨地时流产了，这是她和帕斯捷尔纳克的孩子。伊文斯卡娅在劳改营里关了五年，1953 年才被释放。伊文斯卡娅在劳改营期间，帕斯捷尔纳克无法同她联系，每次忆起他们在一起的情景便痛不欲生，写了不少思念她、赞美她的诗：

> 我们常无言对坐到夜深，
> 你埋头女红我手捧书本，
> 直到天明我们竟未发觉，

记不清何时才停止接吻。

当生活陷入烦恼与痛苦，
你为我阻拦了绝望之路，
你的美就在于勇气十足，
就是它把你我牢牢系住。

伊文斯卡娅被释放后，帕斯捷尔纳克急于见她又怕见她，五年的折磨不知会把人变成什么样。帕斯捷尔纳克见到伊文斯卡娅后惊喜万分，劳改非但未摧毁她的精神，也未改变她的容颜，依然楚楚动人。他们的关系更加密切，伊文斯卡娅不仅是帕斯捷尔纳克温柔的情人，还是他事业的坚定支持者。拉拉的形象可以说是他们共同创造的，伊文斯卡娅的亲身经历丰富了拉拉的形象。形象原型参与塑造形象在文学史上也属罕见。从此，帕斯捷尔纳克的一切出版事宜皆由伊文斯卡娅承担。这是帕斯捷尔纳克的妻子奈豪斯无法胜任的。帕斯捷尔纳克对这两个女人的态度同日瓦戈医生对妻子东尼娅和拉拉的态度一样，对妻子深感内疚，下不了决心同她离异，因此也无法同伊文斯卡娅正式结合。

1956年，帕斯捷尔纳克写完《日瓦戈医生》，把稿子同时交给《新世界》杂志和文学出版社。《新世界》编辑部否定了小说，把稿子退还给作者，还附了一封由西蒙诺夫、费定等人签名的信，严厉谴责小说的反苏和反人民的倾向。接着，文学出版社也拒绝出版小说。1957年，意大利出版商费尔特里内利通过伊文斯卡娅读到手稿，欣赏备至，把手稿带回意大利，准备出版意文译本。他同帕斯捷尔纳克商洽，帕斯捷尔纳克提出必须先在国内出版才能在国外出版。伊文斯卡娅又去找文学出版社商议，恳求他们出版，并提出他们可以随意删去他们无法接受的词句以至章节，哪怕出个节本也行，但遭拒绝。这时，被称为"灰色主教"的苏斯洛夫出面了，要求帕斯捷尔纳克以修改手稿为名向费尔特里内利索回原稿。帕斯捷尔纳克照苏斯洛夫的指示做了，但费尔特里内利拒绝退稿。苏斯洛夫亲自飞往罗马，请求意共总书记陶里亚蒂出面干预，因为费尔特里内利是意共党员。没料到费尔特里内利抢先一步退党，并在 1957 年年底出版了《日瓦戈医生》的意文译本，接着欧洲又出版了英、德、法等各种语言的译本，《日瓦戈医生》成为 1958 年西方最畅销的书。苏联领导人发怒了。大概不完全由于小说内容，因为他们当中谁也没读过这本书，而是由于苏斯洛夫亲自出马仍未能阻止小说出版丢了面子。就其暴露苏联现实的程度而言，《日瓦戈医生》不如 1956 年在国内出版的杜金采夫的小说《不是单靠面包》。为何容忍杜金采夫却不容忍帕斯捷尔纳克？读过手稿的西蒙诺夫、费定等人愤怒是因为他们无法理解社会主义现实主义以外的作品，当然还夹杂着嫉妒等感情因素。至于广大群众则因为领导人愤怒而愤怒，这已成为他们根深蒂固的习惯了。党一直是这样教育他们的，他们相信领导人的每句话。总之，帕斯捷尔纳克成为众矢之的。报刊连篇累牍发表抨击《日瓦戈医生》的文章，可是没一位文章作者读过这本小说。许多作家本来就同他关系疏远，现在躲避惟恐不及，只有几位老作家见面同他打招呼。他大部分时间都同伊文斯卡娅在一起。她对帕斯捷尔纳克忠贞不贰，预言小说迟早会被苏联人民接受，劝他原谅现在反对他的人，并挺身而出，把一切责任都揽在自己身上。伊文斯卡娅被苏斯洛夫召到苏共中央，苏斯洛夫对她厉声申斥，并追问帕斯捷尔纳克同意大利出版商费尔特里内利的关系。伊文斯卡娅一口咬定手稿是她转交的，同帕斯捷尔纳克无关，帕斯捷尔纳克得知后坚持先在国内出版。苏斯洛夫召见伊文斯卡娅后，对帕斯捷尔纳克的批判进入新阶段，一些天真的学生还到帕斯捷尔纳克住所前骚扰，使他终日不得安生。伊文斯卡娅找到同上层关系密切的费定，向他郑重声明，如果继续骚扰帕斯捷尔纳克，她和帕斯捷尔纳克便双双自杀。她的威胁果真发生作用，1958 年 10 月以前帕斯捷尔纳克得到了短暂的安宁。1958 年 10 月 23 日，瑞典文学院宣布将 1958 年度诺贝尔文学奖授予帕斯捷尔纳克，以表彰他在"当代抒情诗和伟大的俄罗斯叙事文学传统领域所取得的重大成就"。帕斯捷尔纳克也向瑞典文学院发电报表示感谢："无比感激、激动、光荣、惶恐、羞愧。"当晚，楚科夫斯基和伊万诺夫两家邻居到帕斯捷尔纳克家向他祝贺。次日清晨，第三个邻居费定来到帕斯捷尔纳克家，不理睬正在厨房准备早餐的奈豪斯，径直上楼走进帕斯捷尔纳克书房，逼他公开声明拒绝诺贝尔文学奖，不然作协将开除他会籍，并让帕斯捷尔纳克到他家走一趟，苏共中央文艺处处长波利卡尔波夫正在那里等候他。帕斯捷尔纳克拒绝发表声明，也不肯同他去见波利卡尔波夫。费定急忙回去向波利卡尔波夫汇报。奈豪斯见费定匆忙离去，脸色阴沉，连忙上楼看丈夫，只见帕斯捷尔纳克晕倒在地板上。对帕斯捷尔纳克的压力越来越大，但他始终未屈服。他在致作协主席团的信中写道：

> 任何力量也无法使我拒绝人家给予我—— 一个生活在俄罗斯的当代作家，即苏联作家——的荣誉。但诺贝尔文学奖金我准备转赠给保卫和平委员会。
>
> 我知道在社会舆论压力下必定会提出开除我会籍的问题。我并未期待你们会公正对待我。你们可以枪毙我，将我流放，你们什么事都干得出来。我预先宽恕你们。但你们用不着过于匆忙。这不会给你们带来幸福，也不会增添光彩。你们记住，几年后你们将不得不为我平反昭雪。在你们的实践中这已经不是第一次了。

然而过了几小时，帕斯捷尔纳克同伊文斯卡娅通过电话后，立即到邮电局给瑞典文学院拍了一份电报："鉴于我所从属的社会对这种荣誉所作的解释，我必须拒绝这份决定授予我的、我本不配获得的奖金。希勿因我自愿拒绝而不快。"与此同时，他也给党中央发了份电报："恢复伊文斯卡娅的工作，我已拒绝奖金。"

帕斯捷尔纳克为了捍卫荣誉不畏惧死亡和流放，但荣誉在爱情面前却黯然失色。为使伊文斯卡娅免遭迫害，帕斯捷尔纳克一切都在所不惜。

然而一切都晚了，听命于领导的群众在当时团中央第一书记谢米恰特内的煽动下，在帕斯捷尔纳克住宅前示威，用石块打碎门窗玻璃，呼喊把帕斯捷尔纳克驱逐出境的口号。如果不是印度总理尼赫鲁直接给赫鲁晓夫打电话，声称他本人准备担任保卫帕斯捷尔纳克委员会主席的话，帕斯捷尔纳克很可能被驱逐出境。在一连串猛烈的打击下，帕斯捷尔纳克身心交瘁，一蹶不振。他孤独地住在作家村，心脏病不时发作，很难出门。奈豪斯不准伊文斯卡娅进他们家门，他们两人极少见面，甚至无法互通消息。1960年5月30日，帕斯捷尔纳克溘然逝世。官方当然不会举行任何追悼仪式，报上只发了一条消息："文学基金会会员帕斯捷尔纳克逝世。"连他是诗人、作家都不承认了。但他的诗歌爱好者们在作家村贴出讣告，民警揭掉后又重新贴上。帕斯捷尔纳克下葬的那天，成千上万的人到他的住宅同他告别。奈豪斯不准伊文斯卡娅同他告别，伊文斯卡娅在门前站了一夜，最后只能在人群后面远远望着徐徐向前移动的灵柩。此时她五内俱焚，晕倒在地。但她万万没料到等待着她的是更大的磨难。帕斯捷尔纳克逝世后，伊文斯卡娅同二十岁的女儿伊琳娜同时被捕，罪名是向国外传递手稿并领取巨额稿酬。伊文斯卡娅除了在莫斯科给意大利出版商看过《日瓦戈医生》手稿外，从未向国外传递过任何手稿，至于稿酬更是一戈比也未领取过。当局把对帕斯捷尔纳克的气都撒在伊文斯卡娅身上，她被判处四年徒刑，伊琳娜两年。赫鲁晓夫下台后，伊文斯卡娅才被释放。她同帕斯捷尔纳克相爱了十三载，共同经历了人生旅途的惊涛骇浪。她把这一切都写入了回忆录《时间的俘虏》中。书名取自帕斯捷尔纳克 1956 年所写的抒情诗《夜》的最后一节：

> 别睡，别睡，艺术家，
> 不要被梦魂缠住，
> 你是永恒的人质，
> 你是时间的俘虏。

（《博览群书》1996 年 6 月号）

费定会做人

在我心目中，费定是苏联大作家。但当我坐在桌前回想他的作品，除《城与年》《早年的欢乐》和《不平凡的夏天》等篇名外，情节人物一点也记不起来，钻进脑子里的却是阿·托尔斯泰等人作品的情节和人物，可费定的几部长篇小说我五十年代分明读过。

大概因为费定小说的内容同阿·托尔斯泰等人作品的内容相似，但写得不如他们生动感人，所以后者深印在脑海中，而前者则被时间冲刷殆尽。稍有印象的是他的短篇小说《果园》。内容是讲十月革命后果园主人离开俄国，由园丁西兰季照看。果园被换上苏维埃牌子。春天果园需要剪枝、施肥、灌溉，西兰季一人忙不过来，向苏维埃求援，请求雇工和购买肥料，但苏维埃不予理睬。不久果园又改成儿童教养院，孩子们把果园糟蹋得一塌糊涂。西兰季一怒之下放火烧毁了果园。他妻子惊恐地对他说："咱们的人回来后怎么交代呀？"园丁回答道："难道他们还会回来吗？"

这篇小说的寓意很明显：暴力革命摧毁了文化果实。费定因这篇小说受到批评。但小说发表在1920年，拉普尚未成立，没人向他打棍子。小说反而引起高尔基的共鸣，他请费定到自己家里来，同他结成忘年交。高尔基的关怀费定受用终身。有几个苏联作家聆听过高尔基的教诲？不久高尔基被迫出国养病，费定加入文学团体

"谢拉皮翁兄弟"。成员都是年轻气盛的文学青年，只有费定是中年人。大概因为挨过批评的缘故，比他们知道天高地厚。他懂得苏联作家必须学会顺应潮流，才能保护自己。眼睛永远向上看，择友一定要慎重。朋友倒霉时虽不落井下石，但也不伸出援助之手。1946年"谢拉皮翁兄弟"团体成员左琴科遭难，生活无着落，很多"谢拉皮翁兄弟"借钱给他，帮他渡过难关，其中惟独没有费定。但也不排除费定悄悄给他送过钱。左琴科临终前仍未领到退休金，楚科夫斯基、吉洪诺夫和卡维林等知名作家联名上书中央，请求发给他退休金，费定未签名。其实费定比他们名气大，同左琴科的关系也比他们深。这都是费定聪明之处。

费定不是工农家庭出身，父亲是萨拉托夫文具商。1914年他赴德国留学，第一次世界大战期间归国途中被德国人当作敌侨扣留。曾在德国教授过俄语，还干过其他事。十月革命后返回俄国。后虽在苏维埃政权机构工作过，但一直未能入党。大概有所谓历史问题吧。革命初期发表过影射布尔什维克摧毁俄罗斯文化的小说《果园》。像费定这样的人在多次腥风血雨中理当被消灭或关入劳改营，但他却安然无恙。当然也未被重用，1934年作协成立时就未进入领导班子。

卫国战争爆发后，他同其他作家一起以记者身份奔赴前线。但战争期间他并未写出震撼人心的作品，像西蒙诺夫的抒情诗、爱伦堡的政论和伊萨科夫斯基的歌词。战后他发表了长篇小说《早年的欢乐》和《不平凡的夏天》，虽受到报刊赞扬，但远没有其他小说，如《日日夜夜》《真正的人》和《恐惧与无畏》等影响大。但不知怎的费定渐渐成为遐迩闻名的作家，威望日益增长。有人说得力于他作品的文字，也有人说得力于他的为人，他不随意整人。六十年代我曾啃过他的《早年的欢乐》，也许我俄语水平低，并未感受到他文字的魅力，只觉得他竭力模仿托尔斯泰。不随意整人恐怕是真的，但这也是相对而言。苏联文学界有一伙专事整人的批评家，一篇文章便能置人于死地。曾被西蒙诺夫称之为法捷耶夫狗腿子的叶尔米洛夫便是其中佼佼者。费定不干这种事。但按照上面指示表态时，他也从不含糊。从他的经历和美学趣味上看，他未必不欣赏《日瓦戈医生》，但开除帕斯捷尔纳克作家协会会籍时他也同大家一起举手通过。他让人产生好感的另一原因是待人礼数周到，连送清样的通讯员也被请进客厅，走时送至大门，更不用说作家同事了。这同苏联文化官僚和作协不少领导人大不相同。他在知识分子心目中的形象越来越高大。1958 年被选为科学院院士，1959 年任作协第一书记，1971 年书记处改为主席团，他仍任主席，直至 1977 年逝世。他在苏联作协领导人当中任职时间最长。

六十年代末费定对索尔仁尼琴"事件"的处理同样折射出他做人的本领。索尔仁尼琴是从死亡中挣扎出来的人，对任何事不抱幻想，疑神疑鬼，不相信别人的善意。他同作协的冲突自己责任也不小。他同作协的矛盾原可化解却未能化解。作为第一书记的费定，本应拉他一把却推了他一把，其结果是索尔仁尼琴被驱逐出境。特瓦尔多夫斯基同费定闹翻，一批优秀作品无法冲破保守的藩篱，整个苏联文学陷入停滞。

索尔仁尼琴的中篇小说《伊凡·杰尼索维奇的一天》（简称《一天》）的发表同费定还有点关系。特瓦尔多夫斯基对《一天》十分欣赏，准备在《新世界》发表，但报刊保密检查总局不批准，于是他想办法把《一天》捅到最高当局。他请编委费定对小说写几句评语，费定也很欣赏这位初出茅庐作家的小说，夸奖了一番。特瓦尔多夫斯基在致政治局和赫鲁晓夫的信中援引了权威人士费定的评语。经赫鲁晓夫批准，《一天》于 1962 年 11 月在《新世界》上发表。发表后在国内外所引起的反响任何人都未料到，对作家们的影响无以复加。著名作家巴克拉诺夫写道："索尔仁尼琴小说发表后我们才明白应这样写，而不应在此之前那样写。"《一天》的影响也出乎费定预料，他突然发现自己写的七部长篇小说以及数十篇中短篇小说的影响还抵不上索尔仁尼琴一个中篇，心里不是滋味。后来他对索尔仁尼琴的态度发生变化，除政治气候原因外，也有不是滋味即忌妒的因素。

　　1964年10月赫鲁晓夫下台后，索尔仁尼琴的处境每况愈下。1965年9月克格勃抄了索尔仁尼琴存放在朋友处的手稿，其中有他在劳改营写的诗剧《胜利者的酒宴》，反映生还无望的囚犯的绝望心理。刑满释放后他便否定了诗剧，并决定永不发表，但克格勃却把诗剧转交作协书记处。1966年《新世界》推荐《一天》为该年列宁文学奖金参评作品。评审委员会里立即有人提出索尔仁尼琴是逃兵、伪警察。《新世界》出示最高法院判决书证明索尔仁尼琴被捕确因在信中议论斯大林。但又有人提出他写过反苏诗剧《胜利者的酒宴》，终被淘汰。他的长篇小说《癌病房》一直不能发表，但打字稿在莫斯科流传，并有流传到国外的危险。索尔仁尼琴万般无奈，1966年7月25日上书勃列日涅夫，陈诉自己所受到的种种不公正的待遇，并恳请最高领导人批准出版《癌病房》，但勃列日涅夫未予理睬。此时正值苏联第四次作家代表大会开幕前夕，索尔仁尼琴不是代表，无权在大会上发言。他自知作协不会为他做主，但不少作家同情他的遭遇，便写了一封致代表大会的公开信，打印二百五十份分寄与会代表，在代表当中引起巨大反响，但却激怒了作协领导人，特别是第一书记费定。公开信涉及文艺界以及社会中许多问题，但其中的"要害"是取消书报检查制度和作协必须真正为作家做主。苏联书报检查制度因袭沙俄书报检查制度，而检查员都是对文学一窍不通的"政工"，给报刊编辑制造了不少麻烦，编辑和作家都有切肤之痛。作协是作家自己的组织，应维护其成员的利益，替他们说话。索尔仁尼琴举出许多作协为虎作伥的例子。克格勃查抄他手稿时作协非但未替他说话，反而接受了他早已否定的诗剧手稿。这些话作协领导当然不爱听，所以公开信没在大会宣读、印发，无一领导人在讲话中提及，仿佛根本不存在似的。但休息厅却开了锅似的，大家只议论公开信，再捂也捂不住了。几天后西方电台广播了公开信，并掀起反苏浪潮。书记处不得不处理。特瓦尔多夫斯基提出三项处理方案：1. 立即在《文学报》发表《癌病房》片断，并注明全文将在《新世界》发表；2. 委托作家出版社出版《索尔仁尼琴小说集》，并刊登澄清作者身世的前言；3. 该前言在《文学报》上发表。书记们有的赞成有的反对，但经过几轮交锋，大家渐渐倾向特瓦尔多夫斯基方案，如果真通过了，索尔仁尼琴将是另一种命运，苏联文学也许不会长期踏步不前。但费定反对。费定提出先由索尔仁尼琴发表一个驳斥西方反苏谰言的声明然后再考虑出版《癌病房》。索尔仁尼琴却提出，要驳斥西方谰言先得在国内发表公开信，让人民看看西方如何歪曲他的公开信。双方僵持不下，书记处也不开会了。就在这期间，1968 年 1 月 15 日，特瓦尔多夫斯基给费定写了封长信。信中指出发表《癌病房》不是索尔仁尼琴个人的私事，而是有关苏联文学如何发展的大事。是巴克拉诺夫所说的这样写或那样写的问题。是真实地反思苏联历史和现实还是照旧粉饰生活的问题。粉饰生活的作品已无读者，苏联文学沿老路走下去必将枯竭。至于公开信，他并不赞成索尔仁尼琴采用的方式，但对信的内容则举双手赞成，不能只看方式而不顾内容。信发出后没有回音，书记处也没再开会，谁也不知道费定葫芦里卖的什么药。

1 月下旬西蒙诺夫突然来到《新世界》编辑部，他告诉特瓦尔多夫斯基，费定见过勃列日涅夫，两人谈了三小时。谈了什么他不知道，但估计不会说《新世界》好话，更不会说索尔仁尼琴好话。看来特瓦尔多夫斯基的信让费定睡不好觉，思考了不少问题。他不愿让后人指责他阻碍文学发展，把文学领回老路。但他又知道《癌病房》的发表必定带出一批优秀作品，而他自己的作品在这些作品前必将黯然失色。他想起老朋友卡维林骂他的话："如果一位作家把绞索套在另一位作家脖子上，那他在历史上的地位便将不决定于自己的创作而完全决定于另一位作家的创作。"费定很关注身后名声，不希望自己像意大利作曲家萨里叶里那样载入史册。他左思右想，想不出两全其美的办法，只好求助总书记。费定不会在总书记面前讲别人坏话，但当勃列日涅夫问起索尔仁尼琴时他会尽量贬低他作为作家的价值。这就足够了。索尔仁尼琴的命运在他们谈话中已经决定：开除出作家协会、不准发表作品以至最后驱逐出境。

《癌病房》未能在苏联出版，1968 年 5 月却在苏黎世出版了。扎雷金的《在伊尔捷克河上》和艾特玛托夫的《永别了，古利萨里》等一批优秀作品当然也没被带来。苏联文学开始了停滞时期。

后来特瓦尔多夫斯基遇见费定时问道：

"您真见过勃列日涅夫？"

"见过，周围同志认为我们应当见面。"

"谈起过索尔仁尼琴？"

"谈起过。"

"您都说了什么？"

"您自己明白，我什么好话都不会说，但什么坏话也没说。"

此后费定的威望下降，读者减少，但仍被称为受人尊敬的大作家，这大概因为他太会做人的缘故。

（《博览群书》1997 年 3 月号）

《蓝色笔记》

《蓝色笔记》(原标题是《列宁在拉兹里夫》)是苏联作家卡扎凯维奇所写的一篇中篇小说。卡扎凯维奇中国读者不大熟悉，但也不完全陌生。1949年晨光出版社便翻译出版过他的成名作《星》。1954年泥土社和上海文艺出版社出版过不同译者翻译的长篇小说《奥得河上的春天》，1959年人民文学出版社又出过该书的新译本。五十年代一本外国小说出三个译本尚不多见。我五十年代读过他的小说，想来我的同龄人也有不少人读过。当然卡扎凯维奇不是法捷耶夫，他的作品在中国不像《青年近卫军》那样流行。

《蓝色笔记》是他晚年的作品，我没见到过中译本。我在这篇文章中并不想评介这部作品，只想探究它的发表为什么如此困难。如果是部反共反苏的小说，那当然不应发表。如果是部题材陈旧的平庸之作或思想性虽强但艺术上粗糙的作品，不发表亦情有可原。但都不是。恰恰相反，《蓝色笔记》是部题材新颖、思想性强、艺术上相当成功的作品。读过手稿的人无不称赞。观点不同、风格迥异的文坛宿将特瓦尔多夫斯基和潘菲洛夫一致叫好。卡扎凯维奇写的是列宁在拉兹里夫度过的日子，这个题材还没人写过。作者通过列宁在草棚里思考、写作、同布尔什维克领袖谈话和向他们下达指示表现出革命领袖在危难时刻的领导才能和大无畏精神。1917年7月事变后临时政府宣布布尔什维克为非法组织，并向列宁发出逮捕令，布尔什维克党转入地下，列宁躲进距彼得格勒三十四公里的拉兹里夫车站附近的草棚。列宁在这里继续领导布尔什维克党做武装起义的准备，同时派人从斯德哥尔摩取回一个蓝色笔记本，上面是他在国外阅读马恩著作时做的札记。列宁根据这本札记在草棚里完成《国家与革命》这部经典著作。列宁的形象塑造得十分生动，小说也是为纪念列宁九十岁诞辰而作。作者为了真实地再现这段历史，还写了陪同列宁躲在草棚里的季诺维也夫。陪同列宁一起在拉兹里夫避难的是季诺维也夫在二十年代并非秘密。奥尔忠尼启则1924 年 3 月 28 日在《真理报》上发表的文章《伊里奇在七月事变的日子里》就有这样的话："这顿'晚餐'吃完后，我们就换了个地方，到列宁和季诺维也夫的'住宅'里去谈话。"1924 年列宁格勒出版社出版的绍特曼的回忆录《列宁在地下活动时期》中不仅提到季诺维也夫在拉兹里夫，并一直把他同列宁相提并论：列宁和季诺维也夫。斯大林掌权后季诺维也夫作为反对派被击败，成为 1936年第一次公审的首犯，公审后同加米涅夫等人一起被处决。此后季诺维也夫便成为十足的反面人物，他的一切活动都在破坏革命，就像 1938 年出版的《联共（布）党史》里所写的那样。小说无法发表就是因为卡扎凯维奇恢复了历史真相，写了在拉兹里夫同列宁在一起的是季诺维也夫。

今天已经清楚，季诺维也夫同列宁的关系绝非《联共（布）党史》里所写的那样。他同列宁有过矛盾，列宁曾严厉批评过他，但两人关系一直良好，在布尔什维克领袖们当中，他是列宁最倚重的一个。十月革命前两人同在国外，季诺维也夫担任《无产者》和《社会民主党人》两份报纸的编辑，直接受列宁领导。列宁多方面教导他，甚至帮他修改文章，教他如何突出重点，如何准确表述某个概念。两人还共同写文章，如纲领性著作《社会主义与战争》和

《俄国工人党史中的若干问题》等一系列论文都共同署名。十月革
命前夕，10月18日，季诺维也夫和加米涅夫在高尔基主持的《新
生活报》上发表一封信，透露布尔什维克准备武装起义，但并未说
出起义的具体日期。他们认为起义时机尚未成熟，希望推迟起义日
期。在中央委员会上他们的意见被否决，便采用在报上透露消息的
办法阻止起义。列宁对他们的举动十分恼火，骂他们是工贼。两人
检讨后列宁便原谅了他们，仍委以重任。十月革命后列宁任命季诺
维也夫为彼得格勒苏维埃主席，加米涅夫为莫斯科苏维埃主席，只
给了斯大林一个民族事务人民委员的次要职务。列宁本人在莫斯
科，把北方完全交给季诺维也夫管理。1920年高尔基因知识分子问
题同季诺维也夫发生尖锐冲突，季诺维也夫竟抄了高尔基的家。高
尔基到莫斯科向列宁告状，列宁把季诺维也夫召到莫斯科，数落了
几句便放他回去了，并依照他的请求下令查封了《新生活报》。列
宁宁肯得罪高尔基，都不愿失去自己得力的助手。

　　二十年代篡改过历史事实的事，六十年代已经很少有人知道真
相了，所以很多杂志都争着刊登卡扎凯维奇这篇小说。特瓦尔多夫
斯基第一个找他，想在《新世界》上发表。但《新世界》自由主
义色彩太浓，早已成为"上面"某些人的眼中钉，书刊检查机构当
然不准在《新世界》上发表。《十月》杂志主编潘菲洛夫也有意发
表。《十月》被视为保守刊物，潘菲洛夫本人又是拉普出身，"上
面"对他一直很器重。潘菲洛夫还有一种"通天"的特殊本领。中
央书记们他不见得都够得着，但他却能把书记们的秘书笼络到自己
身边，经常在家里宴请他们。如苏斯洛夫的助手沃龙佐夫便是他的
座上宾。他先请卡扎凯维奇在《十月》编委会上朗读《蓝色笔记》，
编委们听后提出不少意见，卡扎凯维奇根据他们的意见做了修改，
把季诺维也夫写成列宁的对立面：上了船，船一划便摇摇晃晃坐不
稳，而列宁稳若泰山；拿镰刀割草，草没割着反划破了腿，而列宁

割起来像一阵风，比农民割得还快；列宁同农民亲切交谈，他却找不到话说；同列宁辩论时常常暴露机会主义观点，被列宁驳得哑口无言。他动作迟缓，无精打采；列宁则生龙活虎，精神百倍。季诺维也夫完全被漫画化了，列宁让他陪伴自己除怄气外恐怕起不了别的作用。卡扎凯维奇改坏了。潘菲洛夫对修改后的小说很满意，通过秘书朋友们打通了苏斯洛夫、毛希丁诺夫和波斯佩洛夫三位书记，决定在1961年第1期发表，《十月》的编辑们也为他们取得的胜利沾沾自喜。1960年8月潘菲洛夫逝世，发表小说的事又生枝节，书记们仿佛忘了自己的允诺。《十月》编委们不得不上书中央书记处，在9月16日的信中写道："卡扎凯维奇的中篇小说《列宁在拉兹里夫》已按已故潘菲洛夫收到的指示加工完毕。我们希望加工后的小说能在《十月》杂志上发表。请指示。"《十月》编辑部没收到新的指示，便按原计划发排了。

12月中旬的一天上午苏共中央文化部主任波利卡尔波夫打来电话，问接电话的副主编弗罗洛夫：

"卡扎凯维奇的《蓝色笔记》进展到哪一步了？"

"已经发排，明年第一期刊出。"

"原来这样。马上从第一期撤下来。这是最后的决定。能不能找到代替它的作品？"

波利卡尔波夫的话对弗罗洛夫有如晴天霹雳，惊得一时不知说什么好，只结结巴巴地说他们向中央打过报告，但波利卡尔波夫打断他的话："执行指示，马上到我这儿来一趟。"弗罗洛夫赶到苏共中央文化部后，波利卡尔波夫仿佛没事人一样，请弗罗洛夫喝茶，同他聊了半天。他都说了什么弗罗洛夫记不清了，但在回忆录中记下他记得最清楚的一段话："如果你们发表了《蓝色笔记》，我便只剩下一条路好走了：到书记们那儿去，把党证交给他们，自己走人大吉。"

　　弗罗洛夫只得遵命撤下《蓝色笔记》，并通知卡扎凯维奇。卡扎凯维奇在绝望的心情下，1960 年 12 月 18 日给赫鲁晓夫写了一封信：

　　尊敬的尼基塔·谢尔盖耶维奇：

　　　　两年前我完成了中篇小说《蓝色笔记》(最初定名为《列宁在拉兹里夫》)。两年来大家夸奖它，想发表它，但未能发表。第一稿《新世界》杂志决定采用，但被禁止。另一家杂志，《十月》，决定发表，要求我对小说加工。潘菲洛夫在编委们的一致支持下为小说的发表斗争到死。经过几个月的加工和长时期讨论，党的中央委员会批准了更加完美的修订稿。苏斯洛夫、毛希丁诺夫和波斯佩洛夫三位同志读过，并予以赞许。小说已发排并预告读者 1961 年第 1 期刊登，但最近又被禁止。

　　　　尼基塔·谢尔盖耶维奇，世界上什么都可能发生，任何作家都不可能永远成功。如果不是许多读过小说的同志一致肯定小说的思想性和艺术性，如果小说不是献给我们的领袖和导师列宁同志，而大家又一致认为他的形象刻画得极为鲜明和深刻，我也不敢打搅你。

　　　　我确信我的小说有助于党的宣传机构向人民解释党史中的某些复杂情况，这对教育人民极为重要。我采用的自然是艺术手法，它能找到通往读者心灵的捷径，比通常的宣教更有效。

　　　　总之，我不隐瞒历史事实，而是正确解释它们。解释历史事实极为重要，因为隐瞒历史事实，掩饰我国历史某些重要情况，必将导致部分读者，特别是青年们，不相信我们的宣传，不相信我们的史学，我们党内斗争的概念，而这将孕育着不良的后果……

尼基塔·谢尔盖耶维奇，我向您请教我该怎么办？"

这封信产生了效果，赫鲁晓夫点了头，《蓝色笔记》于 1961 年在《十月》第 4 期上发表。

不久波利卡尔波夫召集评论家开会，弗罗洛夫也参加了。这位苏共中央文化部主任满面春风，滔滔不绝地讲个没完，忽然发现了弗罗洛夫，大概想起自己说过的交出党证的话，便大声对弗罗洛夫说："瓦洛佳（弗罗洛夫名字的昵称），你大概会想我输了，才不是吧！亲爱的，输的是你！我那时是正确的，现在依然正确。"

《蓝色笔记》写了季诺维也夫而遭禁止，因为卡扎凯维奇澄清了一个历史事实。澄清这个事实是否有损列宁的形象呢？如果真实地写季诺维也夫倒也未必。像现在这种写法反而有损列宁的光辉形象。是否担心损害斯大林的形象呢？赫鲁晓夫在二十大秘密报告中已彻底破坏了斯大林的形象。斯大林逝世五年后人们不会有这种担心。小说一再遭到禁止恐怕还在于澄清事实的本身。澄清一个，人们便会要求澄清两个、三个……这便触犯了当权者的隐痛，因为他们当中不少人是歪曲、隐瞒历史真相的参与者。历史真相一个个大白后，必将动摇他们本人的权力基础。我想这才是《蓝色笔记》难于发表的真正原因。

（《博览群书》1998 年 2 月号）

卡普列尔：中国最知名又最不知名的苏联作家

　　苏联作家卡普列尔的名字在中国大陆恐怕无人知晓，但他的作品又恐怕无人不知。他就是在中国放映过无数次的影片《列宁在十月》和《列宁在一九一八》的电影脚本作者。他不仅是著名剧作家、散文家，还是七十年代苏联人民最热爱的电视节目主持人。

　　卡普列尔半生坎坷，几次大起大落，都是因为他太痴情、太真诚、太富于正义感的缘故。他妻子戏称他为"并非愁容的骑士"，除掉愁容外，他确实有点像塞万提斯笔下的堂吉诃德。

　　一个普通的敖德萨青年，不到而立之年便发表了剧本《三个同志》和《矿工们》，并被搬上银幕，几年之间便成为苏联知名的剧作家。1938年莫洛托夫亲自主持十月革命题材剧本竞赛，卡普列尔应邀参加，并以剧本《起义》（即《列宁在十月》）一举夺魁。接着他又创作了《列宁在一九一八》。在苏联电影、戏剧史上，卡普列尔是第一个把革命领袖作为一个活生生的人物写进剧本的。这两部由罗姆执导、舒金扮演列宁的影片一上映，列宁仿佛又回到人民之中，卡普列尔由此誉满天下。但正当他春风得意之时，他有幸或者说不幸结识了女中学生斯维特兰娜·阿利卢耶娃，并且一见钟情。如果斯维特兰娜是普通人家的女儿，真挚的爱情也许会绽开艳丽的花朵。然而，斯维特兰娜是斯大林的千金，卡普列尔则是犹太血统的敖德萨人，因此悲剧就难以避免了。斯大林不准女儿同卡普列尔恋爱，除后者是犹太人外，还因为卡普列尔在《列宁在十月》中对斯大林颂扬得不多，对斯大林的政敌丑化得不够。1938年莫斯科第三次审讯刚刚结束，列宁时期的政治局委员除加里宁和莫洛托夫之外，统统被斯大林处死。斯大林想把自己说成同列宁一起领导了十月革命，但卡普列尔根据当时掌握的资料，并未把斯大林同列宁并列为十月革命的领导人，尽管影片已夸大了斯大林在十月革命中所起的作用。

最初，斯大林只想把他们拆散，两人不再来往就算了，所以采取"先礼后兵"的做法。斯大林卫队长符拉西克将军派鲁缅采夫上校给卡普列尔打电话，劝他离开莫斯科到南方去。卡普列尔被爱情冲昏头脑，不但不听劝告，反而在电话里叫他滚蛋。接着，好友作家西蒙诺夫再次劝他到南方去，卡普列尔依然不听。苏德战争爆发后，卡普列尔当了战地记者，1942年年底，他飞往斯大林格勒采访。此时卡普列尔非但没冷静下来，在离别的煎熬中，爱情变得更加热烈。他发表在《真理报》上的《L中尉发自斯大林格勒的通讯》，竟情不自禁地思念起斯维特兰娜来。信中明白无误地写道："莫斯科现在大概正在下雪，从你窗口可以望见克里姆林宫的雉堞。"连斯维特兰娜的居住地点都点出来了，等于向全国公开他同斯大林女儿的爱情。深知父亲性格的斯维特兰娜读了这篇战地通讯后吓得魂不附体，知道天真的卡普列尔闯了大祸。这时斯大林突然从办公室赶回家。斯维特兰娜在《致友人的二十封信》中这样写道：

> 平时缄于言词、不动感情的父亲，这时已怒不可遏，喘不过气来，好容易才说出一句话："都在哪儿？在哪儿？"接着又说："你的作家的那些信都在哪儿？在哪儿？"我无法描写他是用多么鄙视的口吻说出"作家"这两个字。

"我全知道了! 你们在电话里的谈话都在这儿!"他拍拍他的衣袋。"快,都拿出来! 你的卡普列尔是英国间谍,已经被捕!"

"可我爱他!"我说,我终于恢复了说话的能力。"你爱他!"父亲对这个"爱"字充满仇恨,大喊起来,有生以来第一次打了我两个耳光……他看了我一眼,说了一句置我于死地的话:"你也不照照镜子看看自己,谁会要你! 他身边有那么多娘儿们,你这糊涂虫!"说完他拿起所有信件、照片回餐厅去了。

这次短暂的爱情以卡普列尔被捕、斯维特兰娜同父亲关系破裂而告终。著名作家的名字也理所当然地从电影字幕和报刊上永远消失。《列宁在十月》和《列宁在一九一八》两部影片1951年在我国首次放映时,字幕上当然不会再有作者的名字了。

1943年至1953年,卡普列尔是在劳改营里度过的。但十年的劳改生活丝毫未改变他的性格。1953年斯大林逝世后他立即被释放,重返莫斯科。他依旧那样天真、真挚、充满正义感,以散文家,说得更确切些,以杂文家的姿态投入扬善惩恶的斗争。

发表在《文学报》上的《靴子踹胸口》便是他对索契民警局宣战的檄文。他揭露了索契民警局局长的恶棍行径:把女儿送进疯人院仅仅因为她爱上普通司机,而把司机关进监狱也就因为他胆敢接受民警局局长千金的爱情。这篇文章引起轩然大波,民警局差点把卡普列尔投入监狱,幸亏赫鲁晓夫得知后发了脾气,卡普列尔才得以幸免。

为了恢复影片《女友们》的作者瓦西里耶娃的著作权,卡普列尔四处奔走,恳求知情者主持公道,还在《俄罗斯文学报》上发表一篇慷慨激昂的呼吁文章。在卡普列尔的感召下,许多著名作家联名写信，要求剽窃女作家作品的导演发表声明，承认被无辜镇压的女作家的著作权。但影片导演仍不吭声，结果卡普列尔的满腔热情付诸东流。其实，卡普列尔同女作家瓦西里耶娃非亲非故，为恢复她的著作权而战斗，不过是想伸张正义，恢复人们对正义的信心罢了。

五十年代中期，卡普列尔被选为国际电影编剧协会副理事长。换了别人，这个职务不过多增添了荣誉头衔，多几次抛头露面的机会而已。但卡普列尔在这个岗位上却开始了新的战斗——为编剧的著作权而战斗。战后一个时期苏联影片的字幕上只印有导演和演员的名字，却不印编剧的名字。电影史介绍某部影片时也只提导演，不提编剧。卡普列尔认为这种做法是不公道的，是对编剧劳动的蔑视。他在《打输了的一场战役》文中写道："……有人说我所争论的问题实质是：创作一部影片谁更重要，爸爸还是妈妈。我认为创作影片既需要爸爸——编剧，也需要妈妈——导演。"他在各种场合呼吁社会对编剧给予应有的尊重。他的行动深得编剧们的赞赏，他们私下向他握手道谢，但却没有一个编剧公开站出来支持他。他们不敢得罪导演，担心一旦得罪导演，导演便不会选用他们的脚本了。面对强大的导演营垒，卡普列尔孤军作战，寡不敌众，败下阵来，影片字幕仍不署编剧名字。但随着时间的推移，影片上打出编剧名字的传统逐渐恢复，编剧的劳动终于得到承认。苏联影片字幕上打印编剧的名字是同卡普列尔的斗争分不开的。

1966 年卡普列尔应苏联国家电视台邀请，担任电视节目"电影丛谈"主持人。"电影丛谈"包括新影片介绍；同国内外演员、导演、编剧交谈；介绍电影档案资料；对观众感兴趣的问题发表自己的看法。从此卡普列尔又走进千家万户，成为广大电视观众喜爱的明星。观众之所以喜欢他，是因为他从不说空话、套话，只说真话。但观众喜爱并不等于领导满意，卡普列尔一到电视台便在节目播放的形式上同台领导发生激烈冲突。卡普列尔坚持有权参与编排节目、邀请嘉宾，谈论人们关心的问题。慑于卡普列尔的威望，电视台只好让步，这样苏联广大电视观众才能在银屏上看到鬓发苍白的心爱的剧作家，倾听他沁人肺腑的话语。

不久，电视台感到观众太爱收看他的节目，致使对其他节目失去兴趣，决定停止他的节目。卡普列尔便向苏联电视委员会主席拉平递交辞呈。他把辞呈往拉平桌上一放，掉头就走，并把门"砰"的一声带上。于是拉平解除他主持人的职务，并销毁了他所主持的节目的全部录像。卡普列尔在观众的视野中从此消失，直到他1978年去世，报刊、电视上再也没有他的消息。

（《博览群书》1995年6月号）

再读《群魔》

俄国作家中，陀思妥耶夫斯基不是我所偏爱的作家。陀氏作品中，《群魔》也不是我所喜爱的作品。中学和大学期间，我读过他的《罪与罚》《被侮辱与被损害的》《穷人》《白夜》和《卡拉马佐夫兄弟》等小说，但没读过《群魔》，甚至不知道他写过这本小说。学俄国文学史时苏联专家没提到过。后来在叶尔米洛夫写的陀氏评传中才看到陀氏写过一本叫《群魔》的小说，那是一本反动的书，苏联直到五十年代中期都未出版过单行本。说起来不可思议，"文革"期间红卫兵抄的书堆里有本原文版的《群魔》。书堆已烧了一半，剩下的不知为什么没烧，《群魔》便在待烧的书堆里。我利用打扫厕所的便利取出读了。在那种红色恐怖的气氛里我的行为起码够得上挨一顿批斗。所以看得飞快，囫囵吞枣，许多章节未能细读，但仍留下阴森恐怖的印象。读完赶紧偷偷扔回书堆。但剩下的半堆书竟放了几个月未烧，红卫兵对自己的战斗成果似乎并不在意或忙于打派仗，忘记了"除恶务尽"的古训。

这次重读是高尔基引起的。1913 年他曾激烈反对把《群魔》改编为话剧搬上舞台，三十年代又力主出版《群魔》单行本，为何如此"出尔反尔"，原因何在？

1913 年 9 月 22 日高尔基在《俄罗斯言论报》上发表《论"卡

拉马佐夫气质"》，开门见山写道："继《卡拉马佐夫兄弟》之后，艺术剧院把一部更富有淫虐狂色彩、更病态的作品《群魔》改编成剧本准备上演了。"接着便对这本小说猛烈抨击，并把陀思妥耶夫斯基称为"恶毒的天才"，从而在文化界引起一场争论。不少文化名人不同意高尔基的观点，其中包括艺术剧院的创建人丹钦科。高尔基10月27日又在该报发表《再论"卡拉马佐夫气质"》："高尔基不反对陀思妥耶夫斯基，而是反对把陀思妥耶夫斯基的长篇小说搬上舞台。我相信，读陀思妥耶夫斯基的书是一回事，看见他笔下许多形象出现在舞台上，并且以艺术剧院的演员们所能显示的那样卓越的演技来加以渲染，这是另外一回事。"高尔基认为，演员演技高超，塑造出的形象更鲜明地表现出陀氏的反动的意识形态。但这又同他1935年1月24日发表在《真理报》上的文章《关于小说〈群魔〉的出版》中的话相矛盾："……需要了解他的意识形态，而读他的书是最简便的办法，因为他的意识形态鲜明地表现在小说的形象中。"既然舞台上的人物和书中的形象同样鲜明表现作者的意识形态，又何必激烈反对把小说搬上舞台呢？

这只能用"此一时，彼一时"来解释了。先说"此一时"。1934年12月1日基洛夫遇刺后，高尔基同斯大林的关系彻底破裂。斯大林决意从肉体上消灭自己的政治对手季诺维也夫、加米涅夫等人。苏联出版的书总把这对难兄难弟相提并论，其实他们并不相同，高尔基对他们的态度也完全不同。十月革命初，因知识分子问题高尔基就同季诺维也夫吵翻了，但同加米涅夫关系始终不坏。加米涅夫在最困难的日子里接济过文化人，使他们不致倒毙街头。加米涅夫还有些文学修养，写过论述诗人涅克拉索夫的文章。加米涅夫倒霉时，高尔基为他向斯大林求情，说他退出政治舞台还可以做些文化工作，了此余生。斯大林看高尔基的面子给了加米涅夫科学出版社总编辑的职务。他同高尔基一起制订一套出版文学名著的计划，其中包括《群魔》。基洛夫遇刺后斯大林起了杀机，加米涅夫等人性命便难保了。斯大林确定基洛夫是他们谋害的，12 月 4 日逮捕了加米涅夫。1935 年 1 月 20 日《真理报》评论员扎斯拉夫斯基在该报发表了《文学的腐烂物》："……众所周知，《群魔》正是陀思妥耶夫斯基艺术性最差的一部作品，它所引起的轰动决不在艺术上。而是在于它是反动势力的旗帜。这部小说是对革命的恶毒诽谤。"接着作者笔锋一转，质问科学出版社为什么出版这本反动的书，其用意何在？作者的矛头当然不是指向陀思妥耶夫斯基，而是指向出版社总编辑加米涅夫。四天后高尔基发表了我前面引用过的文章："……我坚决主张科学出版社出版小说《群魔》，理由有二：一、把非法出版物变成合法出版物，因为禁书对年轻人更有诱惑力；二、必须了解敌人，需要了解他们的意识形态……因为他们的意识形态鲜明地表现在小说的形象中。"显然，高尔基也并非为陀思妥耶夫斯基辩解，而是替加米涅夫开脱，把责任揽在自己身上。高尔基的辩解让斯大林恼火。第二天《真理报》又发表了扎斯拉夫斯基的《就正于高尔基》，对高尔基极尽挖苦讽刺之能事。良知被强权碰得粉碎。其实高尔基 1934 年力主出版《群魔》还有更深一层意思，让我们留待下面再谈。

再说"彼一时"。那时，1913 年，很多反对高尔基观点的人同样反对革命。他们赞成把《群魔》搬上舞台是希望用直观的手法向广大群众展示革命家的蛊惑和凶残。高尔基附在《再论"卡拉马佐夫兄弟气质"》后面署名独立人的文章便很有代表性："所有的场景都是对革命家们的全面揭露……我们有一些青年渴望建立功勋，对邻人的痛苦和不幸富于同情，投身在革命团体中，相信这些团体的领导人关于自由、平等、博爱的美丽颂赞，把自己的全部力量奉献给这些团体的工作，希望改变现存秩序……让这些把自己的领导人崇敬如上帝、时时刻刻为他们祈祷的青年，去看看艺术剧院演出的

《群魔》吧……"列宁对因《群魔》而引起的争论的反应只有 1913
年 11 月 13 或 14 日致高尔基信中的一句话:"昨天我从《言论报》
上读了您对拥护陀思妥耶夫斯基'叫嚣'的回答。"此外都在严厉
批判高尔基造神论的观点。这句话只陈述事实,并在"叫嚣"一
词上打引号,据此断定列宁坚决支持高尔基反对把《群魔》搬上舞
台似论据不足。列宁和高尔基对《群魔》的看法未必相同,起码对
《群魔》主人公韦尔霍文斯基的原型涅恰耶夫的看法不大相同。

陀氏作品多以心理剖析、结构巧妙见长,情节反而处于从属地
位,所以介绍《群魔》也只能从人物开始。斯塔夫罗金,借用样板
戏用语,可称小说中的男一号。他是血统贵族,美男子,内地某市
阔绰女地主的独子。他荒淫无度,没有任何道德准则,借折磨人取
乐。他的生活由病态的、不可理喻的不断的恶作剧组成。他是上流
社会淑女追求的对象,却同一个形同乞丐的肮脏跛女人结婚。大学
生沙托夫指责他:"您结婚是由于想折磨自己,由于渴望良心得到
谴责,由于道德堕落。这是一种病态的歇斯底里……向人之常情挑
战,这太诱人了!"他想摆脱精神空虚,又永远摆脱不了,最终只
好上吊自杀。他身上笼罩着一层神秘色彩,同韦尔霍文斯基控制的
秘密组织的关系若明若暗。作者把他称为"绝顶聪明的毒蛇"。

彼得·韦尔霍文斯基是男二号。他的原型便是俄国革命史上不
能不提的涅恰耶夫。他是丧尽天良、诡计多端、恬不知耻的凶残恶
魔。他和斯塔夫罗金先后来到省城后,把省城搅得鸡犬不宁。他把
省长夫人迷惑住,怂恿她为本市家庭女教师举办晚会。然后唆使无
赖捣乱,让省长和夫人丢尽脸。趁大家乱作一团之际,指使手下人
放火。他在这个城市组织一个以推翻现行制度为目的的秘密五人
小组。且不说五人小组完全没有群众基础,连他们五人心也不齐,
不听韦尔霍文斯基摆布。韦尔霍文斯基接受了斯塔夫罗金的主意:
"您可以背地里怂恿小组的四名成员把第五名干掉,就说他是告密

者，那您就可以把他流出的鲜血当作一条绳索，立刻把他们拴住。他们将成为您的奴隶，从此不敢反抗，也不敢要求您做解释了。"于是韦尔霍文斯基强迫五人小组杀死参加过秘密组织的大学生沙托夫。他们要沙托夫交出由他保存的印刷机，并答应从此同他一刀两断，不再找他麻烦。他们把他骗到埋藏印刷机的花园，"三个人立即把沙托夫踢倒压在地上……韦尔霍文斯基准确而果断地把枪口对准他前额，并紧紧贴在地面上，接着扣动扳机。"结果了大学生后，五个人反应不同，一个经不住良心的折磨，向当局自首，除韦尔霍文斯基一人逃往国外，其余人均落入法网。这个情节同"涅恰耶夫诉讼案"的情节完全一致。陀氏在书中对韦尔霍文斯基的形象有所夸张，着重渲染他为达到目的如何不择手段。

有人说涅恰耶夫是无政府主义者，也有人笼统地称他为革命者，但有一点是确定无疑的：涅恰耶夫是沙皇专制制度不共戴天的敌人，至死不动摇。从涅恰耶夫所组织的"人民惩治会"核心五人小组成员、因涅恰耶夫案件被判处四年苦役的库兹涅佐夫的回忆中，可以看清涅恰耶夫是怎样的人和他采用的是何等手段。库兹涅佐夫的回忆录写于1926年。他们1869年相识，库兹涅佐夫那时是彼特罗夫农学院学生。涅恰耶夫坚定的革命目标、旺盛的精力和吃苦耐劳的精神征服了农学院学生。他成立了人民惩治会，在农学院组成第一个五人小组，即核心五人小组。小组中的五人各自发展第二级五人小组，第二级五人小组再发展到第三级五人小组。不到两个月便发展了四百人。上一级五人小组对下一级五人小组绝对保密，下一级对上一级则必须公开。涅恰耶夫宣称自己是国际工人协会派驻俄国的全权代表，直接受人民惩治会中央委员会领导。他在小组会上拆开装有中央指示的信封时，经常说："看看中央又下达了什么指示？"小组大多数成员对此深信不疑。只有农学院学生领袖伊万诺夫怀疑指示的来源。因为他每次同涅恰耶夫争论，很快便收到批驳他观点的中央指示。他要求涅恰耶夫公布中央委员会成员名单，遭涅恰耶夫断然拒绝。涅恰耶夫无法说出，因为根本没有中央委员会，"所有中央委员会的指示都是涅恰耶夫和乌斯宾斯基炮制的。指示上盖着刻有一把悬斧和人民惩治会的图章，图章下方还刻有一行小字：1870年2月19日（发动起义日期）。这一点在警察搜查乌斯宾斯基寓所时得到证实：这枚图章连同公文信笺缝在沙发和安乐椅的椅垫里。"乌斯宾斯基是涅恰耶夫的密友兼助手。"伊万诺夫反对无条件执行中央委员会指示，惹得涅恰耶夫十分恼火。"于是涅恰耶夫召集核心五人小组开会，"他传达中央委员会指令：委员会早已获悉伊万诺夫对组织不满，并准备向宪兵队告发……是毁掉发展迅速的组织还是为组织而牺牲伊万诺夫的性命？大家一致同意后者，并于11月21日在农学院假山洞里将他处死。"涅恰耶夫对不绝对服从自己的人严惩不贷，并用他的鲜血巩固了组织。没人再敢反抗他，或告发他，因为都已成为杀人犯。谋杀案很快暴露，警方顺藤摸瓜，把人民惩治会成员一网打尽。三百一十人被捕，八十四人受审，只跑了涅恰耶夫。涅恰耶夫跑到国外后骗取赫尔岑和奥加廖夫的信任，后者把俄国科学家巴赫梅捷夫遗留下的用于俄国革命的两万法郎转交给他。巴枯宁对他极为赏识，把他视为俄国革命新星。但他们一旦认清他的真相后，都后悔不迭。巴枯宁在致奥加廖夫的信中写道："没有任何人像他那样故意伤害我，但我仍惋惜他……像他那样精力旺盛的人太少见了，我们见到他时，他身上燃烧着对我国受压制的人民炽热的爱。"涅恰耶夫逃到瑞士后，瑞士政府应沙皇政府请求，把他作为刑事犯引渡回国。法庭判处涅恰耶夫二十年苦役，宣判时他毫无惧色，高呼："打倒专制！打倒血腥的沙皇！自由万岁！"他作为最危险的犯人被关入彼得保罗要塞。他在那里为改善狱卒伙食多次同要塞司令斗争，赢得狱卒的尊敬。1882年他病死在彼得保罗要塞。

他只留下《革命者教义问答》一部著作。我未读过全书，只读过不少著作经常引用的一段话："革命者是注定灭亡的人。他既无个人需要，也无个人事务、感情、依恋、财产，甚至名字，他身上的一切都被惟一的兴趣、惟一的思想、惟一的热情——革命，所吞没。

"他在内心深处，不是在口头上而是在行动上，同社会习俗、整个有教养的社会及其全部准则、礼仪、通行的规则和这个世界的道德观念彻底决裂。他是这个世界不共戴天的仇敌，如他仍生活其中，就是为了更有力地毁坏它。革命者蔑视任何尊严，拒绝和平的科学，把它留给未来的一代。他只知道一种科学，那就是毁灭的科学……他蔑视社会舆论……凡是能促使革命胜利的对他都是道德的。凡是妨碍胜利的都是不道德的和有罪的……如他尚存有亲情、友谊或爱情，对他则极为不利；如这些关系束缚住他的手脚，他便不是革命者。"

涅恰耶夫是义无反顾的革命者和为达到目的不择手段的凶狠的人，对这种特殊的人，自然会有不同的看法。

恩格斯 1870 年 7 月 6 日在致马克思的信中写道："涅恰也（耶）夫的案件令人信服地证明，巴枯宁曾给俄国一些完全不相识的人寄信，信封上盖着'秘密革命委员会'的印章。其次，有一个情况是他料想不到的，这个情况同时表明了弃权论者的思想会导致什么结果。"此信说明恩格斯对巴枯宁支持涅恰耶夫曾表示不满。

《列宁全集》没提到涅恰耶夫。1934 年高尔基请列宁战友、担任过他办公室主任的邦奇·布鲁耶维奇为杂志《三十天》写篇回忆列宁的文章。邦奇·布鲁耶维奇在文章中提到列宁如何同他谈论涅恰耶夫："我们至今没研究涅恰耶夫，他所写的传单经常引起弗拉基米尔·伊里奇思考。那时'涅恰耶夫作风'和'涅恰耶夫分子'即使在侨民中也是骂人话，谁竭力宣传无产阶级夺取政权，宣传武装起义和无产阶级专政，便把这些词强加在他身上。那时——仿佛特别不好——把涅恰耶夫称为布朗基分子。弗拉基米尔·伊里奇声称，反动分子同涅恰耶夫耍了多么巧妙的诡计，自陀思妥耶夫斯基和他那本令人厌恶又极有才华的小说《群魔》问世起，革命群众开始否定涅恰耶夫，完全忘记这位革命巨人具有如此强大的意志力，如此灼人的热情，即使关押在彼得保罗要塞，在非人的条件下，仍能把看守他的士兵影响到服从他的地步。

"'完全忘记，'弗拉基米尔·伊里奇说，'涅恰耶夫具有组织者的特殊才能，到处都能进行秘密工作的特殊技巧，把自己的思想震撼人心并永生不忘的本领。'

"'应当出版涅恰耶夫的全部著作。必须研究、弄清，他都写了什么，在何处写的，用过哪些笔名，把他的著作搜集到一起，印出来。'弗拉基米尔·伊里奇说过不止一次。"但列宁的遗愿未能实现，苏联自建立至解体未曾出版过涅恰耶夫的著作。

高尔基对涅恰耶夫完全持否定态度，抨击得最为激烈，把他视为只顾目的而不择手段的革命狂人。十月革命后高尔基对布尔什维克逮捕临时政府成员提出抗议。他在1917年11月23日的《新生活报》上写道："弗拉基米尔·列宁用涅恰耶夫的'开足马力冲过沼地'的方法在俄国推行社会主义制度。

"无论是列宁、托洛茨基，还是所有追随他们在现实的泥沼中走向死亡的人们，他们显然和涅恰耶夫一起坚信：'用败坏名誉的权利能够最轻易地吸引俄国人跟在自己后面。'所以他们现在就冷静地玷污革命，玷污工人阶级，迫使他们制造血腥的屠杀，唆使他们去掠夺，去逮捕像安·弗·卡尔塔舍夫、米·弗·巴尔纳茨基、亚·伊·科诺瓦洛夫等人一样的无辜的人。"（《不合时宜的思想》，江苏人民出版社，1998年，第208页）

高尔基提到的三个人都是临时政府成员，又是著名学者。他把他们视为知识分子的精华。俄国愚昧落后，知识分子少得可怜，新政权应爱护他们、使用他们，不应对他们使用暴力。这也是高尔基同布尔什维克最主要的矛盾。

"开足马力冲过沼地"是《群魔》中韦尔霍文斯基的话。他在小组会上说改革社会有缓慢的（用撰写社会小说的方法影响人）和快捷的（彻底放开人们的手脚）两条道路。他要求小组成员"直截了当地表明，你们怎样会感到快乐一些：是像乌龟一样在沼地里爬，还是开足马力冲过沼地？"

"败坏名誉的权利……"出自《群魔》中韦尔霍文斯基同斯塔夫罗金的一段对话：

> "您知道卡尔马津诺尔（作家）是怎么说的吗？他说，我们的学说实际上是否定名誉，还说，用公开败坏名誉的权利能够最为轻易地吸引俄国人跟在自己后面。"
>
> "说得好极了！金玉良言！"斯塔夫罗金叫了起来，"一下子说到点子上了！败坏名誉的权利——这样所有的人都将跑到我们这边来，那边就一个人也不剩了。"

高尔基的话说得很厉害，列宁并未同他计较，但也未必重视他的规诫。为巩固刚刚诞生的苏维埃政权，布尔什维克继续对反抗、反对和抵触的知识分子实行暴力，招来高尔基更加猛烈的抨击，直到 1918 年 7 月 16 日《新生活报》被查封为止。布尔什维克的某些领袖想逮捕高尔基，加米涅夫妻子即托洛茨基妹妹加米涅娃就说过："如果没有伊里奇，我们早把高尔基关起来了。"她的话表达了丈夫和哥哥的看法。列宁只好在 1921 年客客气气地把高尔基送到国外"疗养"。

从上述材料可以看出，1913 年高尔基反对把《群魔》搬上舞台，是担心艺术剧院的演员们以自己精湛的演技把"群魔"身上可怕的东西表现得淋漓尽致，会对人民群众，特别是革命者，产生不良影响。他们会效仿涅恰耶夫的"开足马力冲过沼地"的做法。1935年高尔基力主出版《群魔》，这时他已看清斯大林决不比涅恰耶夫逊色，采用的正是涅恰耶夫竭力鼓吹的手法，而可怕的后果早已出现，人们对此应有所警觉，《群魔》有助于人民看清斯大林的手法，或许能抵制或减弱这种手法给国家和人民带来的灾难。高尔基的愿望是美好的，只是太天真了。

（《文汇读书周报》1998 年 5 月 2 日）

重读《被开垦的处女地》

  记得初读肖洛霍夫的《被开垦的处女地》（简称《处女地》，人名地名均从草婴译《新垦地》）在 1948 年春天。听几位年长的同志说《处女地》是本革命小说，要想提高革命觉悟一定要读一读。我虽年幼，但也有提高革命觉悟的要求，便借来阅读。没想读起来颇吃力。读完后很失望。吃力是写法同我读过的章回小说完全不同，不直截了当叙述人物行动，而拐弯抹角描写农民在农业集体化中的表现。外国人的姓名更让我头疼。看后面翻前头，不然便会把人物弄混；失望是书中的村苏维埃主席、党支部书记以及他们所依靠的骨干令我反感，同我想象中的英雄模范相差十万八千里。后来听苏联专家讲苏联文学史，《处女地》被誉为农业集体化的赞歌，并充分肯定令我反感的那些正面人物。五十年代初苏联专家的话都是金科玉律，我岂敢反驳，只怪自己欣赏水平太低。去年秋天应邀赴俄罗斯讲学，看到不少抨击《处女地》的文章，指责肖洛霍夫是农业集体化的吹鼓手、斯大林的帮凶。于是我又重读了一遍《处女地》。我觉得少年时代的印象是有道理的，正面人物仍令人反感，反面人物却让人同情，这很能说明作者的态度。《处女地》绝非农业集体化的赞歌，而是人类历史上最大"人祸"之一的农业集体化的真实记录。苏联专家不过重复中学课本里的观点，八十年代以前大学、中学课本都是这样写的。

1987年《星火画报》发表了肖洛霍夫的忘年交列维茨卡娅1930年夏天的日记，从中可以看出肖洛霍夫写《处女地》的动机。他问列维茨卡娅写集体农庄的作品多不多，列维茨卡娅回答多虽多，但从艺术角度看没有一本写得好的，包括潘菲洛夫的《磨刀石农庄》。于是肖洛霍夫说："如果我说我能写得比其他人好您不会觉得我狂妄吧？"列维茨卡娅表示对此决不怀疑。列维茨卡娅最理解肖洛霍夫，相信只有他才能写出一本真实地反映农业集体化的书。

在分析《处女地》之前先应了解肖洛霍夫对农业集体化的态度。他在这方面言行很多。仅以1933年4月4日他致斯大林的信为例。信很长，共十六页，只摘译一段："维约申斯克区同它周围北高加索边区的许多区一样，未完成粮食征购计划，也未储备种子，这个区同其他区一样，庄员和个体农民都快饿死了，大人和孩子浮肿，吃的都是人无法吃的东西，从动物尸体到柞树皮，以及沼泽地里的各种草根。维约申斯克区未完成粮食征购计划并非由于富农破坏，党组织无法对付他们，而是由于边区领导不力。"边区是行政单位，相当于州（省），面积略大。抱着这种态度的人能唱赞歌吗？官方确认《处女地》是歌颂农业集体化的小说是出于政治需要。如果现在还有人这样看不是受官方观点影响太深便是没读懂这本书。

故事由明暗两条线交织而成。以达维多夫为首的党政干部和积极分子在隆隆谷村建立集体农庄是明线，以波洛夫采夫为首的白军军官和富农妄图推翻苏维埃政权是暗线。不知肖洛霍夫使用这种老公式的目的何在。暗线中的人物仅仅仇恨苏维埃政权，妄图推翻它，但对破坏农庄的建立并没起多大作用。也许肖洛霍夫想让这些反面人物说出自己的某些看法？

列宁格勒工人达维多夫、村党支书纳古尔诺夫和村苏维埃主席拉兹苗特诺夫是如何领导隆隆谷村农民建立集体农庄的呢？从消灭富农着手。把他们赶出村去，把他们的财产分给农民。头一个消灭的是富农基多克·波罗丁。他不是沙俄富农，祖先没给他留下土地，而是劳动致富的苏联富农。他原是贫农。1918年同党支书纳古尔诺夫一起参加过赤卫军。把白军赶出北高加索后回到隆隆谷村，一心想发家致富。"他白天黑夜地干活，头发胡子都顾不上理，冬夏都穿一条粗布裤子。挣了三对公牛，累出小肠气来，可他总不知足！他雇工人，每次雇两三个。他挣了一架风磨，后来又买了一架五马力的蒸汽发动机，办起榨油厂，还买卖牲口。"这是支书纳古尔诺夫对他的揭发。基多克是怎样回答的呢？"我执行苏维埃政权的命令，扩大耕地面积。我雇工也是合法的：我老婆有妇女病。我过去什么也没有，现在什么都有，我打仗就是为生活得好。老实说，苏维埃政权不靠你们，我用自己的双手养活它。可你们就知道夹着皮包跑来跑去……"基多克在苏联富农当中具有典型性。首先，他们是种地能手。暗藏的富农雅可夫就向达维多夫介绍过种田经验："我们照老办法种地不划算！就拿黑麦来说吧。为什么它会冻坏，好多人种子都收不回来？可我地里麦穗总是密得挤挤不进去……这都是我预先挡住雪，让土地吸饱水分。有些人贪心，齐根割掉向日葵秆当柴烧，他们不知道如果只割下花头，把秆子留在地里挡雪，风就吹不进去，雪就不会刮到洼地里。"其次，由于他们地种得好，政府便鼓励他们多种，但土地种得一多，一家人手便不够了，不得不雇工。到了农业集体化便成了富农。第三，他们按定额交纳粮食，从不拖欠。农业集体化便要全盘消灭他们。

农业集体化的骨干都是什么人呢？中农梅谭尼可夫、贫农刘比施金、乌沙可夫和狗鱼老爹等人。他们不少人是游手好闲的二流子。对分富农浮财上劲，种地就没多大劲头了。中农阿赫特金嫌他们不好好干活，所以不加入集体农庄："我们天不亮就起来耕地，一直耕到天黑，不知出了几身大汗，脚上磨出鸡蛋大的血泡，夜里还得放牛，睡不了觉。我进农庄会卖力干活，可别人呢，就说我们的柯里巴吧，他就会躺在犁沟里睡大觉。尽管苏维埃政权说贫农中间没有懒汉，说那是富农造谣，但这种说法不对。柯里巴一冬天都躺在热炕上，脚伸到门外。清早脚上落满霜，腰都被热砖烫坏了，这家伙懒到大小便都不愿下炕，我怎能跟这帮人一块干活呢？"刘比施金是裤子破得没法从姑娘们跟前走过的贫农，可他领导的第二生产队是怎么干活的呢？他对达维多夫抱怨道："一点办法也没有！我手下只剩二十八个劳力，可这几个也不肯干活，老偷懒……"中农梅谭尼可夫向村苏维埃主席拉兹苗特诺夫发牢骚："种地也罢，看牲口也罢！你看三十个干活的当中倒有十个蹲在篱笆边抽烟。"中学课本和文学史经常引用狗鱼老爹的一句话："弟兄们，这样的日子我太喜欢了！"以此证明庄员生活得多快活。但他们只引用了后半句，还有前半句："哎，咱们去一趟赚一根杠子来。"一根杠子代表一个劳动日。狗鱼老爹套车出去转一趟便赚一个劳动日，他"太喜欢"的是不干活挣劳动日。这些积极分子私有观念也很强。分富农浮财时人人眉开眼笑，把自家牲口牵入农庄便个个愁眉苦脸了。农民开始加入集体农庄时村里突然刮起一股屠宰家畜风。先宰牛羊，接着杀鸡鸭。一时间人人吃得拉肚子。狗鱼老爹宰了一头小牛，牛排吃得太多，不论白天黑夜老是提着裤子往屋后的向日葵丛里钻。刘比施金和梅谭尼科夫都是跟老婆打架后才把牛牵到管委会去的。牵去后夜里睡不着，老惦记着自己的牛。

再看看肖洛霍夫笔下的集体化的领导核心。达维多夫原是普梯洛夫厂钳工，以区委特派员身份到隆隆谷村建立集体农庄。中农迦耶夫被村支书纳古尔诺夫错划为富农，达维多夫决定把他一家人赶出村去，村苏维埃主席拉兹苗特诺夫说他干不了这种事："叫我怎么下得了手？我是什么？刽子手吗？……迦耶夫有十一个孩子！我们一到，他们哭得多么惨，真叫人受不了！我听了头发根都竖起来！后来把他们从屋里赶出去。这时我闭起眼睛，堵上耳朵，跑到院子里！"达维多夫听了大怒，对拉兹苗特诺夫训斥道："你一来就说：'我干不了，孩子们可怜。'……叫一家富农搬出去，你心里就难过？这有什么了不起！我们叫他们搬走，免得他们妨碍我们建设新生活……等我们建设好了，那些孩子便不是富农的孩子了。工人阶级会把他们改造过来的。"从他话中可以看出他脑子里装满教条，却没有人性中最重要的东西——同情心。达维多夫为什么想不到复查迦耶夫的成分呢？他时时担惊受怕，生怕自己的做法不符合上级指示，所以宁可做得过火，也别让上级批评自己右倾。他同村支部书记和苏维埃主席共同作出决议：庄员牲口不论大小一律归公，连家禽也算在内。他是北高加索边区第一个把富农赶出村子的人，连区委书记科尔靖斯基都大吃一惊，批评他道："是你第一个出的鬼主意，把富农从自己村里推出来，弄得我们很难把他们弄走。"达维多夫很会许诺："我们要给他们建设美好的生活，就这么回事儿！费多特现在戴着父亲的旧军帽跑来跑去，可二十年后他就会用电犁耕地了，他就不会再过苦日子了。"说到这里他眼睛湿润，脸上浮出微笑。可他又给农民带来什么实际好处呢？如果他真替农民做过好事，也不至于几乎被"暴动的娘儿们"打死。

村支书纳古尔诺夫这个形象恐怕令编写文学史的人煞费苦心。他们绞尽脑汁美化他，但他身上的毛病太显眼，怎么也遮掩不住，只好把他说成概念含混不清的革命浪漫主义者。纳古尔诺夫都干了些什么事呢？村苏维埃主席不愿清算被错划为富农的迦耶夫时，纳古尔诺夫尖叫起来，对他骂道："混蛋！你是怎么为革命出力的？可怜吗？我呀……现在就是有几千个老头儿、小孩子、娘儿们……只要对我说，为革命的缘故得消灭他们……我可以用机关枪把他们统统干掉！"纳古尔诺夫绝非随便说说，以表示自己对革命的无限忠诚，他是为几句革命口号什么事都干得出来的。他建议枪毙所有屠宰过家畜的人："他们在宰牲口，那些混蛋！他们情愿胀破肚子，也不肯把牲口交给集体农庄。我有个建议：今天让大会通过决定，把恶意滥杀牲口的人枪毙！"纳古尔诺夫的提议遭到达维多夫等人反对未通过，他咆哮起来："他们什么都会宰的。现在到了阵地战的时候，就像国内战争时那样，敌人从四面八方冲过来。可你们呢，你们这种人会把世界革命葬送掉……资产阶级到处虐待工人，消灭中国红军，屠杀黑人，你们还在这儿跟敌人客气！真丢脸！"纳古尔诺夫强迫农民把种子交给农庄管委会，一起存入公仓，单干户洗澡迷不干，两人吵起来。火气越来越大，话越说越难听。洗澡迷失去控制，对纳古尔诺夫喊道："我现在回去就把粮食喂猪吃！""喂猪？拿种子喂猪！"纳古尔诺夫两步跳到门边，从口袋里掏出手枪，用枪柄朝洗澡迷太阳穴猛击过去。洗澡迷摇晃了一下……倒下了。黑色的血从太阳穴流出来。纳古尔诺夫自己失去自制力，又向倒下的人踢了几脚才走开。接着用手枪逼着洗澡迷，让洗澡迷把他口授的写下来："……我虽是隐藏的反革命，但以后决不再在口头上、书面上、行动上损害全体劳动人民所热爱并用劳动人民大量鲜血所换来的苏维埃政权。我决不再骂它、侮辱它，而将耐心地等待世界革命。那场革命将把我们——全世界革命的敌人——全部消灭干净。"他还把另外三个不交种子的庄员锁在屋里，不交便不放他们回家。村苏维埃主席拉兹苗特诺夫的情妇玛利娜离开他后，心里难受，想找纳古尔诺夫聊聊，没想到纳古尔诺夫对他说："她是你的绊脚石，可当前生活要我们把一切闲事都抛掉。现在不是我们共产党员搞闲事的时候！"拉兹苗特诺夫不同意他的看法，反驳道："照你说共产党员都不能接近娘儿们了？"

"当然不行，"纳古尔诺夫严肃地说，"那些已经糊里糊涂地结了婚的人就让他们跟老婆过下去吧。至于年轻小伙子，我认为应当下道命令禁止他们结婚。一个人拜倒在老婆裙子下还成什么革命家呢？娘儿们对我们就像蜂蜜对贪馋的苍蝇，一下子就会把人粘住……谁要是有了孩子，对党就变成废物。他一下子学会照料孩子，闻惯孩子的乳臭，这人就完蛋了！打仗不中用，干活也糟糕。"人要等到世界革命成功后才能结婚、生孩子，不然便会变成对党无用的废物，这种观点已不是偏激，而是荒谬了。他自己同妻子路希卡离了婚，"觉得真痛快，谁也不妨碍我，我如今好比一把锋利的刺刀，刀尖对准富农和共产主义的其他敌人"。他一有空便自学英语，学了三个月记住八个单词。当拉兹苗特诺夫问纳古尔诺夫学英语的目的时，后者惊讶地喊道："我是共产党员，对吗？英国将来不是也要成立苏维埃政权？我们俄国共产党员中会说英国话的人多不多呢？实在很少。可是英国资产阶级占领了印度，占领了差不多半个世界，还压迫各种黑皮肤和棕皮肤的人……将来那边也成立了苏维埃政权，可是许多英国共产党员却不明白阶级敌人的真面目，他们没有经验，不会正确对付他们。那时我就要求党把我派到他们那儿去，去教教他们，因为我懂他们的话，一去就可能开门见山：'你们这儿有"列伏留兴"（革命）吗？想搞"康穆尼兴"（共产主义）吗？朋友们，那就把资产阶级和将军们统统掐死。'等世界革命成功，国界一打破，我第一个就会说，'去吧，去跟外国女人结婚吧！'大家都混在一起，世界上便不会有白皮肤、黄皮肤、黑皮肤这样的怪事了。白种人也不会再嘲笑肤色同他们不同的人，把他们看得比自己低了。将来大家脸都是浅黑的，很好看，个个一样。"为制止农民屠宰牲口，纳古尔诺夫去做说服工作，他刚一出门小猪便在屠刀下尖叫起来，"要知道我给那个自私的王八蛋刚讲了一个小时世界革命和共产主义呢！讲得又那么动人，连我自己都感动得掉了几次眼泪……他们以为他们只是宰耕牛，其实他们是向世界革命开刀！"肖洛霍夫已经把纳古尔诺夫漫画化了。

村苏维埃主席拉兹苗特诺夫比纳古尔诺夫冷静，同情心尚未泯灭，但缺乏领导才能，不用说领导全村，就连情妇玛利娜也管不了。玛利娜一定要退出农庄，他央求她千万别这样做，好话说尽，可仍无法劝阻玛利娜退出农庄，只好同她分道扬镳。"他能代表什么政权？如果让大家选举的话，善良的人们决不选他。"庄员们这样说。拉兹苗特诺夫不是鲜明的形象，而只是鲜明形象纳古尔诺夫的反衬。

白军军官波洛夫采夫准备暴动，但因无人响应而取消。肖洛霍夫通过他道出政府不顾农民死活征粮的真正目的："我们得到可靠消息，布尔什维克中央正向庄稼人征收粮食，说是为农庄准备种子，其实是把这些粮食卖到国外去，因此庄稼人，包括农庄庄员在内，将注定挨饿。"这饥饿的两年，政府向国外卖了两千八百万公担粮食。斯大林决心已下，不管千百万农民死活，一定要获得实现工业化的外汇。

肖洛霍夫对农业集体化的态度鲜明地表现在小说里。试想几个脑子装满教条和各种荒谬念头的人，率领一群游手好闲、自私自利的二流子，赶走种田能手，自己却不肯辛勤劳动，会建立起什么样的农庄？《处女地》写的是1929年农业集体化出现大量过火行为时期，即斯大林在《胜利冲昏头脑》一文中严厉指责各种错误并把它们推诿给地方干部的时期。到处出现饿死人的现象。1931年至1932年冬天全国饿死三四百万人。《处女地》描写的正是向这种不可避免的结果发展的过程。这样的集体化不可能有别的结果。怎么能说肖洛霍夫对农业集体化唱赞歌？然而斯大林需要有人为他的农业集体化政策唱赞歌，光潘菲洛夫那样的作家还不够，还需要受到全国人民喜爱的肖洛霍夫，于是御用评论家便把《处女地》定为歌颂农业集体化的小说。他们把这种观点灌输给人民，从小学生开始。小学生们从上面提到的文学课本接受的便是这种观点。世代相传，半个多世纪后这种观点便在已丧失独立思考能力的人的脑子里扎了根。当苏联批判、否定农业集体化之后,《处女地》也跟着被批判、否定了。这是一个历史误会。如果我们不抱成见细心地读读这本书,便会看到肖洛霍夫写的并不是赞歌,而是大胆、真实地记录了这段历史。肖洛霍夫在《处女地》里依然是位伟大的作家。

(《文汇读书周报》1996 年 8 月 30 日)

狄康卡漫笔

狄康卡原是乌克兰一座荒僻村庄，知道它的人很少。1831 年果戈理出版了短篇小说集《狄康卡近乡夜话》，向沉寂的俄国文坛注入一股清泉，读者被它散发的芳香所陶醉，使果戈理一举成名，狄康卡也随之成为俄国家喻户晓的地名。我很早便知道这本小说集，但那时不能读原文，又找不到译本，1955 年才读到满涛先生生花妙笔的译文，真有余香满口的感觉，从此狄康卡便成为我朝夕向往的地方。

1990 年我在苏联海参崴远东大学执教期间，忽然收到乌克兰作协邀请我 5 月中旬到波尔塔瓦参加谢甫琴科纪念活动的请柬，高兴得跳起来。乌克兰作协邀请我出于经济考虑，我忝列中国作协，邀请我比从中国邀请作家花费少得多。我也有自己的算盘：参拜心仪已久的狄康卡，因为我知道狄康卡离波尔塔瓦只有三十公里，比我自己去便利得多。尽管我对谢甫琴科所知甚少，根本没读过他的诗，仍欣然接受邀请。临行前借了一本《谢甫琴科诗选》俄译本，准备在飞机上临阵磨刀。

5 月中旬飞抵栗树开满白花的基辅，次日便同苏联各地代表和外国作家代表乘大客车抵达波尔塔瓦。波尔塔瓦是座历史名城，1709 年 6 月 27 日北方战争期间彼得大帝击败瑞典查理十二。这次战役极为重要，用别林斯基的话来说，是"决定整个民族命运"的一战，所以城里名胜古迹很多。最著名的当数为纪念这次胜利而建立的光荣纪念碑。另外还有两座纪念战死于波尔塔瓦的瑞典士兵的纪念碑。一座是俄国人建立的，上面写着："纪念1709年6月27日战死的英勇的瑞典士兵。"另一座是瑞典人建立的，写着"纪念1709年战死的瑞典人"，反而少了"英勇的"和"士兵"五个字。可见俄国人的胸襟开阔。

参加纪念活动的代表不是乌克兰人便是乌克兰后裔，对他们来说谢甫琴科不仅是乌克兰伟大诗人，还是乌克兰民族圣人。他们都是怀着崇敬的心情，做了充分的准备来参加活动的，只有我是为访问狄康卡而来的，心里不免有几分惭愧，只得脸上尽量显出虔诚，积极参加活动。第三天是活动高潮，在公园广场举行盛大文艺晚会。广场木凳上坐满了人，我们代表坐在前几排。舞台上数百名穿着鲜艳民族服装的歌舞演员准备表演节目。我同捷克作家聊天，心情轻松愉快。这时组委会的人走过来对我说："演出前举行仪式，有三位代表发言，您是第三个。"我吃了一惊，这可怎么办？组委会为了效应，叫我这个代表中惟一的亚洲人发言，怎能推辞，只得赶紧想词儿。第二个发言的是匈牙利作家，他不会讲俄语或乌语，由人翻译，讲得又长，引不起听众兴趣，却给我做了铺垫。我上台先用中文说了句："亲爱的朋友们，你们好！"台下响起一片掌声，古老的波尔塔瓦上空第一次响起中国人的声音。接着我用俄语说了在这种场合必须说的话："谢甫琴科是中国人民所喜爱的诗人，也是我所喜爱的诗人。"说完这两句我卖了个关子："但他在中国没有另一位作家知名。"台下无数双眼睛盯着我，看我敢说出哪位作家来。"他就是谢甫琴科的老乡果戈理。"台下爆发出热烈掌声，因为果戈理虽用俄语写作，但乌克兰人一直把他视为乌克兰作家，夸果戈理他们同样得意。我又说了两句感谢波尔塔瓦人盛情的话，一共不到两分钟，便跑下台，被热情的乌克兰姑娘亲得满脸口红。

第四天代表分头活动。报名去狄康卡的只有我同爱沙尼亚女诗人和拉脱维亚作家，大多数代表都到过狄康卡。汽车不到一小时便开到为迎接亚历山大一世巡幸狄康卡而修建的凯旋门，绕过凯旋门，汽车停在一片树林前，狄康卡宣传部的人已经等待在那里了。宣传部的女部长同我们握手，指着树林说："这就是著名的科丘别依树林。"我脑子里闪过普希金长诗《波尔塔瓦》中的诗句：

> 在狄康卡友人手植下的
> 一排老橡树还枝叶扶疏；
> 他们到如今正对子孙们
> 述说着他们被杀害的先祖。

普希金所说的先祖便是这片树林的原所有者维·帕·科丘别依的祖父老科丘别依。老科丘别依原是乌克兰都统马泽帕的大法官。马泽帕在北方战争中屡立战功，深得彼得大帝宠信。但马泽帕对彼得战胜查理十二信心不足，暗中同查理勾结，被科丘别依告发。但彼得认为科丘别依出于个人恩怨诬告马泽帕，反而逮捕了科丘别依，并交由马泽帕处理。马泽帕将科丘别依推出斩首。1708年查理十二围攻波尔塔瓦时，马泽帕公然背叛彼得投向查理。这时彼得才明白自己看错了人。传说科丘别依告发马泽帕是因为他勾引自己女儿玛丽娅。年过花甲的马泽帕同芳龄十六岁的玛丽娅相爱，玛丽娅最终同他私奔。他们在一棵老橡树下幽会，这棵老橡树如今还活着。这个故事非常有名，除普希金根据它写出长诗《波尔塔瓦》外，托尔斯泰等许多作家都提到过这个故事，柴可夫斯基还依据长诗《波尔塔瓦》写成三幕歌剧《马泽帕》。

当我浮想联翩的时候，宣传部的同志轻轻拉了我一下，原来大家都上车了。汽车直接把我们拉到一家饭店。时间不过上午十点，怎么就吃午饭了呢？大概乌克兰人太好客，招待客人一定要在饭店里。宣传部部长长期做宣传鼓动工作，一开口便告诉我们在卫国战争中令敌人闻风丧胆的"喀秋莎"火箭炮便是他们这里生产的。接着介绍狄康卡工业发展情况，有多少工厂，生产什么产品。再下去便是文化教育事业了。她讲得很动情，但同我们访古寻幽的心情不大吻合。服务员开始上菜，一共上了几道菜我已记不清，只留下按九十年代标准也极为丰盛的印象。但主人们让客的话，听起来耳熟，所以记住了。"您尝尝这凉拌菜，同俄国的可不一样，上下牙一合就烂了。""您看这牛排，用小牛肉煎的，别看带血，往嘴里一放就化。""这几块甜菜颜色就同俄国不同，有专门存放它们的地窖。"我不能喝伏特加，于是主人劝我喝啤酒："这可是用果戈理故乡的水酿造的，果戈理沃牌啤酒，您哪儿也喝不到，一定得多喝几杯。"这时屋里飞进一只苍蝇，主人马上说："这是春天的苍蝇，绝不往菜上落。"苍蝇落在爱沙尼亚女诗人头发上，她站起来，走到院子里。我也跟她到院子里抽烟。她对我说："这顿饭起码得吃两小时，他们至今还这样。"我们回到餐厅，见主人们喝得面红耳赤，话题仍不离饭菜，直到十二点半才结束。我们前往果戈理故居瓦西里耶夫卡参观。汽车开了不到两小时，三点钟前抵达瓦西里耶夫卡。果戈理在这里度过童年，离家后只回来过两次。果戈理故居是典型的乌克兰小地主庄园，卫国战争期间被德国人毁坏，现有的故居是战后重建的，所以对一位十九世纪作家来说房屋显得新了点。这样的住宅仙鹤是不敢飞上屋顶的。我们稍等片刻便随一拨参观者进入前厅。正中挂着莫勒画的著名的果戈理油画像。右侧以列宁画像打头，因为革命领袖在其光辉著作中引用过果戈理的话。照此类推，自然也挂过斯大林的画像，因为斯大林在论述马列主义著作中不止一次提到过果戈理，后来摘掉了。讲解员小姐看见我，知道有外宾，便用俄语讲解。大家跟着她向前移动。听了十分钟我已不耐烦，因为她讲的都是中学课本上几十年一成不变的东西，如按照"地主画廊"逐一分析《死魂灵》中的地主，简直是给中学生上课。我看看身旁的爱沙尼亚诗人和拉脱维亚作家，他们脸上也现出不耐烦的表情。人不耐烦到顶点时便要恶作剧了。讲解员小姐带我们转入下一个展厅时，我向她问道："请问小姐，果戈理母亲出嫁时几岁？"她愣了一下，脸涨红了，生气地回答道："我不知道。您这问题对理解果戈理创作毫无意义！"我说："像您那样重复中学课本里的知识同样没有意义。"爱沙尼亚女诗人帮我说话："您讲的我们在中学里早学过，应当讲点新鲜的，大家听起来才有意思。"我说："您讲《狄康卡近乡夜话》，可以讲讲果戈理如何恳求母亲帮他搜集材料，讲《死魂灵》应重点介绍第二部的内容，主要人物，有的人不知道，不要老讲乞乞科夫，这样讲就新鲜了。"讲解员小姐说她没看过这方面的书。我向她推荐韦列萨耶夫写的《生活中的果戈理》和《果戈理是怎样写作的》，这两本书是1933年出版的，她可能找不到。还向她推荐了《同时代人回忆果戈理》，1952年出版，图书馆里不难借到。我的话伤了她的面子，她说从未听说过这三本书，赌气把解说棒往我手里一塞："您来讲！"围着我们的听众鼓起掌来："欢迎中国朋友讲！"我这时才知道做得过分了，连忙把解说棒还给她，向她道歉："我不是说您讲得不好，而是希望您加点新东西。"说完我便同两位朋友离开讲解员，自己参观去了。这三本书我都有。八十年代初还曾把《同时代人回忆果戈理》和《果戈理是怎样写作的》译成中文。《生活中的果戈理》是戈宝权先生1935年作为《大公报》记者陪同梅兰芳博士访问苏联时买的，我借来看，一直没还。戈宝权把藏书赠给南京图书馆的事我当时不知道，他也没向我要。或者他忘了，或者他见我爱这本书有意留给我了。以后我又见过戈宝权几次，他从未提起过，我当然更不会提。

参观完果戈理故居后，拉脱维亚作家提议到附近居民家看看。主人慨然应允，并让我们分头各找一家，由他们陪同，约好时间在果戈理故居前会合。我有幸由宣传部部长陪同。我们走上坑洼不平的街道，我随便指了一家，部长便笑着过去敲门。女主人率领一群鹅来开门，我们在鹅的簇拥下走进院子。我马上联想起果戈理《密尔格拉得》小说集中的名篇《两个伊凡吵架的故事》。胖伊凡管瘦伊凡叫了一声"公鹅"，瘦伊凡认为受了奇耻大辱，同胖伊凡打官司，一直打了十年。当年鹅一定非常多，在街上昂首阔步，现在也并不少。院子当中立刻摆好桌子，铺上绣花桌布，我们还未坐定，桌子上像变魔术似的出现叫得出名的各种蜜饯和叫不出名的各式乳制品。主人给我盛了一盘类似俄国酸奶油的乳制品，叫我把蜜饯樱桃拌在里面吃。我的胃在狄康卡已装满，哪里还有空地方。我正想如何推脱而不却主人盛情，一大盘蜜拌的樱桃馅小饺子又摆在我面前。部长见我面有难色，笑嘻嘻对我说："我知道您对果戈理作品很熟，一定记得彼杜赫如何劝乞乞科夫吃第十三道菜的吧？"我自然记得。《死魂灵》第二部里乞乞科夫在地主彼杜赫家做客，吃完第十二道菜后实在吃不下去了，"喉咙里实在装不进去，没地方啦。"彼杜赫对他说："有一次教堂里也没空地方了。可市长大人一到——居然挤出空地方来啦。您让这道菜权充一下市长吧。"我的胃不是教堂，挤不出空地方，便站起来请主人带我看她的宅边地。推开后门一看，我惊呆了，哪里是宅边地，分明是一大片耕地，起码有十亩，翻过的黑土在阳光下乌黑闪亮。拥有如此富庶土地的乌克兰曾是苏联的粮仓并不奇怪，奇怪的是两年后食品奇缺，能在国营副食店买到肉食和面包竟然成为奇迹。到了会合时间，我们千恩万谢挣脱出主人的挽留，乘车返回狄康卡。

汽车直接把我们拉到上午用餐的饭店，招待我们的仍是原班人马，上菜时说的仍是同样的话，可怜的我们无处躲藏，又无力承受主人的盛情。我忽然想起这些熟悉的场面原来在果戈理小说《旧式地主》里读过。小说写的是一对贪吃的善良老夫妻,他们从天亮到天黑一共吃了十次。太阳一出来他们便坐在小桌前喝咖啡。喝完咖啡老头到窗前轰鹅,同管家聊一会儿又想吃东西了,老太太给他端出猪油饼、樱桃包子和腌蘑菇。午饭前老头还得吃一次。十二点吃午饭,两人总要讲些同饭菜有关的话。"我觉得这粥有点糊了,"老头说,"您不觉得吗?""不会吧,您多加点油,"老太太回答,"要不就把香菌汁子和到粥里就没糊味了。"午饭后老头睡一个钟头觉,醒来后老太太端来一个切开的西瓜,说道:"您尝尝这瓜多甜。"老头反驳说:"您别以为红瓤的就是好瓜,也有红瓤的并不甜。"西瓜很快便吃完,又吃了几只梨。然后老两口到花园散步。过一会儿老头又向老太太要东西吃。老太太叫人拿来果馅饽饽和麦粉羹,两样又吃光。晚饭前老头又吃了些东西。九点半吃晚饭,饭后立刻上床睡觉。夜里老头肚子疼,老太太说:"也许吃点东西就好了?"老头又吃了酸牛奶和稀果汁,吃完通常说:"现在肚子舒服一点了。"

我心里把这一天接触到的乌克兰朋友同果戈理笔下的人物相比,觉得确实有点相似。我们这顿饭一直吃到天黑,狄康卡宣传部部长才把我们送回波尔塔瓦。我回到旅馆坐在沙发上,觉得胃里不舒服,想出去走走。这时有人轻轻敲房门,开门一看原来是爱沙尼亚女诗人和拉脱维亚作家,他们也有走动的需要,约我一起到街上散步。街上已无行人,我们在石板路上踏出的足声使夜色显得更加幽静。这正是5月之夜,我们三人不觉同时用俄语背诵果戈理的《五月之夜》:"你们知道乌克兰的夜吗?你们不会知道乌克兰的夜的啊!看看这月色吧:月亮从中天向下窥视。辽阔的天宇向四处延伸,显得格外辽阔。它燃烧着,喘息着。整个大地沐浴着银色的光辉;奇妙的空气又凉爽又闷热,充满着甜醉的气息,一片熏香的海洋颤动着。非凡的夜!迷人的夜!"我们渐渐不背诵了,默默地穿过一座座街心公园。我心头涌起一阵悲凉：果戈理笔下的人物是不朽的，所以他是伟大的作家；但人物不朽对民族是不是一种悲哀呢？我身旁的两位朋友也陷入沉思，莫非他们此刻想的同我一样？

（《随笔》1998 年 3 月号）

反社会主义现实主义的作家

——也谈格罗斯曼

　　五十年代初期我所读的都是苏联小说，其中大多数是反映苏联卫国战争题材的小说。像西蒙诺夫的《日日夜夜》、法捷耶夫的《青年近卫军》、别克的《恐惧与无畏》和布宾诺夫的《白桦》等等。从中我看到德国法西斯的凶残，苏联红军的骁勇，苏联军民团结一致，付出巨大牺牲，在斯大林的英明领导下，最终打败德国侵略者。稍后，大约在1954年，我偶然读了格罗斯曼的《特烈勃林卡地狱》，令我震撼不已。五十年过去了，《日日夜夜》和《白桦》早已淡忘，连情节都记不得了。《青年近卫军》中的人物还依稀记得，那是因为看过苏联的同名电影和中国儿童艺术剧院演出的舞台剧《青年近卫军》。《恐惧与无畏》的情节还记得，因为上中学的时候我们班长模仿红军营长，组织过一次夜间行动，故事的情节同童年的回忆融合在一起了。但《特烈勃林卡地狱》中毛骨悚然的情景仍历历在目。特烈勃林卡是距华沙约六十公里的小火车站。周围是一片沼泽和荒野。德国秘密警察头子希姆莱看中这座车站，把它变成集中营。其规模不下于奥斯维辛集中营。特烈勃林卡集中营仅存在了十三个月，但竟屠杀了三百万人。斯大林格勒会战后，德国败局已定，希姆莱飞到这里，下令关闭集中营，并把掩埋的尸体挖出来烧毁。他要销毁一切罪证。格罗斯曼作为《红星报》记者随同红军攻入特烈勃林卡车站。这座车站同其他车站没有区别，但四周围绕着三米高的铁丝网引起作家的注意。他又发现铁路支线只通至车站，前面便没有铁路了。格罗斯曼开始调查，询问所有活下来的人。他们说谁也没进过火车站，不知里面的情形，但看见每天都有一列火车进站，列车有六十个车厢，每个车厢上写着150—180—200等数字。格罗斯曼经过分析、比较确认，数字是车厢里的人数，而这些人都是来自德国占领的国家和地区的犹太人。被俘的党卫军队员证实了格罗斯曼的推断。他们还讲述了这些犹太人被杀的惨状。格罗斯曼根据所搜集到的材料和德国人的供词写出《特烈勃林卡地狱》。后来这篇作品作为德国法西斯的罪证被提交到纽伦堡国际军事法庭。如果换一个作家，不像格罗斯曼那样热爱正义和真理，那样锲而不舍地调查，法西斯的这桩滔天罪行也许不会那么快就暴露出来，像帕尔姆尼卡大屠杀那样，五十五年后，2000年才曝光。

有的作品淡忘了，有的作品至今回忆起来仍然激动不已，原因何在呢？《日日夜夜》等小说是按照社会主义现实主义的创作方法创作出来的，承担着"用社会主义精神从思想上改造和教育劳动人民的任务"，在那个特殊年代，即遵从中央的旨意，特别是斯大林的旨意，创作出来的，所以不真实，不真实的作品自然没有生命力。斯大林向人民灌输战争的胜利是他英明领导的结果，而失利则是将军们违背他的命令造成的。考涅楚克的剧本《前线》图解的便是这种观点。1952年我在人大上马列主义课时，教师是这样讲的：苏联打败法西斯有三个原因，其中最重要的是全世界人民的伟大领袖斯大林大元帅的英明领导。不知哪位老同窗还保存着当年的听课笔记。强调党组织的领导就是强调斯大林的领导，因为斯大林是党的化身。斯大林不希望过多写国家的灾难和人民的牺牲，因为战争初期红军的失利他难辞其咎。西蒙诺夫等人的小说中该有的

275

应有尽有：党组织（各级政委）的坚强领导，人民同仇敌忾，战士们充满克敌必胜的乐观主义精神。牺牲当然有，但换来了胜利。个别人也会犯这样或那样的错误，但经过批评教育或改好了，或受到应得的惩处。这成为苏联军事题材小说固定的格式，并渐渐为读者所接受。但这只是小说里的战争，与战场上的战争相距甚远。格罗斯曼坚持现实主义，用现实主义反对社会主义现实主义。用他的话来说，既然"存在决定意识"，为什么只写"意识"而不写"存在"呢？他要写他亲身经历的战争。他的性格和信念决定他的创作方法，创作方法决定他作品的命运，作品的命运又决定他本人的命运，并把他过早地送进坟墓。

1941年战争爆发后，格罗斯曼以《红星报》记者身份来到斯大林格勒，亲身参加了斯大林格勒会战。希特勒下令不惜一切代价攻占斯大林格勒，红军则誓死捍卫这座城市。战斗的激烈可想而知。格罗斯曼要写他所"看到的一切"，所以他笔下的战争场景极为惨烈。为攻守一个目标，红军整连、整营、整团地牺牲，德军伤亡同样惨重。战场上尸横遍野。格罗斯曼还写出红军参战人员的内心活动，从将军到士兵，从党政领导到普通百姓。这必然涉及社会深层次的问题。他们的经历各不相同。有共产党员和共青团员，有大清洗年代被关押的军官，有"人民的敌人"，有靠告密发迹的党政要员，有农业集体化时期被赶出家门的富农。他们的思想非但不一致，有时甚至对立。农民老汉普霍夫说："国家靠农民支撑，可国家对他们太残酷了。农民今天的生活比有沙皇的时候还差。要是没有农庄就好了。""人民的敌人"和共青团员一起在后方工地劳动，而工地则是"沟壑、尘土、工棚和铁丝网"。特别处处长在掩蔽部里盘问达林斯基中校妻子在哪儿，中校无法回答，因为战前他一直坐牢。少校别列兹金受命指挥一个团，但决战前夕突发高烧，听不见掩蔽部里的说话声。这时突然接到妻子的来信，一个军官给他念了，少校马上清醒过来。他命令战士往空煤油桶里倒热水，跳进去洗了一个澡，霍然痊愈。妻子的信赛过任何宣传。他顶住了敌人的进攻。崔可夫命令他指挥一个师。把这些人连接在一起的是国际主义和爱国主义。他们不允许法西斯践踏正义、蹂躏他国，更不允许侵犯自己的祖国。

《为了正义的事业》（和它的续篇《生存与命运》）是一部以现实主义手法创作出来的作品。小说以沙波什尼科夫一家为中心，情节围绕着这个家庭展开，同《战争与和平》以罗斯托夫一家为中心一样。在格罗斯曼塑造的人物中，两个性格最鲜明和最感人的人物施特鲁姆和列维通都是犹太人。格罗斯曼以前还没人这样写过，大概因为格罗斯曼本人是犹太人吧。

斯大林格勒会战结束前，格罗斯曼调离前线，由西蒙诺夫接替他。西蒙诺夫的小说《日日夜夜》写的也是斯大林格勒战事。1943年格罗斯曼开始写《为了正义的事业》。1950年他把写好的小说寄给西蒙诺夫任主编的《新世界》杂志。西蒙诺夫不赞同格罗斯曼的现实主义创作方法。另外，他也许觉得《为了正义的事业》和《日日夜夜》写的都是斯大林格勒战役，题材相同，有了他的小说就足够了。西蒙诺夫拖了很久，终未采用。他尚未来得及退稿，特瓦尔多夫斯基就接替了他的主编职务。特瓦尔多夫斯基是位有正义感的作家，热爱真正的文学，厌恶虚假的作品。读了《为了正义的事业》的手稿，十分激动，充分理解它的价值，当晚便赶到格罗斯曼寓所向他祝贺。两位老友谈得非常投契，激动得流出眼泪。特瓦尔多夫斯基当即拍板，决定在《新世界》上发表。这正是他梦寐以求的作品，但他也知道发表这样的作品会冒多大风险。首先必须取得有力的支持，其次在违碍的地方做些"手脚"。他向肖洛霍夫求助，肖洛霍夫的回答很简单："您委派什么人写斯大林格勒？您的神经是否正常？我反对。"但特瓦尔多夫斯基并未灰心，又找法捷耶夫。

法捷耶夫读完手稿后完全支持特瓦尔多夫斯基的决定，也到格罗斯曼家祝贺，一直坐到深夜，笑着对格罗斯曼说："您可真是个无赖呀！"话里充满对格罗斯曼在艺术上的大胆探求的赞许。法捷耶夫这时春风得意，重新改写的《青年近卫军》深得斯大林的欢心，又成为斯大林的红人。胆子未免大了些。但他毕竟是深谙现实政治的人，做事周全稳健。他先让作协书记处成员阅读手稿，然后以作协总书记身份主持讨论。结果除一人外书记们一致肯定小说，并作出决议：

1. 建议《新世界》杂志发表；

2. 更换小说原标题《斯大林格勒》，以免让人觉得只有一个人有权写斯大林格勒战役；

3. 不要把物理学家施特鲁姆置于中心位置，他应有位老师，比他成就更大的物理学家，并且一定是俄罗斯人；

4. 专门写一章歌颂斯大林。

格罗斯曼迫于无奈，只好一一照办。他写了斯大林，尽量把他写得有人情味。又加进一位俄罗斯族的物理学家切培任。法捷耶夫看过非常满意，并看到小说对苏联文学发展的意义。他又到格罗斯曼家去过几次。他们共同把标题改为《为了正义的事业》，取自莫洛托夫在战争爆发后发表的演说词中的一句话。法捷耶夫同特瓦尔多夫斯基一样，真心热爱俄国文学，对大量涌现的平庸之作深恶痛绝，但处于领导地位，不得不违心夸奖自己厌恶的作品。一天法捷耶夫忍不住了，说道："我们的文学出了什么事，世界末日到了。有人从五山城给我寄来一部小说，《金星英雄》，上面不知谁看上了。咱们简直无路可走，只剩大声叫喊：'救救我们的灵魂吧！'"几天后，在斯大林文学奖金作品讨论会上，他也同别人一起夸奖《金星英雄》，眼光同刚刚听过他骂《金星英雄》的人相遇时，脸立刻涨红，并高声说："有的人过于挑剔，把鼻子从这类作品前移开。"把对自己的怒火发泄到别人身上。

1952 年《为了正义的事业》在《新世界》上分四期发表，在社会上引起前所未有的反响。杂志一抢而空，人人争读这部小说。根据法捷耶夫的指示，《为了正义的事业》被推荐为斯大林文学奖的候选作品。1952 年 10 月 13 日作协散文部召开会议，讨论《为了正义的事业》，由《斯杰潘·拉辛》的作者兹洛宾主持。不少作家说了心里话，一致推荐这部小说竞争斯大林文学奖。然而风云突变，两个月后，那些夸奖过《为了正义的事业》的作家，不得不痛心疾首地检查自己认识水平低下，竟称赞一部有重大政治错误的作品。

前面提到过的作家布宾诺夫，在中国也有点名气。他的小说《白桦》上下两部五十年代中期便译成中文。《白桦》也是战争题材小说，但出版后没有引起多大反响，完全无法同《为了正义的事业》相比。也许出于嫉妒，布宾诺夫给斯大林写了一封很长的告密信，专拣斯大林不爱听的话说。如说格罗斯曼认为战胜法西斯的功劳应归功于普通人，并且其中有不少犹太人。小说没表现党和斯大林的领导。斯大林看了大怒，下令《真理报》以《论格罗斯曼小说〈为了正义的事业〉》为标题全文发表布宾诺夫的告密信。《真理报》于 1953 年 2 月 13 日发表了布宾诺夫的文章，这时离斯大林去世已不到一个月了。这是斯大林兴起的最后一次文字狱，如他再多活几个月，法捷耶夫、特瓦尔多夫斯基等一批有良知的作家的命运就难逆料了。

布宾诺夫写道："格罗斯曼未能塑造出斯大林格勒会战中一个有分量的、鲜明的典型人物，一个身穿灰大衣手持冲锋枪的战士。小说里根本没有具有苏联人性格主要特征的人，充分表现苏联人本质的人。小说中没有以他们丰富而瑰丽的感情震撼读者心灵的人。在《为了正义的事业》中，苏联人的形象写得苍白、屈从、暗淡。作者竭力表现不朽的功勋是普通人建立的……但他笔下的普通人首先是一群无足轻重的人。格罗斯曼根本没表现作为前线和后方的胜利的组织者——党的领导。对共产党的组织和鼓舞的巨大作用也只轻描淡写地提了一下而已，并未用艺术形象表现出来。"

这些话里流露出杀机。那个时代的人都明白，受到这样批评的人不是被关进监狱便是被杀头。格罗斯曼已做好被捕的准备。法捷耶夫和特瓦尔多夫斯基也陷入险境。布宾诺夫的文章发表后，社会舆论马上大变，从人人称赞小说变成人人口诛笔伐了。1953年3月24日作协理事会召开批判格罗斯曼的小说《为了正义的事业》的大会。法捷耶夫作了检讨，重复布宾诺夫的话："主要的错误是作者置于小说中心的人物完全不能反映保卫斯大林格勒的苏联人的英雄主义。书中没表现出我国工人阶级和集体农庄农民的英雄主义，同样没表现出我国劳动知识分子的英雄主义。"他承认："主要错误由作为苏联作协总书记的我和《新世界》杂志的主编特瓦尔多夫斯基承担。"特瓦尔多夫斯基也作了检查："今天作协主席团的中心议题是《新世界》杂志，编辑犯了许多重大错误……最主要的错误是发表了格罗斯曼的小说。"法捷耶夫希望批判只限于格罗斯曼的小说，担心这次批判会给平庸作品的再度泛滥打开缺口。特别担心有人把矛头指向《新世界》和特瓦尔多夫斯基，因为这本杂志尽量不登平庸之作，还曾批评过以索弗洛诺夫剧本为代表的阿谀顺旨的剧本，得罪了不少人。作家毕尔文采夫和剧作家苏罗夫可能攻击《新世界》。他们不仅是打棍子能手，还是排犹主义分子。不出法捷耶夫所料，两人都把矛头指向《新世界》。毕尔文采夫的小说《考验》和《从小要爱惜名誉》五十年代初译成中文，也许有的读者还有印象。他没等发言便对会场高喊："简直是破坏。"接着他解释破坏是指对心灵的伤害。《新世界》的剧评伤害了索弗洛诺夫等剧作家，因此起了破坏作用。他要求特瓦尔多夫斯基对编辑部的全体人员进行政审。大家都应提高警惕，因为周围的敌人实在太多。一个月前，1953 年 1 月 20 日，苏联最高苏维埃主席团因揭发医生谋杀案有功授予女医生季马舒克列宁勋章。毕尔文采夫迎合政治气候，呼吁作家提高苏联人的警惕性，从儿童做起。他赞美索罗达尔的剧本《森林湖畔》，教导儿童如何识别敌人。顺便说一句，索弗洛诺夫的剧本《莫斯科性格》五十年代初搬上中国舞台，我曾在北京看过。索弗洛诺夫也是苏联文坛的一根棍子，赫鲁晓夫称之为冲锋枪手。索罗达尔的《森林湖畔》六十年代初为配合千万不要忘记阶级斗争的口号搬上北京舞台，并到外地巡回演出。苏罗夫同样指责《新世界》的剧评伤害了索弗洛诺夫，并讽刺特瓦尔多夫斯基："授给你勋章并非因为你忽视戏剧，更不是因为你破坏苏联戏剧事业。"苏罗夫同中国也沾得上边，他的剧本《曙光照耀着莫斯科》也在中国上演过。五十年代他在苏联着实火了一把，后便销声匿迹了。原来他的剧本都是雇人写，自己连蹩脚的剧本都写不出来。被作协开除。

格罗斯曼面对灭顶之灾镇静自若，不忏悔，继续写《为了正义的事业》的续篇《生存与命运》。除极少数挚友外，没人敢再同他来往。法捷耶夫把格罗斯曼叫到家里，反复劝说他公开忏悔，承认小说是有害的，但遭格罗斯曼拒绝。《真理报》叫他到编辑部去一趟，讨论犹太人的命运的问题。格罗斯曼顺路到《新世界》找特瓦尔多夫斯基，想弄清他现在对自己的态度。据格罗斯曼回忆，两人都说了不少刻毒的话。特瓦尔多夫斯基说："你想让我交出党证？"格罗斯曼回答道："不错。"特瓦尔多夫斯基火了，大声说："我知道你要上哪儿去。去吧，去吧！看来你什么都不明白，那儿会给你讲清楚的。"到《真理报》编辑部后，格罗斯曼才知道让他在一封致斯大林的公开信上签名。信的内容大致是：犹太医生们是卑鄙的杀人犯，他们应受到最严厉的惩处，但犹太人民是无辜的，其中有许多苏联爱国者、诚实的劳动者。漫画家叶菲莫夫说了一番令人作呕的肉麻话。后来爱伦堡才弄清，给斯大林写效忠信是苏联身居高位的犹太人的主意（很可能是卡冈诺维奇、梅赫利斯之流），他们担心失去自己的地位和权势。格罗斯曼一时糊涂，心想如果牺牲几个犹太人能拯救犹太民族的话，那就签名吧。为这次签名格罗斯曼的良心终生受到折磨。

斯大林去世后，作协逐渐改变了对格罗斯曼的看法，重新肯定《为了正义的事业》。1954年召开苏联第二次作家代表大会，法捷耶夫在大会上当着外国代表团的面，为自己对《为了正义的事业》的不公正的批评向格罗斯曼道歉，并力促小说单行本出版。同年7月法捷耶夫给格罗斯曼发了一封电报："小说《为了正义的事业》即将出版。不在书记处讨论。问题已彻底解决。紧握您的手。"这样做需要勇气，也只有这样的人才会自杀。布宾诺夫没对格罗斯曼说过一句道歉的话，也没受到别人的批评和指责，连他的小说《白桦》也无人提起。他日子过得舒舒服服，出版过一卷集、两卷集以至文集。1979年布宾诺夫七十寿辰，不少人给他做寿，说了不少好听的祝寿话。又过了五年，布宾诺夫溘然长逝。

格罗斯曼度过了艰难的日子，继续写《生存与命运》。《为了正义的事业》中的人物在这本书中有了不同的发展。作者还塑造了几个新形象。其中军政委格特马诺夫和军参谋长涅乌多布诺夫是苏联文学中从未塑造过的人物，与其他作家笔下的政委和参谋长大不相同。作者这样介绍格特马诺夫："他没参加过国内战争，没遭到过宪兵追捕，沙皇法庭也没把他流放到西伯利亚去过……他曾是精明能干、严守纪律的小伙子，被吸收到安全部门，不久便担任边疆区委会书记的警卫……1937年后他很快当上州委书记，像人们常说的，一州之主……党信任他，为了党性精神他也曾制造过重大牺牲。他没从青年时代便值得他感激的同乡和老师，不看重关怀和怜悯。'绝交''不支持''出卖'这类词不会令他不安。党性精神表明牺牲恰恰不算牺牲，因为凡是同党性精神相矛盾的爱情、友谊、乡情都不应存在。党的领导人的力量不在于学者的天才和作家的才能。他置于天才和才能之上。成百个具有研究、演唱和写作天赋的人，贪婪地倾听格特马诺夫具有指导意义和决定性质的讲话，尽管格特马诺夫本人不仅不会弹琴唱歌，也不会深刻领悟科学著作，鉴赏诗歌、音乐和绘画……但他的话可以决定大学教研室主任、工程师、银行行长、行业工会主席、农民集体经济和上演新剧目的命运……格特马诺夫觉得，'党的信任'这个概念体现在斯大林的意见和态度中。党的路线的实质在于斯大林对自己的战友们、人民委员们和元帅们的信任。"格特马诺夫被任命为新组建的坦克军的政委。临行前他飞往乌法看望家属，他的内弟和老同事同他话别。内弟是乌克兰中央委员会负责工作人员，曾担任过《共和国报》主编。他办报的宗旨是："报纸应适当回避某些事件。对严重灾情、思想性不高的诗歌、形式主义的绘画、牲畜倒毙、地震和舰队沉没闭口不谈，对突然冲走数千人的巨浪或矿井里的大火视而不见。这些事件对他毫无意义……他认为主编的力量、经验和本领表现在善于把旨在教育群众的观点灌输到读者意识中去。"老同事是内务部的工作人员，1937 年后职务不断晋升。他翻阅格特马诺夫家庭照相簿，无意中翻到一张被格特马诺夫五岁儿子涂成怪脸的斯大林照片。尽管在自己人中间，格特马诺夫夫妇还是吓坏了。内弟说："这是小孩淘气。"格特马诺夫赶紧严肃地说："不，这是恶毒的流氓行径。"

对军参谋长涅乌多布诺夫，格特马诺夫是这样向军长诺维科夫介绍的："他是一位出色的好人，真正的布尔什维克。百分之百的斯大林主义者……我记得 1937 年他的表现。叶若夫派他到军区清洗敌人，而我那时管的也不是托儿所。他干了一阵子。他可不是好好先生，而是把利斧。按名单成批枪毙人……不辜负尼古拉·伊万诺维奇（叶若夫）的信任……现在拉夫连季·帕夫洛维奇（贝利亚）

也很看重他。拉夫连季·帕夫洛维奇不会看错人，脑袋太聪明了。"军长诺维科夫便同这两位战友并肩作战。这是为了加强军队的政治工作，因为军长不是党员，没有背景，职务是打仗打出来的。政委关心的不是如何打仗，而是军长的婚事。诺维科夫想同历史复杂的老布尔什维克克雷莫夫的前妻结婚。政委和参谋长都关心军长的政治觉悟。格特马诺夫劝诺维科夫："参谋长说，苏联人民和斯大林同志如此信赖的诺维科夫同志何苦把自己的生活同来自可疑的社会政治环境中的人结合在一起呢？"诺维科夫政治觉悟确实不高，没接受两位战友的劝告。诺维科夫根据自己对战争形势的判断，不服从方面军指挥官以至斯大林的命令，擅自将进攻时间推迟了八分钟，取得了胜利。斯大林向他表示感谢。格特马诺夫也向诺维科夫祝贺："请接受共产党员格特马诺夫的祝贺，他向您深深鞠躬。"但他同时向上级密报："军长擅自推迟决定性进攻的时间，违抗斯大林同志的命令。"格罗斯曼提出一个问题：战争将表明，苏联战胜法西斯靠的是什么人，诺维科夫那样的人还是格特马诺夫那样的人？其他军事题材小说中的政委往往是军队的核心，他们不仅关心士兵、鼓舞士气，还帮助指挥官克服各种缺点，保障战争的胜利。哪一种政委形象更真实呢？

红军小分队坚守位于斯大林格勒市中心的拖拉机厂。德国人从四面进攻久攻不下，战士们在格列科夫大尉指挥下击退敌人多次进攻，最后因双方力量悬殊，红军全体官兵壮烈牺牲。大尉和战士们据守孤楼，知道自己必死无疑，说话已无顾虑，说出许多人所共知又无人敢说的话，如农业集体化造成的灾难。他们的谈话被迫击炮炮手告发。炮手的报告引起方面军政治部的警觉，派营政委、老布尔什维克克雷莫夫去整顿孤楼里的"游击习气"。这也是政委的政治工作。克雷莫夫带着"必要时可以解除格列科夫职务并接过指挥权"的命令来到被敌军包围的拖拉机厂的孤楼。他决心整顿出"布尔什维克的秩序"来。格列科夫迎接他，现出一副桀骜不训的样子。克雷莫夫心里想道："我一定要治服你。"克雷莫夫问要不要把他们撤下来，格列科夫回答不必，只要能运来些烟、炮弹和手榴弹，还有酒和玉米饼子就行了。"您记作战日志没有？"克雷莫夫问道。"我没有纸，"格列科夫回答，"没地方写，也没时间写，写了也没人看。""您受一七六步兵团团长指挥！"克雷莫夫说。"是，营政委同志！"格列科夫嘲弄地回答。"这个小区被敌人割开的时候，我召集这座楼里的人，拣起武器，击退敌人三十次进攻，烧毁八辆坦克，也没有一个人指挥过我。""您知道不知道今天参战人员的人数，点过名没有？""干吗点名，我又不交报表。""女电报员在哪儿？"克雷莫夫把格列科夫问火了。格列科夫昨天刚派战士谢辽扎和女电报员到团部送战报。他们是相爱的一对，格列科夫想挽救这对情侣的生命，让他们离开这里，但却粗暴地回答克雷莫夫："这个姑娘是德国间谍，她招募我，被我强奸了，后来把她枪毙了。这就是您所需要的回答吧。"克雷莫夫也受到战士们的嘲弄。他问战士们，知道他为什么来吗？一个战士低声说他是来喝他们汤的，引起一阵哄笑。上年纪的民兵问他："我早就想问问党内的人了……有人说到了共产主义要实行按需分配，如果每个人从早就有喝酒的需要，都喝成酒鬼怎么办？"格列科夫哈哈大笑，战士们也跟着笑起来。头上缠着绷带的士兵问道："政委同志，集体农庄怎么样？战后是不是把它们消灭掉？""作报告谈谈这个倒不错。"格列科夫说。克雷莫夫火了："我不是到这儿来作报告的。我是军队政委，到这儿来克服你们无法容忍的游击习气。""那就克服吧，"格列科夫说，"可谁来克服敌人呢？""放心吧，找得到人。我不是来喝汤的，而是来熬布尔什维克这锅粥的。""那您就克服吧，"格列科夫说，"熬您的粥吧。""格列科夫，"克雷莫夫厉声说，"如果需要，把您同布尔什维克粥一起吃掉。"克雷莫夫决意解除格列科夫的指挥权。天黑后，克雷莫夫找格列科夫单独谈话："格列科夫，咱们开诚布公地谈谈。您到底想要什么？""想要自由，为它而战。""我们也想要自由。"克雷莫夫说。"算了吧，"格列科夫挥挥手，"你们要它干什么？你们能对付德国人就行了。""别开玩笑，格列科夫同志。您为什么不制止某些战士的政治上有错误的言论？以您的威望，做起来不会比任何政委差。我觉得他们说这种错话时不时朝您望望，仿佛期待您的赞许。就拿那个说集体农庄坏话的人来说吧，您干吗支持他？我对您直说吧，咱们一起把这儿整顿好。不想跟我合作，我也对您直说，我可不跟您开玩笑。""至于说到集体农庄嘛，谁也不喜欢它，真的，这您知道得比我清楚。""格列科夫，您想改变历史进程？""而您想让一切回到老路？""'一切'指什么？""指一切。指全民强制劳动。"格列科夫站起来。"政委同志，算了吧。我什么也没想。我这么说是想气气您。我同您一样是苏联人。不信任我让我感到委屈。""那好吧，格列科夫，不开玩笑了。咱们认真研究研究，一起清除刚刚萌芽的不良的非苏维埃精神。是您造成的，帮我清除掉。您还将光荣地作战。""我想睡觉了。您也该休息了。明天一早又要打起来。"夜里克雷莫夫被流弹击中头部，伤势不重，只擦破头皮。黎明前格列科夫命令士兵用担架把克雷莫夫从被围困的孤楼通过交通壕抬到师卫生营。格列科夫把克雷莫夫送到通道口，对他说："政委同志，您不走运。"克雷莫夫突然怀疑：莫非格列科夫夜里朝他开了一枪？

克雷莫夫出院后向方面军政治部主任汇报：

"整顿拖拉机厂楼房的任务因负伤未能完成。我准备再到那儿去一趟。"

政治部主任打量了他一眼说道："不必去了。给我写份详细的报告就行了。"

克雷莫夫坐下来写报告。他竟把想象当成事实，写道：格列科夫道德败坏，瓦解小分队的斗志，向党的代表、营政委克雷莫夫开枪。他知道政治部主任将把他的报告转交特别处，并想象被捕的格列科夫如何同他对质。但他又想："我写的莫非是告密信？尽管没有伪造，但仍是告密信。可有什么办法，亲爱的同志，你是党员，那就履行一个党员的义务吧。"几天后团政委对他说："算你那只雄鹰格列科夫走运，昨天得到六十二军政治部主任通知，格列科夫在德军进攻拖拉机厂时被打死，小分队的人同他一起牺牲。军长报请追认他为苏联英雄，现在我们可以不授予他英雄称号了。特别处处长认为格列科夫还活着，跑到敌人那边去了。"

为国壮烈牺牲的英雄，只因在必死无疑的情况下说了几句平时不敢说的真话，并未制止战士们说真话，便被克雷莫夫诬陷为"涣散军心"。特别处处长夸大到"可能跑到敌人那边去了"，难道红军就这样做政治工作？但诬陷格列科夫的克雷莫夫并没得到好下场。很快他被召到特别处。一进门一位大尉便对他说："交出武器和证件。"克雷莫夫愣住了。接着出来一位中校，中校审讯他："回答我，你在被包围时期是如何被敌人招募的？"克雷莫夫断然否定自己被德国人招募。中校一拳狠狠打在他脸上，打得满嘴流血。克雷莫夫的问题严重，被送到安全部门总部卢比扬卡。克雷莫夫在共产国际工作时曾到过这里。那时他是作为证人来的，但阴森恐怖的气氛记忆犹新。

卢比扬卡的审讯员拿出一个卷宗，慢慢打开，问他道：

"告诉我，您什么时候认识弗里茨·哈肯的？"

弗里茨·哈肯是德国共产党员，二十年代也在共产国际工作。克雷莫夫同他是在联共政治局委员、苏联工会理事会主席托姆斯基办公室里认识的。克雷莫夫如实交代了。

审讯员接着问道：

"现在告诉我，法西斯分子哈肯如何招募您加入间谍组织并指使

287

您进行破坏活动的？"

审讯员的话有如晴天霹雳，克雷莫夫惊呆了，说道：

"哈肯是忠诚的共产主义战士，革命斗士。我了解哈肯。他绝不会说招募了我。绝不可能。"

"可我们有哈肯的供词，克雷莫夫。他对自己的罪行供认不讳。他招供出您是同谋。"审讯员拿出一份材料，用拇指按住下角，"不信您看看这份材料。"

"写得很糟。"克雷莫夫看过后推开材料说。

"怎么糟呢？"

"这个人没有勇气公开说哈肯是忠诚的共产主义战士，也还未卑鄙到诬陷他的地步，所以在文字上耍了花招。"

审讯员挪开拇指让克雷莫夫看日期和签名：1938 年 2 月，克雷莫夫。两人默默无语。停了片刻审讯员严厉地问道：

"是不是打了您，您才提供这样的证词？"

"没有，没打我。"

"那您就老实招供：被围困期间您离开队伍两天。德国飞机把您接到德军集团军司令部，您向他们提供了重要情报，并领取了新的指示。"

克雷莫夫没有回答。此时萦回在他脑际的只有哈肯。"可他是真诚的，他想起哈肯对斯巴达克运动的错误评价，对台尔曼没有好感，想领取出版社的稿酬，同已怀孕的妻子伊丽莎离异……不错，他也提到哈肯好的方面……审讯员记下他的话：'据我多年对他的了解，认为他不大可能参加直接反对党的破坏活动，但我也不能完全排除他耍两面派的可能性'。"克雷莫夫的证词把哈肯送入监狱。令克雷莫夫惊骇的是自己所有的"反党言论"都记录在案。"朋友们，他可爱的助手们，他的秘书们，同他谈过心的人，把他所有的言行都记录下来。他想到这里惊吓不已。'这话我只对伊万一个人说过'，'我同格里什卡谈过，可我们二十年代就认识了'，'这是我对玛莎说的，玛莎，玛莎呀'，他突然回想起审讯员的话：'前妻不会给您送东西'，这是他前两天刚对同牢难友说的。直到今天人们还在增补他的材料。"但克雷莫夫二十几年来所做出的业绩，建立的功勋，材料里却只字未提。

克雷莫夫拒不承认自己是德国间谍，遭到一顿又一顿毒打。审讯员说："……我干脆对你把话挑明：就算你什么罪过也没有，但你要在我让你写的材料上签名。你签了名便不再挨打，这可是件大事。你觉得打你我好受？我们还让你睡觉，明白吗？"克雷莫夫现在才明白布哈林、李可夫、加米涅夫和季诺维也夫为什么会提供荒谬绝伦的供词。克雷莫夫始终不承认自己是德国间谍，便永远消失在卢比扬卡里。他的结局比被他诬陷的格列科夫悲惨得多。

格罗斯曼还披露出与安全部门和在押犯有关的两件事。第十七次党代会会议休息期间，斯大林问叶若夫为什么镇压得如此过火，惊慌失措的克格勃头子说他执行的是斯大林的直接指示。斯大林对环绕着他的代表们忧伤地说："这还是党员说的话。"叶若夫的命运就此注定。新经济政策时期，工程师弗伦克尔在敖德萨建立了一座发动机制造厂。二十年代中期政策发生变化，工程师被捕入狱。他在狱中向斯大林提交了一份"天才的计划"，从经济和技术角度详细论证利用犯人修筑道路、堤坝、水力发电站、人工蓄水池等的效益。斯大林非常赏识他的计划，于是在押犯一跃成为内务部的中将。

1960年6月格罗斯曼把写完的《生存与命运》给挚友利普金看，问他小说有无出版的可能。利普金看过后说，小说决无出版的可能，即便对篇章、段落、词句进行修改，也改变不了小说总的倾向。利普金接着说："不仅科热夫尼科夫不会发表，特瓦尔多夫斯基也不会发表。但可以给特瓦尔多夫斯基看，因为他不仅是天才，还是正派的人。"

但格罗斯曼没听从友人的劝告，还是把稿子交给《旗》杂志主编科热夫尼科夫。需要交代两句，因为有两位科热夫尼科夫被介绍到中国来：《活命的水》的作者和《迎着朝霞》的作者。这里所指的是后者。他是苏联大型刊物主编中的不倒翁，担任《旗》的主编近四十年，比潘菲洛夫担任《十月》主编的时间还长。他有保住位置的诀窍。1954年他同一位女编辑谈话时说：

"每个刊物都要有自己的办刊方针。"

"那您的办刊方针是什么呢？"

"不犯错误，这就是我们的方针。"

科热夫尼科夫是幸运儿，获得过各种光荣头衔，志得意满地走完一生，1984年逝世。不像特瓦尔多夫斯基1970年被撤销《新世界》主编的职务。

格罗斯曼把小说交给科热夫尼科夫有几个原因。首先，为《为了正义的事业》的事生特瓦尔多夫斯基的气。他不能理解特瓦尔多夫斯基为何先称赞后又诋毁他的小说。他们曾是朋友，格罗斯曼不能原谅朋友的背叛。爱伦堡称格罗斯曼为最高纲领派便是指他对什么都要求过高。这在苏联社会是行不通的。其次，不知他如何得出保守派比开明派有魄力的结论。但他对科热夫尼科夫并非没有戒心，先寄了短篇小说《季尔加尔坚》给《旗》，看他们敢不敢登。科热夫尼科夫还真把它发排了，但被书刊检查机构禁止。第三，这时格罗斯曼穷得要命，到了一家难以维持生计的地步，而科热夫尼科夫知道他生活的窘境，未看稿子便预支给他一大笔稿酬。格罗斯曼被感动了，走出致命的一步。

交稿后时间一天天过去，《旗》编辑部一直没有回音。格罗斯曼不愿先打电话，便托利普金打听。利普金找到春风得意的尼古拉·楚科夫斯基（老作家楚科夫斯基之子），他是《旗》的编委。尼古拉说："我没读过小说。据我所知其他非党员编委也没读过。主编和副主编把手稿锁在保险柜里，不让任何人读。上星期我们到列宁格勒参加读者座谈会，我同科热夫尼科夫坐一个包房，我问起格罗斯曼的小说，他嘟哝了一句'我们上了格罗斯曼的当'，马上转换话题。"科热夫尼科夫不肯多说，因为他已经加上编辑部的否定评语把稿子转给苏共中央领导文化的波利卡尔波夫。

1960 年夏天格罗斯曼和特瓦尔多夫斯基同在克里木作家之家休养，两位妻子使丈夫们言归于好。特瓦尔多夫斯基对格罗斯曼说："让我读读你的小说，只读读。"返回莫斯科后格罗斯曼把稿子送到《新世界》。特瓦尔多夫斯基读了非常激动。不久他听说稿子被科热夫尼科夫送交波利卡尔波夫了，深夜来到格罗斯曼家，承认这是一部天才小说，哭着说："我们这儿不能写真情，没有创作自由。"他骂格罗斯曼："你不该给平庸无能的科热夫尼科夫。他正缺少表现自己忠诚的东西呢。我也不会发表，就像不发表平庸的剧本一样，但我决不会干出这种卑鄙的勾当。"

1961 年 2 月手稿被查抄。早上两个穿便衣的人来到格罗斯曼家，向他出示搜查证。两位干得认真、准确，只抄走《生存与命运》手稿，其他稿件一律未动。问格罗斯曼还有几份手稿，格罗斯曼回答道："一份在打字员那里，另一份在《新世界》编辑部，还有一份交给了《旗》，想来已在你们手里了。"这两个人带格罗斯曼找打字员，抄了手稿便放格罗斯曼回家，自己又到《新世界》抄手稿去了。格罗斯曼认识波利卡尔波夫，那时他正不得志，后来又飞黄腾达。格罗斯曼为了要回手稿只得硬着头皮找波利卡尔波夫。波利卡尔波夫接见了格罗斯曼，劈头就对他说："多次奖章获得者，作协理事，竟写出这种东西！"格罗斯曼要求退还手稿，遭波利卡尔波夫拒绝，但波利卡尔波夫建议他给苏共中央写信，并同作协领导人谈话。

格罗斯曼同作协理事会书记们谈话，他们承认小说没有诬蔑苏联社会，很多地方写得很真实。但在国际形势复杂的今天出版这本小说必将危害我们国家。二百五十年以后才能出版。但作协领导人对查抄手稿的做法不以为然。

格罗斯曼给赫鲁晓夫写了封信。信写得不卑不亢，申述自己写的小说并无错误，符合二十大精神，而查抄手稿则是强暴行为，希望第一书记主持公道，归还手稿：

"首先我想说：我得不出我在书中说谎的结论。我在书中所写的都是我过去认为至今仍然认为是真实的东西。我写的都是我反复思考过的、亲身感受的、历尽磨难所领悟到的东西。

"如果我的书是谎言，那就告诉想读它的人。如果我的书是诽谤，那就指出来。让我为之写作三十年的苏联读者判断，书中什么是真情、什么是谎言。

"我过去未否定过、现在仍不否定我的小说。从我开始写这本书起已经过了二十年。我仍认为我写的是真情，我是怀着对人们的怜爱和信任写这本书的。请您还我的书以自由。"

信发出不久苏斯洛夫便召见了他，两人谈了近三小时。都谈了什么已无从知晓。现在能看到的仅是格罗斯曼的追记。内容大致如下：苏斯洛夫夸奖格罗斯曼给中央第一书记写信的勇气。他说党和国家对他写的《人民是不朽的》《斯杰潘·科利丘金》、军事题材短篇小说和特写给予很高的评价。"至于《生存与命运》，"苏斯洛夫说，"我本人没读过，但我的两位顾问读了，他们都是文学行家，我信任他们。两人不约而同地得出一致的结论——发表这部作品会给共产主义、苏联政权和苏联人民带来危害。"接着苏斯洛夫问格罗斯曼靠什么生活，格罗斯曼回答靠翻译亚美尼亚作品为生。苏斯洛夫表示同情，指示国家文艺出版社出版格罗斯曼五卷集，当然不收入《生存与命运》。格罗斯曼问能否退还《生存与命运》的手稿，苏斯洛夫回答道："不行，不能退还。我们给您出版五卷集，可这部小说您连想也不用想。也许两三百年后它才能出版。"读过《生存与命运》的两名顾问之一后来说，是他建议苏斯洛夫"没收小说，不动作者"的，苏斯洛夫采纳了他的建议。格罗斯曼编好五卷集，但未能出版。苏斯洛夫为了宽慰他开了空头支票。无法出书，无法发表作品，靠稿费生活的人便无活路了。格罗斯曼迫于无奈，答应替亚美尼亚女译者译的小说进行文学加工，便到埃里温去了。他借这次机会到亚美尼亚各地旅行，并写出长篇游记《向你们祝福》。游记寄给《新世界》，特瓦尔多夫斯基很喜欢，决定发表。书刊检查机构也通过了，只要求删去下面这段话："我向亚美尼亚人民深深致敬。他们竟在乡村婚礼上当众谈起犹太人在法西斯猖獗时期所经历的苦难，谈起死亡营，谈起法西斯分子在死亡营里殴打犹太妇女和儿童。我向怀着虔诚而悲哀的心情默默听完这些话的人深深致敬……我将永远记住在这所乡村俱乐部里所听到的这些话。"这段讲述德国纳粹蹂躏犹太人的话并无违碍之处，但检查机构坚持删去。其实删去这段话对全文损害并不大，但格罗斯曼坚决不删，游记因而无法发表。这是最高纲领派的又一表现。格罗斯曼不仅要求朋友忠诚，还要求一般熟人诚实，一旦发现他们有不诚实的地方，便同他们断绝交往。同特瓦尔多夫斯基吵翻如此，不再理睬女作家、《旅伴》作者潘诺娃也如此。格罗斯曼曾到列宁格勒潘诺娃家做客，潘诺娃谈笑风生，思想敏捷，给他留下很好的印象。潘诺娃书房里挂满帕斯捷尔纳克相片。潘诺娃说帕斯捷尔纳克是她最喜爱的诗人。1958年批判帕斯捷尔纳克，潘诺娃竟从列宁格勒赶到莫斯科参加批判会。格罗斯曼对她的表现极为反感，对人说："莫斯科的作家都装病不参加会，她却来了，来批判自己最喜爱的诗人。"格罗斯曼想不到正是因为许多人知道帕斯捷尔纳克是潘诺娃最喜爱的诗人，她才不得不来呢。

1964 年 9 月，格罗斯曼没等到心爱的书出版便去世了。但晦气并未随死亡而消散。殡葬上出了问题。苏联作家的殡葬分六个等级。最高的一等在工会圆柱大厅举行告别仪式，如法捷耶夫。最低一等灵柩只能停放在自己家里，如帕斯捷尔纳克。作协决定按第五等级殡葬格罗斯曼，在作协一间房间里举行告别仪式。但骨灰安葬在哪个墓地仍无法确定。遗孀申请在新处女地墓地安葬，这是最高规格的墓地，安葬的都是名人要人。但作协驳回遗孀的申请："不够资格"。朋友们建议安葬在离他家不远的瓦甘科夫斯基墓地，但遗孀坚决不肯，只得退而求其次，安葬在新处女地墓地的分墓地特罗耶库罗夫墓地。这座墓地离新处女地墓地太远，被邻近的孔策沃墓地取代。特罗耶库罗夫墓地因交通不便，无人管理，逐渐荒芜。连我这个寻墓者都不知道莫斯科有座特罗耶库罗夫墓地。追悼会上有几个人发言，爱伦堡说："悼词中说格罗斯曼的优秀作品终将成为苏联读者的财富。可谁又能说哪些作品是最优秀的呢？"大家都能听出爱伦堡的弦外之音。

《生存与命运》无法在苏联出版，却在国外出版了。格罗斯曼生前也有意在国外出版，但他同国外出版商素无联系，又考虑到这是三十年前写第二次世界大战的旧作，外国出版商未必感兴趣，便作罢了。他死后小说如何流到国外去的呢？三份手稿不是都被克格勃抄走了吗？

1960 年夏天，《旗》无回音的时候，格罗斯曼的两位挚友劝他必须保存一份手稿以防万一。格罗斯曼困惑地问他们："你们两人担心出事？"挚友利普金回答："'二战'期间德国人轰炸英国，丘吉尔在议会上说，'最坏的还在后面'。你把一份手稿交给我保存。"格罗斯曼把一份手稿交给利普金，利普金把手稿藏在一位同文学不沾边的人家里。手稿一共打了四份，克格勃抄走三份，不知还隐藏了一份。1974 年利普金决定在国外出版《生存与命运》，他向作家沃伊诺维奇求助，知道他在国外出版过书。沃伊诺维奇是现今俄罗斯读者最喜爱的作家之一。我对他并不熟悉，只读过他的短篇小说《我要做个诚实的人》。利普金同沃伊诺维奇是邻居，知道他是诚实可靠的人。他可以拒绝帮助，但决不会告发。沃伊诺维奇听说要在国外出版《生存与命运》，立即答应帮忙。于是利普金妻子便把三大包手稿送到沃伊诺维奇家。沃伊诺维奇马上拍照手稿，但出现技术问题，便求苏联原子弹之父萨哈罗夫院士夫妇帮助。萨哈罗夫夫妇对手稿的拍摄帮了不少忙。胶片送到国外后由瑞典一家非营利出版社出版了俄文本，没产生影响。直到小说译成法、英、德等文后，才轰动欧洲。《十月》主编阿纳尼耶夫看到国外出版的俄文本，大为震惊，力排众议，1988 年在《十月》上首先发表，这时作者已去世二十六年了。《十月》参照格罗斯曼送给朋友的底稿，订正了国外俄文版的技术错误。至于克格勃抄走的三份手稿，也许已经从卢比扬卡转到国家文学艺术档案馆了。

去远离莫斯科的……劳改营

——从《远离莫斯科的地方》到《车厢》

　　苏联作家阿扎耶夫的长篇小说《远离莫斯科的地方》1948 年在《新世界》杂志发表后，在苏联引起轰动，并获当年斯大林文学奖一等奖。1950 年莫斯科电影制片厂根据小说拍摄成同名影片，1954 年又被苏联著名作曲家捷尔任斯基改编成歌剧。作者阿扎耶夫也从远东一名科技人员一跃而成为苏联作家协会书记。小说 1954 年译成中文，在中国同样引起热烈反响。五十年代青年知识分子哪一个没读过这本小说？何止他们，不少老知识分子和老干部也认真阅读过。小说翻译出版正值中国第一个五年计划期间，大家都真诚地向苏联学习建设经验嘛。至于我们大学生们更不用说了，不仅争先阅读，还举办各种讨论会，连从西直门到清华园的公共汽车上，都能听到年轻学子们激昂的争论。

　　四十多年后的今天，书中人物仍神奇般地留在脑子里。只要一搅动，他们立时活跃起来。架设电话线的漂亮姑娘丹妮亚、大胡子总工程师别里捷、一心想上前线的副总工程师阿列克塞、害单相思的姑娘然妮亚以及局长巴特曼诺夫和党委书记泽尔肯德。这些人物能活跃起来，说明他们还有些血肉，不完全是概念的化身。他们忘我的献身精神，他们的痛苦和喜悦，他们真挚的爱情和忠贞的友谊深深地打动过我们这一代人。特别是对远东大自然的绝妙描写，没在远东长期生活过的人是写不出来的，没到过远东的人也未必能感受得到。我在俄国远东住过三年，所以倍感真切。一本描写在远东原始森林铺设输油管道的小说能写成这样也算不容易了。但这本小说仍存在着今天读者无法卒读的缺陷。小说是按社会主义现实主义理论写成的。其中教诲的议论必然很多。大框架仍是保守和改革的冲突。一切成就归功于斯大林。不少篇章冗长，作家仿佛收不住笔。如果删去三分之一乃至一半，也未必影响人物的刻画和情节的发展。

当时我们争论的焦点是：巴特曼诺夫的"严厉的爱"对不对？他为什么动不动就训斥下属？他训斥阿列克塞时，阿列克塞明明有理，何以非但不反驳还报以微笑？他只关心如何完成任务而不关心周围的人。党委书记则是作为他的对立面而出现的，他的作用是尽量冲淡巴特曼诺夫所制造的紧张气氛。这是否是作者有意安排在巴特曼诺夫身边的一个概念化的人物？阿列克塞刻骨铭心思念的妻子为什么最终也没在书中露面，作者是否太残忍了一点？我们当时相当自以为是，认为问题提得深刻。在讨论中努力"正确"理解巴特曼诺夫，对他"严厉的爱"找出各式各样的解释理由。现在看来，是多么幼稚可笑！

1988 年莫斯科现代人出版社出版了阿扎耶夫 1964 年写的纪实小说《车厢》后，人们才知道《远离莫斯科的地方》中的所有人物，除巴特曼诺夫和泽尔肯德外，从总工程师别里捷和副总工程师阿列克塞到各工段段长、各处主任、所有工程师和工人，通通是劳改犯。作者阿扎耶夫本人也是劳改犯。西蒙诺夫在 1966 年为《车厢》所作的序中写道："在《远离莫斯科的地方》中只字未提劳改营，只字未提国家所急需的那条横贯远东的输油管道，不仅是战时自由人的手铺设的，也是劳改犯的手铺设的。"接着他解释"作者为什么没写出这项工程的全部真相，因为那时公布真相根本不可能"。如果我们知道巴特曼诺夫是劳改营的长官，我们的争论便多余了。也怪我们阅读时不仔细，其实巴特曼诺夫一登场便亮明身份："工程管理局局长身着军服……他全身上下——从雪白的领沿直到擦得亮晶晶的皮靴都闪闪发光。"这正是内务部的军装。小说先在《远东》杂志上发表，后才在《新世界》上发表。为此把阿扎耶夫召到莫斯科，让他根据《新世界》编辑部的意见做重大删改。作者保留了巴特曼诺夫的军服是为"点题"呢，还是匆忙中忘记删去呢？

按事件发展的时间顺序，《车厢》在前，《远离莫斯科的地方》在后。先把罪犯用火车押解到远东，劳改犯才在远东铺设输油管道。但《车厢》比《远离莫斯科的地方》晚出版了四十年。出版时，阿扎耶夫已逝世二十年了。

《车厢》是阿扎耶夫另一部重要作品。阿扎耶夫晚年在深夜里把自己的冤情向妻子倾诉，由妻子整理成书。他说："也许为摆脱压得我喘不过气的重负。我确信我近来的病便是多年的折磨造成的。万一我无法痊愈，我的经历便会随我而去。妻子和孩子们便将从别人嘴里知道有关我的一切。噢，我知道别人的嘴是多么恶毒和不公正啊。"不把冤情吐出他死难瞑目。

1934年12月1日基洛夫遇刺，大批无辜的人被逮捕。不经审判便判处徒刑，把他们从莫斯科、列宁格勒等地押往西伯利亚和远东。《车厢》所写的便是押解罪犯的列车中的一节车厢里发生的事。关押在这节车厢里的有盗匪、富农和反革命分子。反革命分子中有书中主人公米佳、工程师沃洛佳、绘图员科利亚、掏粪工斯捷潘、歌唱演员彼得罗、惯盗伊戈尔、厂长亚历山大、列宁格勒区检察官费奥多尔和党务活动家济明。作者通过这些犯人的离奇遭遇，多角度地展现出三十年代苏联社会的严峻现实。西蒙诺夫写道："我读小说时，不能也无法忘记，阿扎耶夫同他的主人公一样，十九岁时莫名其妙地以罪犯身份出现在远东，他所经历的一切同米佳一样。"可以说米佳即阿扎耶夫，阿扎耶夫即米佳。

　　1934年米佳十九岁，在莫斯科一家工厂做工，同时在戏剧学院学习。他精力充沛，工作学习两不误。未来充满阳光。新年前三天他同女友玛莎滑冰滑到冰场关门。就在这天夜里米佳被捕了。侦查员指控他对基洛夫遇刺无动于衷。仿佛他幸灾乐祸，对基洛夫案件的审讯的公正表示怀疑，对工人致斯大林信中的"我们明白你在这些日子里心情多么沉重"这句话做了不正确的解释。这当然是无中生有的指控。米佳父亲曾在基洛夫领导下工作，对基洛夫感情很深。米佳受父亲影响从小热爱基洛夫，怎么会幸灾乐祸呢？他同侦查员吵起来，侦查员掏出手枪对准他的脸，叫他冷静，并告诉他有人告发了他，如他能告发别人，帮助安全部门清除敌人，可减轻他的罪行。米佳无人可告发，被判处三年徒刑。他原以为这是个误会，父亲会替他说清，很快便会释放，哪知父亲在他之前已被捕，后瘐死狱中，1955年才平反。米佳完全绝望，幸亏济明等老布尔什维克开导他，叫他坚持住，在任何环境中都要保持做人的尊严。米佳晚年回忆道，如果没有济明等人的支持，他不知自己会怎样，或干出蠢事，或同盗匪混在一起。他们到达位于斯沃博德内市的劳改营后，米佳被分配在化验室，他拼命工作，被提前释放。劳改营留他以普通公民身份在原处工作，他谢绝了，决意返回莫斯科父母身边，寻找不知他突然失踪原因的玛莎。一到莫斯科他才知道父亲被捕，而刑满释放人员在莫斯科不得停留二十四小时。米佳只得返回劳改营，仍在原处工作，但已经不是犯人了。他工作得极为出色，并在冻土地研究方面作出贡献。劳改营替他撤销前科，已经不是刑满释放人员了。他再次返回莫斯科，没想履历表像一道高墙，把他同莫斯科隔开。他不仅仍不能在莫斯科居住，也不能在其他大城市居住，只好第三次回到远东。此时他已完全打消回莫斯科的念头，潜心研究冻土地，并写出一部颇具科学价值的专著。他在写专著时回忆起他和劳改犯们铺设输油管道的日日夜夜，又写了一部小说，发表在《远东》上。这部小说便是《远离莫斯科的地方》。《远东》是一本发行量很小的杂志，小说没产生多大影响。这时苏联虽战胜德国法西斯，但国家遭受严重破坏，极需唤起人民劳动热情的作品，鼓舞人民重建家园。《新世界》主编西蒙诺夫在《远东》上发现《远离莫斯科的地方》，正是自己寻找的作品，便决定在《新世界》上发表。小说给米佳，即阿扎耶夫，带来巨大荣誉，他毫无阻碍地回到莫斯科。尽管他的作品影响极大，人人争读，但在那些艺术上平庸、政治上霸道的作家眼中他仍是有污点的人。他们虽在创作上无法同他竞争，但也有比他骄傲的地方：没坐过牢。阿扎耶夫没能入党，因为同行们咬住他"污点"不放。米佳深夜对妻子说，有人不断对他说："何必老提过去！"他则认为为了将来决不能忘记过去。"我的经历只是一个人的提醒。我个人的命运以及千千万万经历过痛苦与不幸的活着的和死去的人的命运，是我们整个民族命运中的不可分割的部分。"由此看来，他写《车厢》时已远远超越了个人的动机。

《车厢》是社会缩影，每个犯人的遭遇都是体制的反映，无产阶级专政的体制迅速转化为斯大林个人专政的体制。基洛夫的死加速了这种转化。

车厢里的犯人都讲述了自己是如何被捕入狱的。睡在米佳左边的是二十三岁的工程师沃洛佳。沃洛佳在孤儿院长大，后入党考上大学。大学毕业后同女友娜佳结婚。一天新婚夫妇在朋友家听一个聋子闲扯，听得无聊便离开了。后有人告发他听反革命宣传不揭发，便被捕了。侦查员审讯他："有人当着你的面进行反苏宣传，你应立即揭发，沉默等于包庇敌人。"沃洛佳回答："我不认为他是敌人，他不过是个自命不凡的无聊家伙。""你不认为他是敌人说明你赞同他的观点。"沃洛佳便以"不揭发罪"被判刑三年。他在劳改营中完全可以担任工段长。睡在米佳右边的是绘图员科利亚，与他同年。科利亚在中学同女生尼娜恋爱，两人决定成年后结婚。中学毕业时尼娜在斯大林相片背面写下誓言："亲爱的科利亚，我向你宣誓：一辈子爱你。我特别写在我们所有人最亲爱的人的相片上。"尼娜把相片赠给科利亚，以示誓词的郑重。但女方父母坚决反对他们的婚事，尼娜屈服了，给科利亚写信："我最后对你说，咱们一切都完了。别再到处找我。就当我死了。"科利亚接信后气得要命，骂她的誓言一钱不值，当即撕毁誓言，即斯大林相片，用信封退还尼娜："你既然如此无情无义，我退还你虚伪的誓言，我也撕毁你的爱情。"尼娜父亲把撕碎的相片交给内务部："你们瞧，这家伙什么事都干得出来。"科利亚被判了三年刑。他急于报仇，中途逃跑，返回莫斯科时被击毙。

掏粪工斯捷潘老头被判了五年刑。他说："我们全家靠掏大粪养活。"儿子原是司机，女儿是食堂服务员，全家挤在一间狭窄的地下室里。一天看到墙上的告示：给掏粪工分房。儿子女儿便也当了掏粪工。他们一天天干下去。从手推粪车改为挖粪汽车，但房子还没有影儿。儿子爱上一个姑娘，小伙子长得挺帅，女方家里自然没意见，但知道他们的职业后，坚决不干了。同这样的家庭攀亲，还有脸见人？老头向他们解释掏粪工也是工人阶级，他们连听都不听就把他撵出去了。婚事算吹了。不久儿子听说姑娘找了一个社会地位比他高的会计师，马上要举行婚礼，气得要命，发誓报复。老头想出一条妙计：去参加他们的婚礼。婚礼那天父子俩驾着掏粪车来了，孩子们惊叫道："怎么现在掏粪？"支起粪勺的掏粪车一直开到门口，参加婚礼的人看见粪勺，掩鼻发愣。斯捷潘父子走进客厅，对大家说："他们玷污了我们工种的荣誉，你们也是劳动人民，想必同情我们。我们是正派人，从未欺负过人。祝新人过得富裕光彩。"没想到会计师事先叫来内务部的人，当场把他们抓住。以私闯民宅罪判儿子两年刑，老子则判了五年刑——因为主意是他出的。

车厢里还有富农，都是身强力壮的劳力。富农萨瓦反对农业集体化。他说："我作为阶级被消灭，还要我鞠躬感谢！我以眼还眼，以牙还牙。"后被送去修白海运河，回来后仍大骂集体化。但他在车厢里人缘很好，保护体弱者不受盗匪欺负。另一个富农丹尼尔比萨瓦温顺，没反对过集体化，但命运更坏。村里办公楼起火，这房子原是丹尼尔的，他同大家一起救火。有人咬定火是他放的，把他毒打一顿送到白海运河。丹尼尔手巧，什么活都能干，白海劳改营报还登过他的照片，作为劳改犯改造好的榜样，提前释放。他想回村弄清到底是谁放的火，谁知一进村便被抓起来。

伊戈尔曾是惯盗。他是孤儿，从孤儿院逃走，同盗贼混在一起。他人小身轻，作案时由他从窗口爬入，替伙伴开门。一旦得手，他们便快活几日。伊戈尔一伙被抓，关进劳动教养院。教养院文化教育处主任格里戈里·伊万诺维奇教育他们，他们哪里肯听。他们看见他有只金表，便发誓要偷到手。伊戈尔夜间来到格里戈里·伊万诺维奇窗下，金表放在桌上，灯熄了。伊戈尔钻窗而入，灯马上亮了，格里戈里·伊万诺维奇正等着他，抓了个正着。伊戈尔知道完蛋了，没想到格里戈里·伊万诺维奇让他坐下，问他为什么要偷表。伊戈尔说他向伙伴们发了誓，非偷不可，这是他们的规矩。格里戈里·伊万诺维奇干脆把金表送给他，只说了一句："这是捷尔任斯基的礼物。"伊戈尔惊呆了，灵魂受到震撼，从此洗心革面。伊戈尔改好了，解除教养。他成了家，过着正常劳动者的生活。一家商店遭抢劫，盗贼咬定伊戈尔参加了。格里戈里·伊万诺维奇相信他没参加盗窃，并替他辩护。但祸从天降，大清洗时期格里戈里·伊万诺维奇仗义执言，为无辜受害者说话，被捕入狱，于是一切又颠倒过来。侦查员对伊戈尔说："你是人民敌人的宠儿，他包庇了你。现在你要为抢劫商店承担罪责了。"伊戈尔被判了六年刑。也被押解到远东。因为他们都可以成为铺设管道的好工人。

车厢里的检察官费奥多尔、厂长亚历山大和党务活动家济明属于社会上层。皆因基洛夫案件身陷缧绁。检察官因身在列宁格勒，不由自主地卷入基洛夫案件中，知道不少隐秘，不再盲目相信斯大林，是车厢里最清醒的人。厂长原是海员，用他自己的话说，"攻打过冬宫，击溃了士官生，守卫过斯莫尔尼宫，有幸亲眼见过列宁。到工厂后被选为红色厂长。"他为因基洛夫案件被判刑的人讲情，认为如此大规模迫害列宁格勒干部太过火了，因而被判了五年刑。他对斯大林坚信不疑，认为斯大林受人蒙蔽，一旦了解真相一定会纠正过火行为。济明属于列宁一代人，曾同斯维尔德洛夫和捷尔任斯基一起流放，组织、发动了十月革命，是党的重要领导人。基洛夫遇刺后大批干部被逮捕，其中有很多济明的熟人。他四处打电话，担保他们是无辜的，怀疑内务部里出了问题，并要求成立老布尔什维克委员会检查内务部的工作，没想到为坚持列宁的组织原则自己反被押上囚车。他对斯大林个人专权已有所认识，但不如检察官清醒。他给年轻人以希望，要他们经受考验，他们被捕不过是个错误，不久必将得到纠正。他的话常招致检察官的冷嘲热讽。他们两人都死于1937年。

车厢里形成了对立的两伙。所有反革命犯都团结在济明周围。他们还召集党员开会，分析车厢里的形势。富农也受感染，站在他一边。另一伙是盗匪，他们抢夺体弱犯人的东西，克扣他们的口粮，把他们赶到铺下。济明等人不允许匪徒逞凶。匪首便决定除掉济明等人，但济明抢先缴了他们的械，把匪首交给押送队。车厢里正义同邪恶的搏斗写得惊心动魄。米佳在搏斗中起了关键作用，济明准备出狱后介绍他入党。济明不忘在难友中做宣传工作，给他们讲大道理，检察官便对他喊道："我受不了您这套长篇大论。您现在已不是党务活动家了，不是党员了，您已被淘汰出局！您就老实待着吧，别装得什么都看不见了。"富农萨瓦也同济明争论："收起你那一套吧。我在白海运河改造好了，可仍然没有立足之地，只能待在车厢里。你忠于你的党，可被党送去流放。现在没人相信革命了。你们难道不承认列宁想搞的没搞成！在劳改营里难道能把人改造好？"米佳跳起来要打他，被厂长制止住。检察官插了一句："这个农民说得不错。把所有有思想的人通通关进监狱，革命就完蛋了。"萨瓦接着说："你们这些当领导的完蛋了，可还不知道，在这儿瞎逞能。我什么没经历过。我对你们说：折断了农民的脊梁，现在拿什么也粘不起来了。没有农民便没有俄罗斯。咱们大家一起完蛋。"济明和厂长一起用大道理反驳他。

济明等人有时从列车经过的车站弄到旧报纸，于是读报便成为他们生活中的一件大事。他们读到苏联中央执行委员会颁布的《关于修改现行刑事诉讼程序的决议》。"第一款，"济明读道，"起诉书在审理案件前二十四小时内交给被起诉人。第二款，审理案件时外人不得出庭。第三款，……第四款，判决不得上诉。第五款，判处死刑立即执行。"

"这些条款把违法彻底合法化了。"检察官指着济明恶狠狠地说，"开始还要早些，几个月前，即从成立内务人民委员部、任命亚戈达为人民委员并建立三人小组的时候起。取消了对政治案件的审判。如你偷了一公斤香肠或一瓶酒，你将受到正常的法律审判。但如果有人告发你讲了个反对苏维埃政权的笑话或对某件事产生过怀疑，夜间就会来抓你，把你塞进'黑乌鸦'。案子马上办好，提一两个问题便完事。世上便又多了一个阶级敌人。案子十天办完还要出庭干什么。看不见的三人小组并不需要被起诉人出庭：它缺席判决。对判决也不允许上诉。一切都事先想好，不允许被告证明自己无罪。""谁有权签署这样的决议呢？"有人问道。"加里宁。基洛夫 12 月 1 日遇刺，加里宁次日凌晨便签署了决议。有人从列宁格勒给他打电话，口授济明念的条款。我便因反对设立不受法律监督的机构，并证明决议违法而被送进监狱的。"济明陷入沉思，大家默默不语。检察官接着指出，如果季诺维也夫等人是凶手，为什么不枪决而只判了十年，加米涅夫判了五年，而大批无辜的人同样判五年到十年，这合乎逻辑吗？大家等待济明的反驳，但济明没有反驳，一直沉默。中途检察官被押下火车，大家以为他已获释，纷纷请他代寄家信，但他知道自己是在走向死亡。

火车行走了四十天，把这批罪犯从莫斯科押解到远东斯沃博德内市（意为自由城）劳改营。所有人立即投入工作。济明和厂长都担负起重要的领导工作。其他反革命犯也同样忘我劳动。他们忍辱负重，在祖国处在危难之时，用劳动表现出自己对祖国和人民的忠贞。

阿扎耶夫直到 1960 年才遇到青年时代的恋人玛莎，这时他们都已成家，并且儿女成行了。玛莎问他为什么不给他一点消息，阿扎耶夫无以对答。现在诉说他曾如何思念她已无意义。在《远离莫斯科的地方》中，阿列克塞对妻子济娜的思念表达的正是阿扎耶夫对玛莎的思念。他不知战争爆发后玛莎身在何方，不知她仍在等待他，还是已经把他遗忘。这恐怕便是小说中济娜若隐若现终未出现的原因吧。

《车厢》和《远离莫斯科的地方》虽然同出于阿扎耶夫之手，但却是创作方法完全不同的两部小说。《车厢》是作家去世前心灵的倾诉，如果能在 1964 年发表，其震撼力也许不在索尔仁尼琴作品之下。

爱伦堡的回忆与反思
——《人·岁月·生活》中译本序

爱伦堡是苏联著名作家，在苏联名气不在法捷耶夫和西蒙诺夫之下，在西方则远远超过他们两人。爱伦堡在中国名气同样不小，是最早被介绍到中国来的俄苏作家之一。1933 年，鲁迅在《〈竖琴〉后记》中就提到过他。1936 年，曹靖华把他的短篇小说《烟袋》译成中文，编入《苏联作家七人集》。解放前后，他的长篇小说《暴风雨》《巨浪》和《巴黎的陷落》陆续被译成中文。第二次世界大战期间他发表的政论在中国读者当中产生了强烈的反响，鼓舞中国人民抗击日本法西斯的斗志。直到二十世纪九十年代初，我同一位老先生谈论苏联文学时，他还提到当年爱伦堡政论对他的震撼。二十世纪五十年代初期的大学生，有谁不迷恋苏联文学，有谁不知道爱伦堡？然而斗转星移，岁月流逝，中国读者渐渐忘却这位老朋友。

作家对自己创作的评价往往同读者不同。爱伦堡自认创作中，诗占第一位，其次是小说，第三位是政论。那时他尚未写回忆录，所以没有提到。我没读过他的诗，没有发言权。请教俄国朋友，他们最肯定的回答也仅是："作家年轻时都写过诗嘛。"这种回答不过是推理，说明他们也没读过爱伦堡的诗。他的长篇小说我倒都读过。吸引我的是小说的内容而不是它们的表达形式。今天已无重读的愿望就是因为艺术上过于粗糙。苏联诗人叶甫图申科说："他的小说《暴风雨》今天已无法卒读。"老作家扎米亚京对爱伦堡写小说打过一个比方："有个关于年轻母亲的故事：她太爱自己未来的孩子，想尽快见到他，没等九个月，六个月便生下来了。爱伦堡写小说类似这位年轻母亲生孩子。"

1960 年，爱伦堡开始写回忆录《人·岁月·生活》，在《新世界》杂志上陆续发表。1964 年发表完，后结集出版。爱伦堡的回忆录在读者当中引起热烈的反响，人人争读，就像当年争读他的政论一样，没有政论的报纸一到战士手里马上卷烟了，有政论的报纸一直读到报纸破碎。苏联再次掀起"爱伦堡热"。1990 年，莫斯科作家出版社还出版了装帧精美的三卷集，每页下角都有配合该页内容的图片，随便从哪一页读都读得下去，可当作史书读，也可当作随笔集读。苏联作家当中没人写出过类似的回忆录，因为谁也没有他那样的经历。

爱伦堡少年时代便参加社会民主党的地下工作，后写诗歌、小说，成为作家。十九岁赴法国深造。十月革命后以《消息报》记者身份重返巴黎。他接触过形形色色的人，其中大部分是俄国和欧洲的文化名人。第二次世界大战后，他从事保卫和平工作，接触的人更多了。把他接触过的人列个名单，我们会惊讶地发现，决定二十世纪历史进程的人，使它增光或令它蒙羞的人，他接触了不少，如列宁、托洛茨基、布哈林、高尔基、莫迪利亚（意大利画家）、爱因斯坦、马雅可夫斯基、叶赛宁、毕加索、夏加尔（法国画家）、帕斯捷尔纳克、别雷、里维拉（墨西哥画家）、阿赫玛托娃、莫里亚克、马尔罗、海明威、萨文科夫（恐怖主义者）、李维诺夫、伊巴露丽、曼德尔施塔姆、杜维姆（波兰诗人）、法捷耶夫、纪德、弗拉索夫（将军）、茨维塔耶娃、巴别尔、罗素、约里奥·居里、梅耶霍德、爱森斯坦、沃洛申、伊利夫和彼得罗夫、法尔克、孔恰洛夫斯基和马蒂斯等。

我没把斯大林列入名单，因为爱伦堡没同他单独接触过。这还得从爱伦堡同斯大林的关系谈起。"斯大林为什么没杀害爱伦堡"一直是很多人心里的疑问，也曾有人问过爱伦堡本人，他总这样回答："不知道，命大吧！"爱伦堡不喜欢斯大林，"但长期信任他，也怕他"。第二次世界大战前夕，他对斯大林已有所认识，不再相信"斯大林英明""比我们大家更了解局势"这类话了。爱伦堡认为战争初期苏联的失利是斯大林轻信《苏德互不侵犯条约》的结果。苏联强调德国法西斯的进犯是背信弃义，爱伦堡对这种提法极为反感，怎能同法西斯讲信讲义呢？他对《互不侵犯条约》签订后苏联出现的太平景象十分担忧，上书莫洛托夫，向他说出自己所感受到的德国军人磨刀霍霍的气氛。莫洛托夫让部下洛佐夫斯基接见了他。"他漫不经心地听我讲话，把忧郁的目光转向一旁。我忍不住问道：'难道您对我讲的一点都不感兴趣？'他苦笑一下回答道：'我个人对您的话感兴趣……可您要知道，我们实行的是另一种政策。'"爱伦堡后来说，自己太天真，以为真实的情报有助于政策的制定，哪知道政府所需要的是能证明所行政策正确的情报。

爱伦堡对斯大林的个人迷信很早就有反感。1935 年他到克里姆林宫参加开展斯达汉诺夫运动大会。人们对斯大林一再鼓掌，"当掌声逐渐平息下去的时候，有人高喊了一声：'伟大的斯大林，乌拉！'于是一切又从头开始。最后大家落座，这时又响起一个女人声嘶力竭的喊叫声：'光荣属于斯大林！'我们又跳起来鼓掌"。回家的路上，爱伦堡想道，斯大林是马克思主义者，怎么有点像萨满教巫师……想到这里连忙打住自己的思路。接着他又想到斯大林"黑白颠倒"的工作习惯给旁人造成的痛苦。"斯大林起床很迟，睡得也迟，喜欢在夜间工作。每个人都有自己的癖性，但斯大林不是凡人，而是上帝，因此他的癖性会影响很多人的正常生活。部长们不敢在夜里两三点以前离开办公室：斯大林会拨打电话。部长们拖住局长们，局长们拖住秘书们，秘书们拖住打字员。许多丈夫只能在星期日见到妻子……他在家的时候，妻子不是上班工作便是在家里睡觉。'白天'和'黑夜'的概念消失了。"热爱人民的领袖怎么如此不关心周围的人呢？

"斯大林大概至死都认为自己是共产党员、列宁的学生和他事业的继承者。"苏共二十大后，爱伦堡对斯大林进行了反思，"斯大林不仅这样说，也这样想：他正引导人民奔向崇高的目的，为此就得不择手段。我并非偶然想起意大利文艺复兴时代。马基雅弗利曾写道，为了建设强大的国家，任何手段都是好的——毒药，告密，暗杀；他建议统治者要同时具备狮子般的勇猛和狐狸般的狡猾，要像人那样聪明，也要像野兽那样凶狠。"

斯大林同样不喜欢爱伦堡，曾告诉法捷耶夫，说爱伦堡是国际间谍。斯大林也并非凭空想象，而是从口供中看到的。许多文化人供认自己是间谍后都一口咬定他们的招募人是爱伦堡。爱伦堡成了国外间谍在苏联的代理人，同法国人马尔罗单线联系。口供当然都是在严刑拷打下逼出来的，斯大林政敌的口供同样是这样逼出来的，斯大林照样根据口供处决了他们。斯大林不杀爱伦堡是因为他有用，他是苏联联系西方文化界的纽带，但纽带也不是不可以取代的。二十世纪三十年代不杀爱伦堡是因为他政治色彩淡薄，处世超然物外，同斯大林的反对派没有瓜葛，也没有违背斯大林意志的表现。战争期间，他的政论极大鼓舞了红军的斗志，希特勒对他恨之入骨，在1945年1月1日的命令中写道："斯大林的宠奴伊利亚·爱伦堡宣称，德意志民族应被消灭。"命令抓到他后便在第一棵桦树上绞死他。二十世纪五十年代初期，爱伦堡公然违抗斯大林的意志，但斯大林已来不及杀他了。

上面谈到爱伦堡同斯大林没单独交往过，但为《巴黎的陷落》

的出版事宜，斯大林给他打过一个电话。"4月24日（1941年），我正在写第三部第十四章的时候，斯大林办公室打来一个电话，告诉我拨一个电话号码：'斯大林同志要同您说话。'妻子伊琳娜连忙把两只狮子狗牵走，它们偏偏在这时候叫起来。"接着爱伦堡记下他们的谈话内容，斯大林赞同出版《巴黎的陷落》。爱伦堡感到惊讶，战争已迫在眉睫，斯大林怎么还关心小说出版的琐事？这段话引起《新世界》主编特瓦尔多夫斯基的不快，担心读者会产生不恭敬的联想，建议爱伦堡删去狗叫的那一句。爱伦堡没删，他只记下当时的情景，绝无用儿童手法侮辱斯大林之意。

爱伦堡把文学史上从未提到过的作家介绍给读者，并说出自己对他们的看法。帕斯捷尔纳克不是叛徒，而是俄国天才的诗人。今天已成为俄国诗坛双子星座的女诗人阿赫玛托娃和茨维塔耶娃的名字也是在回忆录中第一次出现的。读者从书中第一次知道俄国和欧洲许多著名作家、诗人和画家的名字，如曼德尔施塔姆、沃洛申、安德烈·别雷、巴别尔、梅耶霍德、法尔克、马蒂斯和夏加尔等。对文学史上提到的作家，如马雅可夫斯基、叶赛宁和法捷耶夫，爱伦堡也谈到他们鲜为人知的一面。马雅可夫斯基喜爱帕斯捷尔纳克的诗。马雅可夫斯基讨伐抒情诗，可他最好的作品却是抒情诗《关于这个》。他自杀同自尊心太强、脸皮太薄有关，不应老从政治方面找原因。叶赛宁的诗歌打动人，因为他是天生的诗人，如同自古夜莺歌唱能打动人一样，用不着用雀形目鸟类喉头的构造来解释。爱伦堡写了一个非官方人士的法捷耶夫。法捷耶夫是严守纪律的党员，从不同圈子内的人谈心，却对非党人士爱伦堡稍稍敞开心扉。法捷耶夫内心充满矛盾和痛苦。他对斯大林又爱又怕，坚决执行斯大林的意志，却往往违背自己的意志。他认为《青年近卫军》不能改写，但仍按斯大林的意志改写了，知道"已经不是那本书了"。他喜欢格罗斯曼的小说《为了正义的事业》，但斯大林不喜欢这本书，他不得不在报纸上严厉批评格罗斯曼。法捷耶夫渴望写作，抱怨社会工作太多，但又舍不得放弃作协领导人的位置。爱伦堡写道："……他做这些工作并非迫不得已，而是乐于为之。当他晚年被解除一些职务时，他感到的不是轻松，而是懊恼。"法捷耶夫自杀后，人们纷纷猜测原因，爱伦堡写道："严冬尚未过去的时候，他顶住了；而当人们露出笑容的时候，他开始考虑经历过的事和写出来的东西，不知怎的一切都暴露无遗，发动机就在这时出了故障。"这段话晦涩难懂，不如他回答读者的信写得明白：斯大林死后，法捷耶夫回顾自己走过的道路，发现是一条可怕的错误的道路，再活下去已无意义。

个别段落写得晦涩是回忆录的一个缺点。原因是多方面的。二十世纪六十年代苏联还有不少禁忌，很多重要人物尚未平反，如布哈林；很多重大决议还未废除，如联共（布）中央《关于〈星〉和〈列宁格勒〉两个杂志的决议》。还有很多人没从个人迷信所造成的思维定势中摆脱出来。爱伦堡对法捷耶夫的看法，特瓦尔多夫斯基便无法接受："您写的法捷耶夫同我所理解的不一样，我不能在我们刊物上刊登。理由当然是个人的，但编辑也是人啊。"像特瓦尔多夫斯基这样开明的人思想仍远未解放，更不用说其他人了。还有一个原因便是爱伦堡急于发表文章，写了便要发表，不想为"存档"而写，不想为历史留下证据。

回忆录里有这样一段话："一天，我到《消息报》看一个编辑。他面如土色，勉强说了句：'真不幸！基洛夫遇害了……'大家都很沮丧——因为热爱基洛夫。痛苦中也掺杂着不安：是谁？为什么？以后会怎样？……"这段空泛的话未必会引起读者的注意。发表后，《文学报》编辑访问爱伦堡时，爱伦堡才告诉他"编辑"就是布哈林。爱伦堡同他单独在一起时，布哈林对他说："您明白这意味着什么吗？他现在想怎么对付我们就能怎么对付我们了。"停了一刻，布哈林补充道："而且他还有道理。"接着布哈林请爱伦堡就这件事写篇声讨的短文，但马上又对他说："不要写了，回家去吧。这是件肮脏的事。"这说明布哈林马上就明白是谁干的和为什么要这样干了。爱伦堡是布哈林的中学同学，一位没有政治色彩的党外人士，布哈林在极度痛苦的心情下可能对他说出心里话，何况这期间他们见面不止一次。如果爱伦堡把布哈林说的话记下来存档，对揭开"基洛夫遇害"的真相无疑会很有帮助。可惜他没写。

第六卷里有一段极为重要的话也写得十分晦涩，不解释，读者很难看得懂："势态不断发展。2月对我是难关，我认为现在讲述当时的感受为时尚早……我试图抗争。事情的解决不是我的信，而是命运。"这段话是谈到1953年1月"医生案件"时写的，但读者仍不明白为什么2月对他是难关，什么事不是他的信而是命运解决的。

这得从"医生案件"谈起。"医生案件"是斯大林战后大清洗的序幕，矛头针对政治局委员们。被捕的医生中有不少苏联犹太人，从而派生出一场新的排犹运动。斯大林炮制了一封诬蔑苏联犹太医生的《致〈真理报〉编辑部的信》，强迫苏联著名犹太学者、作家、作曲家签名。爱伦堡是苏联犹太作家，所以也让他签名。爱伦堡读过信后立即猜到斯大林的用心，决非仅仅诬害几个无辜的犹太医生，而是为采取更大规模的行动制造舆论。斯大林曾将里海沿岸的卡尔梅克人和克里木的鞑靼人从他们祖居地驱赶到西伯利亚和远东，现在轮到犹太人了。签名还是不签名？签名等于支持斯大林的残暴行动，自己成为罪人；不签名性命难保。爱伦堡反复斗争，2月下旬冒死上书斯大林，申述自己不签名的理由，并婉言劝阻斯大林不要把犹太人驱赶到西伯利亚或远东去。信发出后，他便在家中等待被捕，但没有反应，因为几天后，斯大林便死了。

这段话的意思现在清楚了："势态发展"指从诬害到驱赶。2月，他反复斗争要不要给斯大林写信，受尽煎熬。最后孤注一掷，上书斯大林，自知必死无疑。没想到信寄出几天斯大林便死了。斯大林的死是命运，公开信未发表，事情自然而然地解决了。斯大林要晚死几个月，爱伦堡便性命难保。苏联所有犹太名人都在公开信上签了名，惟独爱伦堡一人抗命，斯大林决不会放过他。但斯大林没来得及处置爱伦堡就死了，所以爱伦堡说自己命大。

爱伦堡写道："我不分析时代，不思考巨大的历史画面，只描写日常生活以及我自己和朋友们（主要是作家和艺术家）的心态。"这当然是谦虚话。他确实写了日常生活，但我们却从中感到强烈的时代气息。他写了 1937 年的日常生活："在《消息报》社里，每间办公室门前的小牌子上原先写着负责人的姓名，现在牌子依然挂在那里，但玻璃下面已无负责人的姓名了。送信的女工对我解释说，现在没有必要填姓名：'今天任命了，明天又被抓走。'……"

1934 年爱伦堡回到莫斯科，准备参加苏联作家协会第一次代表大会。《消息报》把他安置在民族旅馆的一间窄小的客房里。早上，他向服务员要杯茶，"服务员去后很快便返回，手里没端茶盘，他没要到茶，因为从这天起餐厅只收外汇。我气极了，但没作声，请他打一壶开水来，我自己有茶叶和糖。服务员又空手回来，对我说：'连开水也不给，他们说不卖给苏联人。'……"爱伦堡上楼找经理说理，看见楼梯上摆满鲜花。清洁女工和女招待衣着光鲜，排成横队，按口令鞠躬、向左转、向右转、微笑、再鞠躬，准备迎接外宾。经理一见到爱伦堡便叫他退房，因一小时后大批美国人要从列宁格勒来。爱伦堡很气愤，但并不惊奇，因为不久前在伊万诺沃市遇到过同样的事。他到饭店吃饭，餐厅脏得一塌糊涂。他刚在一张比较干净的餐桌前坐下，女服务员就冲他大喊起来："你没长眼睛吗？这是外国人专用的餐桌。"那时，伊万诺沃纺织学院有两名土耳其研究生。爱伦堡写出了二十世纪三十年代普通苏联人的心态。这是一种我们从未听说过的，但在专制、贫穷的国家里又必然会产生的心态。

二十世纪六十年代中期，赫鲁晓夫被赶下台后，斯大林主义渐渐抬头。一位颇具影响的斯大林分子对民主力量大肆攻击，民主力量决定还击。他们请爱伦堡出马，因为报刊很难扣压他的文章。爱伦堡回答道："现在不要打搅我，我并没在后方闲待着，我在发表回忆录。"他认为发表回忆录便是同形形色色的斯大林分子和一切保守势力战斗。回忆录打开苏联读者的眼睛，引导他们反思不久前所发生的一切，非此社会无法获得新生。他突破苏联文学史的禁区，把俄罗斯大地产生的天才作家一一介绍给读者，并把西方文化名人引入苏联，扩大读者的视野。他对斯大林个人迷信的产生作了力所能及的反思。他记录了他所经历时代的国内外大事，尽量把真相告诉读者。他还写出苏联当局竭力遮掩的苏联日常生活。

爱伦堡这部长篇回忆录，是二十世纪七十年代应高层之命而译介到中国来的，当时的气候决定了这套书仅限于内部发行。虽然印数有限，但仍对一代知识分子形成了较大影响。现在冯、秦二先生又积数十年之功，在原译本的基础上进行了重新校译，补充了新版本的内容，由海南出版社公开推出，这实在是出版界的一大幸事。我把这部近一百四十万字的回忆录当作苏联现代史和欧洲文化史来读。如果读者能耐心读下去，想必会同意我的看法。

《亚玛街》译后记

　　古今中外文学中，描写妓女或以妓女为主人公的文学作品，不可胜计。俄国批判现实主义作家库普林的长篇小说《亚玛街》在这类题材的作品中占有特殊的地位。《亚玛街》描写的不是暗娼，不是交际花，而是妓院里的妓女。小说的主要情节是在亚玛街一所二等妓院——安娜·马尔科夫娜妓院里展开的，主要人物都是妓女。作者写出了她们各不相同的性格和同样悲惨的结局。她们在短促的一生中受尽凌辱和蹂躏，比小偷、杀人犯和刽子手还低贱。用妓女叶尼娅的话来说，她们是公共姑娘，跟公共痰盂一样，谁都可以往里面吐痰。从她们身上反映出俄国社会的黑暗，统治阶级的腐朽和糜烂。作者力图通过对她们的描写揭示出卖淫现象的本质，从而暴露出社会已经腐烂到不可医治的地步。作者的爱与憎是非常鲜明的。中国也有一本描写妓女和嫖客的书，即清末文人韩邦庆作的《海上花列传》。《海上花列传》比《亚玛街》早发表了十几年，但这两本书仍可算同一时期在中国和俄国影响较大的妓女题材作品。《海上花列传》写的是上海四马路一带的妓院，真实地描写了各家妓院妓女的日常生活，同时还塑造出各种类型的嫖客。韩邦庆在嫖客身上用的笔墨要比库普林多得多，以致很难说《海上花列传》主要写的是妓女还是嫖客。韩邦庆描绘的是清末上海的妓院和半封建半殖民地中国的妓女。中国妓院同俄国妓院不尽相同，它不仅是卖淫的场所，还是官僚商贾社交活动的中心。很多交易，包括政治交易，都是在妓院里进行的。亚玛街上的妓院虽然也充当过女政治犯的避难所，但那是极个别的情形。它们是赤裸裸的卖淫的场所，没有一点遮掩。嫖客为发泄兽欲而来，发泄完了就走，互相之间不但不做交易，甚至从不来往。妓院里的嫖客只同妓女接触。库普林在描写他们对待妓女的态度时，往往对他们的职业和社会地位带上几笔。他们在妓院以外是道貌岸然的学者名流，是受人尊敬的达官显贵，但在妓院里却是想尽花样蹂躏妓女的禽兽。库普林通过对他们的刻画把批判的矛头直接指向统治阶级。但库普林着力描写的是在火坑里受熬煎的妓女。《海上花列传》里的嫖客同《亚玛街》里的嫖客却大不相同。他们虽然也是阔佬阔少、商人和官吏，但还算不上统治阶级当中的上层人物。韩邦庆对他们寄予很大的同情，处处袒护他们。不是嫖客糟蹋妓女，而是妓女腐蚀嫖客。妓女在作者眼里不是最悲惨的社会牺牲品，而是"泼于夜叉"和"毒于蛇蝎"的害人精。"以过来人现身说法"劝诫"冶游子弟"便成了贯穿全书的主旨。《海上花列传》虽然较为真实地反映出社会生活的一个方面，具有一定的历史认识价值，但同《亚玛街》的高下之分是显而易见的。

《亚玛街》发表以前，欧洲文学中，特别是法国文学中，已经出现了几部以妓女为题材的影响较大的作品。法国作家普雷沃神甫写的《曼侬·莱斯戈》便是一本以妓女为题材的爱情小说，曾经风行一时，打动过不少读者。连《亚玛街》中的柳布卡听大学生索洛维约夫朗读这本书时也淌了不少眼泪。这是一本才子佳人式的艳情小说。曼侬·莱斯戈算不得真正的妓女，同小仲马的《茶花女》中的玛格丽特和巴尔扎克的《交际花盛衰记》中的埃斯黛同属于高等交际花。书中感人的地方不过是格里欧骑士和交际花曼侬之间的生死恋罢了。《茶花女》虽然写得凄婉感人，但仍未摆脱《曼侬·莱斯戈》的影响。故事便是从阿芒寻找他赠送给玛格丽特的《曼侬·莱斯戈》这本书开始的。玛格丽特每年挥霍十万法郎，被阔佬阔少们争相供养，过着穷奢极侈的生活。她所过的生活比《亚玛街》中的女歌唱家罗文斯卡娅还要阔绰得多。她以被误解的爱情或为情人的家庭牺牲自己的爱情而打动古今读者。她所受到的痛苦是由爱而产生的痛苦。如果她不接受阿芒的纯真爱情，而接受老公爵或 N 伯爵的供养，恐怕不会悲痛死去，甚至还会过着奢侈的日子。这是亚玛街上任何一个妓女所不敢梦想的。她们最高的理想不过是跳出火坑，给人当姘妇，过上温饱的日子而已。《交际花盛衰记》中的埃斯黛，虽然是从叫号妓女"电鱼"变成红极一时的交际花的，但她感人之处并非悲惨的身世，而是对情人吕西安至死不渝的爱情。为了让吕西安能同世袭贵族格朗利厄公爵干瘪瘦长的女儿克洛蒂德小姐结婚，她同卡洛斯·埃雷拉神甫勾结在一起，用自己的姿色拼命诈取银行家纽沁根的钱财，最后以身殉情。这三本书都以大量的篇幅描写交际花对情人的纯真爱情。她们可以摆脱充当社会牺牲品的命运，却无法摆脱成为爱情牺牲品的命运。不论曼侬、玛格丽特还是埃斯黛，身上都可看到《圣经》中忏悔妓女抹大拉的影子。一旦她们产生了真正的爱情，就都变成贞洁的女人，应验了法国伟大作家雨果"你的爱情使我变成童贞女"的名言。这几乎成为欧洲文学作品中写妓女或交际花的模式。库普林在《亚玛街》中打破了这种模式。他要"从近处"写出妓院中"骇人听闻的赤裸裸的真实"。亚玛街的妓女，除了韦尔卡出于单纯幼稚而殉情外，没有一个妓女得到过把她们变成童贞女的那种爱情，甚至根本不知道男女之间除性行为外还存在其他关系，比如友谊和爱情。她们幼稚得同孩子一般，失去做人的起码尊严，不理解自己处境的可怕，浑浑噩噩地干自己赖以为生的营生。她们的经历大致相同，不识字，十一二岁便被人奸污，以后又被人贩子卖来卖去，一直卖到安娜·马尔科夫娜妓院。"从近处"写出妓院中"骇人听闻的赤裸裸的真实"正是《亚玛街》与同类题材作品大不相同之处。《亚玛街》中没有离奇的情节，没有最容易打动读者的爱情悲剧。作者所写的只是普通的妓女和她们每天所过的生活。它震撼读者的正是这种生活中骇人听闻的赤裸。妓女们已经习惯她们日复一日，年复一年的生活。她们的心渐渐枯死。人间最大的不幸莫过于已经感觉不到被蹂躏、被凌辱和被奴役的痛苦了。亚玛街上大多数妓女都已感觉不到这种痛苦。只有叶尼娅感觉到了，并由于感觉到痛苦而生出强烈的仇恨。她憎恨花钱买她的男人，憎恨逼她出卖肉体的领班和窑主，憎恨一切凌辱她和她女伴们的人。她要报仇，但像她那样一个下贱女子，惟一的报仇手段是把自己身上的梅毒传给凌辱她的男人。当她看到军校学生科利亚健美的躯体而动了恻隐之心，不忍把梅毒传染给这个天良尚未泯灭的孩子，把他放走之后，便觉得失去活下去的意义，当天便上吊自杀了。柳布卡则是大学生们社会实验的牺牲品。他们让她麻木的灵魂复苏，开始感到做人的尊严，然后又把她逼回妓院去任人蹂躏。叶尼娅和柳布卡是库普林所塑造的两个最为悲惨，也最为感人的艺术形象。库普林笔下的其他妓女形象也很感人。她们有如青泥雪莲，生活在淫秽的环境里，但不为环境所污染，仍保持善良纯朴的天性。

但库普林笔下的窑主、领班、警长、人口贩子是一群人形野兽。作者怀着极大的愤怒，用他那支犀利的笔把他们凶残的本性暴露在善良的读者面前。这不仅同《海上花列传》作者对待"冶游子弟"的态度截然相反，也同《曼侬·莱斯戈》《茶花女》等书作者对待男主人公的态度很不相同。从花钱买笑这一点上来说，不论供养茶花女的公爵和伯爵还是占据交际花爱情的情人，在本质上同亚玛街的嫖客并无区别。但他们要比库普林笔下的嫖客高尚得多，也可爱得多。作者们没有完全暴露出他们玩弄女性的可憎面目。这也正是库普林高出前辈作家的地方。《亚玛街》不是一本艳情小说，而是一本"伟大的、愤怒的书"。作者用它向全社会发出对卖淫制度的控诉。库普林借记者普拉托诺夫之口所说的那本"震撼人心的真实著作"，《亚玛街》是当之无愧的。

1985 年 2 月 8 日于北京

与果戈理对话

我："果戈理先生，您在天堂，我在尘世。您又上了年纪，今年二百零二岁了，我说话您听得见吗？"

果戈理："我虽二百零二岁了，但眼不花耳不聋，看得见听得清，你说的我听得见。"

我："先向您表示感谢，从小到大，我都在听您讲故事。在我最空虚或最倒霉的时候您的作品成为我的精神支柱。我还读过评论您的专著，但我仍然对您了解得太少，我想向您请教几个问题。"

果戈理："你提吧。先告诉我你读过谁写的评论我的专著？"

我："有七八个人。就说主要的吧：叶尔米洛夫、赫拉普琴科和马申斯基。"

果戈理："你怎么读他们的书呢。叶尔米洛夫是打手，对与他观点不同的人抡起棍子就打。打手能有什么观点，就知道恬不知耻地歌颂斯大林，歌颂他们建立的体制，对文学一窍不通。他不是写我，而是图解列宁和斯大林引用过我的话，借吹捧领袖邀宠。赫拉普琴科什么都往阶级斗争上扯。我在《死魂灵》里写的几个地主身上的毛病，其实就是俄国人身上的毛病，过去有，现在有，将来还有。干吗非把他们与地主和农奴联系在一起？俄国的地主早被布尔什维克消灭光了，可我的人物绝迹了吗？至于马申斯基，不过拾赫拉普琴科之流的余唾罢了。"

我："您怎么熟悉这三个人呢，他们可比您晚出生一百多年啊。"

果戈理："这是帕斯捷尔纳克告诉我的，他可被叶尔米洛夫一伙整苦了。二十世纪三十年代被他们整得活不下去，书不能出版，连他翻译的莎士比亚剧本都不能出版。他为了活下去，不得不写了一首歌颂斯大林的诗，被迫向新政权表忠心。"

我："我也听说他是第一个写赞美领袖诗的人。"

果戈理："是不是第一个我不敢说。这是阿赫玛托娃告诉我的，他自己不好意思说。其实，我也写过阿谀沙皇和贵族的信。不恭维他们，能给我钱吗？没有钱我怎么生活，怎么写作？我敢承认，我收了他们的钱仍写我想写的。以我当时的名气，写什么都能出版，靠稿费也能过活，但我那样做就分散精力了。我宁肯向沙皇贵族要钱，完成自己的使命。我这种做法很多人不理解。"

我："我的第一个问题是请您谈谈，您那时的写作环境同俄国变成苏联后有什么不同？"

果戈理："我正赶上尼古拉一世，一个反动的时代。全国实行书报检查制度，写了东西先送交书报检查部门审查，看看里面有没有反对沙皇的话。我的《死魂灵》是书报检查官尼基琴科审查的。他是文化修养很高的人，别林斯基把手稿带给他，他读后立即批准出版。俄国当时的书报检查官都是文化水平很高的人，有的本人就是作家。你知道冈察洛夫吧，就是写《奥勃洛莫夫》《平凡的故事》和《悬崖》的那个人，他也是书报检查官。而苏联的检查官都是契卡分子，大字不识几个，怎么审查，就知道肆意迫害知识分子。"

我："您是说只要作品里没有号召暴动、推翻沙皇的内容就可以出版？"

果戈理："你这样概括有点绝对，但大体不错。我在《钦差大臣》里对官员们百般嘲笑，剧本不仅出版，还上演了。首演的那天，沙皇率领大臣们到剧院观看。他们是来寻开心的，喜剧嘛，逗乐而已。特别是丢尔先生饰演主角赫列斯塔科夫，丢尔是著名的喜剧演员，特别善于插科打诨，王公贵族都爱看他表演。但沙皇和大臣越看脸色越阴沉，看完尼古拉一世说：'诸位都挨骂了，我挨得最多！'"

我："您可要倒霉了。"

果戈理："我到意大利去了。"

我："您被驱逐出境了？"

果戈理："怎么是被驱逐出境呢！我自愿去的，到意大利写我的《死魂灵》。当局并没找我麻烦。沙皇时代与苏联时代不同，作家可以随意出国，像我的晚辈同行屠格涅夫，长年住在国外，在法国待腻了就上德国，想回国随时可以回国。根本不存在驱逐出境、叛逃这种概念。"

我：原来俄国的检查制度是这样的。

果戈理：沙俄的报刊多数是私人办的，发不发文章由编辑决定。

我：您见过哪几位苏联作家？法捷耶夫、马雅可夫斯基或者潘菲洛夫、柯切托夫？

果戈理："法捷耶夫和马雅可夫斯基不能到我这里来，因为他们是自杀的。潘菲洛夫和柯切托夫也没到这里，去了另外的地方。"

我："后两位在中国名气很大。潘菲洛夫的《磨刀石农庄》上世纪五十年代就译成中文，但读者不多。柯切托夫的《茹尔宾一家》《叶尔绍夫兄弟》《州委书记》《落角》和《你到底要什么》陆续译成中文，读者要比潘菲洛夫多得多。您怎么看这两位作家？"

果戈理："儿童文学作家丘科夫斯基同我谈过他们，所以我对他们略知一二。潘菲洛夫是顽固不化的极权体制的护卫者，声嘶力竭地歌颂农业集体化。但他不仅缺乏文学才华，文化水平也不高，句子都写不通，高尔基就曾批评过他。读他的作品是浪费时间。柯切托夫同他是一路货，一味歌颂党的政策，只不过文化水平略高一些，更善于投机一些。他们的得意门生是巴巴耶夫斯基，就是那个写《金星英雄》和《光明普照大地》的家伙，比他们两位文化水平还低，算个半文盲吧。听说巴巴耶夫斯基的作品也译成中文。中国太迷信苏联了，凡是获得斯大林奖金的作品就翻译。潘菲洛夫主持《十月》杂志多年，柯切托夫主持过《文学报》。他们能发表什么好作品？他们看中的必定是拙劣的，优秀的绝不允许发表。"

我："那是上世纪五十年代的事。连诬蔑中国人的《旅顺口》也获得斯大林文学奖，并翻译成中文了。"

果戈理："没有人向我提起《旅顺口》，我不知道这本书。索尔仁尼琴告诉我柯切托夫是拍苏斯洛夫马屁爬上去的。他讲了一则趣闻：每当柯切托夫接苏斯洛夫的电话时，第一句话一定是：'苏斯洛夫同志，我站着接您的电话。'苏斯洛夫是仅次于勃列日涅夫的第二号人物，苏联意识形态总管，人称灰衣主教，拍他的马屁自然爬得快。你说柯切托夫的读者比潘菲洛夫多得多，我知道什么原因了，是你们的巴金告诉我的。柯切托夫后几部作品是在你们'文革'前后出版的，那时不让读书，把年轻人赶到乡下。年轻人不读书怎么行？于是他们各显神通，到处找书，找到后互相传阅。柯切托夫的书就是那时读的。柯切托夫的书里有故事，也有点爱情什么的，青年们就读他的书，饮鸩止渴，因为没有别的书可读。中国青年没有接触过优秀的俄国文学和苏联文学，便把柯切托夫当成俄国和苏联文学的代表，太荒唐了。而潘菲洛夫的《磨刀石农庄》是早翻译的，'文革'前已列入禁止阅读的苏修文学范畴，所以青年们没读过。"

我："我与当年的知青谈起过苏联文学，他们很多人知道柯切托夫，却不知道帕乌斯托夫斯基。那时他们在农村里没事干，又没有其他的文娱活动，靠读书打发时间，碰到什么书读什么书，其中就有柯切托夫。后来各奔前程，忙于工作，没有时间读书，而当年读书的印象就留在脑子里。"

果戈理："我不明白为什么不让青年人读书？中国不是学习苏联吗？苏联还让人读书呢。当然，有他们的宣传导向，号召青年人阅读宣传他们政策的书，但其他的书也可以读，比如我的书、屠格涅夫和托尔斯泰的书。"

我："后来中国很多书也可以读了，可'文革'期间外国文学（包括苏联和西方）和中国古典文学被定为封资修文学。还不止文学，也包括其他学科，我不多讲了，您弄不清，不是中国人谁也弄不清。这是中国特有的现象。我请教您第二个问题：谁是您的嫡派传人？包括俄罗斯的和苏联的作家。"

果戈理："要说嫡派传人一个没有，要说受到我创作影响的人就多了。俄罗斯著名的有陀思妥耶夫斯基、萨尔蒂科夫·谢德林和契诃夫，苏联著名的有苔菲、布尔加科夫和左琴科。当然不止这六个人，我不过举例而已。也不是说他们的创作风格跟我一样，完全不是，如果那样就变成模仿了，而他们各有自己独特的创作风格。就连屠格涅夫也受到我的影响，但他的风格与我迥乎不同。影响表现在什么地方呢，这么说吧，他们吸收了我的'创作之魂'。'创作之魂'听起来有点玄妙，你自己琢磨吧。但他们对我的景仰是我生前所未料到的。陀思妥耶夫斯基说他们都是我的小说《外套》孕育出来的，布尔加科夫说愿用我墓碑下的一块石头做他的墓碑，而他太太居然弄了一块。他和我都安葬在莫斯科新圣女公墓。我提到的三位苏联作家，除左琴科外，其他两位你们中国人可能不大熟悉，不得不多说几句。布尔加科夫一直受到拉普（无产阶级作家协会）的攻击，最卖力的当然是叶尔米洛夫。布尔加科夫写过许多剧本都不能出版、上演，直到他死后二十多年，上世纪六七十年代才得以出版、上演。他把我的《死魂灵》改编成剧本，在莫斯科艺术剧院上演，一段时间就靠《死魂灵》的演出税过活。他的小说《大师和玛格丽特》和《狗心》都是苏联的优秀作品，从中或许能看到我的《鼻子》的影子。至于苔菲，是苏联时期的作家，但并不是苏联作家。她自己对我说，热爱俄罗斯，但仇恨布尔什维克，确实如此。'十月革命'，现在中学教科书又改为'十月政变'了，不管叫革命还是政变吧，反正 1917 年以后苔菲逃到法国，这才是流亡呢，与我到意大利完全不同。苔菲是聪明的女作家，善于捕捉人性可笑之处。1917 年以前，她在俄国已经闻名遐迩了，从王公大臣到邮差摊贩，没有不读她的书的。连沙皇尼古拉二世都爱读她的小说。她在国外写了很多短篇小说，是侨民作家当中最出色的，引起另一个侨民女诗人吉皮乌斯的嫉妒，向我说了她的很多坏话。吉皮乌斯是个平庸的作家，怎能同苔菲比。就文学成就而言，也比不上她丈夫梅列日科夫斯基。梅列日科夫斯基写过一部《果戈理与小鬼》，当然少不了胡说八道，但还是赞扬我。你读过吗？"

我："我没读过。我只读过他的《诸神之死》和《诸神复活》。没有读过女诗人吉皮乌斯的任何作品。您也见过梅列日科夫斯基？"

果戈理："我没见过他。他恨布尔什维克恨得头脑发昏，临终前在巴黎发表广播讲话，竟把进攻苏联的希特勒比作决心把法国从英格兰统治下解放出来的圣女贞德。这样的人到不了这里。再回头说苔菲。1946 年夏天西蒙诺夫和爱伦堡访问巴黎。斯大林给西蒙诺夫一项任务：把俄国作家布宁或苔菲请回国，两个人都请回来最好，请回其中的一位也行。苔菲告诉我，布宁对布尔什维克的仇恨不亚于她。两人决不回苏联。但苔菲听说西蒙诺夫和爱伦堡要在苏联驻法国大使馆举行招待会，宴请俄侨作家。'二战'期间他们在法国过的日子苦极了，平日吃不饱，几个月不沾荤腥。现在有宴会岂能不去饱餐一顿？一群衣衫褴褛的俄侨作家抱着同样的想法来到大使馆。桌上摆满珍馐美味，莫斯科的香肠，堪察加的马哈鱼，令人垂涎欲滴的俄国鱼子酱，这次可不是过屠门而大嚼了。西蒙诺夫先致辞，介绍伟大卫国战争的胜利，苏联人民为此付出的巨大牺牲，斯大林的英明领导是胜利的保证。西蒙诺夫致辞时，苔菲向布宁使个眼色，两人抄起刀叉，瞄准鱼子酱大嚼起来。西蒙诺夫举杯为斯大林的健康干杯，大家都站起来碰杯，没站起来的只有苔菲和布宁，他们完全沉浸在美味中。等到西蒙诺夫请同胞们品尝祖国的美味时，马哈鱼只剩下鱼头鱼尾，鱼子酱也所剩无几。"

我："怎么像您在《死魂灵》里写的梭巴凯维支呢？"

果戈理："这都是苔菲亲口告诉我的，也许她讲的时候想起梭巴凯维支了。斯大林为什么这时邀请苔菲和布宁回国呢？领袖的想法莫测高深，让人捉摸不透。过了两三个月开始猛烈批判阿赫玛托娃和左琴科。列宁格勒党魁日丹诺夫把他们俩骂得狗血淋头，可他们都是拥护苏维埃政权的呀，从未公开说过反对苏维埃政权的话。左琴科跟我说，表面上批判他们，实际上是日丹诺夫派同马林科夫派的斗争。批判他是因为他在列宁格勒杂志《星》上发表《猴子奇遇记》，但这篇小说不是他的投稿，而是马林科夫一伙捣的鬼，把他发表在儿童刊物《脏孩子》上的儿童故事转载在大型刊物《星》上，嫁祸给日丹诺夫，因为列宁格勒是日丹诺夫的地盘。他的地盘上竟发生这样的事，说明日丹诺夫丧失警惕性。他们知道斯大林看列宁格勒刊物，在严肃的刊物上突然出现一篇儿童读物必定引起他的注意。这是左琴科最重的罪行。批判阿赫玛托娃是因为她过去的经历，1917年前写的诗，翻陈年旧账。可布宁和苔菲不同，他们公开咒骂布尔什维克，咒骂苏维埃政权，咒骂苏联领导人。布宁在《诅咒的日子》骂得厉害极了。把他们请来接受批判？按照苏联的法律他们两人都应处决。"

我："听说左琴科被作协开除后断了生路，靠修鞋过活。他为了发表作品，写过'歌颂讽刺小说'，结果失败。"

　　果戈理："荒谬绝伦，怎能把对立的概念联系在一起呢。都说左琴科是我的传人，其实不是。我写的是俄国人身上的劣根性，他批判的是剥削阶级的腐朽思想对苏联人的影响。苔菲倒有几分像我，嘲讽的是俄国人身上固有的丑陋，你读过她的作品吗？"

　　我："读过，但已是上世纪八十年代了。五十年代上苏联文学史课，别说苔菲了，就连帕斯捷尔纳克也不讲。八十年代前不仅我不知道苔菲，俄国人也不知道苔菲，她是戈尔巴乔夫提出公开性后才回归祖国的。我想向您提第三个问题：您是怎么写作的。"

　　果戈理："苏联作家魏列萨耶夫写过一本《果戈理是怎样写作的》，你读过吗？"

　　我："读过，并且把它译成中文。这本书很受中国读者欢迎，印了五六版。鲁迅很推崇这本书，请孟十还译成中文。我算是重译。您同意魏列萨耶夫的看法吗？"

　　果戈理："你说鲁迅推荐过这本书？就是翻译过《死魂灵》的那个鲁迅？"

　　我："就是翻译《死魂灵》的那个鲁迅。"

　　果戈理："我见过他。他很喜欢我的作品，除自己翻译《死魂灵》外，还请年轻朋友韦素园翻译《外套》。鲁迅大概不是从俄文直接翻译的，把死农奴译成死魂灵容易让人误解。我的故事梗概就是乞乞科夫利用已死但尚未注销的农奴发横财。译成'魂灵'就费解了。俄文这个词有两个意思：农奴和灵魂。'灵魂'可以理解，而'魂灵'而且还是死的，就不知所云了。"

　　我："鲁迅是根据日文并参照德文翻译的。书名译得确实有问题，不看过书不知是一本什么书，而您的俄文书名概括全书，一目了然。"

　　果戈理："魏列萨耶夫从搜集材料、写作过程、修改手稿和征求别人意见等几个方面谈我的创作，大体不错，基本同意他的看法。

他还编了一本《果戈理资料》，印数不多，你未必见过。"

我："我不仅见过，还有这本书，戈宝权先生1935年随同梅兰芳博士访问苏联时买的。后来戈先生送给我了。"

果戈理："《果戈理资料》不必全读，太繁琐，但资料不少，可供查阅。魏列萨耶夫说我不深入生活，我身在生活中，到处有生活，还怎么深入？我与人接触就是观察人。我特别愿意听人清谈，从中能汲取很多创作素材。《外套》的故事就是听来的，我不过改变一下情节而已。我特别爱听普希金清谈。他谈到忘情时，什么都谈，连自己的创作计划也谈。他知道我有'偷听'的本领，发现我在场就紧张。我说《死魂灵》和《钦差大臣》题材是普希金给我的，其实是我'偷听'来的，这么好的题材他岂肯给我？我听说他一次对家里人笑着说：'当着这个乌克兰佬的面说话可得当心，他抢劫我的东西我连喊都喊不出来。'"

我："听说您请母亲给您描写乌克兰姑娘的服饰，搜集乌克兰古老的传说，这些您都写进《狄康卡近乡夜话》里了。"

果戈理："那又怎么样？作品可是我的呀！"

我："我怎么老写不好文章，文字不简洁，句子不流畅，您有何见教？"

果戈理："文章要反复修改。写好后不急于发表，放在一旁，干别的事，旅行啊，看书啊，或什么事也不干呀。过一段时间，你再修改稿子。修改完，一定亲自抄清，再放在一边，干别的事。过一段时间，再拿出来修改，修改后亲自抄清，放在一边。过一段时间再修改抄清。这样做八遍，文字就简洁凝练了。"

我："修改—抄清—再修改—再抄清，要做八遍，现在的人很难做到，我也未必做得到。"

果戈理："做不到八遍，少一点也行。主要是别急于发表，写好后放一段时间，修改后再发表，这一点你总能做到吧。多看有关修辞的书，避免出现病句。有位中国人告诉我，中国现在出版的书不通的句子比比皆是，仿佛米饭里掺沙子，难以下咽。他问我怎么办，我就把刚才对你说的话对他重复了一遍。"

我："可是出版机构催怎么办？特别是翻译的时候，编辑老在屁股后面催。编辑不懂外文，没译过书，认为翻译再简单不过，不过把外国字译成汉字。滥译的人不算，认真的译者被催得苦不堪言。请您说句公道话。"

果戈理："我尝试过翻译，但我的法文太蹩脚，放弃了。但我深知翻译的艰辛。一定要给译者充分的时间，像你说的情况，出不了好译文。"

我："最后一个问题。听说您在作品发表前喜欢给别人朗诵？特别喜欢给那些不喜欢您的人朗诵，果真如此？"

果戈理："你们没有朗诵作品的习惯，我们那时经常朗诵自己的作品。普希金朗诵诗，我朗诵小说或剧本。朗诵时自己能发现问题，听众也能发现问题，是一种修改作品的好方法。我乐意给不喜欢我作品的人朗诵自己的作品，不喜欢给无论我写什么都一味赞扬我的人朗诵。我曾给莫斯科省长朗诵过《死魂灵》。他专门挑毛病，批评起来又严厉无情。他是一个富有实际经验而对文学一窍不通的人，当然免不了胡说八道，但有时提的意见我可以采用。读给这些聪明的、非文学界的审判官们听，对我恰恰是有益的。我根据我的作品对不大读小说的人所产生的印象来判断它们的价值。如果他们发笑了，那就真正可笑；如果他们被感动了，那就真正感人。因为他们坐下来听我朗诵的时候，是绝对不准备发笑、不准备受感动、不准备赞美的。"

我："与您对话受益匪浅。谈的时间不短了，您该休息了，如果有机会再向您请教。"

（《文史参考》2012 年第 2 期）

在梁漱溟家过夜

2000年春天，边区联中老同学聚会。五十三年前大家曾在一间茅舍里读书，当年的少男少女如今已经变成白发翁媪了。吃饭的时候我同魏扬同学坐在一起，他忽然问我："你还记得游颐和园的事吗？"我马上想起来，回答道："当然记得。"两人抚掌大笑。

1950年深秋的一天，我同魏扬、周虎一起游颐和园。他们两人都没去过颐和园，只有我小时候去过。我带他们从知春亭出发，沿昆明湖绕了一圈，爬上后山，在一座小院前休息。小院前挂着一块"闲人免进"的牌子，院子里一点声音都没有。靠墙有一棵树，魏扬爬上树往院子里张望，说了句"里面没人"便翻墙跳了进去。周虎是爬树高手，也爬树翻墙跳进院里。两人在院子里喊："没人，快进来！"我也翻墙跳进去，两脚刚一落地，不知从哪里冒出两名公园职工，当场把我们抓住。一位职工问我们："看见门上的牌子没有？"我们身上虽有游击习气，但对明显的错误也无法抵赖。我们被带到石舫附近的公园管理处。管理处的一位干部问我们是哪个学校的，马上给学校打电话。我们老师说了很多道歉的话，并说回校一定严厉批评我们，这是我们回来才知道的，当时只听见管理处干部说："好吧，我们马上放人。"我们万万没想到管理人员会如此惩罚我们：他没立刻放我们，跟我们聊了半天，还让我们跟他们一起吃晚饭，直到八点钟静园后才放我们。我们走到大门前，只见大门紧闭，周围没有一个人，只得往回走。起初东走走西走走，还觉得蛮有诗意，有一种"倘遣名园长属我，躬耕原不恋吴江"的感觉。天渐渐黑下来，诗意变成不安，我们到哪儿过夜？周虎说他舅公梁漱溟住在颐和园，可以到他那儿过夜。可梁先生住在哪儿？无人可问，只好敲住人小院的门。两次被警卫员赶走，第三次敲出一位妇女，态度和蔼，告诉我们这是柳亚子先生的住宅，梁先生就住在石舫旁边，我们总算找到过夜的地方了。敲开梁先生的家门，周虎通报姓名，我们被带进北房，见到梁先生，记得他上身穿着白布对襟褂子，下身穿着白裤子。等他问清我们为何"黍夜来访"时，哈哈大笑，连声说："勇敢！勇敢！"他大概还说了些别的话，但我已记不得了。他让服务员把我们带到东厢房睡觉，第二天清早，我们对服务员说了一声就走了。这是我第一次见到梁先生，他同我们待了不到半小时。

以后再没见过梁先生，也没有他的消息。1954年听说梁先生犯错误了，说什么"工人在九天之上，农民在九天之下"，受到毛主席的批评。直到1977年《毛选》第五卷出版，我才读到《批判梁漱溟反动思想》一文，比我听到的尖锐得多。对梁先生的批判是因为他在政协上的一次发言引起的，我在《梁漱溟全集》中找到这篇发言稿。梁先生最后一段话是这样说的：

> 过去二十年的革命全在于发动农民，依靠农民。依靠农民革命所以成功在此，而农民在革命中亦有成长，但进入城市后，工作重点转移到城市，成长起来的农民亦随着到了城市。一切较好的干部都来做城市工作，此无可奈何者。然而实在……今天建设重点在工业，精神所关注更在于此。生活之差别工人九天，农民九地。农民往城里跑，

不许他跑。人力财力集中都市，虽不说遗弃吧，不说脱节
吧，多少有点。虽然农民就是农民。对人民照顾不足，教
育不足，安顿不好，建国如此？当初革命时，农民受日本
侵略者，受国民党反动派暴虐，与共产党亲如一家人，今
日已不存在此形势。（第七卷5～7页）

梁先生坦诚批评中共的农村政策，希望中共改正，在建国方面
做得更好。不少与会者也是这样理解的，但梁先生的话激怒了毛泽
东。毛泽东在中央人民政府会议听取彭德怀关于抗美援朝情况的报
告后，不点名地批评了梁漱溟，并上纲上线到"不同意我们的总路
线""就是帮助了美国人"的高度："有人不同意我们的总路线，认
为农民生活太苦，要去照顾农民。这大概是孔孟之徒行仁政的意思
吧。然须知有大仁政小仁政，发展重工业是大仁政。行小仁政而不
行大仁政，就是帮助美国人。"（《梁漱溟全集》第七卷16～17页）
梁漱溟不服，给毛泽东写了几封信："听了主席的一番话，明白实
为我昨日的发言而发，但我不能接受主席的批评，我不仅不反对总
路线，而且是拥护总路线的。主席在这样的场合，说这样的话是不
妥当的。不仅我本人受屈，而且会波及他人，谁还敢对领导党贡献
肺腑之言？希望主席给我机会当面复述一遍我原来的发言而后指教。"
（《梁漱溟回答录》133页）但梁漱溟的再次发言受到严厉的批判。

1983年，周虎带我到木樨地去拜见梁先生，梁先生已经很衰老
了，但谈话仍很有精神。他谈的很多话我都记不清楚了，只记得他
说："我的错误是让润之下不来台，但我的话没错。"

1988年6月我参加了梁先生的追悼会。那天下着小雨，我走进
北京医院大门旁边的一间小屋，参加追悼会的大约四十人，我鞠了
三个躬便离开了。出门时看见小屋门楣上贴着一张旧报纸，上面用
毛笔写了四个字：中国脊梁。不知我进门时为何没看见，我想很多
人也未必看见。

话说张东荪

　　张东荪是何许人？七八十岁的老知识分子可能多少知道一点，再年轻的就未必知道了。如果七十年前问我，我会不假思索地回答："张东荪是张伯伯。"张东荪与先君同庚，一同东渡日本，还曾同住在一间房间里。此外，张东荪的夫人是我婶母的胞姐，我堂兄一直住在张家。张伯伯有四个子女，长子张宗炳，著名昆虫学家；次子张宗燧是著名物理学家，据说上世纪二三十年代与爱因斯坦齐名；三子张宗颎精通英语，由于早婚，考上庚款却没能出国留学；女儿张宗烨健在，为中科院院士。张伯伯的三个儿子都比我大，我依次称为张大哥、张二哥和张三哥，女儿与我同庚，比我小几个月，我管她叫小妹。张东荪的长兄张尔田，著名清史专家，我称他为好爸爸。为什么这样称呼，我至今也弄不明白，大概随张家兄弟称呼吧，因为他们管伯父叫好爸爸。总之，我从小就认识张伯伯。他居住过的大觉胡同、东大地、朗润园和大城坊我都去过，但由于年龄的差距，我对张东荪毫不了解。他见到我只摸摸头，好像没跟我说过话。

　　如果六十年前问我，我会回答："张东荪是燕京大学哲学教授，北平和平解放立过大功。"1949年新中国成立前夕他来看过父亲，我也随父亲到过他家。张大哥住得离父亲近，也曾带着儿子看过父亲。1952年春天，我从学校回家，张伯伯正在同父亲谈话，我走进书房，叫了声张伯伯，父亲叫我出去。我走到书房门口听见父亲高声说："你不要再说'北平和平解放是生平第一快事了'，想想自己的问题，怎样才能过关。"张伯伯说："志先，我听你的，我听你的。"我知道张伯伯出事了，检查通不过。但为什么他爱说"北平和平解放是生平第一快事呢"，为什么作检查，又为什么通不过呢？我那时刚入大学，吸引我的新鲜事很多，没再留意张伯伯的事。后来又听说张东荪是美国特务，向燕京大学老校长司徒雷登出卖抗美援朝的情报。回来问父亲，父亲回答："我也不清楚，东荪不会这样糊涂，你不要问了。"父亲似乎不相信张东荪是特务。直到最近读了戴晴女士的力作《张东荪和他的时代》才解开我心中的疑惑。有些事如她不写，我永远也弄不清楚。

张东荪是"五四"后中国著名学者兼社会活动家。哲学家牟宗三先生说，"五四"时期没有哲学家，"五四"以后有三位：熊十力、张东荪和金岳霖，因为他们的学说都成系统。牟先生的看法是否正确姑且不论，但从中可以看出张东荪的学术地位。能与熊十力和金岳霖相提并论的人并不多，熊先生和金先生的大作我没读过，张东荪的书我不仅没读过，甚至没见过，但读过他著作的片断，多半是批判他的时候引用的。今天看来，张东荪的很多预言都为五十多年的实践所证实。张东荪专心著书立说，大概是1930年秋天从上海迁到北京时开始的。燕京大学校长司徒雷登邀请他和乃兄张尔田一起到燕京大学任教，此前他在上海主持《时事新报》。1917年张东荪接手《时事新报》，他先抨击时弊，后渐转为介绍西方哲学，柏格森的《创化论》就是他翻译并在报上连载的。他又增编对中国文学影响深远的《时事新报》副刊《学灯》。《学灯》先刊载外国文学译著，1919年后开始发表国人的创作。张东荪聘请宗白华编《学灯》增设的《新文艺》版，郑振铎编文学副刊《文学旬刊》。《学灯》为当时的文学青年提供了发表作品的园地。郭沫若的《凤凰涅槃》就是在《学灯》上首次发表的。茅盾用白话文翻译的一系列短篇小说也发表在《学灯》上。郁达夫的《银灰色的死》和徐志摩的《再别康桥》也都发表在《学灯》上。后来的共产党领袖张闻天和毛泽东不仅是《时事新报》的读者，也是撰稿者。可以说毛泽东那时就知道张东荪了。1921年毛泽东写道："现在国中对于社会问题的解决，显然有两派主张：一派主张改造，一派则主张改良。前者如陈独秀诸人，后者如梁启超、张东荪诸人。改良是补缀办法，应主张大规模改造。"（《毛泽东文集》第一卷）

1949年1月初，解放军围困北平的时候，毛泽东在给林彪的电报中写道："……转告傅作义派有地位的能负责的代表和张东荪一道出城到你们那里来谈判。"张东荪是著名哲学家，1941年太平洋战争爆发后，燕京大学被查封，他被日本人逮捕，在日本人面前表现得大义凛然，受到知识分子的敬重，他的话在当时比共产党人的言论更令知识分子信服。于是毛泽东想起了张东荪，请他作为和谈的见证人，张东荪就这样参加了解放军与傅作义的和谈。请张东荪参加和谈是毛泽东提出来的，但傅作义并不认识张东荪，介绍他们认识的是北平第一任市长、中国大学校长何其巩先生。何先生与傅作义是北伐时期的老朋友，与张东荪不时诗词酬和。何先生在北池子88号何宅宴请傅作义、邓宝珊和张东荪。我问过何其巩的后人那天的情形，她告诉我他们都在厨房吃饭，什么也不知道。但见过何其巩事先写好的一副送给傅作义的条幅：山穷水复疑无路，柳暗花明又一村。

为保护北平的文物古迹和人民的生命财产，张东荪以六十四岁的高龄积极投入和平谈判。1949年1月7日张东荪和傅作义的代表周北峰冒着严寒越过封锁线，抵达平津前线司令部所在地——蓟县八里庄村，聂荣臻司令员接见了他们。聂司令问出城前傅作义向他们交了哪些底，周北峰回答傅先生表示了几点想法：平、津、塘、绥一齐解决；平津解决以后能否允许其他报纸发行；军队不用投降或在城内缴械方式，采取分批调出城外整编方式。聂司令又问傅作义能否命令蒋系部队出城。周北峰认为中下级军官多为傅的人，傅能控制。张东荪接着说，傅作义已打不下去了，但他要面子，得让他体面投降。傅先生派他们来是希望尽快达成和平协议，以免北京毁于战火，百姓遭受涂炭。聂司令把谈话内容电告中央。9日中央复电："……傅作义派人出来谈判，具有欺骗人民的作用，并有张东荪在场，故我们应注意运用策略……你们应与周北峰讨论实行此条的具体办法，逼傅在 12 日开始实行，使张东荪看了认为我方宽宏大量，完全是为保全平津人民的生命财产而出此……如张东荪不愿久待，即可派车送他来中央所在地，并派人妥为照顾。"

9日双方开始会谈。解放军方面参加会谈的有林彪和聂荣臻，傅作义方面是周北峰，张东荪也参加了。周北峰提出六个条件。林彪根据中央军委来电，谈了中共方面的意见。聂荣臻分析了当前形势和平津战局："傅先生除放下武器，把文化古都北平和工业城市天津保全下来，为人民做些好事，别无出路，希望傅先生早下决心，当机立断。"10日下午双方就军队出城改编、城市管理、人员安排进行最后磋商。解放军苏静处长整理出一份《会谈纪要》，并强调傅作义在 14 日以前必须答复。林、聂在《纪要》上签字，周北峰随后也签了字。《纪要》放在张东荪面前，请他签字，但张东荪拒绝了："我是民盟成员，代表不了傅作义将军，只能在你们双方之间充当调解人和见证人。我这次不回城里了，打算返回燕京大学，而后启程去石家庄拜见毛泽东主席。"张东荪见证了《会谈纪要》草签的过程，认为自己做了件了不起的大事，得意洋洋。返回燕京大学的当天晚上，张东荪在燕大礼堂作了著名的《老鼠与花瓶》的演讲："北平是个花瓶，傅作义是瓶子里的老鼠。老鼠是可恶的，人人都想消灭它，但它却躲在一个精美的花瓶中；既要消灭老鼠，又要不打碎花瓶，就不得不采用和平方式，用和谈的办法解决。"朋友们纷纷写诗赞扬张东荪的功绩，他把这些诗以《围城题记》为标题，亲手抄录下来，并写了后记，准备留给子孙。他写道："戊子冬，北平围城。余与刘厚同、赵少伯、彭岳渔、张丛碧倡议罢兵，以保全人民古物。以余为双方信任，使出城接洽。当时虑或不成，栗栗为惧，乃幸而一言得解。事后友人义之，有此题咏颂。余亦自谓生平著书十余种，实不抵此一行也。因装成幅，留示子孙。东荪自识。""一言得解"，得意之情溢于言表。张东荪不仅在知识分子眼中增加了威望，在民盟中的地位也跃升到第三位，仅次于张澜和沈钧儒。1949年9月30日被选为中华人民共和国中央人民政府委员。张东荪此时有些飘飘然了。新中国成立后不久，父亲到燕大东大地（燕东园34号）去看他，我也去了。午饭后，他上楼睡午觉，把父亲撂下不管。尽管是多年老朋友，这样做也算失礼。父亲倒不计较，带我到成府街遛弯，回到张府张东荪才从楼上下来。

毛泽东虽说过："北平和平解放，张先生第一功。"但在内外政策上，两人的看法存在着巨大的差距，或者说，完全对立。张东荪不赞成"一边倒"的对外政策，认为不能忽视西方，特别是美国，应与美苏保持同等关系。张东荪虽不一概反对革命，但对革命有自己的理解："以增产而求平均，并非仅以再分配而求平均……这其间区别甚大，因为均贫富既非增加生产总量，并且同时对于增加生产的努力进行上反是一个妨碍，故必须力避此种过激而有害的举动。须知凡是一个革命，如果只把经济上的不平等用再分配的办法来平均一下，其结果并未使生产总量有所增加，这个革命终归失败。"张东荪这些见解，毛泽东听了未必高兴，但在召开政治协商会议的前夕，不便当面批驳。也许那时在毛泽东的心里就产生教训张东荪的念头了。张东荪拜见毛泽东回家后，对家里人说，在石家庄西柏坡见到毛，话不投机……毛大谈梁启超，并说外交上将"一面倒"。

到1952年思想改造运动，张东荪就难过关了。2月8日在小文学院礼堂作检查。从来没有作过检查的人是作不好检查的。他们不理解作检查就是为了通过，而不是真心自我反省。张东荪的检查分三部分：第一，作为哲学系主任，没把哲学系办好，有做客思想；第二，对校务不大关心，开会不到；第三，对"骂人团"不理睬，让他们闹得自己翻船。他承认自己受到资产阶级学说的影响，是唯心主义的俘虏，喜欢马克思，但反对辩证法。这样的检查当然通不过。2月29日举行全校教职员工批判张东荪大会。章诒和的文章记载：在这次大会上，有两个人的发言引人注目。一位是担任燕大教务长的翁独健，另一位就是已经调到历史系并有权代表历史系教师发言的翦伯赞。翁独健，这个哈佛大学毕业的大蒙古史专家的发言太令官方失望了。总共不到二百字，讲了不到五分钟，只希望张东荪"低头向人民认罪"。翦伯赞就不同了。章诒和写道："他的讲话辞锋凌厉，暗含杀机，指认张东荪所谓的'中间路线'完全是幌子，思想上是'一贯反苏、反共、反人民'的……翦伯赞列举了以下事实作例证：一、张东荪在1931年出版的《道德哲学》一书里，就说'资本主义不会灭亡，共产主义不能实现。如实现则劳动者就会饿死'。又说'把马克思主义列为学说，乃人类之奇辱，是思想史上的大污点'；二、在1934年出版的《唯物辩证法论战》一书里，张东荪说'马克思派的企图不但不会成功，其结果只弄成既非科学又非哲学的东西，终谓四不像而已'；三、1946年出版的《思想与社会》一书里，张东荪说：'无产阶级专政是不民主的，结果必变成少数人的专政，而绝不是无产阶级专政。'"翦伯赞的发言给张东荪的历史问题定了性——反苏、反共、反马列主义。会场群情激奋，振臂高呼"彻底肃清反动亲美思想！""马克思列宁主义万岁！"等口号。这时一位揭发者走上台，展示张东荪在《唯物辩证法论战》一书上的亲笔题词："如有人要我在共产主义与法西斯主义二者当中选择其一，我就会觉得这无异于选择枪毙还是绞刑。"会场哗然，仿佛爆炸了一颗炸弹。其实这句话不是张东荪说的，而是英国政治理论家柯亨的话，张东荪抄录了，说明他赞成柯亨的看法。张东荪自然又过不了关。

张东荪的问题驻校工作组处理不了，上交北京市委。北京市委请示中央统战部，统战部把张东荪转交给民盟中央。民盟认为张东荪的问题属于思想和言论反动，并没有反对共产党的行动。民盟副主席沈钧儒向中共统战部部长李维汉建议，让张东荪请假回家反省，李维汉表示同意。沈对张说："不妨不动，请假反省。"这时毛泽东发话了。他在彭真呈报的材料上批示："送来关于学校思想检讨的文件都看了。看来除了张东荪那样个别的人及严重的敌对分子外，像周炳琳那样的人还是帮助他们过关为宜。"周炳琳自然顺利过关，而张东荪在民盟总部接连检查了四次仍通不过，民盟主席张澜不得不过问了。张澜约李维汉和统战部副部长徐冰一同拜见毛泽东。张澜说："东荪先生的问题还是从缓处理为是。"李维汉代毛讲出张东荪的要害："我们不能和这样的坏人合作。他出卖了国家情报。"毛说，这样的人，坏分子张东荪，我们不能坐在一起开会了。并作出定案结论：辞职，既往不咎，按人民内部矛盾处理，养起来。张澜得知张东荪还有一个重大情节没有交代，即通过美国间谍王志奇向美国出卖抗美援朝的情报，大吃一惊，立即告诉了张东荪的夫人。

王志奇是个神秘的人物，我从未听说过。我堂兄知道有个姓王的与张东荪一起办过报，张东荪受他牵连。他就知道这一点，连王的名字也想不起来。1941年太平洋战争爆发后，张东荪的学生姚克殷被日本宪兵队抓进监狱，王志奇与他同号。王告诉姚，自己是因与苏联沈阳领事关系密切而被捕的，并吹嘘自己有钱，社会关系广泛。他们先后出狱后，姚克殷把王志奇介绍给自己的老师张东荪，并对张东荪说："可以与王合作。"抗战胜利后，张东荪与姚克殷在北京办了一张小报《正报》，王志奇知道后解囊相助，后担任《正报》副社长兼经理。但王的资助很快就停止了，《正报》不得不因经费不足而停刊，王志奇也消失得无影无踪。旧政协闭幕后，国内形势不仅没缓和，反而紧张了。王志奇又出现了。他对张东荪说，先前只与苏联有关系，现在通过妻妹，与美国也搭上关系。接着王又消失了，再次出现已经是北平解放之后了，以后他不断被捕又不断被释放，总之，行踪十分诡秘。但张东荪仍与他保持联系。1949年秋冬的一天，王志奇告诉张东荪，美国准备打第三次世界大战，麦克阿瑟正在部署。张东荪担心中国成为美苏交战的牺牲品，心中十分不安，请王志奇如有重大消息一定要告诉他。张东荪问王志奇能否把他的意见转达给美方：第三次世界大战打起来，千万不要打中国。美方应当阻止蒋介石反攻大陆，不要让国民党进来。民主党派当中谁可以充当中美之间的调停人。王在张东荪的桌子上看见中央政府会议印发的材料《国家预算收入和商农所占的比例》，可见张东荪对王志奇信任到何等程度。不久张申府告诉张东荪，王志奇因欠款被扣押，张东荪立即叫长子张宗炳出面把王志奇保出来。王志奇表示感谢，送张家四吨煤。1950年秋中国政府决定向朝鲜派志愿军。张东荪从会上得知，各民主党派将于11月3日发表宣言，支持志愿军入朝作战。2日晚上，张东荪约见王志奇，劝他尽快离开北京，因为中美即将成为交战国，无法再传递消息。张鼓励王继续在政治方面（非情报方面）努力，一定设法让美国不把中国当成敌人。王志奇离开北京，全家迁往香港，希望张能给他推荐一个在香港帮他翻译材料的人，张将上海的熟人朱高融推荐给他。朱到香港后，王叫他翻译情报，又不付薪水。朱不愿译情报，认为翻译情报是下流工作，并断定王是骗子，1950年从香港回来。1951年春天，王志奇又出现在北京，他说刚从香港来，住在张申府家，得到政府特许，做进出口生意。但几句话后，他又探询张东荪对朝鲜战争的看法，并暗示他仍有渠道把民主人士的意见转达给美方。张东荪终于觉察此人是骗子，请他赶快离开。这是张东荪与王志奇最后的一次见面，此后王志奇便永远消失。这大概就是"张东荪出卖情报案"的案情了。从此张东荪成了坏人。

张东荪这样的坏人岂能再住在燕东园，他从住了十几年的燕东园34号搬到校内朗润园178号，燕东园的小楼让给别人。这段时间张东荪的生活相对平静，与外人往来稀少，闭门读书。我堂兄1952年在我们家举办婚礼，记得那天张东荪也来了，这大概是他遭受批判后第一次出门做客。他心情看来不错，一直笑眯眯的，记不得他说过什么话了，但记得这是我同他最后一次见面。马寅初离开北大后，张东荪也被清出北大，工资关系转到北京市文史馆，但一家仍住在朗润园。反右运动结束后，他不能在北大校园内容身，搬到北大东门外大城坊37号一座大杂院里，几家住户共用一个厕所，用水从胡同里提。张家提出安装自来水，学校满足了他们的要求。张东荪就在这座大杂院里迎来了自己的八十寿辰。第二年"文化大革命"开始了。在疯狂的年代，抄张东荪的家是情理之中的事。据张东荪的孙子张饴慈回忆："凶徒前来翻抄的时候，祖父站在一旁一动不动。骂他反共、反革命，他任凭他们骂去。惟当那些人骂他'汉奸'，八十一岁的老人猛扑过去，用头撞他们，要和他们拼命。"1968年1月，张东荪和长子张宗炳同一天被关进秦城监狱。张东荪被关进监狱一两个月后，我从天津河北大学牛棚溜回北京。我到了成府街，突然想看看张伯伯。我不知道他是否在世，张家住在哪里，也无处打听，灵机一动，去找成府一家理发店，进去问刘师傅还在不在。刘师傅走出来，尽管已经苍老了很多，但脸上的麻子还在，我断定他就是四十年代给父亲、张东荪等教授理发的刘师傅。我问他知道不知道张东荪家的地址，他说知道，有两个月没给他理发了，并把我带到张家。张家住北房，我推门进去，一眼就看见张伯母，张伯母也马上认出我来。年过古稀的张伯母并不显老，还是我最初见她的样子，她对我说张伯伯被几个军人带走了。军人发现家里有件美军皮猴，拿起来厉声质问皮猴是哪里来的，张伯伯说和谈的时候林彪赠送的，军人赶紧恭恭敬敬放下皮猴。张伯母忽然骂起我婶母来，骂她没有良心。其实婶母一直挂念老姐姐，几次要来看她都被我堂兄阻拦住，在那人人自危的年代哪还有亲情呢。张伯母叫我等大华（张宗烨）回来，我身为"牛鬼蛇神"，溜回北京，岂敢在"美国特务"家久留？没等大华回来我就向张伯母告辞。一生相夫教子的善良的女人在这几间破旧的屋里住了三十年。

张宗烨以母亲的名义给周恩来写信，不敢提丈夫张东荪，只讯问儿子张宗炳的下落。这封信竟神奇般地落到周恩来手中，周恩来批准张家可以到秦城监狱探监。这时张东荪已转移到复兴医院。张宗烨陪着母亲赶往复兴医院，这对恩爱的老夫妻终于见面。张东荪对妻子说："林彪出事了。"张伯母说："别瞎说，好好的。"张东荪说："你不用瞒我，我看得出来……还是我对。""还是我对"指的是中美建交。这时中美建交的《上海公报》已经公布。

张宗炳是著名的昆虫学家，美国康奈尔大学博士，北京大学教授，1968年与张东荪同日被捕。这位单纯、天真、待人和蔼可亲的张大哥在监狱里被逼疯了。张宗炳1973年出狱，儿子张饴慈记得："……他已整成神经病。发病的时候，同时装成两个人：一会儿是审判员，横眉怒目；一会儿是犯人，可怜又无奈。那时家里已经没有房子，他回来就和奶奶住大城坊——他在病中只相信自己母亲一人。"他在老母亲的精心看护下渐渐康复。1981年公安部给张宗炳做了结论，否定特务嫌疑，并补发了关押期间的工资。张大哥在张家兄妹中给我的印象最亲切、随和。每当在电视上看到农作物害虫成灾的时候，我便想起他。如果他参加灭害虫，以他的学识和才智，定能发挥积极作用。

次子张宗燧1969年年底不堪凌辱服安眠药自杀，终年54岁。张宗燧是著名物理学家，剑桥大学毕业生，曾在剑桥开课，恐怕是第一个在剑桥开课的中国人。他是中国科学院学部委员。张宗燧是卓越的科学家，但对中国政治一窍不通。比如毛泽东说"美帝国主义是纸老虎"，张宗燧就不同意毛的论断，说美国的科学非常厉害。遭到同事批驳后，他辩解说："如果非要说美帝是纸老虎，那也是厚纸做的。"毛说"工人阶级必须领导一切"，他说："工人阶级不能领导科学研究。"总之，张宗燧与当时的政治环境格格不入，难以生存。《中国大百科全书》有张宗燧条目，对他的科学成就给予很高的评价。我与他最不熟，只见过一两面。还记得他在中山公园来今雨轩举办婚礼的情景，张宗燧一身笔挺的西服，新娘傅小姐身穿深色旗袍，两人款步走向亲友，向大家致谢。

三子张宗颖是我见面较多的人，1946年在张家口解放饭店还同他见过一面。他在我的纪念册上写道："英年小弟愿你长得又高又大，志气也高大。"那年我十二岁。张宗颖的问题是所谓"电台问题"，"文革"期间天津革命群众逼他交出电台。这个问题公安部门早已作出结论，不是敌台。电台是他表姐夫林嘉通的，用来收听新华社广播，太平洋战争爆发后，怕日本人查出，早已毁掉了。张宗颖交不出电台，与妻子双双自杀，时年四十六岁。

张家第二代健在的只有张宗烨院士一人，也已垂垂老矣。我的纪念册上也有她写的话："我们要做好儿童，将来努力为国争光。"

她实现了儿童时代的理想，在高能物理方面作出卓越的贡献，为国家争了光。

张家的第三代我就完全不熟悉了。

（《同舟共进》2010 年第 2 期）

长忆吴牛喘月时

2001年秋天，我应邀到俄罗斯海参崴市远东大学汉学系执教。12月的一个夜晚，内子从北京打电话来，告诉我史学家漆侠先生去世了。消息来得突然，我顿时惊呆了，一股悲痛涌上心头。我穿上大衣，走出宿舍大门，想一个人在海边走走，但被猛烈的寒风赶了回来。我在宿舍的吸烟室里踱来踱去，回想起"吴牛喘月"的日子。

1966年我与漆侠先生同在河北大学执教，他在历史系，我在外文系。他是著名的宋史专家，五十年代出版的《王安石变法》被史学界公认为具有很高学术价值的专著，并被译成日文和俄文。我则是外语系俄语词汇教师，1965年才发表第一篇文章《屠格涅夫小说〈前夜〉人物谈》。我写这篇文章是受到钱谷融先生的文章《〈雷雨〉人物谈》的启发，1999年见到钱先生的高足王晓明先生，请他代为转达对钱先生的敬慕之意，晓明先生说最好我亲自向钱先生表达。但我始终没有拜见钱先生的荣幸，只好在这里表达了。

"文革"前我同漆先生并无交往，我知道他，他并不知道我。在一次全校大会上，一位外语系的教师指着坐在前排一个戴眼镜的人说："他是漆侠，河北大学惟一能上《人民日报》的人。"我后来在校园碰见他便特别留意。他个子很高，身材清瘦，额头特别宽大，戴着一副黑框眼镜。后来又听说他是范文澜的得意弟子，1953年从科学院历史三所调到河大来的。

1966年6月我和漆侠先生都是第一批被揪出来的"牛鬼蛇神"。他是反动学术权威，宣传翦伯赞的让步政策，我则反对中央"文革"，有人揭发我1958年著文骂姚文元打棍子，吹捧赫鲁晓夫。我的确写过一篇文章反驳姚文元，其中有"应说理，不应打棍子"之类的话，但文章并未发表。至于我吹捧赫鲁晓夫，我在课堂上称赞赫鲁晓夫的话都是教材里的话。我看出同红卫兵无理可讲，只得低头认罪，免受人身侮辱以至皮肉之苦。漆先生的处境似乎好一些，因为副校长让他写文章批判吴晗和翦伯赞，说是"以毒攻毒"。不久副校长也被揪出来了，漆先生和我一起打入劳改队。我们个子一般高，红卫兵让我们担一根扁担。我们从花房担花盆，我把花盆往我这头移一点，漆先生发现后一定要移到当中。走到无人的地方，漆先生便问我是哪个系的，我告诉他在外语系教俄语词汇课。他听说我是学俄语的，便问我最喜欢俄国哪位作家，我说偏爱果戈理，漆先生说他读过鲁迅先生翻译的《死魂灵》。漆先生对俄苏文学不大熟悉，但著名的作家他都知道。每天一起干活，渐渐便熟了，互相增加信任。一天中午休息的时候，漆先生悄悄对我说："注意增加营养。身体可是革命本钱啊。"我说："学校食堂里牛鬼蛇神只能买最便宜的菜。"漆先生用头指指校外，我立刻明白他的意思。我到校外"下馆子"，点好菜，吃得开心，心里感谢漆先生的"点拨"。但好景不长，很快被红卫兵发现，当场挨了一顿批斗，学报上也登出揭发"漆侠等牛鬼蛇神只在校外大吃大喝"罪行的文章。漆先生对我说，我们大意了，得离学校远一点。我们便到离学校远一点的地方去，照吃不误，没再遇见红卫兵。

1967年红卫兵忙着打派仗，学校又从天津迁至保定，革命干部和红卫兵小将都不满意学校搬迁，没心思管我们了。劳改队改为学习班，名存实亡，我们由牛鬼蛇神变成逍遥派。这年夏天我同漆侠经常接触，有一天他突然来找我，气愤地说，他刚跟军宣队吵了一架，把帽子往地上一摔，对他们说："我老漆也不是没名没姓的。"为什么事吵架已记不清了。他看我正在看一本俄文书，问我什么书，我说是1952年出版的《果戈理传》。他说你应当自己写一部，从俄文书里找材料，书里的注便是寻找材料的引子。作者使用其中的一部分，他未使用的材料未必无价值，你可以找出来使用。他建议的方法我以后使用过。读某篇评论文章，作者引用别人的话，注明出处，我根据出处，找出作者引用的书刊，仔细阅读，确有他未引用过的珍贵材料。漆先生问我读过古文没有，我说读过《古文观止》里的几篇，还读过《战国策》《左传》和《史记》的注释本，但一篇也不能背。他又问诗词呢，我说能背几首。他问我喜欢哪个诗人，我说喜欢义山的诗和小山的词，他听了哈哈大笑。漆先生说学外文的人往往缺乏国学基础，这最要不得，外文再好充其量不过是个洋人，所以学外文的人一定要学点古文。这些话现在听起来不算什么，但那时上起纲来不得了：牛鬼蛇神厚古薄今，抗拒改造。

傍晚我们常常到保定市郊的农田散步，那一年特别热，一到田里便脱下背心，赤膊交谈。漆先生称之为"吴牛喘月"。他说："这种局面不可能长久，学问决不能丢，你写你的果戈理传（我并无此意），我写我的宋代经济史。中国需要文化。"接着他说，"我不明白打倒一个刘少奇为什么要砸烂全国党组织。"我也想不明白。他告诉我他是如何从历史所调到河北大学来的，他在历史所深得范文澜赏识，有时早上他还没起床范老便到宿舍来了，掀起被子叫他起床。范老还请他到家里吃饭，不少文章都由他执笔。他看到所里某些出身好的党员业务水平稀松，写不出文章来，但整起人来却个个是好手。他向范老反映过，范老批评他自高自大。他说当时不了解范老的苦衷，现在才明白，不少人都有背景，得罪不起。他那时年轻气盛，在一次会议上忍不住了，说道："党员都是菜包子，干活还靠我老漆。"这句话放在1957年肯定划为右派。话虽然是1953年说的，那时还没有右派一说，但得罪了所里的党员。范老考虑到他在历史所再待下去，必然会受到打击，便把他调到河北大学。1966年范老去世，漆先生悲痛不已，请求到北京参加范文澜同志追悼会，遭到红卫兵一顿责骂：你算什么东西，还想到北京参加范文澜追悼会？

管制一松，漆先生又开始读书了。我每次回北京，他都让我找他的老同学张守常先生替他借书。他开的书目都是我不熟悉的，所以一本书名也没记住。他为节省时间，就在靠近宿舍的学生食堂吃饭。他读书非常快，一摞书几天就读完了。我问他怎么读得这么快，他说只看他所需要的材料，找到便抄下来，其余部分便跳过去了。在他的影响下，我也读起书来。我从李白研究专家詹瑛那里借来《聊斋》三注三评本，静心细读。心想身为牛鬼蛇神，就与鬼狐为伍吧，他们比红卫兵可爱。夜晚读累了，便到漆先生宿舍转转，总见他埋头抄写，他见到我常说，再读几百本就可以动笔了。他独居保定，万师母留在天津，生活极为不便，但从未听他抱怨过。儿子燕生有时到保定看他，两人便挤在一张单人床上睡觉。

山东大学魏晋南北朝史教授郑佩欣到保定来看我，他是我多年老友，曾一起下放到青岛李村劳动锻炼。我带佩欣见漆先生，他们一谈如故，佩欣在保定时，漆先生几乎每天到我宿舍来，以后他们联系非常密切。漆先生对佩欣评价很高，佩欣对漆先生严谨的治学态度和卓越的学术成果非常佩服。但有一次佩欣对我说，史学界翦伯老的文字最好，著作易于流传，有的史学家功力深厚，材料扎实，观点新颖，但文字不大好，是很吃亏的。不知他是不是暗指漆先生属于吃亏的一类史学家。

我调到北师大后同漆先生仍有来往。1980年我把翻译的《果戈理是怎样写作的》一书寄给他，没有接到他的回信。第二年，我又翻译出版了《回忆果戈理》，这次是让我在河北大学读研究生的侄女带去的，没想到漆先生对她说："告诉你叔叔，要写书，不要译书。"这一方面说明漆先生对我期望过高，另一方面也说明他不理解翻译的辛苦。此后有一段时间没有联系，听说他在筹建宋史研究所。1998年我到保定看他，宋史研究所已成立，漆先生任所长。我径直去宋史研究所，漆先生见到我非常高兴，马上对秘书说："把牌子翻过来！"翻过来是：今日不办公。漆先生请我到大白楼吃饭。他谈到研究生水平太低，读古文困难；评定职称弊病很多，往往同党政职务挂钩，系主任和总支书记容易评上，他为一名研究生的分配同校长吵了一架。后来我听人说，漆先生要把这名研究生留在所里，但学校留了另一位。漆先生找校长，对校长说，要不留他看中的研究生，"我老漆走人！"校长说："我可以走人，漆先生可不能走。"他看中的研究生留下了。我带了两本随笔集给他，他说在报刊上看过我写的文章，"写了些新东西"，算是他对我文章的评价。他不满意我写随笔，更不赞成我翻译书，一定叫我写专著。我实在没有能力，漆先生批评我怕吃苦，我确实懒散成性，不能像他那样勤恳治学。现在我也不认为辜负了漆先生的期望，因为原本不是那块料，能写几本随笔、译几本书，也就知足了。漆先生不懂外文，不知道翻译的甘苦，对翻译有偏见。

　　一年后，我再度到保定看漆先生，他显得虚弱，从宿舍到研究所，中间都要在椅子上休息一会儿。这次我才知道万师母双腿截肢，不能自理，漆先生也不能回天津照看她。漆先生很热情，又让秘书把牌子翻过来。他读了我写的《重提贝利亚》，问我有关贝利亚的事，他自己说得少了。当晚又在大白楼宴请我，在饭桌上说好两年后给他过八十大寿，谁知这次见面竟是诀别，再也听不见他那山东口音很重的言谈和嘴角上微露出的嘲讽的笑容。

　　他的《宋代经济史》早已出版，没送给我，我只有一本他"文革"期间送给我的《王安石变法》。我和漆先生共同经历了中国历史上最黑暗的年代，并建立起友谊。漆侠先生严谨的治学态度永远是我学习的榜样，但我永远也成不了他那样的学者。漆先生，别责怪我，安息吧。

怀念蒋路

　　蒋路同志逝世已经九年多了，他的音容笑貌至今仍浮现在我眼前。他大概因为耳朵背，同人说话的时候，右耳总靠近说话的人。他说话的声音很响，特别是打电话的时候，声音格外浑厚。

　　上世纪八十年代后期，我看到出版社出书越来越从经济效益出发，一些有文学和历史价值的书出不来，而满足读者不健康趣味的书却成泛滥之势。我给蒋路打电话，发牢骚，说现在没法译书了，想译的书没人出版。他显然与我有同感，但还是为出版社辩解了几句，送我两句话：只管耕耘，不问收获。

　　这是他治学的格言，他的《俄国文史漫笔》和《俄国文史采微》就是他这条格言的实践。当然，还得付出辛勤的劳动，他多次穿越半个北京城到北京图书馆查资料。凌芝夫人写道："晚年他将历年积累的治学心得加以耙梳归纳、字斟句酌写成《俄国文史漫笔》。这本书倾注了他近十年的精力，被他视为最爱。无论从史学、构思或文笔角度看，篇篇都闪烁着作者的智慧。有时为了补充或核实一些资料，不顾自己年事已高，不管酷暑还是严冬，他和我乘坐公交车去国家图书馆，一去就是一天。"

　　1997年收到他寄来的《俄国文史漫笔》，他打电话说，这些文章都是离休后写的，请我读后提意见。"请提意见"这类话现在不过是客套话，不能当真，但我知道蒋路却不是随便说的，他真诚地希望我对他的文章提出意见。我认真阅读后，写了一篇文章，发表在《博览群书》上。我打电话告诉他，他这本书是难得的好书，涉及俄国文史方面许多重要的事件和人物，而这些事件和人物往往又是正统文学史略而不提的，如民粹派、哥萨克和民意党女侠索菲亚等，书中有不少真知灼见。但读者未必多，因为书中讲的都是留里克和罗曼诺夫两个王朝的事，没有一定俄国文史知识的人，不一定读得下去。如果在上世纪五六十年代，我自己也未必读得明白，那时我对俄国历史很不熟悉，连罗曼诺夫王朝的朝代也排不下来。1989年到苏联教汉语后才拼命补课，即所谓"恶补"。我说把《博览群书》给他寄去，他一定不让我寄，说他儿子可以买到。他在任何一点小事上都不愿给人添麻烦。我说去看他，他回答住得太远，天气热，不要来了。我看他并没有什么事，知道他不喜欢无事拜访，便没有去。

2000年人民文学出版社纪念建社五十周年，我应邀参加，一进会场就看见蒋路，他从前排走过来同我热情握手。他瘦得厉害，但精神很好，我还以为这是通常说的"老来瘦"呢，说明他身体不错。吃饭的时候他招呼我到他那里去，他旁边坐着绿原，前面是梅志。记得他告诉我，社里一位他赏识的女编辑准备搬入老年公寓，但他觉得住老年公寓未必合适，但又不知如何劝阻。这是我与蒋路最后的一次见面。

蒋路的名字我早就知道。1947年我所在的中学转移到阜平县陈南庄，在山坡上开设了一间简陋的图书室。我借了一本《奥斯特洛夫斯基传》，以为是《钢铁是怎样炼成的》的作者的传记。读了才知道不是，而是另一个奥斯特洛夫斯基，俄国大剧作家。这本书的作者名字我忘了，却记住译者蒋路的名字，上世纪五十年代读过他翻译的屠格涅夫的《文学回忆录》和车尔尼雪夫斯基的《怎么办？》。我对前者的兴趣大于后者，特别是屠格涅夫对果戈理的回忆，那时我正迷恋果戈理。我不喜欢备受赞许的《怎么办？》，结构杂乱，作者不过是借形象和情节阐述自己的政治观点而已，但蒋路对两本书的注释非常详尽，令我佩服。我那时天真幼稚，也动了翻译念头，很想向蒋路请教，但连他在哪儿工作都不知道。

光阴荏苒，1977 年春天福建师范大学组织"鲁迅序跋研讨会"，我和蒋路都参加了，在那次会上我才见到心仪已久的蒋路。1977 年是万物复苏的年代，搁笔已久的学者、作家和翻译家个个摩拳擦掌，跃跃欲试，都想为文化事业作一番贡献，所以来自出版社的人备受欢迎。蒋路是著名的翻译家，人民文学出版社的资深编辑，国家出版社的代表，身边自然围绕着很多人，我无法同他接近。我倒拜访过住在二楼两端的林辰先生和戈宝权先生，他们是以鲁迅博物馆顾问的身份来参加会议的。戈宝权先生告诉我他有《果戈理是怎样写作的》原文版，回北京后我从他那里借来，并把它译成中文，1980 年由天津人民出版社出版。蒋路住在几层楼、哪间房间我都不知道。

研讨会散会后，不知谁组织部分与会者顺路访问浙江大学，游览西湖，其中有我和蒋路。在杭州我们同住一室，有了接触的机会，傍晚我们沿着西湖湖畔散步，谈起俄国文学。我说爱读作家回忆录，比如老阿克萨克夫写的《我与果戈理相识始末》，让我了解果戈理所处的时代和他在日常生活中的表现。蒋路对回忆录也很感兴趣，他说也想读这篇回忆录，不知收在哪本书里。我告诉他收在 1952 年为纪念果戈理逝世一百周年而出版的《同时代人回忆果戈理》一书中，我有这本书，他要看我可以借给他。我们谈得很投机。回北京后没再联系，我没有到出版社找过他。一次看内部电影《悲惨世界》，在电影院门口与他相遇，他请我翻译库普林的中短篇小说。他说南京大学有意翻译库普林的作品，并寄来选目，但他觉得我更适合翻译，说到这里电影开演了，我们一同进去看电影。我有点惊讶，因为他对我的水平不了解就约我译古典作家的作品，有点冒险。我对他还不了解，觉得他在电影院门口说的话未必可信。几天后他把库普林作品三卷集和一本库普林评传送到我家。他那时住在苏州街，我住在南池子，没有顺便的公交车，他是走来的，一个六十几岁的老人拎着四本洋装书是很吃力的。他说："你先译《冈布里努斯》，我准备收入《俄国短篇小说选》，然后再译其他小说。《摩洛》要译，其余由你选。'冈布里努斯'是音译，没查出什么意思。"我译好《冈布里努斯》交给他。他看后叫我到出版社去，把稿子还给我。我发现稿子改动得很少，只用铅笔改了几个地方，并指出"跳舞"的"舞"并未简化为"午"。他说稿子可用，后面的译稿他不看了，译好后交给责编姚民有即可。字体娟秀清晰，凡见过蒋路字的人都知道。他问我还译了哪几篇，我说译了《阿列霞》，他要我把《阿列霞》交给他。这篇小说收入文学小丛书，1980出版，一次就印了十万册。这是我与蒋路接触的开始，接触多了，对他有了更多的了解。

蒋路的职务是编辑，有人说他是学者型的编辑。这种评价并不全面，学者只是他的一个方面。蒋路是深邃的思想家、眼光远大的出版家、知识渊博的学者、卓越的翻译家和诲人不倦的教师。他为人谦和，埋头工作，不喜欢抛头露面，很少参加俄苏文学界的活动，所以同他接触不深的人，未必了解他真正的价值及他为中国出版事业作出的卓越贡献。在他领导下工作过并深受他影响的艾珉女士，写到她同蒋路的一次对话：

"在社会发展过程中，究竟是社会科学还是自然科学对社会的推动作用更大？"艾珉问蒋路。

蒋路回答道："按说，这两者应是相辅相成的关系。但不可否认，任何社会变革都需要舆论作先导，自然科学的发展也需要扫除观念上的障碍，这一点，欧洲历史是最好的证明。"他接着说，"欧洲近代文学中有许多东西会对我们的传统观念形成冲击，这对我们是有好处的。中国历来是帝王崇拜、祖宗崇拜，很容易产生迷信和盲从；不像近代欧洲的价值观，把人的独立自主精神、创造精神、开拓精神看得很重要……一个健全的社会，本应把尊重人、爱护人、充分发挥每个人的聪明才智作为社会的基本准则，可惜在很长一段时间里，许多人类思想精华被当成垃圾抛弃了。"

蒋路想把欧洲文化精华引入中国，像五四时期的先行者们把"德先生"和"赛先生"引入中国一样。他把出版事业看成实现理想的手段，立足点就高出大多数编辑。他翻译《怎么办？》和卢那察尔斯基的《论文学》以及积极参加《外国文学名著丛书》《外国文艺理论丛书》和《马克思文艺理论丛书》的编辑工作都是抱着这样的目的。

蒋路知识渊博，治学严谨，凡是与他接触过的人都能感受到。艾珉说："有一天，我遇上一个有关俄国历史的细节问题，在饭桌上请教了蒋路，他的回答明确清晰，在我看来这个问题已经解决了。没想到第二天他又捧出一部大书，专门把我找去做了一番详细的讲解，态度之认真令我大受感动，这才明白老编辑们原来是这样工作的。"一年春节前，我得了四头漳州水仙，我知道蒋路夫人凌芝喜欢水仙，便给他们送去两头。那时我刚读完他们夫妻合译的《巴纳耶娃回忆录》，发现他们把抹大拉的马利亚译成马格大林纳了，我对蒋路说了。蒋路顿足道："这是编辑改错的。自己不懂，又不肯查工具书，连郑易里的英汉词典里都收入了。"他翻开郑易里的词典给我看。接着他强调从事外国文学翻译的人一定要有《圣经》和希腊神话的知识，不懂就要学，起码遇到问题知道到哪里去查。蒋路是《欧洲文学史》的责任编辑，艾珉说："北京大学当时主管《欧洲文学史》工作的罗经国老师告诉我，看了蒋路加工的《欧洲文学史》稿，他们都感动得说不出话来：整部书稿改得密密麻麻，所有史实或细节，他都已核实订正；结构欠合理处已重新调整，有的段落甚至改写或重写。在他们看来，蒋路远不止是编辑，而且是重要作者之一，可是他们请他参与署名时，蒋路却坚决谢绝了。"蒋路对《欧洲文学史》的校订已经充分说明他的欧洲文学史知识何等丰富。此外他还担任过《瑞典文学史》和《捷克文学史》的编辑工作，他加工后的《捷克文学史》，判若天渊，质量上有极大的提高，致使编者看后非要他署名不可，他当然又谢绝了。熟悉欧洲大国的文学史已属不易，而对瑞典和捷克这样小国的文学史同样如此熟悉，我想不出第二人。蒋路编辑周扬翻译的车尔尼雪夫斯基《生活与美学》就充分表现出他甘愿为人作嫁衣裳的可贵精神。凌芝在《蒋路文存》编后记中写道："《生活与美学》的译者周扬主动提出请蒋路将他这本由英文转译的旧译本根据俄文校订。这种吃力不讨好的事情往往被人视为畏途，如同改造一幢旧房屋，既要用新材料表现现代感，又要最大限度地保持原有的风貌，这实际意味着比重译一遍还难！可是蒋路做到了。尽管由于年代的久远和当事人的离去，许多细节已渐渐暗淡起来，责编蒋路究竟为这本书的再版付出了多少心血也变得无关紧要，重要的是这本书获得了新生。成稿时，连俄文版书名《艺术与现实的审美关系》也恢复了它的原貌。周扬看了改文，十分满意，主动把'蒋路校'三个字写在他名字后面，却被蒋路毫不犹豫地勾掉了。后来周扬再一次把他的名字写进后记，结果照样被勾掉了。此书出版后周扬接见蒋路，问他有什么要求可以帮他解决，蒋路什么要求也没提。"这件事蒋路也跟我谈过，我再补充几句。他说几乎每个句子都要重译，可为了照顾周扬的面子，不得不保留周扬的某些词句，这是最费劲的地方。为此他绞尽脑汁。蒋路认为周扬译文的错误是可以被谅解的先行者的错误。周扬表示不要稿费，稿费归蒋路，但蒋路还是把稿费退回去了。周扬不知如何表示感谢，请蒋路吃了一顿饭。

人民文学出版社出版了《巴尔扎克全集》《托尔斯泰文集》《普希金文集》和《高尔基文集》等世界文豪的文集或全集，编辑程文说："这都堪称是人民文学外文部乃至全社的支柱工程。蒋路同志是这些工程的总设计师和主任工程师之一。"而这些文集和全集都是在蒋路离休前完成的。他分秒必争，组织人力，制订编译体例，在离休前了却自己的心愿，蒋路是当之无愧的总设计师。上面这几句话，不能全部概括蒋路所做的工作。

在图书出版过程中，谁担任责编是成败攸关的问题。蒋路独具慧眼，善于识别人才，不问资历，大胆任用他所信任的编辑。艾珉1975年调入出版社，不能算老编辑，蒋路让她担任《巴尔扎克全集》的编辑。陈馥女士八十年代从新华社调入人民文学出版社，可以说是个新编辑，蒋路委任她编辑《托尔斯泰文集》。这两套丛书就出自两位令人尊敬的女编辑之手。蒋路不仅敢于使用新人，还热情帮助他们。艾珉写道："记得我接受《巴尔扎克全集》的任务时，颇有些思想负担，这么大的项目，做砸了怎么办？于是我坚持要蒋路复审。蒋路为我复审了《全集》的前三卷，其间对我的指点和启发，让我终身受益无穷……对于译稿，只要有一丝费解之处，他都要求重新核查原文，以避免理解上的错误；对于编辑加工，他要求顺应译者的文风，与原译完全融为一体；至于注释，他要求务必处处为读者着想，不但要使读者通过注释加深对作品的理解，还要尽可能帮助读者扩大知识面，了解西方的历史与文化观念。"蒋路对译文的要求，对译者的尊重，恐怕没有人持疑义，但今天恐怕也没有人能做到。

我与蒋路讨论过作"注释"的问题。我说有些译本，读不懂的地方译者不注，读得懂的地方反而注，令人啼笑皆非。他说注释应当像辞书的条目，概括地阐明事件或人物的主要特征。如注人物，绝不能仅注生卒年月，而要点出这个人最主要的方面，但字数又不能多，所以作注绝非易事。那时我们打算办个培训班，我请蒋路去讲如何作注释的问题，他勉强答应了，后因经费不足没有办成。我到他家表示歉意，看见他桌上摆着用工整的字体写好的讲课提纲。

今天有多少外文编辑像蒋路那样对待编辑工作呢？说绝对没有未免主观，但说少而又少是不争的事实。不少编辑不懂外语却担任外文编辑。有的找他认为外语很好而实际上很差的人审阅，不但不能提高译稿质量反而糟蹋译稿。有的编辑根本不看译稿就发排，制造出大量劣质译文。我们过多批评译者，却放过编辑和出版体制，因此刹不住劣质译文潮水般的涌现。不从源头整治，永远解决不了问题。

蒋路非常重视培养出版事业合格的接班人，他用人只看才能和工作态度，不看政治身份。他所看中的人有党员，也有非党员。蒋路非常赏识陈馥，她文学修养深厚，中俄文水平很高，但她像我们通常说的，属于"政治上不开展"的那类人，在新华社的时候还被错划为右派，到出版社以前没做过编辑。到出版社不久蒋路就让她担任《托尔斯泰文集》的编辑，对她十分信任，约稿、校改和退稿都由她全权负责。只有她遇到困难，才帮她解决。《托尔斯泰文集》出版后，蒋路满意地笑着对她说："没想到托尔斯泰文集竟出在你手里。"艾珉和陈馥虽进入出版社的时间都不算长，但都是中外文造诣很深的人，与刚出大学校园的人完全不同，蒋路对前者的要求严格得多。对后者主要是培养，先干一年校对，再到编辑部见习。

我渐渐与人民文学出版社的编辑们熟了，有时路过出版社便上去坐坐，喝杯茶。一天我到编辑部，冯南江先生正在谈论《日瓦戈医生》，一口咬定没有俄文版，各国的译本都是根据西班牙文转译的，大家都不说话，因为没人知道有没有原文版。我说有原文版。冯南江说："你见过？"我说："何止见过，我有原文版《日瓦戈医生》。"蒋路听了吃惊地问："你真有？"我说明天拿来给大家看。

我真有《日瓦戈医生》的原文本。1958年我下放到青岛郊区李村镇劳动锻炼。在山坡上休息的时候，公社通讯员送来《人民日报》。打开一看，一则苏联作家协会开除帕斯捷尔纳克会籍的新闻引起我的注意。说来惭愧，我这个中国人民大学俄语系毕业生竟不知道帕斯捷尔纳克是何许人，苏联专家讲文学史的时候只讲社会主义现实主义作家，如高尔基、法捷耶夫和马雅可夫斯基等，不讲帕斯捷尔纳克。不知道更好奇，我给远在美国的叔叔写信，请他寄一本《日瓦戈医生》来。我叔叔是上世纪二十年代留法学生，后来就留在法国，1946年考入联合国秘书处担任译员，由于我父亲的关系1949年回国看望长兄。总参三部请他购买科技书，不直接寄给他们，而寄给我，我收到后通知他们，他们来取。《日瓦戈医生》就同科技书一起寄到北京。书是密歇根大学出版社出版的，封面是一棵果实累累的大树被烈火焚烧的样子。"文革"时期我被打成牛鬼蛇神，随时都有被抄家的危险。这本书被抄出来还得了，烧了又实在舍不得。我把它摆在最显眼的地方，夹在马恩列斯俄文版的著作当中。红卫兵再无知也不敢抄马恩列斯的著作。果实下的烈火可以解释为世界革命的熊熊大火。《日瓦戈医生》就这样逃过"文革"一劫。

我把书带到人民文学出版社，编辑们见了都很惊讶。蒋路当场拍板翻译，并指定由我翻译，当时不订合同，口头同意就行了。我说一个人翻译不了，蒋路说那你就再请一个人吧。我请人民教育出版社的张秉衡老先生合译，老先生欣然同意，我们便干起来。帕斯捷尔纳克是诗人，诗人写的小说很难翻译。我们埋头翻译，不理会社会上发生的事，这时一场轰轰烈烈反对精神污染的运动开始了。蒋路不管当代作品出版的事，由另一位副总编辑主管外文部。我找他，他不说停译也不说继续译，态度模棱两可。我找蒋路，他说还是继续翻译，运动迟早会过去。我们松懈了，时译时停。运动很快过去了，出版社又积极起来，每天打电话问进度。我们像上了弦的发条，拼命翻译，出版社还嫌我们进度慢。孙绳武先生带着三个编辑到我家来，在日历上划了一道，说这天必须交稿，译好一部分就派人来取。我们按期交稿，责编程文先生干脆住在印刷厂，边看边发排，从交稿到出书只用了一个月时间。这样赶译当然无法保证译文质量，以后这本书一再印刷，我做过小的文字修改，但无法重新校订。我决定终止合同，重新翻译，这也是受蒋路的影响。蒋路翻译的《怎么办？》在1953年出版，以后又出版过两次。我向他要过，他说已通知外国古典文学名著丛书编委会，不再印刷，手头没有了。他请陈馥重新校改，并对她说不要有顾虑，就像她通常校改译稿那样校改。陈馥是极认真的人，把《怎么办？》从头到尾校改了一遍，蒋路非常满意。现在不会有高人替我校改，只好自己重译了。我早已过了"随心所欲，不逾矩"的年龄，能做到吗？

1989年我到苏联教汉语，课余时间到高尔基图书馆看书，看感兴趣的书，做札记，没有"收获"的想法。回国后在董乐山先生的"催逼"下，我把这些札记陆续在《读书》《博览群书》等杂志上发表，后以《寻墓者说》为书名结集出版。我寄给蒋路一本。他很高兴，打电话说："你从翻译家变成作家了。"这句话是他随便说的，但我想起三年前他对我加入作协的冷淡态度。有人介绍我加入作协，需要两个人签名，我兴冲冲找蒋路，没想到他态度非常冷淡，他说："加入作协没什么意思，你要加入，我可以签名。"我很扫兴，便找了戈宝权先生。二十多年过去了，现在我觉得蒋路的话太对了。

蒋路为人极其低调，谦虚和蔼，但他身上有股鼓舞人向上的力量，与他接触较多的人都有这种感觉。蒋路培养过多少人、帮助过多少人，我说不清楚，但我非常清楚他是我的引路人。

（《新文学史料》2010年第4期）

且与鬼狐为伍

1966 年 6 月 30 日傍晚，有人告诉我礼堂里有我的大字报，我吃完晚饭便到礼堂去看。礼堂里贴满声讨我的大字报，成了我的大字报专室，我一篇篇看过去，大字报的字写得歪歪扭扭，白字连篇，语气非常凶狠，但鸡毛蒜皮的事多，要害的事少。只有一张以系总支三位委员联名写的大字报最有分量，揭发我反对"中央文革"和吹捧赫鲁晓夫，并有我亲笔写的文章和使用过的教案为证，很难赖掉。我算被揪出来了。我从礼堂出来，骑车直奔水上公园。我需要冷静思考对策，使自己摆脱险境。路上我不禁背诵起张元干的《贺新郎》来："梦绕神州路。怅秋风，连营画角，故宫离黍。底事昆仑倾砥柱，九地黄流乱注？聚万落千村狐兔。天意从来高难问，况人情老易悲难诉……"大概因为这首词与我当时的心境吻合吧，自然而然地从心底涌出。我高声朗诵，不怕红卫兵听见，听见也没关系，反正他们听不懂。我骑到水上公园，把车靠在柳树上，自己坐在河边，我得考虑被揪出来后如何对付。我确定两点，第一保护自己，第二不伤害并尽量帮助别人。我对"最高指示"早已失去狂热，不仅失去狂热，而且不再盲从。

1949 年 10 月 1 日举行开国大典，我躬逢其盛。我们学校的游行队伍通过天安门的时候，毛泽东站在天安门城楼上喊道："师大

361

附中的同志们万岁！"我听了热血沸腾，愿为他牺牲一切。在以后形形色色的运动中，我都是骨干，直到1955年肃反的时候，我才开始学会用自己的脑子思考问题。那时我是材料组组长，虽只是区区组长，但岗位非常重要，批判肃反对象的材料都要经过我们整理。不久我与领导小组负责人第一次发生冲突，他要把一个十七岁的炊事员定为反革命。这个炊事员的罪行是经常在厨房里表演"反动节目"，逗大家一乐。他自己先说一段快板：八路军吊儿郎当，破鞋破袜破军装，破子弹破大枪。说完有人问他：你是谁？他挺胸说：我是蒋介石第二。听的人哈哈大笑，有时还让他再来一遍。接到检举材料后我们去调查，他又高高兴兴地表演了一遍，一点都不害怕。负责人说他是现行反革命，叫我整理他的材料。我说他是落后青年，二百五，哪有反革命公开说自己是蒋介石第二的？这个青年是贫下中农家庭出身，平时干活卖力，人缘很好。我坚决不同意整理他的材料，负责人让步了。在我当材料组组长的时候，他没被定为反革命，他以后的命运我就不知道了。

以后我又与负责人发生过几次冲突。他在会上揭发肃反对象时往往歪曲我们整理的材料，添加很多材料上没有的东西。我找负责人，指出他说的很多东西材料上都没有，他说以后注意。以后他不但没"注意"，反而变本加厉，添加的东西越来越多，越来越耸人听闻。我问他要不要实事求是，不根据调查材料而胡乱揭发不等于坑害人吗？他火了，说我一贯右倾，立场站在敌人那一边，不适合担任整理材料这项重要工作。很快我就被撤下来了。

我根据亲身的经历对揭发胡风的材料也怀疑起来，从信中摘出几个句子就下结论，很可能断章取义。比如"他说国民党骂共产党是共匪"，去掉"国民党骂"，或改为删节号，就变成"他说共产党是共匪"了。这种深文周纳的手法自古有之，是统治者迫害文人司空见惯的伎俩，为什么在新中国又死灰复燃了呢？不久又开始鸣放和接踵而至的反击右派斗争。鸣放期间家里人告诫我不许胡说八道，不要贴大字报。我说很多人说的话都有道理，他们出于对共产党的热爱，指出工作中的缺点以便改正，有什么不好？我姐夫厉声说我是温室里的花，不懂得阶级斗争。我的三个姐夫都是从延安来的，其中两个还参加过长征，是部队的领导干部。老干部都有过挨整的经历，所以说话非常慎重。比如，我曾问一个姐夫，彭柏山怎么会是胡风分子，他只回答了一句："彭柏山打过仗。"答非所问。其实表达了他对彭柏山的态度。我中学的几个老师也是从延安鲁艺来的，他们给我讲了不少延安整风的内幕。内容就是韦君宜在《思痛录》里所披露的那些，但在五十年代初期没到过延安的人是不知道的，知道的人也不会说，我脑子里自然比同龄人多了几个问号。我这几位老师大概在延安时期被整得还不够，没有汲取教训，说话随便，1957年通通被划为右派。

我听姐夫们的话，鸣放期间没贴过一张大字报，学生要我参加罢课，我劝他们不要罢课，并说你们不去我一个人也去上课。我表现得算不错吧，但仍然险些被划为右派。原因是不积极参加反右运动，与右派分子划不清界限；批判会上从不发言，会后还同右派来往。书记认为我在心里抵触反右运动，是没有右派言论的右派分子。还好父亲蓝公武在冥冥中保护了我，1957年9月，正当全国划右派的时候父亲去世了。党为了表明对知识分子的态度：对革命的、进步的知识分子团结尊重，对反党反社会主义的知识分子坚决打击，9月9日在北京中山公园中山堂为父亲举行了隆重的追悼大会，由刘少奇主祭，董必武代表党中央追认父亲为共产党员。在这种情况下学校党委就不便把我划为右派分子了。

1956年我还读过赫鲁晓夫的秘密报告（《关于个人崇拜及其后果》），惊愕不已。五十年代有一批从苏联回国的中国人，大多数是联共党员，我为了练习口语，经常到他们那儿去。闲谈的时候，他们告诉我"红杠子队"（即乌格勃，克格勃前身）厉害极了，1938年张鼓峰事件后，海参崴黑头发的，日本人除外，都抓起来审查，有的人被关进克拉斯诺亚尔斯克集中营。比我大二十岁的曾先生，在里面蹲了十七年。我问他犯了什么罪，他说因为头发是黑的。张鼓峰事件是日本人挑起来的，但居住在海参崴的日本平民却平安无事，只被遣送回国，斯大林不敢惹日本人。曾先生跟我很要好，给我讲了劳改营中很多骇人听闻的事。我当时半信半疑，读过赫鲁晓夫的秘密报告后才相信，曾先生所列举的事实并非造谣。从此我不再盲目崇拜苏联。

我虽未被划为右派，但在原单位待不下去了，山东大学来要人，我欣然前往。一到山东大学，便被披戴大红花"光荣"下放到崂山脚下的农村劳动锻炼。在这里我迎来大跃进。没有经历过"大跃进"的人很难想象"大跃进"荒唐到何种程度。比如公社决定扫盲，规定每个人，包括老人和妇女，三天内，不脱离生产，认三千三百个字。到第四天，便敲锣打鼓到公社报捷去了。比这更荒唐的例子还有很多。我们带薪劳动锻炼，比劳动教养和劳动改造强得多，起码没饿死人。但我对人祸的感受却同样深刻，年轻时代的理想烟消云散，不再崇拜权威。

我被揪出来后，被打入牛棚，大概由于出身好，年纪轻，被任命为牛鬼蛇神队队长，每天带着十七八个牛鬼蛇神（多半为老教师）劳动。出发前先唱牛鬼蛇神嚎歌："我是牛鬼蛇神，我是牛鬼蛇神，我对人民有罪，人民对我专政，我要老老实实。要是我不老实，把我砸烂砸碎，砸烂，砸碎！"我指挥得很快，唱完马上把他们带到校园最偏僻的角落拔草。我对他们说咱们离红卫兵远一点，大家愿意怎么拔草都行，可以坐着、躺着，但红卫兵要是来了，赶快蹲起来。

如果红卫兵为研究如何执行毛主席伟大的战略部署而在教室里

争吵不休，放过我们，这一天便平安无事了，但这样清闲的日子越来越少。一天，红卫兵把全校的牛鬼蛇神押到礼堂批斗，浩浩荡荡的队伍经过我们拔草的地方，红卫兵向我们吼道："快滚进来！"我们赶紧从草地上爬起，加入牛鬼蛇神的行列。我们被押进礼堂。礼堂里摆了一排纸糊的帽子，叫我们自己戴上。我立即挑了一顶较矮的、糨糊干了的帽子戴在头上。动作慢的，或不肯戴的，红卫兵给他们戴上最高的，刚刚糊好的帽子，糨糊从头上流到下颚。上台接受批斗前，红卫兵端来一盆蓝墨水，叫我们画成花脸再上台。我双手蘸墨水，把额头和脸颊抹蓝，尽量不让墨水流进眼里。心理系的一位副教授，不但不抹，反而大喊起来："你们这样做是破坏毛主席的政策。"话音未落，蓝墨水便从他头上倒下来。我想他怎么这么糊涂，毛主席是红卫兵的红司令，红卫兵是毛主席的红小兵。毛主席什么时候说过不能往牛鬼蛇神头上倒墨水？比这严重得多的事他老人家也没说过话。墨水流进眼里会伤害眼睛的，我利用牛鬼蛇神队长的权力，向他喝道："你对红卫兵小将什么态度，还不滚出去！"他出去的时候，我用手指在眼前晃了晃，示意他赶快去洗眼睛。我这样做是很冒险的，我有什么权力叫牛鬼蛇神离开批斗的现场？红卫兵来自各系，分成各派，没有统一的指挥，谁都管事，谁又都不管事。我让他滚，这派不管，那派也没管，我钻了红卫兵领导不统一的空子。红卫兵批斗外语系教授陈先生，质问他为什么诅咒毛主席早死？他回答说"毛主席万岁"在英语是假定式，表示希望他长寿，但人活不了一万岁。他马上遭到一顿毒打。他还要同红卫兵讲理，我已经站在台上，无法也无力制止他，只能眼看着他挨打。这次是全校批斗大会，有书记和校长们在前面顶着，我虽罪孽深重，但只有外语系的红卫兵知道，别的系的红卫兵并不知道，所以没批斗我，我只算陪斗。但红卫兵打人的场面我看得清清楚楚，知道同他们无理可讲。其实这一点毛主席在《湖南农民运动考察报告》中讲得很清楚了，可是我们很多教师却不了解这一点，还要同红卫兵讲道理，大概还是毛著没学好的缘故。

我在外语系的"地位"从牛鬼蛇神升到现行反革命了（红卫兵把"现行"写成"现形"，也通。我原先是俄语教师，其实是暗藏的反革命，终于现出原形）。红卫兵批斗我，说我是赫鲁晓夫的孝子贤孙，我对他们承认我就是，烧成灰都是。我弯腰做"喷气式"做得标准，无懈可击，所以我挨斗的时间少，陪斗的时间多。我有机会观察红卫兵，我教四年级两个班，四十个学生，最凶狠的不过五六个，都来自农村，出身于贫下中农家庭，是两个班里学习最差的学生。其中有位女生，两个班里惟一的党员，已经蹲了三年班。因为吃够了她的苦头，我至今仍记得她的芳名。她口齿不清，大舌头。俄语有个颤音，她四年都发不出来，我晚上经常辅导她，什么办法都用过，比如含水发颤音，但毫无效果。她对动词也不理解，在一二年级的时候，她说睡觉不是动词，睡着了怎么还会动呢。在我之前的一位老师费了九牛二虎之力，终于让她明白表示状态的词也是动词。她不适合学俄语，我为她的前途着想，向总支书记建议将她转到政教系去，毕业后做个政工干部。我同总支书记的谈话被揭发出来，成为我迫害工农家庭出身的学生的一大罪状。另外几个来自农村的学生功课比这位女生略好，没蹲过班。他们记不住生词，弄不清语法的变格，考试多半不及格，或勉强得三分。他们知识面狭窄，或者说除宣传口号外，什么都不知道，并不以此为耻，反而以此为荣。他们一句话就能把你驳倒：那些都是封资修的破烂玩意儿，知道越多越反动。人总有表现欲望，他们没有别的可表现，除自己的家庭出身外（用动词"骄傲"造句，他们的造句都是"我以我光荣的家庭出身为骄傲"），只能表现对标语口号的狂热响应。他们根据某一句话，或党在某个时期的政策，判断一切事物。一次我因北京修建地铁谈起地铁，我说伦敦、纽约和莫斯科都有地铁，莫斯科的地铁修建得较晚，但最漂亮。有个考试不及格的男同学批判我，说我放毒，没有一点阶级觉悟。伦敦和纽约的地铁是供资本家坐的，莫斯科的地铁是供修正主义分子坐的，我竟说他们的地铁比中国修建得早，还说莫斯科的地铁最漂亮，安的什么心？我立即承认我说这些话是妄图复辟资本主义，让中国红旗落地、国家变修。我先把纲上得最高，他们反而无法表现批判我的本事了。生长在天津市的大多数学生与他们有所不同，虽然也给我贴大字报，但内容都是从别人的大字报上抄来的，没有新的揭发。我下课同他们交谈时，介绍过俄国美术和音乐流派，介绍过俄国和苏联作家，甚至介绍过已成为批判靶子的肖洛霍夫，这些他们都没揭发。他们心里同情我，一次我扫地时，一个同学把纸团扔进簸箕里。我在没人的地方打开一看，上面写着：今晚批斗可能下跪，裤子穿厚一点。我钦佩他的胆量，竟敢给现行反革命分子通风报信，我也感到慰藉，并非所有青年人的革命意志都坚硬如钢。1969 年分配工作的时候，那位发不出颤音的女生和出身好的几位学生都留在天津市，成绩优秀的学生分配到河北各县。

我挖空心思，一心琢磨如何推掉两项严重罪行：吹捧赫鲁晓夫和攻击"中央文革"。前一项可以推到教育黑线上去。我是根据教育部审定的教材讲赫鲁晓夫的一篇报告的，教案中就有称赞赫鲁晓夫的话。我受到教育黑线的毒害，是受害者。第二项很难赖掉，因为是我在文章里写的，批评姚文元打棍子，姚是"中央文革"小组成员，批评他自然是攻击"中央文革"，白纸黑字，岂能赖掉？尽管文章是 1958 年写的，那时姚文元并不是什么了不起的大人物，但能说得清吗？

我的工资被红卫兵扣发了，每月只发十五元生活费。母亲和妻子都叫我增加营养，不要把身体搞垮，学校伙食不好，可以到外面加餐。妻子从北京偷偷给我送钱来，我们在天津北站的一个公园里会面，像地下工作者接头。她们的建议与我不谋而合。我在校园里挂着牛鬼蛇神的牌子，我挂的牌子较小，可以侧过来夹在腋下，从远处看好像夹着一本书，一出校门我就摘下来放进书包里。我和史学家漆侠先生到附近的饭店吃饭，他的牌子大，我们把牌子从中间剪开，用细线缝上。出校门叠起来放进书包，进校门展开，红卫兵看不出来。我们点荤菜，喝啤酒，吃得痛快。但不久被红卫兵撞上了，当场把我们批斗了一顿。我问漆先生，还吃不吃？他说换个地方，照吃不误。我们到离学校远的饭馆吃饭。以后红卫兵忙于打派仗，对我们管得松多了。漆先生又开始治学，为他后来出版的《宋代经济史》做准备，并多次劝我读书，甚至叫我为写果戈理评传做准备。这当然做不到，且不说没有资料，我也从未有过写专著的打算，与他不同，他是著名的史学家，已出版过《王安石变法》等专著。读书还是可以的，晚上独居宿舍楼，我开始读书。读的是三注三评本《聊斋志异》，这是张中行先生的挚友韩文佑先生借给我的。我过去没通读过《聊斋》，只读过《画皮》《崂山道士》《促织》等几篇。夜阑人静，红卫兵小将们都闹革命去了，我打开《聊斋》，渐渐进入蒲松龄所创造的鬼狐世界。我最爱读的是写花仙故事的篇章（《葛巾》《黄英》和《香玉》），爱不释手，竟抄起来，就抄在封皮上印着林彪题写的"大海航行靠舵手"的笔记本上。蒲松龄为我打开了美丽的鬼狐世界，他绝妙感人的文字同样让我着迷。读《聊斋》是我那段时期生活的中心，并受益至今。

我过着两种生活，现实的生活让我难以忍受，便逃入鬼狐世界。鬼狐给了我力量，对大喇叭广播的暴力语言似乎增强了承受力，但心病并未消除，反对"中央文革"的罪名仍像秤砣似的压在我心上。趁红卫兵打派仗之际，我溜回北京同妻子一起到学部看大字报，忽然看到有一张揭发何其芳如何推行文艺黑线的大字报，其中揭发他反对"中央文革"。大字报说"文革"前，姚文元曾想调到文学研究所来，但何其芳拒绝接受，说姚文元写文章强词夺理、打棍子，文学所不能接受这样的人。我看过后心中暗喜，但这绝非幸灾乐祸。我与何其芳无冤无仇，何况他还是我敬佩的作家，我特别佩服他的文字，他的书我都有，至今仍藏有1936年文化生活出版社出版的《画梦录》。何其芳是不是说过这样的话，无法证实，反正他是走资派，已被打倒。但这张大字报可以成为我的救命稻草。我马上抄下来，和妻子连夜写造反大字报，说何其芳是党内文学权威，我对他过于崇拜，中了他的毒，并在他的影响下，错误地攻击了姚文元同志。我吹捧赫鲁晓夫是中了教育黑线的毒，攻击姚文元同志是中了文艺黑线的毒，虽中毒太深，但仍然是要革命的，不是牛鬼蛇神。我把"反对姚文元"的罪行一股脑推到何其芳身上，我想我这样写并不会增加何其芳的罪行，他专案组的人对天津一名无名小卒受到过他的影响不会感兴趣，但这样做有可能挽救我。大字报写好后，我把它贴在红卫兵两个司令部（"井冈山"和"八一八"）之间的墙上，我造反了，自我解放。也许真能解放，也许挨一顿批斗，再次把我赶回牛棚。前者的可能性大些，因为大多数红卫兵对我没有恶感，恨我的几位革命小将抄家的时候手脚不大干净，没当上头头。早上贴出后，中午去刺探，在大字报前走来走去，看看红卫兵的反应，没有批斗我的迹象。下午又去，一个红卫兵竟叫我"老蓝"，我受宠若惊，觉得造反成功了，从牛棚中挣脱出来。多年后听"井冈山"司令部的红卫兵说，他们讨论过我的造反声明，大多数红卫兵认为现在矛头应指向走资派，不管我了。"八一八"司令部如何反应我就不知道了。

《聊斋》中有一篇《书痴》，写到烧书。郎生酷爱读书，终日讽诵，不管其他事，终于在书中找到颜如玉。颜如玉让他把书全部烧掉，免遭灾祸，郎生不肯。邑宰以郎生为妖。"见书卷盈屋，多不胜收，乃焚之；庭中烟结不散，冥若阴霾"，这是蒲松龄的艺术虚构。烧书不是"烟结不散"而是"火光冲天"。8月的一天晚上，我们牛鬼蛇神正在学习，红卫兵冲了进来，命令我们到操场烧书。我们赶到的时候，书已点着，我让老鲍跟我一起拨拉烧着的书，我递给他一根长棍子，他嫌长，自己拣了一根短的，我劝他，他没听，这根短棍子几乎要了他的命。老鲍自然是牛鬼蛇神，他年龄比我大得多，比所有牛鬼蛇神都大，那年他八十二岁。他是清华第一批留美学生，后担任过北洋政府交通部次长，新中国成立后一直在外文系资料室管理资料。他办公桌上的玻璃板下压着他留美时期喂梅花鹿的相片，他就是因为这几张相片被揪出来的。老鲍个子矮小，只有一米六几，他拿着短棍子拨火，被火苗烧着。后面是红卫兵，前面是火堆，后退必遭红卫兵打骂，只能向前拨火。我的棍子长，拨火烧不到自己，想跟他交换已不可能。书烧成灰烬时要用水浇灭，我负责打水，每次打水都偷喝很多水，老鲍则一直被火烤着。8月天气闷热，一个年过八十的老人如何受得了，终于倒在灰烬上，幸亏灰烬已被我用水浇过，不然会被烧死。红卫兵骂他偷懒，但没再管他，烧完书后，我把他抱回教研室，放在桌上。他胸上，胳膊上，都烧出燎泡，我先让他喝水，然后打了一盆凉水给他擦身，他渐渐缓过来。他对我说："他们都是长虫！"我扶他走出校门，叫了一辆三轮车拉他回家。人有做人的底线，比如子女不能打父母，学生不能打老师，对年长者礼让，对年幼者爱护，底线被突破，人就不成其为人了。红卫兵都是年轻的后生，怎么对老鲍没有一点同情心呢？我联想起在北京火车站看见红卫兵把一群老太太押送出北京的情景，她们身上挂着"地主婆""资本家臭老婆"等牌子，有的干脆把成分贴在额头上。她们多半是北京的老住户，因出身而被轰出北京。她们一动不动地坐在地上，有的人双腿瘫痪，让人看了心碎。押她们的红卫兵没有一点同情心，嘻嘻哈哈说笑，特别是十五六岁的女孩子们笑得更开心。看到祖国的花朵得意的样子我同样心碎。

红卫兵打派仗后，便不管我们了，不仅不管革命教师，连牛鬼蛇神也不管了。而我那时已成为人民的一员，忝列革命教师行列。我有时回北京，在天津的日子便跟随韩文佑先生一起读鲁迅的杂文。从第一卷《坟》开始，我先读一两遍，晚上坐在他宿舍前的马扎上，同他讨论，听他讲解。韩先生对鲁迅作品之熟令我惊讶，他不仅对每篇都熟，甚至能背出句子和段落来。韩先生讲完后，我回去再重读他讲过的几篇，接着按顺序读下面的杂文。我们就这样一直读完第六卷的《且介亭杂文末编》，平均每篇都读过三四遍。韩先生毕业于清华大学，对北大、清华教授的趣闻逸事知道得很多，也讲给我听。其中有关清华教授的逸事，张中行先生写入《负暄琐话》，也是听韩先生说的。韩先生还把周作人、郁达夫、徐志摩等人的作品借给我看，并且都是初版本，让我眼界大开。他让我先看周作人的《谈龙集》和《谈虎集》，然后再看《雨天的书》和《自己的园地》等集子。我读周作人的书比读鲁迅的吃力，对他那些抄书文章读不下去，韩先生说过了五十岁我就读得下去了。五十岁以后，"文革"早已结束，是我最忙的时期，办刊物、翻译书、带研究生，没有时间再读周作人的书。现在过了七十岁，我仍没再读，只读过论述周作人的著作。那时听韩先生讲鲁迅的还有一位中文系的周先生，是研究现代文学的教师。他专门研究叶圣陶，但对五四时期的其他作家也很熟悉，他也谈到很多大作家以及他们的作品，弥补了我这方面的缺陷。可以说"文革"期间我上了半个中文系。如今这两位先生都已作古，回想起他们的音容笑貌，我心里仍充满感激，没有他们，不知多少时间会白白浪费掉。

但军工宣队进入后，我就不能再同韩先生一起读书了，因为不久便开始清理阶级队伍。北平沦陷期间韩先生与周作人有过往来，还同朋友办过刊物，这些成了严重的问题。那时把我们教职员编入三种学习班，第一类属于有严重问题的，集中住在学校交代问题，不许回家；第二类属于有问题或思想反动的，一面学习，一面交代问题，但可以回家；第三类是普通教职员，学习毛主席著作，提高觉悟，争取思想尽快革命化。我被编入第三类学习班，韩先生被编入第一类学习班，我们两人的处境颠倒过来，我们不能再见面。第三类学习班师生混在一起，学生领导我们学习毛著。每天三个单元，坐在一间教室里学习，即所谓三磨：磨时间，磨嘴皮，磨裤子。我当时已属于革命群众，地位与红卫兵相当，但政治上仍低人一头，在学习班上仍是死角。

我过去和现在都非常厌恶冗长空洞的发言，可那段时期对这类发言不但不反感，反而非常感激。如果没有人发言，可能叫我发言，我不得不违心说套话，那滋味难受极了。学习班上有位同学是结巴，喜欢发言，能够结结巴巴讲一小时，我对他简直感激涕零，希望他一直讲下去。有人发言，我便可以回到《聊斋》中去，或在脑子里复习韩先生讲的鲁迅，或复习过去背过的诗词。听着他结结巴巴的发言，我想的是《王桂庵》中的水仙词："钱塘江上是奴家，郎若闲时来吃茶。黄土筑墙茅盖屋，门前一树马缨花。"还有位爱表现的学生，喜欢卖弄辞藻，但又用词不当，常念别字，听起来很好玩。比如他把"造诣"念成"造脂"，大概是他新学来的词，颇为得意，一连说了几遍。同学们没有反应。我想起《嘉平公子》："何事可浪？花菽生江。有婿如此，不如为娼！"我脸上大概露出笑容，他以为我听得入迷了，以后对我特别客气，叫我"老蓝"。我每天都在脑子里复习学过的东西，从不在下面"开小会"。主持会的人认为我专心听别人发言，态度很好，只是发言太少，如果积极发言，可以不算死角。不久我又获得一个表现进步的机会。

校军工宣队号召开展大批判，外语系军工宣队要俄语专业批判苏修。他们大概从中央首长的讲话中知道苏联有个肖洛霍夫，是苏联文艺界修正主义的鼻祖，便决定批判他的小说《一个人的遭遇》。军工宣队头头想出风头，希望外语系的批判文章至少要在全校广播，争取登在校刊上，最好在天津《文联红旗》上发表。他们顾不得阶级路线了，找了三位功课好但出身不大好的学生，由他们组成批判小组，任命一个学生担任组长，并给他们找了一间教室。批判组的学生立即身价十倍，不参加学习班的学习，随意外出搜寻材料（图书馆已经没有了），一起构思批判弘文。但他们只是二年级学生，不仅俄语还没入门，也缺乏起码的写作能力，我敢说，除文理不通的大字报外，他们没写过任何东西。他们写出的第一稿，连系军工宣队都看不上，但他们是革命小将，不会被困难压倒，拿出三天时间务虚，学习毛主席著作，怀着对苏修的仇恨，再次投入战斗。第二稿系军工宣队通过了，但被校军工宣队打回来，这些都是我参加批判组后才知道的。时间有限，系军工宣队急于出成果，通知我参加批判组，有人说这叫以毒攻毒。我提出不参加学习班的学习，并且要求回宿舍去写，他们居然都答应了。我把学生写的二稿拿回家，打开一看，觉得纲上得不坏，只是逻辑混乱，文理不通，对小说的时代背景不了解，对故事的情节一无所知。我向姚文元同志学习，保留了学生上的纲，理顺逻辑，改正病句和错别字，一篇蛮不讲理的批判文章就炮制出来了。我把这篇文章的题目定为《革命战争万岁》，两天后我把誊清的稿子交给批判组组长，对他说他们写的文章很好，我只稍微改了一点，如改得不妥，请再改回来。《革命战争万岁》很快便以外语系军工宣队的名义在全校广播了，并一连广播了几次，接着刊登在校刊和《文联红旗》上。军工宣队非常满意，批判组的小将得意扬扬。我有机会就向人说，这都是红卫兵小将的功劳，我没出什么力。完全出乎我的意料，军工宣队竟给了我半个月的假，于是我和妻子爬了一次几乎没有游人的黄山。

我在"文革"中所受到的迫害比很多人轻，浪费的时间也比不少人少。我毕竟还没有完全停止学习，这与我对"文革"的认识有关。"文革"一开始我就认定这是一次荒唐的政治运动，绝不能狂热投入，而要尽量在运动中保护自己，不伤害别人。但运动如此猛烈发展，持续时间如此之长，是我始料不及的。现在对"文革"的权威评价是彻底否定，因为"文革"把国家的经济引向崩溃的边缘。这算的是经济账，当然对。我觉得还应算一笔伦理道德账，"文革"把传统的伦理道德以及人类共同遵循的道德准则同样引向崩溃的边缘，而后者对中华民族的损害绝不小于前者。今天社会上出现的很多负面现象难道与"文革"无关？我想弄清发动"文革"的真正动机，设立过各种假说，又都被我一一推翻。

（《收获》2005 年第 6 期）

图书在版编目（CIP）数据

蓝英年随笔/蓝英年著. --北京：作家出版社，2023.9
ISBN 978 – 7 – 5212 – 2354 – 5

Ⅰ.①蓝… Ⅱ.①蓝… Ⅲ.①随笔 – 作品集 – 中国 –
当代 Ⅳ.①I267.1

中国国家版本馆 CIP 数据核字（2023）第 115218 号

蓝英年随笔

作　　者：蓝英年
责任编辑：姬小琴
装帧设计：棱角视觉
责任印制：金志宏
出版发行：作家出版社有限公司
社　　址：北京农展馆南里 10 号　　　邮　　编：100125
电话传真：86 – 10 – 65067186（发行中心及邮购部）
　　　　　 86 – 10 – 65004079（总编室）
E – mail: zuojia@zuojia. net. cn
http: // www. zuojiachubanshe. com
印　　刷：北京盛通印刷股份有限公司
成品尺寸：145 × 210
字　　数：296 千
印　　张：11.875
印　　数：1—5000
版　　次：2023 年 9 月第 1 版
印　　次：2023 年 9 月第 1 次印刷
ISBN 978 – 7 – 5212 – 2354 – 5
定　　价：68.00 元